晋军新方阵·第三辑

谁谓河广

悦芳 著

山西出版传媒集团
北岳文艺出版社

图书在版编目(CIP)数据

谁谓河广 / 卢静著 . —太原：北岳文艺出版社，2016.5
（2023.9重印）
（晋军新方阵·第三辑）

ISBN 978-7-5378-4744-5

Ⅰ.①谁… Ⅱ.①卢… Ⅲ.①杂文集—中国—当代 Ⅳ.①I267.1

中国版本图书馆CIP数据核字（2016）第091860号

书　　名：谁谓河广
著　　者：卢　静
责任编辑：赵晓芳
书籍设计：张永文

出版发行：山西出版传媒集团·北岳文艺出版社
地　　址：山西省太原市并州南路57号
邮　　编：030012
电　　话：0351—5628696（发行部）
　　　　　0351-5628688（总编室）
传　　真：0351—5628680
网　　址：http//www.bywy.com
E - mail：bywycbs@163.com
承 印 者：山西万佳印业有限公司

开　　本：890mm×1240mm　1/32
字　　数：252千字
印　　张：10.125
版　　次：2016年5月第1版
印　　次：2023年9月山西第2次印刷
书　　号：ISBN 978-7-5378-4744-5
定　　价：55.00元

本书版权为本社独家所有，未经本社同意不得转载、摘编或复制

总　序

潞　潞

《晋军新方阵·第三辑》即将付梓出版。

在山西文坛，"晋军"之称谓始于20世纪80年代，一批文学新锐随着改革开放的时代潮流走上文坛，他们跃马扬戈、左右奔突，使文坛瞩目。其时不仅山西，而是整个中国都处于文学的黄金时代。我也有幸被时代的大潮裹挟，成为当年"晋军"中的一员。时隔三十年，山西省作家协会推出《晋军新方阵》系列丛书，再度为山西澎湃的文学浪潮推波助澜，沿用"晋军"这一称谓，其意无疑是想展示今日山西作家、诗人的阵容和实力。山西文学院具体承办这项工作，正值我在文学院任职，参与了这套丛书一至三辑的运作，这在我的文学生涯中自然是一件幸事。

《晋军新方阵·第三辑》与《晋军新方阵·第二辑》的格局大致相同，收录了四部中短篇小说集、三部诗集、三部散文集，而《晋军新方阵·第一辑》收录的是十部中短篇小说集。山西号称"文学大省"，确实如此。不管文学如何被边缘化，这块黄土地上永远有人做着文学梦，永远有人孜孜不倦地写作着，也许是《诗经》以来的文学传统使然，也许生命个体需要这样的表达和抒发。《晋军新方阵》只是从他们中遴选出的一小部分，"冰山"的绝大部分仍掩藏在生活深处，有待于今后不断发掘和显示。

对于本辑作品，虽然我在编选过程中已经阅读，但由于文学的内涵和外延日益变得复杂，作家本身的内心和面孔也游移多变，一一谈论他们大概是件费力不讨好的事。尽管如此，我还是愿意表达阅读中一些明晰的感受。

首先，这是一些非常热爱文学的作家和诗人。为什么这么说？真正的文学有自身的逻辑和规范，它排除各种功利的实用性，只对那些纯粹的作家和诗人敞开。我认为眼前这些作品是纯粹的文学，他们不是拿文学说事，不是把文学作为工具的。他们不期待用文学来获取任何功利，不在于一定要有"专业作家"的头衔，而在于你对于文学的态度和认知。他们的作品是对其身份的有力确认。

其次，不管小说、诗歌还是散文，从内容到形式都不再囿于山西这片地域，他们的文学观念是开放的，美学追求是高品位的，用某一种风格来界定他们早已经不适用了。即使那些描绘黄土地上人与事的作品，也表现出了人的想象力的丰富性、表达方式的多样性。山西曾经有着优秀的文学传统，但他们的创作已经在继承传统的基础上超越了传统。山西作家的创作不仅是山西的文化财富，更是对中国当代文学的贡献。

还有一点极其宝贵，那就是我在这些作品中看到了可能性。可能性是最吻合存在的表述。存在的丰富性、神秘性、不确定性，或许只有通过各种各样的可能才能显示。一段故事没有结局，一些面孔若有若无，没有答案，无需答案，没有判断，无需判断。生命的存在不正是由各种可能性构成的吗？阅读中，我对山西作家和诗人的敬佩之情油然而生，他们用一只手抓住了生命和文学这两个世界，并预示着文学未来的可能。作者有作者的可能性，读者有读者的可能性，我们只有充分地理解、感受，探寻形形色色、无穷无尽的可能性，文学才会进步，才会繁荣，才能表现我们这个色彩斑斓而又变化无穷的充满了诗一般魅力的时代。

是为序。

2016 年 6 月 1 日

目录

001 / 雉堞

027 / 塔影幢幢

034 / 清江流日月

042 / 失踪的黑狗

051 / 漫游山河草木深

054 / 大地的乐手（节选）

071 / 山、神话与孩子

077 / 门框里的手艺人

082 / 倾尽繁华向人间

085 / 结缘云台山

106 / 护送中国孤儿的路上

110 / 龙门观河记

121 / 翡翠寺院

128 / 母亲的月亮神话

138 / 午夜的耳鼓

150 / 天地苍茫宣善字

158 /	烫月
180 /	隐秘的水乡
186 /	黑猩猩
190 /	纸牛巷轶事
194 /	彼汾之阴嘉可游
	——后土祠纪行
204 /	火焰的呼吸
209 /	文学·生活·我们
214 /	听水观澜
230 /	碧叶鸣响纯阳宫
235 /	屋角的飞蛾
240 /	汾水行走漫记
253 /	往复的视线：白与红
257 /	天龙山佛影
265 /	我行殊未已
271 /	门槛（节选）
280 /	翠色欲滴的针孔（节选）
289 /	致镜中人
292 /	千古中条一池雪
306 /	谁谓河广（创作谈）

雉 堞

1

我得从登上的一段古城墙说起。

那是我爱上独自散步的一个缘由。逐渐进入冬季的原野,把满腹话语安置在它稍显陌生的表情——萧疏空旷的景象下。对于深爱的事物,我的笔尖不敢轻易碰触,因为画出的每一道,都像一条犁沟,最好是就静立在那儿,攥紧一把黝黑的泥土,谛听掌心里发出磁性的声音,同我怦怦的心跳互为应答,然后感到指尖上萌发的敬意。泥土沉重得苦涩,却也轻,能长出白皙的羽毛,也许在三月,赛跑的孩子想嚷嚷,旷野上住满了神祇。对于我,或者一只冬眠的青蛙来说,都挺起温暖胸脯的原野,无时不起伏着。

那时候,一切细微事物都在战栗。一枚果实具有无法言说的分量,一朵干枯的野花也有亲切无比的姿态,一株植物的朴素,完全能唤醒内心最柔软而深沉的那一部分。

我记得拾级而上，还做了两节晨练体操后，乘兴扶着青灰色厚重的城墙远眺，新鲜空气一股脑儿涌进鼻孔。已近中年了，不免容易感触，在大自然的韵律中，在光波、鸟翅、虫鸣、山岚、海浪、鱼儿喋喋的交替变奏中，我的身体，我的血液，我的细胞发肤每一分一秒都在死亡与新生，今日之我岂是昨日之我？——"生命即息息相续之死亡"，那么，"我"是谁？

我呀！在生命扩张的活力里吗？存在于思维过程、情感火焰与记忆沉淀里吗？我又缘何具有此特性，使生命伴随新陈代谢的躯体点亮喷薄日出？隔着窗前的白杨林，静静流淌着一条河，有时候雨前的大风或微风掠过林梢，鲜艳与枯萎的花朵都漂在河面上，卷荡起一阵阵色彩的激流，使河流成为亘古存在的巨大象征，静谧的夜晚总唤起我的疑问。

我，在黑茫茫寰宇中一粒微光里吗？在阳动阴潜的有机物里吗？抑或居住在肉体箍住的灵魂里？抑或千万劫之中，是轮回漂泊的一叶……周围的空气都在战栗，每当这些问题汹涌袭来，仿佛我们司空见惯的璀璨群星，反倒让人生发出更新鲜的呼喊，仿佛从划开天空的雷鸣电闪之中，看见一粒昏昏沉沉的生命嫩芽被惊醒，一刹那，千万种滋味聚集在味蕾，大地上的仰望者啊，怎能不悲欢起伏？

平原上，一簇簇红色与褐色的干茅草随风摇摆，啄食的麻雀，黑眼睛宛若一只只灵动的水罐，我眼眶潮湿，望着它们。犹忆小时候，剪去凤仙花染了的红指甲时写下的一篇日记：

咔嚓，咔嚓，指甲剪发出响声。我忽然冒出死亡的念头，仿佛被一只大手扼住了，心要迸了出来，可是我想拥抱的母亲呢？妈妈，你不在家，上班去了，没有人来救我！你烤的红薯还煨在灶膛，偌大的屋子里空荡荡的……

后来，碰巧读贺拉斯的一个隐喻，写剪指甲，用烧红的烙铁将青翠的枝条与干枯的枝条分开，就记住了。但是季节轮替的原野坦然自若，拒绝恐慌，在死亡——这个有多种解释而天空却始终沉默的问题降临之前，从一抹浅红到玫瑰红，驾驶快艇的黎明又一次逾越古城墙的垛口，驮起一道古老的长堤，我全身都浇透了，滴答滴答不断向下滚落的水珠里，裹着一朵永不熄灭的火苗。虽然，我用尽一生力气，也捉不住。

我只知道，高峻的城墙上，金红的天空簇起凤翼状的云，细看时，却像大海汹涌未息，迅疾化开一堆苦重的盐，落了我一身热力充盈的雨点。往后的日子，忙里偷闲，我更喜爱从住宅区错落的楼群拐出，再穿过一个菜市场，去附近的田野散步了。尤其是晨间，麦子或玉米酝酿着穗粒的饱满，太阳晒在我的两颊上。

但是我不知道，城墙垛口嗡嗡而过的小飞虫，也能追踪到我的梦境中。

当大片艾草味浓郁地袭来，刺得我打了一个趔趄，星星们戴着新铸造的冠冕，神情庄重地从座椅上起立，把田野照得金晃晃的。我的视力模糊了，某一个瞬间，心甘情愿跌倒在辽阔原野醇热的气息中。在昆虫们纵情恣肆张力十足的演奏下，玉米一根根都挺直了健壮的胸脯，胸肌一鼓一伏的，髭须飞动。葵花正积蓄着力量，准备又一次抬起红润的脸庞。我气喘吁吁，庄稼们挟着我一起奔跑。

这并不是我陌生的地带，瞧，东坡高耸着故乡的两株苍柏，童年的喜忧与望星的日子还蹲踞在树梢上，此刻被风吹得哗啦啦直响。被岁月摧打得千疮百孔的树干，黝黑消瘦的样子，麻木的鳞皮向外翻卷着。然而我惊异的是，树冠却发出柔和的光，落一滴在手心，琥珀一样晶亮饱满，揉了眼睛再细看时，一生的苦守下，大树的神经末梢挂满了轻摇的果实。我看见了缓慢燃烧的树！

  亲切的田野，在夜晚是热情洋溢的，也是阒静的。风拂下柏叶的清香，风，不是空气的深呼吸吗？它缘起之处与所过之地，万物都开始表白与对话，蓖麻叶子长长的颤音沿着田埂巡游，土壤下高粱们脚骨勾着脚骨，蝈蝈的剧院布景壮观而瑰丽，车前子、芨芨草飞卷得潮头一般。我不由嘴唇翕动，说出的每一个字，似乎都不仅仅是自己的。

  原野里也有一条大河流过，宁静宽阔而浑博厚重，所有的根须交荡成波纹，水汽在半空千里万里地奔腾，不时濡湿了我们的额头。

  这就是那条河。

  河水拍打堤岸时，生命本真的声音清脆。我又听到了，我曾经在台灯漂白的卧室窗下邂逅这种声音。然而，在我与自己的影子抱头亲吻的田野上，它却分外洪亮，像火焰驹的蹄声一般，一茬茬跨过新麦，久久萦回。

  我遵循内心的声音，向前走。

2

  沿着城墙根走不了多远，就拐进一个小镇，东头的酱油铺围着几株老粗的皂角树，黄狗晒着太阳在巷子里溜达，卖豆腐的老汉扯直嗓子吆喝。一切都明白无误。但是我伫立墙头，斯时斯境，却像一个失踪者，进入了假想的场景。本来登临高楼，一座青峰转出一小亭，都不由得人俯仰游目，做一番心灵的旅行，即使忙碌生活中，一个晒衣服堆杂物的阳台吧，几盆粉红的日日梅探头探脑的，也似乎它们栖居在光线荡漾的一叶扁舟上。何况此刻，剧目一般上演着入冬，凋亡，日出，燃烧，雉堞，历史……斑驳的城墙拖远一道岁月的痕迹，像我沉睡的时候，依旧在天空下醒着的一条历史的河流。时空接口的青石栏杆，能叩击出浑茫的声音。某一个时辰，我成为失踪者，走进梦中渴望已久的场景。

环目皆远山。而地平线上疾驰的白雾，将我的视线卷入远山之后。

在这个角度，你不能不对我们置身其中的宇宙感到惊异，对生命心存敬畏。星星的血液在食指上溅起回声，你不能不追问这一切的来源。俯拾一块泥土吧，一小块被根须牢握的陆地，你说：喏，这是永在孕生的土。

这是让冬天发芽的土。

尘灰满面。但覆盖大地的天空下，你不能不追问生存的意义。包括那远去的文明，与莽原或一朵雏菊一样，有色彩、生命、蛀孔与蜿蜒流动的影子。我相信，丝绸古道上起伏的沙丘，斜挂一弯残月的断垣残壁，落雪的时候，都凝结着细密的鼓点。正像一位尼罗河畔的游客记载道，当沐浴在下山夕阳的如火样金黄色尘埃中的大金字塔拔地而起，几乎以使人痛苦的威力让他激动，而协奏的几百座尖塔，像一支沉没船队的桅杆从深深的雾海中耸立起来。一首史诗以悲壮的姿势峭拔着，这幅图景又使另一位游客，恍若置身于现代欧洲一城的闹市街头，于瓢泼大雨中听见晨祷的钟声。钟楼严肃的轮廓连同附近建筑的敦实，在鸽群的翩影与燕子的呢喃下，不仅弥漫宗教的氛围，更成为历史的见证。

芦花如雪浪头白，摄像机的镜头前，沼泽阿拉伯人正在涂有沥青的小船上，捕鱼和编织芦苇床垫，度过平淡的日子。伊拉克南部平原腹地大部分地区现在布满沼泽，只有在旱季，人们才可以乘船抵达这一声名显赫的古文明中心地带。然而，如果我置身于公元前三千多年的苏美尔，目睹人类发生的深刻革命，对新诞生的城市与文明，又会如何震惊？

某一个清晨，我像走出住宅小区上班一样，只一拐弯，脚踏摇动的光线，便走入了苏美尔古老的城邦。群鸟还栖息在芦苇丛，我满怀欣喜，穿过熙熙攘攘的手工作坊与集市，用削成三角尖头的芦苇秆，在泥版记录下账目，又飞快书写一切见闻后，我将挥舞手臂，恰似幼发拉底河畔早春的棕榈枝，为焕然一新的世界与飞翔的旭日欢呼！

月圆之夜，漫步在洪水经常泛滥，外敌频繁入侵的两河平原，风中又飘来充满悲观色彩的哀歌。四周的空气都在战栗，哦，我听见几千年前的人，面对浩瀚的夜空，发出如此强烈而绵长的质问：我究竟是谁？!我们从哪里来，要到哪里去？!我转过身，仰望变幻莫测的月亮，在诗行里追随吉尔伽美什的寻求永生之旅。当经过重重难关，渡过死亡之水后，我抬着沉重的眼皮，在"起来，试着六天七夜不要睡觉！"这一严厉考验前——征服睡眠，保持"清醒"就等于超越人的限制——我观看失败的吉尔伽美什，看到了人的绝望与脆弱。当他获知一个"诸神的秘密"，摘取了使人重获青春的植物，又被一条蛇趁机叼走时，我看到了人戏剧性的处境，人与神之间难以逾越的鸿沟。然而徘徊在美索不达米亚蜿蜒的城墙边，掀动智慧文学的书页，我又分明感受到一种亲切的融合，人类并没有孤立于他自己的寂寞中，并没有孤立于宇宙的节律之外。看吧，一座新城落成了，一个中心神庙的庆典正隆重举行，仿佛宇宙获得一次新的诞生。在世界的缩影里，在一个天地对应的复杂体系里，人与"神"正在沟通，神庙、城市、文字、制度都来自于天上的原型，大地上的造物能够理解并被繁星密布的苍穹所影响，人，一个生命转瞬即逝的有限者，能够强烈感受到无限的时空，洞察到自身与文明存在的价值。

岸，仿佛悲欢滚动的剧场。苇丛摇曳的幼发拉底河畔，漫长的年代,竟然不动声色流淌过去了!彩霞簇拥的辉煌城市,竟然只有风沙掩埋的寂寞遗址与传说,为后人留下无尽的遐想。

昼夜更迭,四季变换,只要一想到冉冉升起与迅速衰亡的文明,就让思绪万千的世人不能不追问,文明存在的意义究竟是什么?

浩渺的太空,当宇航员俯望蔚蓝色的地球,会发现美索不达米亚高山中,十二块陶制书版上一首英雄叙事诗里的陈述,竟然如此逼真。当恩克度被铜鹰抓上空中时,向上飞行了四小时后,一个声音忽然对他说:"大地像什么,大海像什么呀?"他低头后一阵晕眩,答道:"大地像一座高山,大海像一个湖泊。"四个小时后,他又说:"大地像个花园,大海像花园里的水渠。"再向上飞行四小时后,他清晰地回答:"大地像米粥,大海像个水槽。"

大地像米粥,大海像水槽,这就是我们的家园,不仅在无垠宇宙中演绎着生命的神话,而且诞生了文明的奇迹。火,永远举着炽热飞舞的焰,踏入文明的门槛后,人类思想与社会形态历经重大的转折,在沧桑巨变后的今天,人们不禁失声慨叹:哦,苏美尔,一个多么古老的词语啊!然而大地上曾经发生的一切,都在历史的纵深、浅层或树丛黄了又绿的表面,留下时隐时现的顽强痕迹。如今,依旧居住着捕鱼人的小岛,像一部部微缩的巨著,真实讲述了伊拉克南部人们几千年的不懈努力——在茫茫苍穹下,与江河海洋争地,向平原和沼泽讨生活,并且创造出灿烂文明。苏美尔文明,从诸多方面滋养与影响了后世,它荒凉落寞的遗址,依旧会产生撼动人心的力量。英国人威廉·洛夫斯特在日记中如此描述:"迦勒底这些伟大的建筑在平原和沼泽之中时隐时现,它们傲然而立,气势恢宏……甚至在纯净空气中翩翩起舞,让人有如临仙境之感。我一眼见到时,就意识到,这是最激动人心、最令人难忘的时刻。"如果我背起行囊,前往两河平原上旅行,在以波斯风格重建的一些清真寺前徘徊,会发现寺庙的外形,正面精美的工艺与几何图案，都复制着被沙土湮没的苏美尔古老城邦乌鲁克、欧贝德与埃利都的神殿。

那么，万里无云的晴朗天气里，让我聆听苏美尔圣歌的吟唱，聆听这人类清亮的童音吧，"真正的神庙犹如明媚阳光中的彩虹绚烂多姿"。

对于那些消失的文明，有人说是衰亡，有人说是蜕变。然而，无论如何，在广袤与浩瀚的宇宙中，文明神话般的存在的目的是什么？谁又来回答呢。

比城墙还古老的问题横亘着，时间堤岸上行进的长队中，你、我都是又一个默诵者：我们是谁？而源头与去处，都布置着一些隐蔽的话语。有一个瞬间，我觉得整个人群都像崖壁的蝴蝶，又像孤舟上同渡的亲友，但是吞噬一切的黑暗中耸起了银帆，那是我想碰触的，所有事物内部闪烁的光芒。我用单薄的声音说：拥抱吧——

伫立城上，被风摧伏的苇丛中，蠕动着渺小、脆弱的颗粒。但是永恒的事物正缓缓升起。我浸入阳光里，在指尖上舞蹈的词语，奔赴世界的每一个角度，又悄悄潜回我的体内，向深处开拓陌生的景观。我看见旭日点燃了它们，一个生存者锐利的痛楚与人生最深沉的幸福，同时撞击了我。

3

"你才看见自己，一束光已把你描摹了千万次。"

秋风又掠过白杨林时，唤醒了一簇簇半绿的叶子、芨芨草与七星瓢虫的腹语，我也在一篇散文诗里，吐露着自己的心声。是的，风用温柔而坚定的力量告诉我，生命并不仅仅属于自己，属于"我"，属于渺小的生命个体。

在大地上的女人，在母亲们的体内，温暖的洋流环抱着充满尊严的宫殿。如果不是以理所当然的态度，而用敏感好奇的心，或者不妨说用一颗同样温暖的心观看胚胎的发育，就会发现，简直是一个辉煌的神话。先像一条小鱼，再像一只哺乳动物，最后成人形。

十月妊娠，竟然浓缩了亿万年的生物演化史。

我几乎不敢轻易使用母亲——这个神圣的称谓了。在云层旷远的秋天早晨，梧桐树、红枫、灌木丛都欢欣而痛楚地战栗着，一行热辣辣的液体，几乎要滑过我的眼角。我怎能不在窗前肃立良久？饱满的果实与将要笼罩大地的冬季荒凉，一起震动我的视觉，使蒙蔽心智的油灰，一片片被风的誓言剥落。

在喧嚣的世界上，还有宁静的片刻，让我持着感觉与理智的手杖，向天地交接的更苍茫处远眺。我只有用一颗澄明的心，去领悟天地的神圣赐予，对生命心存敬畏。

"瞧，这个懒家伙！"儿子扬着一本科学画报，忍俊不禁地跑过来，小脑袋微侧又似乎迷惑不解。画报上，一只树懒正挂在大树上，由于出奇地懒，长毛里布满苔藓，使身体都泛出霉青，它纹丝不动，一副烂醉如泥的样子。我的喉头忽然蹿出冷气，左心室猛然收缩一下，犹如一场无声风暴。宁静的生活与动荡的光线纠结在一起，我与它——都是生命神话的见证者吗？地球物种的万千状态中，为何隐隐闪现一条由低升高的路？每一寸金子般的光阴，树懒都昏昏沉沉度过吗？如同生命的珍珠，被沙砾一般抛掷！悬挂它的大树，反倒擎举着绿色的火焰。或许，我是从人的角度观看，但悲哀还是从胸骨的缝隙冒出来，在古希腊的文化环境里，先哲认为生物中存在一条灵魂上升的阶梯，也不是无缘无故的。树懒还享有一定的寿命，朝菌却须臾即逝，不知晦朔。朝菌还能沐浴阳光，老板鱼却趴在压力极大、极寒冷与黑暗的海底，不见一丝光明。然而，只要想到渺茫的宇宙中，生命是一个不可思议的奇迹！大气层仿佛造物主铺好的毯子，将致命的宇宙射线隔离，呵护着地球上的一切居民，所谓天地之大德曰生，即使树懒、朝菌与老板鱼，不都应该感恩生命吗？

自从法布尔的《蝉》流传，"居高声自远，非是借秋风"的小生灵，就像一枚微型的黑炸弹，击中了世人的灵魂。什么样的钹声能响亮到足以歌颂它那得来不易的刹那欢愉呢？那是天籁，大自然的神圣乐章，显示生命存在价值的浑厚的争鸣。蝉，四年的阴暗苦工，才换来一个月阳光下的歌唱。它却纵情飞歌，响遏行云，对短暂生命的升华，做了最崇高的礼赞！

何况是禀赋独厚的人类呢？如果我像《神奇校车》中的孩子，乘一艘微型潜艇钻进人体，对如此精密复杂而又高度协调的世界，一定会大为惊叹！这仅仅是可见的部分呢。中医认为，人体就是一个小宇宙。只要想到这一切，怎能不感叹生命的弥足珍贵！我仿佛又伫立在蜿蜒的古城墙上，草丛的露水，闪现着无法言说的震颤。

亚里士多德说，求知是所有人的本性，对感觉的喜爱就是证明。中国古人也常说，耳聪目明。有什么能比视觉更让人喜爱呢！异常敏锐的视觉识别能力，不仅向人类显示万千的差别，而且"看"与"做"的联系，也同样是大自然的杰作。只要再想想，精密的听觉与发声器官，使语言——如何赞美也不过分，对文明进程产生重大影响的语言成为可能，有什么理由不对自己的生命心存敬畏呢！蜜蜂能看见人所看不见的紫外线，并能把紫外线和各种深浅不同的白色和灰色准确区别开来。但是人的卓越智力的重要一点，是独特的观察能力，史密斯在《人类史》中用风趣的笔调写道：我们可以用一些特别有意义的词来表示其特性，洞察力、预见、广阔的视野，还应该加上"秋波"这一俚语。更重要的是，生命赋予人创造的愿望和相应的灵感与高度思维能力。生命还赋予人宝贵的记忆，使文明硕果世代传承；赋予人学习的能力，每个人都能从人类丰饶的知识沃野中，取出自己需要的种子，再送回一生心血孕育的新果。每个人都是受益者，奉献者，每个人是独一无二的，又都是超越时空的合作者。

因为爱过，所以慈悲；因为懂得，所以宽容。最珍贵的是，渺小的人，却潜存着自我完善的伟大能力，尽管世界显得荒诞，人的才智更使罪恶披上了诡诈与阴险的长袍。从万马奔腾古战场上沾血的长矛，到奥斯维辛焚尸炉的滚滚黑烟，没有一个人，不会感到头顶上悬挂的巨大乌云。欧洲一位历史学家用颤抖的笔尖写道，文明的进程是何等痛苦而缓慢啊！即使信仰坚定、充满希望的先知，偶尔也会流露出对人类命运短暂、愚昧与痛苦的普遍抱怨，恰似《传道书》上的悲叹：世上万物皆为虚空。挽歌一曲，似乎是人类生活与命运的最真实的写照。

然而，黎明总是驱逐夜的黑暗，在注视显而易见的非理性、悲惨和残暴的同时，每个人又都感受到穿透厚厚云层的阳光，感受到秩序、幸福和智慧的萌芽，即使悲观的叔本华，也不得不承认，这些萌芽是宇宙延续及和谐的条件。那微妙的激动人心的力量里，树木百草生机蓬勃，羚羊麋鹿奔驰，雀鸟欢欣跳跃！普照尘世的光芒啊，不仅使迎春花从低于泥土的根须，到鲜黄怒放的花朵，都充满生命高贵的价值，连荒野上的蒿莱杂草，也成片亮晶晶的，卑微的虫子都抬起头，仰望着云端上的崇高与希望。从最古老的诗歌起，就被反复赞美的日出，是我观看过的最雄奇的自然景观。太阳喷薄的一刹那，动物的眼神似乎都传达着与宇宙的无声交流，何况万物之灵的人类。对我来说，光，是最接近天地核心的话语，每一道伸出金翅膀的光芒，都是一个悬置的谜题，让人思索生命与文明存在的意义。在晨间，树梢上扬起清脆的鸟啼，我们精力充沛，审视自己，而全身皮肤浸浴在温暖里，得到无上的安慰，被蛀蚀得千疮百孔的心，泛出强烈的善良愿望。不是吗？只有人，才能用理性去审视与抉择，克制来势汹汹的欲望。如果天空也长出耳朵谛听，一定会被历史剧院里无比悲壮的长调——人性中善与恶的交错与撞击而震撼。

4

木兰之坠露

"粽子香，香厨房；艾叶香，香满堂；桃枝插在大门上，出门一望麦儿黄；这儿端阳，那儿也端阳……"天刚擦亮，岸上就传来小孩子的歌谣，拍着手，声音比摇晃的河水还清亮。顶住重重云层的压力，闪耀东部天空的霞光，像一只拍打双翼的七彩凤凰，它被风吹入河心，忽快忽慢地摇荡着绯红色的涟漪，飞溅的镶金火翎，便藏在靠近岸的芦苇丛里。

"喂——"我双手合拢嘴边呼喊，我的船，究竟驶在哪一条河上？两岸高耸云霄的山下，除了昂起头颅的岩石与芦苇、拔脚行走的白芷、紫苏、菖蒲，几乎长满高大的箬叶竹，蒸腾着熟悉而奇特的粽子清香。我竟然有些糊涂了。

年深日久，我回忆着故乡的大河，岸在夜幕降临时慢慢升起庄严的景象，于是，我投入急剧起伏的史诗，渴望着被一个短暂白昼质问的全部光辉。而午夜的冥想中，我的河，从旷野天际的缝隙驰来，那是所有绿叶都沉睡与苏醒过的河，我从未见过如此绝美的飞翔，就弯下腰深吻它的额头。大河突然收拢了羽翼。哦，一道闪电拍摄的右心房，冲洗出我不敢想象的幸福，当鹿鸣声远去时，大地上灵动的水，闪出永恒的光。

可是，我此刻究竟在哪一条河上呢？不见人影，只好四处张望。

"路漫漫其修远兮，吾将上下而求索……"那么深沉的吟诗声惊动了我，兰草纷披的长堤上，一个腰佩宝剑的人走来，他冠峨峨而云飞扬，带飘飘而悲风长，几步一回头，好似还在眺望故国的乔木。

"是您吗？三闾大夫！"我在船头冒失地出了声，迅速把船划拢靠岸，不敢相信自己的眼睛。

"我知道你是一个喜爱旅行的人，来吧！"他伫立一株木兰边，挥动长袖招了招手说："我要带你去的，都是被你热情瞭望，唤起你内心的惊异与沉思的地方。看，从螺旋上升的崎岖山道，开始你也许兴趣盎然的旅途吧。"

我右手的食指，下意识按了按左手背，如果在惊喜之中，掠过一丝不安的话，那是因为我学识的浅薄与诗艺不精。能跟随一位在蓝墨水的上游开垦，守护常青松林的诗人去漫游，我只觉得天空高朗，大地的襟怀坦荡，树木百草青葱茂盛，就迫不及待地拴好小船，准备开始一次突如其来的远足。

洞　穴

这条浑厚的大河边，盘山的羊肠小道实在难行，我的脚底不一会儿被蒺藜扎破，淌下鲜红的血。还未及包扎，轰隆隆又砸下一声惊雷，顿时天色昏沉，大雨倾盆，我湿透的衣服紧裹在身上，满脸水沫狼狈不堪，山谷隐隐传来野兽的嗥叫与无可名状的回声。三闾大夫扭过头，担忧地望着我，但艰难程度是同等的。诗人勇毅的神情，不见一丝慌乱，反倒使雷雨中东摇西摆的树木，给他戴上了庄重的冠冕。我的踝骨增添了力量，打理一下伤口，又牵拽藤条继续攀登。山上阴晴不定，雨后紧接一阵大风的肆虐，乌云逃散，又是太阳的灼烤，我们急着赶路，没有再停下来。

婆娑树叶声中，突现一个山洞，我们钻入狭小的洞口，才发现四周的阴暗里，还有一个壮观深邃而摇曳生辉的世界。山洞中央一堆熊熊燃烧的火，俨然一只慢慢挺起胸膛的金鸟，它嘹亮悠长的啼鸣，为地面上散乱的用砾石与石英打制的石片，镀上了一层温暖迷人的光芒。"还在变幻呢，那里，文明的萌芽！"我忍不住感叹。他微微点了点头，把我领到一片壁画前。山洞的岩石上布满了壁画，野兽奔逐，獠牙利齿，人影凌乱，箭矢四坠，粗犷淳朴的原始场景，简直触目惊心。而我面前的这块壁画，尤其让人回味无穷：人形，用最简单的符号刻画，一撇一捺顶立健壮的身躯，一道横线伸展双臂，一个小圆圈就转动了会思想的头颅。一圈小人，正热烈地围着篝火舞蹈，整个山洞的空气都在震颤。我觉得一行湿润的液体滑过鼻翼，我听不见歌声，但那么悲壮雄浑而缠绵不已的乐音，却又好似长久以来，一直在我的左心室回荡着。壁画左上角，有一只羽翼丰满的鹰，我知道那是巫师通灵的体验，原始人群对无限时空的渴望，使我想起险关重重的生命之旅与后世一切传奇文学的源头。火堆外围还有更多的小人，右下角的一队模仿着大雁的队形排列，将要开始大地上未知的艰辛长征。一颗星星从墨蓝苍穹的金座椅上起身，沿山脊长驱直下，打铁一样嵌进壁画上熊熊篝火的心脏里，举起永远炽热的焰。

天轴上的北极星

我们翻越青石大山后不久，似曾相识的涛声袭耳，就来到了一个码头。地势越来越开阔了，阳光仿佛早布置好似的，一层层铺洒在低矮起伏的山峦、碧绿喜人的田畴与倒映麦穗的河面上。岸上的男人与女人穿梭忙碌着，或者在屋檐下悠闲地给孩子讲故事，像我们熟悉的一样，总是以"从前……"的方式开头。我几乎能想象到讲述者的神情。而一只只飞旋的陶轮，提醒我新石器时代来临了。啊！那是多么古老的历史时空,陈旧发黄的太阳啊,可是当我身临其境,听到人们激情洋溢的欢呼,才发现黎明的金马匹后,东方地平线冉冉上升的庄严旭日,竟然如此火红,如此新鲜!

"我们不妨去村落看看。"三闾大夫对我说。"遵命!"我迫不及待地答道:"能去瞧瞧,梦寐以求。在人们沾满黄泥的鞋底,透露出卓越不凡的气质与自信,甚至让我想到电灯发明的时代。未来,是山巅上一只伸展双翅的鹰,穿透重云充满希望地等待着。"

我们立即上了路,野花摇曳的一条条阡陌,在大地女神丰腴的身躯上纵情驰骋,谷子们纷纷探出头颅,谷穗饱满得令人吃惊,芒梢摇晃七彩的光辉,一粒粒简直就是饱经忧患的大河的滚滚热泪。而豆子尚未成熟,在豆荚里躲躲闪闪的,让人要伸出拇指与食指捉住它。我家厨房时尚精致的玻璃罐里,盛装着黄豆、黑豆、花豇豆……七夕夜我为它们写下深情的诗。我也曾经和母亲漫步故乡可爱的田野,在泥土淳朴的气息与昆虫的合奏里,用布袋小心翼翼托着新鲜豆子。然而,唯有此刻,庄稼让我感到前所未有的亲切。新石器时代的农业革命,漫长时光里对我们——人类的后代发生了深远的影响。"五谷丰登""六畜兴旺"至今都是我熟稔的祝福语,逢了年节,红纸金字贴在乡村人家的谷仓与畜栏上。同五谷的栽培一样,野生动物的驯养引人注目。我邻居的小孩子,从未见过耕牛与羊群,但他一丝一毫不感到陌生,我想,这是悠久文明的心理积淀吧,只说识字卡片、动漫广告,奶奶的老故事里,牛羊不依旧比比皆是吗?法国作家布封在《自然史》中论及马时说"人类所曾做到的最高贵的征服,就是征服了这豪迈而剽悍的动物",那擦过马耳的呼啸的风,周流天地,动息有情,仿佛预示着未来——那更加惊心动魄的剧目。

云白得忽然就要远游,一条壕沟横卧眼底时,我们可以较清地观看村子北边的墓地,还有一侧的窑场了。一边是黑暗的挽歌,一边是冲刺的火。我回想双掌拍打过的河面，反射的光线在倾覆、跳跃、迸射。而此刻，熊熊火光正在窑内紧抱焰苗，像泪水抱住苦难，微笑抱住甘甜，像一只双耳陶罐紧抱住泥土，火，飞溅着锐痛的、欢欣的、剧烈而又微妙的万千声响！我不能一一形容了，但我相信比树叶还稠密的平常日子里，我都或者清晰或者隐晦地听到了它悠长的回音。

"我们和他们，仅仅隔着一条鸿沟，"三闾大夫露出百感交集的神情，扭头对我说，"多么远，又多么近，旅人啊！"

植物荣枯所演示的生命——死亡——再生的宇宙循环节律里，谷子在我们身边随风起伏。嗨哟嗨哟，一阵劳动号子声，阻断了我的答话。村东头一群人开始造屋，削土筑土，里外搬运，那一派热烈迷人的气氛，简直让我想起后世"京师之野，于时处处于时庐旅，于时言言，于时语语"的场景了。我们望见村中央有座庄重的大房子，其他房屋较小，墙壁都涂着厚厚的细草黄泥土，几根朴拙的柱子，守护着沉重的黑夜，帷幕降临时，屋子中心让人安定的灶坑。

"哦，良田阡陌，将彻底改变多少事物啊！"我按捺不住内心的激动，在三闾大夫面前滔滔不绝，"紧接着从游狩转向定居，手工技艺的繁荣与传授，大规模的社会组织，新制度形成与思想的不断演变……前方，是多么生机无限而变幻莫测啊！"

三闾大夫微微颔首，说道："让我们继续远游，见证日晷一寸寸地移动吧。"

告别村子之前，我恋恋不舍地回眺，看田间星罗棋布的耕作者，看一些人不分白昼黑夜，登高临川，观察着天象、地理与水文。而挨近壕沟的村舍里，一个佩戴蛙壳项链的女人，弯腰在中央灶坑辛苦拨火，排烟孔就是她的天窗，连通着天轴美丽的北极星。她一会儿又搬动朴实而大美的彩陶罐，偶尔，也伫立门槛上远望我们，把脸庞浸在温煦的日光里高声唱歌。我不敢相信自己的眼睛了，饥荒与传染病的阴影还在村口徘徊，而如此简陋的屋舍里，她充满自信地微笑着，简直像一位女神，为原始村落蒙上一层宫殿般的光辉。

蓝墨水的上游

我们踏上漫漫长路，跋山涉水，不知又经过多少险隘与激流，有时谷口风吼，乱石惊浪，有时峰削如铁，路窄如缝，让人望而生畏。

"你看！悬在峭壁上的小道，正是你我要拜访的人们开辟的。"三闾大夫似乎还要说什么，又停顿下来。

我倒吸一口冷气，仰望着难以置信的史迹，嶙峋的岩石俯下身，好似也要赞颂凡人的力量。

事物总是相辅相成，难行的旅途，却不时突现瑰玮的景观。残留着皑皑积雪的峰巅上，碧蓝清澈的天池水洗去了我的惊恐、无望与极度疲惫。只有刺骨的寒风，在空中搅动万马奔腾般的声响后，又擦过我冻得通红的双耳，它们倾听的一切，在寥廓天地中音量都被扩大了。

"恶劣的天气，你居然还能坚持，我看到了你内心探寻的火焰。"三闾大夫的语气似乎有些宽慰。

"您，蓝墨水上游一株挺拔茂盛的大树，"我答道，"引领着浩浩大江两岸的诗人，深谙他们瞳孔里的渴望。对于我，一个习诗的人，先生啊！很荣幸倾吐自己的心声。从楼上楼下、电灯电话的俗谚流传，到现代物质生活的舒适，从某种意义来说，磨损了人们坚韧不拔的精神。至于我，老师，是一个浪费光阴的人，深感愧对生命，需要在磨炼中洗礼。但出乎预料，自己一路攀登上来，我只感到遥远的前方俨然有一块磁石，那么强烈地吸引着我……"

"没有比你生存的时代，更关心我们的旅途——往昔的事情了，历史同宇宙飞行、分子生物、计算机一样，成为热门学科。只是你们许多人,并未明显感觉到。"

"那里有强大的压力,充满危机与希望、混乱与自由……也许我们的时代神奇伟大,但又是那样被撕裂,无助,每个人都寻找着安慰,比繁星还亮晶晶的希望。再没有比我们时代的变革更令人吃惊的事了。先生啊!世界的滚滚洪流向前奔涌,每个人都被抛在急卷的漩涡里,不停地适应、竞争与摸索。"

"哦,我可以想象,属于你们的痛苦、自豪与心理紧张。众所周知,最漫长的变革——经过石器时代的几百万年才发生——农业革命后,人又度过了万年光阴,而工业革命突飞猛进才二百年,电子,网络……人类又经历了第二次工业革命,日新月异的当下,连沉默的时间也会头晕目眩!"

"诗人啊,我常暗自揣想,每次历史转折,都对未来产生了难以预料的影响,然而今天活生生的一切,飞浪里上下翻滚的人,能看得透彻吗?只是,我那么强烈地想探头,像一个急不可待的观众。"

三闾大夫嘴唇翕动,却欲言又止。

我抬起头继续说:"您可以想象一个伫立悬崖上的人,左手握核武,右手依旧高举狩猎者的思想,观众大声疾呼,演员我行我素,毁灭性的战争乌云笼罩着他,他的自傲、自卑与不知所措……"

"他必须认识自己了!必须前所未有地审视自己了!他还要了解往昔,因为没有历史,今天就会显得神秘,不可思议与恐慌。"三闾大夫向我招招手,"听,万木梢上又起了飒飒风声,让我们继续溯流而上吧。"

守城者

黎明又在诗人的琴弦上,垂下玫瑰红的手指时,东方天际的缝隙里,让万物仰望的熊熊燃烧的火红圆球,将要从大地永远的怀抱中一跃而出了!

　　一条大河绕着浑圆的山丘蜿蜒,而山丘背后,云霞中摇晃着海市蜃楼般的影子。等到树梢重新闪亮的时候,我才看清是城市建筑物的尖顶,它们像经过剧烈动荡似的,从巉岩上高耸而出。金碧辉煌的王宫格外刺眼,卫兵高举刀剑,这前所未有的事物,简直让成群结队搬家的黑蚂蚁不知所措。我们向四周眺望,在模糊的视线里,巨大的建筑物不住膨胀,以至河流树林岩石都开始发生扭曲,但这仅仅是镜头的一角罢了。热烈的欢呼声,正从云雀、守城人与所有居民的肺腑中发出,吸引着我们翻越山丘一直向前走。

　　是的,我用任何语言赞美也不会过分,消散未尽的雾气中,雄奇的青铜柱傲然挺立在城市中心的广场,正向浑圆的苍穹做最自豪的演讲:文明时代开辟了!不远处,望得见神庙肃穆的屋顶,听得见市场商人的大声喧哗……一座城,以及它标志的崭新生活方式,为什么会在茫茫旷野与村庄茅檐的上方出现呢?当我仰望插入云霄的青铜柱时,除了以宗教、社会与经济的原因解释外,让我深深感受到的,是人类的抱负、梦想与荣光!其时,一阵欢呼又从广场一隅爆发,汗牛充栋的文书向我们宣告,让文字——最简约又最丰富的符号——汹涌奔流,用文字撰写的编年史巨著掀开了!广场上鼓乐齐鸣,各种艺术与学科都光彩焕发地登场,我左顾右盼,好不容易才按捺住内心的激动,在三闾大夫的召唤下,拐进大街小巷闲游。城虽不大,饭馆、铁匠铺、澡堂等一应俱全,处处洋溢着新生活的气息,就连让人惊叹的排水道,也在全城奔涌着霓虹般的色彩。我弯下腰,想更接近那奔腾的气息,建筑犬牙交错的阴影却也趁机浮现。

　　喜悦的眉梢,是否也掠过一丝疾风?三闾大夫微侧过身,目光若有所问。我们遥望天际,云雾斑驳,恍惚某些地域,一座城在突兀中,发生了与自然的断裂,能听得见流沙家族,从干枯的河床上逃亡……还有伴随文明而来的鸿沟，极度复杂的利弊得失，劳动者的被鄙视与压制，有时候，人们反而会怀念文明之前，譬如各项发明爆炸的公元前四千纪里的社会合作关系。

"你可以理解了，任何一个历史时期存在的价值，"我还在感慨，三闾大夫转过身说，"你逆流而上的漫漫长途，都将如一枚箭镞，飞奔向让我们渴望与恐惧的未来。"

我只管走，恰似才离开新石器时代的渡口，忽然闯入一个陌生的国度。街道上的行人纷纷躲避，大祭司的随从消失后，又奔驰来国王奢华的马队。表情淡漠的奴隶们中，很快跑出来一个人，献上他鼓捣很久的机械，财务大臣比较了一下使用机械与奴隶的成本，摇摇头，于是仁慈的国王宣告，销毁，给奴隶们留一碗饭吃吧。马蹄声渐渐远遁了。我在似曾相识的城中又逛了很久，头晕目眩，摇晃进交叉重叠的万花筒，那里不仅有贵族的世界，农夫的世界，还有书吏的世界，工匠的世界……通向八方的道路，越来越繁复与多变了，最终当源于古老时代的价值体系崩溃后，当必须化解与摆脱的精神危机突现时，无论闹市通衢、幽静深巷，丛丛树叶都裹住动荡的思潮翻滚，我们也被高涨的风声吹逐到城门，一路上撞见近于昏厥的绝望者，开始深刻剖析"我"的沉思者，撞见占卜者、反抗者、纵欲者、赎罪者……我们迎面撞见新秩序的设计者、辩护者、未来的守城人，自然，我惊慌的记忆里，还储存了寥寥几个要逃脱社会与历史的束缚，一舟漂泊江湖，追寻个体自由的人……由于时间的缘故，我不能一一叙述了。

拨开渡口的茂草

终于得到马匹为坐骑时，路上已有行人，陆陆续续加入我们的旅程。

百里酒肆，千户人家，我惊讶地发现，昔日野狐与黄鼬嗥叫之地，已经被彼此拥抱的五谷覆盖，隐约望得见南陌上缤纷摇曳的野花，游动的规划宏伟的水渠，人们劳碌不休，却目光坚定，手持牢固、锋利的铁斧，开始向更加茂密的森林垦荒。执行公务的差役，牵着骡马的商队，正在掺和一起的辚辚车轮声、吆喝声、豪爽的喧闹声里，各自穿行于四通八达的衢道。过去怯生生从荒野探头的小城，活像汪洋大海中的孤岛，如今在某些地方，大有要联结一起的趋势。服饰殊异的人群，匆匆把身影印在蜿蜒起伏的城墙上，留下他们语调分歧的独白、对话、激辩与熄火后的交融。

此刻，流云飞渡，任何天高地远的旷野里的行人，都会敏锐感觉到，不断交叉扩大的文明范围，向它的居民提出的新挑战，那一幅动人的场景，甚至让人追溯到更新世剧烈变化的天气里，人类的祖先是如何成功应对挑战，适应环境，成为万物之灵。

暮色渐渐深了，我们一行人都感到疲惫，不远处，一条辽阔的大河又在白昼与黑夜衔接的渡口，显露出庄严肃穆的光辉。那是我一见如故的河，就像一个脖子上挂着粗大的钥匙，却总是找不见房门的人，突然发现了掀开宽宽窗帷的河岸，那世上最宽大、厚实与蓄满温暖的力量的床。同伴们支起帐篷，快活地生火煮饭，碰杯笑语，翠绿的松枝蓬蓬爆响。不久，有人指着河边一个伫立凝望的背影，我们慢慢围过去，在一见如故的飞雪浪头中，倾听三闾大夫朗诵长诗《天问》，他却轻挥广袖，唤我们沿河走到一片人影晃动之地。我现在还记得，有一群衣领青青的学子，朝夕学以致用，静夜计过无憾后，才能安心入睡。他们把人类的诚挚向善之心，视为天性的自然流露，把至善行为，看成人生的终极目的。有一群人在充满异国情调的银河高耿的星空下，结伽趺坐在丛林的熊熊篝火边，身生热力，专一观照内心深处的自我。还有一群人走在历史的索桥上，我认出一个叫泰勒斯的，正仰视墨蓝色的苍穹，仿佛复活节岛石像中的一尊，沉浸在惊心动魄的美丽中，要同宇宙之心做亲密的交谈。没一会儿，草叶纷披的岸上又走来一群人……我永远都忘不了，这趟难忘的逶迤河岸上的旅行，所有人都卸下了神秘而繁重的仪仗，不仅认真深刻地反思自我，而且身体力行地实践，从似乎不言自明天经地义的迷信，到理性的思索，从祭祀到对本质的探讨，重新点亮了人生的千百种景观。来自不同地域的人相聚河口，在对各自传统的重新诠释中，寻找着普遍真理与救世之道。

而我拨开茂草，俯视被后世称为轴心时代的倒影，观看人，在日出日落的蜿蜒长河中，如何不断塑造自身。从某种意义上说，正是轴心时代，塑造了今天的人。并且，我想起一位历史学家评论当今的意味深长的话：这所以是一个有希望的时代，还因为人的认识——对人本身和人过去的认识，对人周围的物质世界的认识——在迅速发展。

我觉得，旅行故事的回忆，可以暂告一个段落了。虽然，此后还走过更加漫长曲折的旅途，每一处景观，都如三间大夫召唤时所说，我要带你去的，都是被你热情瞭望、唤起你内心的惊异与沉思的地方。虽然，刻骨铭心的旅行，让语言的表述，像一盏照亮廊道的简陋的灯，总是显得苍白无力。

5

当我专门背着摄像机，又登上最初纵目远眺过的古城墙时，早春天气，原野几乎要抬起它浑厚的身躯，裸露出曾经被肆虐的暴风雪覆盖、如今又爆发出春天力量的胸膛。前几天还瑟瑟发抖的桃红色的苞蕾，眼下，哧啦啦飞快点燃了岩石的缝隙。让我们热爱的词语，像一粒粒种子，在经过冬季北风的摧打与白雪隆重的洗礼后，显示出惊人的饱满,从黄褐色泥土里冒出头抽枝发芽,旷野上生长着茂盛的词组、短语与复句。

恰似,无数色块尽情奔驰在原野上,不仅惊醒了一条宽阔的大河,而且使整片土地都腾腾冒出热气。多么明亮的春天啊!不远处,厚实沉稳的土丘上,每一棵卑微的毛毛草,都精力充沛,争抢着呈现内在的力量。这究竟是春天的第几个瞬间?仿佛钨丝的声音穿过指尖,我听见自己最真实的心跳,也听见了大地怦怦的心跳与解答,我的热泪几乎要滚落了,融进眼前这一切。

当我再次登高伫立,蜿蜒不尽的古城墙,似乎只是一厘米厚的史籍。

依旧是青砖苍苔,游人络绎,依旧是日出日落,天风环耳,我却前所未有地感受到生命的丰饶。在蜿蜒起伏的古城墙上,在深邃的时间与空间的交叉点上,我已经走过了多么漫长的旅途,有幸观看了多么丰富的风景,并且像一条穿越河流的鱼,在空中的河——弥漫的水蒸气,在沿岸的乔木、灌木与草丛边,在汹涌澎湃的急流里,在河床生命的基岩上,穿梭、徘徊、飞跃!一个人的生命,完全不仅仅属于自己。

我向远山呼喊,广袤的原野上没有回声,但四处扬起雀鸟的啼鸣。于是,我只想用虔诚的静默,向东方天际永恒的光线倾诉:生命是一个运动的过程,是一个日复一日自我追求、自我审视、自我反省、自我实现的过程。光,勾勒出树木的姿势,也勾勒出我流利的身躯,悲欢的脸庞,飞扬的长发。有光芒照耀万物,这还不够吗?

城墙脚下,约二三十米远处,有一株老榆树,在空阔的草坡上煞是显眼,游人们喜欢用它取景。榆树自然是我熟悉的树木,无论长在古城墙下,还是胡同口,村子的水塘边,都用迎风婆娑的叶声,吐露着一棵树的腹语。一棵树不会无缘无故摆在那里的。从一粒种子攒够了全身的力气，顶开地面，一跃而出，到壮实的树躯上长出枝条，大枝再分出细小的枝柯，擎举一簇簇绿色火焰般的叶子。如此普通的一棵树，神话一样演示着生命坚韧的进程。也许应该毫不夸张地说，万物本身都是神话，一山一水，一草一石，都不会无缘无故地存在，即使金属，也只是以与我们截然不同的时间节奏，在大自然的怀抱里，在每一块矿石里缓慢成长，完成它的长征。花朵更是生命神话的见证者。在不时翻滚苦难的大地上，自下向上开放的花朵，用极其短暂的生命显现美好后，一丛丛绿叶，才在我的瞳孔里旺盛燃烧，树木才在四季的修持中，牢牢握住了果实。然后，又是一轮新的诞生。

离老榆树不远，一群人正在修理工具，阳光一定照得电钻白花花的。在似乎要蜿蜒到天边的城墙下，时间与空间都充满了弹性。可以想象一二十万年前，这一带麋鹿奔驰，植物茂密，原始人正在制造工具，只不过手中握的是石头。他，深吸了口气，举起一个刚打好的石斧眯眼端详，他的右掌温暖，在谜题一样永久高悬的太阳下，石头，简直像一团凝固的火光，斧刃充满神圣的力量，即将劈开文明降临前的漫漫长夜。伊利亚德说，一个劳动的人，他同时也是一个游戏的人，哲学的人和宗教的人。尤其投石索、弓箭等发明后，对于距离的把握，产生了无数的信仰、神话以及传说。

人啊，有限的生命个体，强烈感知着无限的时空！风声猎猎，雉堞巍然兀立着，古往今来都是引人追问之地。我想起一位古哲的惊叹，如果万物都是神奇的，上帝赋予人的独特赠礼便是多了一点自我意识——然而，正是这么一点自我意识（无论说，上帝照自己的样子造了人，还是认为，人按照自己的本质创造了上帝），使事情发生了悬殊的变化。浩瀚的寰宇中，人何等渺小，然而人的伟大，不正在于能够认识自己的渺小吗？伫立古城墙上，八面来风，最容易触动心绪，游客们有的仰望苍穹，有的一抒胸臆，天空永远是沉默的提问者。而大地的剧院里，人是唯一能够认识并研究自己的生灵。更弥足珍贵的是，人有能力，捧一把含草籽味的泥土，在历史的浩荡长河中不断塑造自身。

很早以前，我读到一句话就记住了：在暴风雨中看原野，就像是波澜壮阔的人生。古城墙下的此刻，早春阳光闪耀的原野是坦然自若的，然而，依旧透露出惊心动魄的力量。我从衣兜里，掏出一些零碎的日记，回想昔日的游踪与思绪：

> 我多想在还散发着腥味的颠簸动荡的海，在白云与乌云交叉翻滚下的浩渺汪洋里游弋，谛听万物的脚步……

我又拾起一页，继续读：

> 我多想穿透历史的云山雾嶂，感受每一时期的人的思想、情怀与心绪，从深山老林里的原始人群开始，屏气凝神，和他们一起等待昼夜交替，四季轮换。月亮缺了又圆，雨水如期而至，星座呈现出有条不紊的图案，感受到宇宙强大的秩序，以爱的信任将自己托付于它。于是，从最古老的时刻起，自尊和谦卑，欢乐和服从，所有情感都逐渐融合在我们心里……

我翻拣着，阅读着，仿佛已经在崎岖的山岭上、湍急的河流边，沿着绵延起伏的古城墙旅行了很久，眼眶微微发潮。在那些迷惘、困顿的隘口，不仅得到教益，而且连影子也立起身，紧紧拥抱过我。我走了这么久，生命完全不仅仅属于一个渺小的个体，属于自己，在风声高涨的山巅，所有绿叶都沉睡与苏醒过的河流两岸，沿途的景观何等丰富而悲欢动荡，我唯有感恩。

为了未来的回忆，倚着城墙我写下新的日记。无限的时空照耀我们，就像大地上的旅行者，用渐渐抬起的眼睛，点燃了满天繁星。每个平凡的日子，都是丰厚的赐予，作为同时具有个体与社会两重属性的人，每个旅行者的每一次思索与追问，反省与实践，创造与奉献，都把一朵跳跃的火苗，扩散到寰宇永久的光明中。

早春闪亮的潮水，正在原野上汩汩涌动，让你想在新一轮的旅行之前，把每一个细小的镜头，都拍摄下来，又只想就这么安静着，一个城墙上静伫瞭望的人，将被锐利的疼痛，与生命中最深刻的幸福同时击中。

塔影幢幢

1

冬天的下午,约莫才五点钟,天色已暗了下来。这个季节的天空,似乎习惯于追问什么,总是急着潜入清静而璀璨的渊谷,也许那里存放着答案吧。汽车喇叭波浪式的混合奏鸣中,西天一朵游渡的云像散开的行囊,需重理一番明日破晓好上路似的,它化成一片片薄絮,又消失了。

我正穿过马路,准备搭乘9路车赶回家,不经意向斜对面的高崖瞥了一眼,我的心却温热起来了,仿佛偎近了一盆古老的并不灼热的炭火。我随即再次眺望,是西山公园的九龙塔巍然屹立,暖灰调子的反光笼罩着它,一点儿都不晃眼,透出敦厚朴实与隐约的亲切感。九龙塔其实是近几年新建的,但在土崖底下高楼大厦的层层围拥中,尤其在雪霁雾漫的情境中,它还是诉说着沧桑,会符号般激起人们,激起一个族群潜存的遗传记忆与怀念。9路车还没来，我索性又望了宝塔好一会儿，诉说历史时间的塔姿，在暮霭里泛出一层透亮的薄光，又不那么敦实了。好像一幅写意画，借气韵飞动的檐角，要溶入辽阔无垠的天空中去。

　　不同的人瞭望塔影，都会触发哪些共同、相异或者同中有异的联想呢？我一边继续等车，一边不禁思忖：僧人居士，目睹塔影是否会思起佛像的项光，默念佛陀的名号？兴致勃勃的年轻眷侣，是否会手指绕塔飞行的鸟雀，庆幸寻觅到一个摄影留念的好景点？而我伫立那儿，眼前许多塔的影子开始重重包裹九龙塔，温暖的回忆胶片里，有俯瞰着纪念白马驮经西来，号称中国佛教祖庭的洛阳白马寺的齐云塔。有香火氤氲。我仰望良久的大唐玄奘法师督造与译经的慈恩寺大雁塔，有我一遍遍聆听着令心境清宁的梵呗，环绕的历尽灾患岿然不动的开封褐琉璃铁塔。有蓦然回望中，西湖丝缎似的波光上荡漾的传说镇过白娘子的雷峰塔……未曾拜访而神往已久的塔影，像驼铃不绝丝绸古道上的塔，山水相映南诏大理的塔也都一一涌来了。然后，阅读过的小说里关于塔的场景也涌来了。恍惚间，许多塔影正与崖顶的九龙塔重叠，风吹过时便摇晃起来，莲花瓣一样徐徐绽开，莲花缝隙里露出每座塔依托的苍茫原野。我知道，倒映下来的塔尖，击中了我心底的涟漪。

　　记得余光中先生曾说，他的乡愁，不是地理意义上的乡愁，而是历史文化的乡愁。那片无穷无尽的后土，四海漂泊的龙族，叫它做大陆啊，从小时玩耍的金灿灿的油菜田垄头，母亲喊他回家的声音，到可以想见的晚年，五千年深的古屋里亮起一盏灯，传来的一声喊他回家的动人呼叫，到最后不堪言说的苦楚的温暖，生命流逝后的慰藉："当我死时，葬我，在长江与黄河之间，枕我的头颅，白发盖着黑土，在中国，在最母亲的国度，我便坦然睡去，睡整张大陆……"我第一次读他的诗时,就被浓郁的化不开的乡愁深深打动,并且暗地里感谢诗人道出了、表达了、凸显了我心里朦胧萦绕的东西,也一定还有许多人血液里暗暗流淌的那种来自历史云雾深处的乡愁,泛文化的乡愁,以至因不断追问而引出的天地、时空、生命的乡愁。

2

地理意义上的鸿沟,还有可以逾越的一天,至少,希望不会消失。背负历史乡愁的游子,踏上的却是不归路。扁舟一叶抛缆去,唯见江水无穷弥漫天涯,日暮乡关何处?眼睛里的烛火在燃烧,羁旅因无望而灼痛,追忆因渺茫而彷徨,时间的垂线用痴心绞凝成缆绳,那一口乡井有多深,井沿上的雾气有多氤氲,试图穿越的眼神就有多殷切。

我想我受母亲的濡染很深。我的母亲虽然那么平凡,风尘仆仆地上班、下班,在喂鸡、腌韭菜花,暑天顶着毒日头跑十几里地给我抓药,数九的隆冬挑灯为一家大小缝补衣服之余,关心时事,也神往历史的空间。她血液里流淌的情怀,遗传给了我。小时候为省钱,母亲托了人情,我们搭乘货车的尾节车厢出游。火车鸣笛了,麦浪飞快地向后堆积,靠近县城的一座塔上,扶栏站着位穿红衣衫的姑娘,母亲兴许会指着她说,古代也有一位女子立在那儿,和周围的山、溪、城自然地融合在一起吧。母亲不留意地说,我不留意地听。母亲没有读过多少书,保护文化遗迹的意识却非常强,曾厉声斥责过我用小树枝涂写"到此一游",那是她坐在大河畔遥望对岸而回头的片刻。

我喜欢阳光射入窗户的时候,摊开地图册,目光巡回在比例尺缩小的山川,窗外白杨树叶儿沙沙的微响,手掌摩挲过去,画面便活动起来。我用手指点戳地图上标注的济源,再顺势向东一划,到了山东的济南、济宁、济阳，最后顺着今天被黄河侵占的古济水下游河道，手指划入瀚海的蔚蓝，四渎之一的济水便爆了冰似的，一下子哗啦啦奔涌翻腾着洁白的浪花。太阳照耀我，照耀着飘荡的烟雾里金光点点的河面，岸上隆重举行的祭祀典礼，也照耀着争逐的鱼虾，青草绵绵人约过多少黄昏后的长坂。我的目光向西部移动，停留在岐山下的周原。周族祖先古公亶父率领的队伍长途跋涉而来了，沃野千里，苦菜如饴，筑造起檐角鸟翅般飞向天空的宅室。喧喧嚷嚷的人声，噔噔噔的捣土声，乒乒乓的削墙声，被热气蒸腾的工地淹没的咚咚咚的鼓声，一时如百矢齐发，向我射来。我似乎看见胡须蜷曲的老者，双臂伸展先向天空尽情地引吭高歌，然后身躯扑下去久久拥抱大地，指缝间撒下一把把磁性充足的泥土。于是，浸染体温的泥土沉淀了几千年，将地图上几个圆形小黑点边标注的名词，研磨得珍珠般光滑。我反复轻读：凤翔、麟游……我的手指沿着先秦重要的东西走廊颠簸，那形势险峻的崤函故道，回荡过多少骏马嘶鸣，湮没过多少鲜血与骸骨，如今被我轻轻滑翔。穿出一夫当关万夫莫开的雄奇隘口，我用指尖叩访洛水之阳的王都，禾黍渐深的故宫，疆土为诸侯霸，道术为天下裂。有位太史模样的人正伫立高台上观星象，我想上前去问问他，你看见一片异彩纷呈、光芒四射的思想星空了吗。行云一挥别，流水又千载，南宋都城临安像一颗亮闪闪的水珠，从地图上嘭嘭凸起，盐桥河上繁忙的樯橹声召唤了我，坊墙早已倒塌，御街上的店铺鳞次栉比，勾栏瓦肆里灯影交辉，有携带纸币的商人，从衣袖里掏出一幅八百年前的西湖图，赤山教场与南山第一桥的粼粼波光间，清晰地标有"会子纸局"四个字。当我继续目驰神游，翻越了南岭，隆隆炮声震荡一腔热血，百年前的广州城上空风起云涌……每逢合上地图册，我都会奢想背包去旅行，推窗远望，只见山势起伏，处处树林的枝柯上光斑跳跃，若是雨后新晴，树木百草与泥土的气息一股脑扑鼻而来，那时候我就遥望着龙门山,沿着峰岭走势探寻家乡三晋丰富的蕴藏。大地如果是鼓面,还没有远行,在平日散步的地方,每走一步都能敲响历史的回声。

3

然而,真的能进入场景吗?回声即使聚拢过来,像敲打在王禹偁黄州僻角的小竹楼上的雨点一般密集,双手也接不到湿漉漉的雨水。汗牛充栋的各种体例的史书,试图将时光的辙印编纂成纵横交错的网络,让翻动它的手,从页缝里抽捻出清晰的历史叶脉。但是书中所记载的芸芸众生,他们真实的观念世界,烦琐细致的生活图景,鲜活变化的心思,连同举手投足间的音容笑貌,仿佛倒映水中的影子一般模糊。当现实水面的涟漪晃动,不同时代不同地域的人,以自己对世界的理解来俯望水中倒影时,影子就更加千姿百态,看不分明。更多的时候,人们只是举起从地下挖掘的陶瓷碎片,让阳光在残缺的棱峰上滑动闪耀,通过想象将它们拼合成一个完整的古瓷瓶。

比如,当重檐的宝塔陆续从各地挺立,演变成华山夏水的风景标志,当佛教传入东土,虽然在强大的传统力量下完成了本土化,但是佛教带来的殊异的思想,通过各种神异、故事与仪式渗透到百姓的日常生活,通过精微的思辨撞击了文化精英的心灵世界,人们已多多少少接受了譬如宇宙虚幻、人生痛苦、三世轮回等观念,此后的中国人,即使屏息凝神,遥想翩翩,还能体会早先,那个人死后魂神要归于泰山的世界吗。历史的车轮滚滚前行,太阳的辙印碾过了一站又一站。就像生活在今天的人们,对身边事物的分类又与往昔截然不同。而分类往往意味着对世界秩序的理解,即使在风声回荡的黎明或黄昏,拾级登上木塔、砖石塔、水泥塔,或者耸立得更高昂的电视塔极目远眺,览尽山水,还能细腻感触古人心目中的时空,领略他们的情怀吗。

能与逝去的时间沟通的媒介,那人们左臂捧抱的线装书籍,右手攥握的大地收藏的文物,都如淤沙上露出的塔顶,塔身还在下方沉埋。兵荒马乱,刀光剑影,短短只有五十余年的南梁,图书就经过了两次大的灾祸。再如书籍编校时剔除在外的部分,再如各种非人为的原因散佚的书籍,更是泥沙沉海。只要看看宋代编撰的《太平广记》,那早已散佚的书目数量,已经让人触目惊心。不要说著者挑灯夜战,熬尽心血,藏于名山传之后世的心愿落空,它们所承载的大量历史信息也化为乌有。人们又说,历史是任人打扮的小女孩。一趟想穿越云雾,最大限度地瞭望生动的历史风景的旅行,是多么艰辛的跋涉,要穿过时空的差异,要穿过著史人的观念所设置的雾障,甚至还要穿过文学性的描绘。但是当雾障成为了历史,也许还要感谢它们。撰史人的观念本身构成了历史记录。就是春秋战国诸子学派在文献基础上,平添想象虚构的上古风景图卷,不是也记录了诸侯混战的乱世,士人们对秩序的渴望与焦灼,在欲望膨胀的世界中内心的如火煎熬,与对简朴人生的追慕吗。对史书中合理揣摩着当事人的口气,展开的一些文学性描述,使后人感性地听到遥远的呼吸。记得一位古代的欧洲作家,看了许多理论上介绍中国的书籍,因为抽象仍然如云山雾罩,直至辗转得到一本小说,才满意地表示自己亲切的感受。这就是形象语言的功用吧。自古的文史结合的传统,人物纪传的史书体例,应也有一定道理的。

4

历史的风景山峰巍峨,只是云雾幽深。塔影幢幢,回头探寻的目光却依旧殷切。

有句话这么说的：历史感是人的本质。那目光通向之地，是久违的故乡。朝露般短暂的生命，因为追溯到一条绵绵不绝的河流，在流动中看到了自己的丰富与延伸。历史的镜子，鉴照着过往的得失，将光芒反射到明天的驿旅上，对未来生活的憧憬与开创中。而且，河中的水纹，镜面中的光，都会向不同的方向流闪，在生命对未知世界比如将临的死亡的恐惧不安中，追问流程，追问来源，追问存在，历史的乡愁就曼延到了宇宙时空中，成为天地间一叶扁舟存在的佐证，前行的动力。

清江流日月

1

五六年前,我曾经像一片浸润的叶子,抬起叶梗翘望,在唐诗人李白吟为"水色异诸水"的新安江上漂流而过。

如果不是为了结一桩心愿——仿佛从心底开通一眼天井,积聚昔日游踪斜飘的雨丝,乌瓦廊檐下难忘的光影,再轻轻呵口气,在岁月的罅隙里浓浓研磨,润发今生生命的青石——我想,我的笔尖还不会碰触徽州,因为它的儒博浑厚,而我采撷的叶片的单薄。

犹记列车经过徐州一带,随着大致熟悉的景观消失,白杨树筛长风声的稠密亲切的曲调也渐渐远遁了。车窗两侧,南方一竿竿秀竹斜逸而出,翠液欲滴,使空气都颤荡起涟漪的青,很快笼罩了车厢,又依坡坳的自然地势,与摄人魂魄的春草高低映照,或三两竿疏宕,或千百密攒摇曳我的目光,甚至调整着我的呼吸。夜幕弥合最后一丝裂缝前，我久久倚着车窗眺望，直到一小片模糊的青蔚，化成一抹薄薄弯弯的月牙形细带子，烟，又坠入暗夜湿重而微茫的闪光中。

次日拂晓，到宣城，我们需换乘去歙县的车。其时宿雨初歇，天空蛋壳青，空气濡得洁净，早寒也就像透明而冰凉的浆液，在衣袖里溜来滑去地赖着不肯出来。站前广场一隅，两个赶早叫卖霉干菜包子的摊点上方，白汽腾腾直冒。我捂一袋热包子回来，向车站一位着灰制服发髻后挽的女人问询车次。她皮肤白皙，文静耐心，操着本地腔，恰当的言语中透出朴实，声音宛如薄滑的空气里抽出的蚕丝般好听。邻近徽州逢遇的第一个人，她使我的眼前浮出书籍的封面：蛋青的底子，许多留白处，右上角馨淡姣好的笑容……

霉干菜包子甚合我的胃，虽然以前极少吃。后来在古徽州府治所在地歙县耽留的几天里，每日烟雨，清晨我都会买上一袋霉干菜包子。也就是说，我是从斜风细雨与霉干菜的味道里出发，白与黑青之间踏过练江畔的古歙的。世事常常逆拂人意，沙子掩乱了脚印，却自成一幅滩涂雕刻，捎来意料不到的收获。那年去西塘，本愿江南烟雨的深深瞳眸里行船，彼时迎迓我的却是一树花照明，春月暗含香，随后还写了篇《西塘花树》记之。此番访徽州，万木舒发，揣想着在微醺的阳光下石板巷道上慢行，叩击时光长墙似歙砚琅琅有声，额头也涂一抹淡淡的油彩。不料数日里却蒙蒙烟雨，不绝如缕，陪我曲曲绕绕穿过深深庭院，着实走进了江南烟雨的深处。

雨，未抵古歙时，便笼罩了我的行程。

约莫下午三时，车过绩溪，先是潮气若浮，俄而细雨霏霏如诉，恍若我并未在宣城候过车，买过包子，说过话，只是从座位上起来转了个身。雨掀开柔软的丝网，也只不过照昨夜的样子起伏弥漫。然而，景致早起了变化。闲眺间，不由诸事暂忘，纷扰皆消，只觉人在画中游。青绿稻毯，流泻琴音缓缓，油菜花金灿灿恰好开到豆蔻颜色,将轻轻地恍惚,在雨烟里抖落。碧青色块与明黄色块斑驳渗透,一片稻田与一片油菜花田交错衔合而有序,中间又不时荡出一泓明亮的白水,高高马头墙的村舍,偶尔,可见劳作后的农人提携工具,撑把黑伞,踽踽行在归家的小径上。天空一时又恢复了拂晓的蛋青,只不过周围裹漾银晕,更向天地交接处涌弄青痕。远丘的轮廓,薄烟飘过,一切似有若无。近处大片油菜花高托金盏,向车窗骤簇飞来,那般亮晃晃的金,只在烟雨里含蓄了一回,便半吐羞涩,在四边稻田溪塘村舍晃动的光影里,浸出蛋黄的明媚,将我、旅人与徽州,全部裹卷了进去。

2

正是鲜笋上市时节。

歙县城街的络绎游人中,鳞鳞密集的店铺屋檐下,走过背竹篓的卖笋人,嫩生生的竹笋便摇晃起来,一颤一颤的。我至今闭上双眼,依旧嗅得到白弧滑移的清香,从岁月竹帘有节奏卷荡的纹影外,从雨雾里袅袅飘来。

卖笋的农妇煞是热情,娴熟地打着手势,介绍嫩笋的乡间烹饪方法,我们只后悔没随程携一灶台、一口锅来。看得出当地人对时令鲜笋的嗜爱,东家掂两个,西家拎一个,竹篓里堆积小山的笋,没一会儿工夫,倒平了下来。等背篓人走到摊点,卸下竹篓,笋便在绿油油水汪汪码齐的菜蔬中醒目地点缀着。

待午时我们走进当街一家仿古装饰的饭馆,招呼店家上玉兰片,才几元钱,便端上了满满一大盘,聊起古歙谯楼,就着窗外越来越绵厚细密的雨幕下箸,窗棂上凝着一团灵透的瑞光,只觉分外光滑爽口。古城著名的许国石坊,俗称的八脚牌楼附近,矗立着东、南两座谯楼，我们早已从门洞下穿行了几番。

谯楼边自然还发生过许多故事。史载南宋绍兴年间，一次大火烧尽了大半个州城，连州衙都化为灰烬。风水先生究其原因，道是衙门摆错了方向，于是封掉原先的大门南谯楼，另建东谯楼，直到明弘治时，挨着来了两位不信"谬说"的知府，才又打开南谯楼下的大门，而封掉了东谯楼下的门道。说到风水，就想起明清徽商兴起，徽州民宅留下"商家不向南，徽家不向北"的风俗，以免火光危及了西方的金气，于是留下不少坐南朝北的徽商宅院，别具一格。而南谯楼，悠悠岁月里仰望白云，眺送江水，俯望过脚下徽商大宅院的兴衰。它报时的晨钟暮鼓，穿过弯曲幽深的巷道，依山脊默默蜿蜒的城墙，练江澹荡起伏的水波，太平桥畔卧雪的树枝的姿势，该是多么悠长。

像沿着今天的嫩笋尖，剥开岁月的竹衣，向低处近根部走去，我们从热闹的街上旁拐，就来到了闻名已久的斗山街。江南雨伸出修长的手指，伴奏着皮鞋跟敲击沧桑的青石板的脆音，须臾就被历史的回声淹没了。狭长的街巷边，耸起高高的马头墙，我抚摸墙壁，仰望着独特的门罩，和雨声一起浸入徽派建筑的幽宁清朗、端庄浑凝中。厚重墙体围护的老宅，我又如何只通过吱呀打开的一扇门，就进入它的心腹？一步步串联，官宅，民宅，商家宅第，皆是一进向深处套叠着一进。徽州风俗，尤喜聚族而居，民不染他姓，溪塘乡野间可遇深门大宅，平时居家度日各住一进，逢年节祭祀，通道敞开，合族同进共出，多者甚至一宅绵延几十进，真可谓庭院深深深几许。斗山街上的宅屋虽无这么大的规模，但是跨过断断续续的门槛，低头，内心积聚雨水低凹处的寂静微光，也足以感受幽深庭院的氛围了。深宅中设有天井采光通风。"天井，井就是泉，泉就是人的命脉。"我不由伫立了好一会儿，斜洒入天井的纤纤细细的雨丝里，空中隐约浮泛的青雾里，廊檐上缓缓打着回旋罩下的轻风里，地表涌起澜纹的砖色里，我沉醉了，而老屋飞檐下的天光却醒着，向岁月的触角深处默默诉说着什么。雨水从四围水枧流入阴沟，就是俗称的四水归堂，意为肥水不流外人田。其实地漏常有雕成古钱形的，也是主人敛财之意。史上徽州为理学桑梓，读书著述之风颇盛，徽商也沾染儒风，商而养学，学而入仕，甚至官商合一。我们走进许家私塾宅第，庭中树叶碧光摇曳，沃沃有声，仿佛还应和着当年楼上学童的琅琅读书声。

"青砖小瓦马头墙，回廊挂落花格窗。"人生的寄寓无时不存，处处观照，它们在雨里开着花。高宅深院中，支撑门户的梁柱上，眺望的门罩窗楣的青砖上，雄峙守护着宅院的石狮子上……精雕细镂的花鸟八宝博古吉祥图案，好似浮雕在如织的雨幕上，枝颤花旋，绽放出昔日大门到船埠纷纷来去的身影，牵引我们向庭院更深处走去。或者，回眸的偏僻处，瞥见一位孀居守节的妇人凄美的眼神。

3

寄宿旅馆的老板娘，一大早代我们买了霉干菜包子回来。屡蒙她分外的照顾。初来时黄昏雨暗，向旅馆打回电话问路，老板娘告诉附近某处可以避雨休息，随后驾车来接我们，笑眯眯从雨幕中的车门里招手。儿子路路不巧感冒，夜半咳嗽了几声，砰砰砰敲门，她又送来一壶热开水。人在异乡，不觉心生温暖。

老板娘将霉干菜包子放到桌子一角，得知我们准备去棠樾看石牌坊群，说今天可是雨转晴呢，天空瓦蓝瓦蓝的，一边从提包里掏出彩线勾织，闲聊了几句，道是棠樾牌坊以白麻石与青石为主，邻近乡村星罗棋布的牌坊中，还有选用灰凝石红砂石与花岗岩建造的，或是枋板间用紫砂岩便于雕花题字的。

看来，她和我们一样，对牌坊首先当作建筑艺术来观赏，而牌坊悠长投影下发生的故事，却像风吹远的波痕。时间洒下一地飞屑，滑翔而去，隐匿得无影无踪。气势壮观的牌坊群头顶一碧如洗的苍穹，俨然大地上挺立的历史标签。时光转身而去时，砰的一声碎落了玻璃杯，留下清脆的回音。弯腰俯拾，玻璃折光虽然还如蛛丝绕指而过，甚至像人立深宅天井烟雨中片刻的微怔，飞檐依旧悄悄流泻昨天的呼吸。但杯水已倾覆，思想与情愫的碎片不能拼合，只可鉴照。

棠樾，轻浸在万物的芊芊蔚蔚葱茏蓬勃中，鹂鸟啭鸣，晴色翠好，田禾连溪远去，青送天涯，馨留阡陌，拂弄着雨后绸缎似的和风。倘若流浪的人经过，该会想停下脚步，梦想此乡成为置宅营生的家园吧。然而村头垂枝披摇的大树下，我们眺望着用几百年岁月一字排开的石牌坊群，时间的剪刀差，却剪下一畦惊愕，抛到我们面前。

紫阳书院旧址，犹在歙县问政山麓沐浴风雨，但是当理学蓬勃发展的土壤已消失，儿童启蒙早不是朱熹热衷编撰的《学则》，乡绅的独特地位与作用已成为风化的景观，宗族族规乡约家规家训铺砌的人生路早已变迁，棠樾的入口处，遥望牌坊群，我们几乎难以想象，一个人将建立一座牌坊，作为终生孜孜不倦而求的最高目标。棠樾七座牌坊是鲍氏家族于明永乐到清嘉庆年间陆续修建，四百多年成其规模。轩朗的布局中，一攒尖小亭点睛其间，使浑穆的建筑群霎时灵动起来，亭下清溪潺潺，南陌在望，不觉让人吟哦亭门对联"溪流无岁月，堤岸有春秋"。而那时候，理学早已从朱熹时的民间知识立场，演变为权力推动下的广泛指导世俗生活的规则了。

一根根石柱冲天，似当年破土争拥而出的竹笋，犹向穹宇诉说着家族的荣耀。

4

衡门之下可栖迟，日之夕矣牛羊下。

从最初淳朴的门，到城市生活趋向繁荣，华表柱高出横梁的里坊门，再到宋代坊墙倒塌，街巷开放，逐渐成为冲天柱式的牌坊，美观，独立。访古歙，我们最先游览的明代许国石坊即冲天柱式，高大巍峨，古朴厚重的青石上雕刻极为精湛巧妙，十二只雄狮守踞四周。

其实，只要读一读汤显祖的寓痛手笔"欲识金银气，多从黄白游。一生痴绝处，无梦到徽州"，"黄白"二字，一语双关，暗示赴徽州，不仅可一游黄山白岳天下奇景，只要去徽州拜谒政见不同的宗师许国，消除隔阂，由许国向皇上进一言，就能走出困境，重裹黄金白银，重攀富贵生涯，也略可以想见许国当年的显赫了。许国，官至礼部尚书及东阁大学士。记得石坊附近，还有当年许府遗存的书房，楼上高敞的明代风格。

汤显祖以《牡丹亭》传世，是晚明心学浪潮影响下的戏剧巨匠，朱熹则是影响了士子几百年的理学集大成者。

朱熹曾有一封信，劝作为士族的陈师中的妹妹守节，并且引用了程颐那句出了名的"饿死事小，失节事大"，解释说世俗观之，当然迂阔，但是知经识理的君子观之，就是不可变易的道理了。慢慢到元代理学制度化后，寡妇守节成为普遍的现象。而女性在社会生活图景中，也越来越成为男性的附庸了。

电视剧《徽州女人》有一段演道，晚清徽州富商程府家的大奶奶扶丈夫灵柩回家，历经艰辛，路过青云岭时遭遇山匪，匪首以杀掉所有家丁并将棺材推下悬崖要挟，逼大奶奶成亲。大奶奶无奈只好答应，洞房花烛之夜她跳崖自尽，而大爷的灵柩终于平安回府。众人得知群情激动，大为感敬，一致要求族里上报为大奶奶申请节烈牌坊。不久程府接到圣旨，恩赐节烈牌坊一座，一时合府有了喜庆气氛，上下忙碌。谁料几天后，奠基仪式正隆重举行，跳崖获救死里逃生的大奶奶突然回府，众人大惊失色，为封锁消息，族长决定将大奶奶关押起来。最后，牌坊树立之日，大奶奶一条白绫悬梁自尽。

程府，只是中国的缩影。戏台上下，发生过的流传久远或不为人知晓的故事，明明暗暗立起多少座高大的牌坊。我看不见门帘后凋零的眼神。她们肉骨凡胎，不能像杜丽娘一样，生生死死，惊梦还魂。

渔梁坝上，细雨又霏霏飘洒下来。

清澈的江水，随着蚕啮桑叶似的雨声，仿佛内部蕴蓄着明亮，波纹的微光缓缓澹荡着。斜风吹得青琉璃浮起浅浅飘忽的银白雨雾。

船越行越远。恍若许多流束才合成了江水，它们与堤岸或互相牵拽着，拥挤着，使暗处花开花落的香，全部融化到宽阔澄明的水域中。雨丝将油菜花欲燃的金黄，绣入绿岸涌漾的青草倒影上，花朵的明亮与水光便叠合在一起，波心里敛合或卷荡着。偶尔，房宅的粉墙黛瓦也倒映水中，煞是好看。

驾驶游船的夫妇很风趣，一船里笑声不绝。一会儿指点游人看岸上葱葱郁郁的山景，一会儿介绍跨江而卧的渔梁古坝坚固巧妙的构造。碧水到了闸门前飞泻而下，雪湍激溅，每一个瞬间，都有浪花盛开，水的光彩弥漫到充满负离子的鲜活空气中。

眺望水面，我仿佛真成了一片顺江漂流的叶子。

青石板，窄石阶，我们从渔梁古镇来，从蜿蜒的巷道深处来，而江水也将盘曲弯绕，一直向东流去，汇入浩茫无涯的沧海。

失踪的黑狗

1

西北风从裸露枯黄庄稼茬子的原野上奔来,越过被夕阳烧红的浑厚大河。农历新年马上要跨入门槛,却变了天。冬天僵白的手,猛烈拍打青砖院墙,仿佛要攥住一整条巷子,抛麻雀一样,一把抛向比巍峨的青石大山更远的地方。

七八年前,我与家族的一位长辈,村里人唤"老锣头"的,经过一个村子的东头。

老锣叔缩身袖手,冻得嘴唇发青,一眼瞥见巷子尾的小卖部,大步流星凑上去,买点白酒暖肠胃。

瞧这风,吼吼的!掌柜把本就狭小的玻璃窗,打开一条窄缝,扭头从铁皮柜里取出一瓶酒。

开一下酒!

老哥,要不要烫一下?掌柜慢悠悠地说,里边就是家,一拐手儿厨房。

多谢!老锣叔一抱拳,瞅着掌柜推开里屋门,一股浓烈的炖鸡味道传来。似乎锅里还放了香菇,我们突然感到饥肠辘辘了。

老锣叔裹紧大衣,准备喝上两口,更快一点赶路。

这当儿,他却吃了一惊,巷道对面的木板门"吱呀"一声推开半扇,灰不灰黄不黄的糟木头像一张挤满皱纹的脸,雀斑似的,星星点点还撒着虫洞。一个老太太,先趴在门框上,又用右手摸着比别人家矮了一截的院墙,左手端只铁簸箕,在乱摇的茅草下,一寸一寸,向右移步。黑棉袄烂口里,陈年败絮随着寒风扬起的尘埃一掀一翻,蓬乱的银发早从发髻中散开,在风中上下张舞。

她才走几步,停顿了一下,似乎向远处瞭望。但远方有什么呢?冬天空荡荡的,青石大山踉踉跄跄向天边跌去,早春黄鹂照影的甘甜的山泉,深秋被落叶掩埋的辛酸山谷,此刻都寂然无声,消逝在岁月的尘埃中。

右边是砖砌的小煤池。眼看走到了,突然,她匍匐在煤堆上剧烈地咳了一阵,又拄撑着,立身缓慢地拍打胸口。似乎欲喘息片刻,却耐不住愈来愈紧的阵阵寒风的逼迫,重埋下腰,摊开干瘪的手哆哆嗦嗦地一摸,却扑了个空。她又护腰,屈膝,向前加大倾斜角度,不料重心失控,一个趔趄,几乎迎面扎到黑煤上。

一个瞎老太太?老锣叔大踏步过去,一边招呼她,一边装了满满一簸箕煤,向庭院里搬。未到院门口,便听见土院内拴住的一只黑犬冲他狂吠不已。

"撂门口就好,就好。"老太太还喘着气。她向门口的方向点了点头,以示致谢。衰老的语音里,除颤抖的感激外,还隐隐流闪出无依无靠的恐惧与不安。

老锣叔折回庭院对面粉刷一新、檐下挂两盏喜庆簌亮的红灯笼的小卖部。掌柜已烫好酒出来，递上一个小酒盅，他倒了满杯，一扯衣领咕咚咚仰脖灌进肚，问道，怎么，她一人守着大院子，家里再没别人吗？

　　噢，你说她吗？掌柜手插袖筒激愤地不住摇头，作孽哟，从老大家赶出来了，两个儿子都不要她了……可怜老太太……整日赔笑脸，结果还是忍不住人家摔锅砸碗，鸡飞狗跳，都嫌累赘哟……

　　对面的院门还没关，老锣叔瞥见老太太又打堂屋出来，院子里搂了捆大葱，壁虎般贴着墙根，一手紧扒住墙摸索，一手兜住冻得硬邦邦的葱。几根长的挑出来，迫使她脖颈僵硬地扭向一边，整捆冻葱沉甸甸压得她衰弱的身躯努力向后倾。她小心翼翼抱着葱，仿佛当年怀抱幼小的婴儿。老锣叔烫了第二杯酒慢慢咂，两只乌眼珠铅块般沉重地坠在酒影里。

　　唉，命硬哟！掌柜继续絮叨，天天夜里月亮上来，背着人能不偷偷抹眼泪吗？苦命人，饶哭着硬撑出来了。眼泪是咸的，腌瞎了眼睛，眼泪也干了……倒亏了她养的黑狗，舔着衣摆追她到废弃的老屋，总算落个伴。

　　端起第三杯酒，老锣叔手一颤，酒在盅里旋出涡儿，他不知为何手腕一耸，向遥不可测的高天举了举杯：瞎了，不能治吗？

　　治，钱呢？哼……

　　黑犬东蹿西跳欲挣脱锁链，狂吠起来，老太太不胜重负撞倒在台阶角。这一回，老锣叔与掌柜都箭步奔去，老太太捂住脸，躺在地上呻吟，脸颊与手背上擦出的伤口渗出血珠，大葱狼藉一地。

2

　　此起彼伏的鞭炮声在村口回荡时，老太太出于本能的驱使，颤巍巍努力抬起右手,捂住干瘪的耳朵。看来,她虽是盲妪,听力尚好。

但是,老人很快放下手臂,好像生怕喜庆的鞭炮声也弃她而去。她山核桃一般皱纹密布的脸上,流露出贪恋的神情。有一个刹那,挂鞭花炮、电光炮、二踢脚全部隐遁了,只有从地平线的依稀闪光中,万里疾驰而来的春雷的呐喊,将她封闭已久的心,落满蛛网与尘埃的心,震开了一条缝隙。尽管狭窄,却足够她缩在床脚,想象一滴如酥的小雨。

好心人,锅里的水快滚了,你千万别嫌弃老太太,尝一个过年饺子啊!她说话时,老锣叔的脸,正埋在炉膛一闪一闪的红光中。

当掌柜扭动矮胖的身躯,和老锣叔一起,把撞倒台阶角的老人,抬回零乱的东厢房床上后,见血珠还渗,又匆忙返回小卖部,取来老婆扔掉的碎布条,粗略包扎一下伤口。

东邻西舍的,掌柜照例送上一句年关的吉祥话,便又匆匆去了。

我这才嗅到屋内令人作呕的酸味,顶梁已被虫蛀出星点的窟窿。一张熏黑的木床,一个蛛网黏结的漆皮即将褪尽的橱柜,一张旧案板搭上木凳拼凑的方桌,是她的全部家当。

有年头的灶上,一口锅正煮着水。装饺子的时尚袋子,撂在污迹斑斑的灶台上,煞是刺眼。

大概,我想,老太太一冬就蜷在床头,偎着这口灶吧?

老人家,我煮了饺子,捞到搪瓷盆里,老锣叔抬头答道,我嘛,才吃过饭,还饱着呢!

不,不,你一定尝几个,行不?儿媳妇送的哩。老太太央求的语调,简直像一个孩子,生怕他不吃上一个饺子,就会立刻披衣弃她而去了!她干瘦的手指,紧攥一缕碎布条,让老锣叔想起巷道上邂逅的一只麻雀,西北风扬起的尘埃里,咕噜咕噜的黑眼睛,惊恐的小脑袋,爪子紧紧扒出一个门槛。

但老太太的眼睛,啥也瞅不见。

火苗红吧?老人略微激动,好心人,你可愿陪孤老婆子坐一会儿?

火光可红着呢,红彤彤的!老锣叔递杯热水,扶她缓缓抬起上身,润一下沙哑的嗓子,又坐回灶膛前,还想询问点什么。

老日子里,大年三十的炉火,我都烧得旺旺的!不等他开口,老太太早陷入了回忆中,像是自言自语,又仿佛一座荒原旷野上的老屋,突然推开了一扇窗。只一扇幽暗的窗,却驱动了一整幅久违的春天,一切色彩与芬芳都气势汹涌地汩汩奔流。我依稀记得,她大声说往年,除夕夜尽飘雪,白雪映亮炉火,和老锣叔说得一厘儿不差,满屋子都红彤彤的!大小子、二小子,还有妮——老人家短命的翠妮哟,三个娃抬雪人,就站在门口的青砖台阶上,流着口水喊:妈,妈,饺子煮好没有啊?她仿佛正漂在一条亘古奔腾的大河中,突然冒出一堆乱冰覆盖的巨石,阴森森阻挡了去路。老妪微弱的,用近于死寂的音调说道,红得要绽花!唉,炉火,瞧不见!瞧不见了……

哈,老人家!老锣叔想轻松一下陋屋里的气氛,同时他不无惊奇,真没料到,你还会吟诗呢!

小时候,跟祖父念过诗,似乎,她又陷入了更虚无缥缈的回忆。祖父家的书橱摆了一长排,真正做工精良的红木家具,窗台上还斜插一枝梅花,《唐诗三百首》《漱玉词》《三国》《红楼》,我倚在大桌子角,都看得入神了。她讨了口水喝,又沉浸了:多晴朗的天空,多安静的屋子,简直是昨天才发生的事,桌角还摆着我的一只陀螺……让我敲门去,让我扎好辫子,敲门去……唉,一生,不就是陀螺转了一小圈吗?

我记不分明了。此刻,炉火摇晃我的眼,我才恍然体悟到,每个人都是一座湖,一座景观丰富变幻莫测的湖。老人山核桃般干皱的脸庞下,埋藏着浓厚的岁月。而瞎了的双眼里,究竟压抑着多少涌动的水？一缕风，便一圈圈荡漾，多么敏锐、深沉而细腻的感情。

老太太微驼的背，颤抖不休。

转啊……好心人，快拉住孤老婆子！她呓语一般，露出惊恐的表情，仿佛山水花草街巷都隐遁了，咫尺之近，只有一座黑漆漆的无底深渊，白骨与白骨的敲打之声隐隐传来，一阵紧过一阵，伴随着幽邃空谷莫可名状的回音。那是任谁坠入，也永远无法得救的深渊。她仿佛伫立悬崖上，紧搂住一株瘦骨嶙峋的老松不敢放，眼睛被咸水淹没了，一个人影也看不见，一只手也握不住，只有一戴几十年的蓝头巾，在四周寒流的肆虐与野兽隐约的嗥叫中逃亡，缠在一截折断的树枝上飘啊，飘……飘到哪儿了？为什么天空越来越昏暗？乌云成簇压下来，让人的肺泡要爆炸……啊！阿黑狂奔不止……

哦，拭了一把额上的虚汗，老太太似乎回过神来。她向土灶侧脸时，不慎触痛了伤口，呻吟一声。

她撑起右肘，极力想望见一塘火。火光舐着老人脸上敷扎的各色布条，布缝中显露的肌肉因激动起伏，仿佛阴暗潮湿而蕴藏丰富的泥土，恐惧、怀念、悲伤、希冀不一而逝。但老锣叔现在一无所睹了，他低着头，不敢正视老妪的那双眼睛。我极力回忆，依稀又听见滔滔不绝的倾诉：可是有一年，金闪闪的炉火熄了！老大八岁那年除夕，突患急症，弄不好会落下残疾。老天爷！他爹死得早，三个娃，哪个不得好好熬大？豁出命，也不能耽误娃，我那个急哟！八竿子打着的亲戚求遍了，打躬作揖地借债。我牢记的，老妪喀喀咳嗽两声，空洞的眼睛朝着天花板，说，雪片儿没一个！那年除夕夜大风猛刮，一股土腥味，可天可地弥漫。我把娃裹得严严实实，连夜背俺娃到镇上瞧大夫。脚指头打磨烂的鞋洞钻出来，扎烂了，哪顾得上？只管一路念佛淌血跑。心里又惦记托付别人的两个小崽，老二好踢被，三更夜寒，被角掖好了没有？最小的崽想妈可在嗷嗷哭，还吃奶哟……三个娃,全供了学,成了家,唉,都不知一天天怎生熬的哟!

3

火光红得要凝固,定睛看了去,每一朵焰苗又好似都急剧变幻着,纵然明眸皓齿,也难以形容。

老锣叔,坐在散发着一股腌菜味道的床前,握住老太太苍凉的双手,与嶙峋手指的微微颤抖正相反,东墙上的影子端庄肃穆,倾尽全力见证着,世上果真有一位老妇人存在,不只是撕碎的纸角上一个缺斤短两的传说。

火苗噼里啪啦的。都除夕了,三,俺的小三,还不忘头埋在桌沿上,做一道数学题。噢,不,语文?你瞧,人一老记性丢完了。我喊,三,歇一会儿,三,吃芹菜大肉饺子啦!老人慢慢抬起右臂,似乎用尽一生的力气,指着东厢房的门外说,就是那儿……

老锣叔扭颈,瞥见堂屋一张桌子,堆着几个白萝卜,橘黄色的漆皮早已斑驳,在桌沿上卷起来。

"三啊,三!"老人独自向空中高喊了两声,才猛然想起坐着陌生人,又诉说道,"起先我喊,三啊!俺的三,还没桌子腿高哩。喊着,喊叫着,个头腾腾蹿,一眨眼超过我了!不是夸口,数俺的三最出息,人现在在大城市高新技术开发区,稳当当坐在电脑前哩!"她胸脯起伏,话头被一串咳嗽阻挡,老锣叔为她捶了捶背,又递上一杯白开水,继续当一个忠实的听众。

当——当——他爹留下的圆月亮挂钟报时哩,我抱了芦花鸡,求熟人揽下缝纫活儿。再苦,人还有熬不出来的?只是,一天天缝到深更半夜,忒费眼睛了!

老人的絮叨,丝毫没让老锣叔离开,他的确是一个忠于职守的听众,像坐在金碧辉煌的剧院里,听一曲荡气回肠的交响乐。

说到哪了?哦,接着说俺的三!记得我扛一大麻袋白菜,顶着犟驴似的北风回家,一脚才跨过门槛,蓝棉袄上落的大雪片还没掸,三就跑过来了,一边瞅我兜里,有没有装只烤红薯,一边喊,妈,今天我代表三班诗朗诵了!题目是《母亲》,你听,你听我写的:

妈妈的蓝头巾像大海,却是一个暖洋洋的海
撒满头巾的碎黄花,是波光里璀璨的金色群星
照亮了我的眼睛……

老锣叔从上衣口袋里,飞快地掏出圆珠笔,一片碎纸,唰唰写下。果然,她呈现自豪的神色。

老人压抑住哽咽,有一茬没一茬地说:好心人,你晓得,我多怀念老日子……大热天,我站在娃背后挥扇子、驱蚊子。北风吼的三九天,我抱煤球,把炉膛烧得红彤彤。好心人,你晓得,老大一摸笤帚把,我喊学习去!小三,见我蜷在被子里喀喀咳嗽,上灶台搅了一下罐里的草药,我高喊学习去!他爹走得太早,自己一把骨头,能撑就撑住,可不敢耽误娃。

那也是孩子应该做的事。老锣叔摇了摇头。

唉,老人欲言又止,捂住胸口,重重地喘了一口气,天晓得,总算都拉扯大了!我也到时辰了。炉火,看不见了……

老人家,你怨恨儿子,不给你治眼睛吗?

我……怨恨……不,不是眼睛,老大才盘算着买了新房,娃还要攒学费,老三一心奔前途,当娘的怎安心让娃花钱填老窟窿哟,我怨恨……

可怜我那短命的二妮啊……她突然如有所触,极低的,在嗓子里碾过一句,嫁出去不到一年,人就殁了!

老人的脸庞，恰似一个石磨盘，滚向无论老锣叔，还是她自己都无法抵达的幽谷，却又仰望着悬崖上一根闪亮的灯草，双颊肌肉一鼓一塌地说：……面和好了，要是二妮在，一准儿坐在床头，陪我包过年饺子。她突然扬起干瘦的右臂，你瞧！有三个藏了福气硬币，三个！要是俺的二妮还在，二妮哎！她喊着，鼻翼抽搐起来，一准儿，围住红红的炉火，红得爆金花……

会的，一定会的！老锣叔知道，二妮是老人最后的希望，最后的一星火光。至于二妮倘还活着，是否也狠心撂下她，此刻，老太太连想都不敢想。

一只青筋虬布的手，倏地落下，有气无力地颤摆。

院子西墙根，瞧见没？一棵梧桐树枯朽了，不中用了。老太太费力地扭头向窗外，蛀了一身窟窿，空荡荡的。

我听老锣叔讲，第二年春，他再经过故地时，老妪的庭院正新楼披彩大摆筵宴。

他惊喜而不安，向小卖部掌柜打听："这儿的土院不见了？"

"易主了。"掌柜正喜眉笑眼地剔牙，早认不出他，"瞧，白胖小子的满月酒，那个啥，弄璋之喜，弄璋之喜啊！"

老锣叔的心直向深渊沉，"从前住的老太太呢？"

"她么，死掉了，唉——二狗，娃抱出来了，晒晒好，瞧那小鼻子和你一分不差！啊？我吃好了，哈哈！"

老锣叔默然良久，要瓶酒，凄凄寂寂洒在厚实的土地上。他听见掌柜喊二狗，若有所忆地问，"从前的黑狗呢？"

"黑狗？绕着院子呜呜半晌跑了。巷里人最后见它，是野地里的一个背影。"

老锣叔离开村东头，田野上微风旋起细小的尘埃，他想，也许会遇见黑狗。

漫游山河草木深

当绵延远去的山冈,替我把守着黑夜的宁静,拧亮一盏灯,徐徐掀开装帧古朴的《漫游山河草皮书》,我仿佛从蜗居的房间角落,走进了通向辽阔世界的大门。浓郁的原野气息迎人扑来,野花涨潮一般浸过脚背,獾类栖居的灌木探出床头,糅合着夜风与露水,伟大的古代建筑物的顶部从树梢上方显露,来自星群的金色晖光笼罩并安抚着它们。

书籍封面醒目地印着巴特农神庙,整本书也淡淡散发出古欧洲风格。记得很早了,从第一次得知古希腊历史学家希罗多德撰写的《历史》,记述了足迹踏过的广大地区的历史、地理及民族习俗、风土人情,就产生了向往之情。现在,我要感谢古代遗留下来的文字,引领我在阅读中实现心愿,目驰神游,经过时间走廊抵达生命的丰富。想想吧,穿越巍峨起伏的群山,浩荡迂回的江河,本身已是极富吸引力的事情了,何况又是我们无法背包旅行的历史空间,并且跟随引人入胜而风格不一的文字,走近世人尊敬的大师们的心灵世界。我该如何感谢这些留传的叙记呢。

　　我首先被写给友人的一封亲切优美的书信,带进了古罗马的作家、演说家小普林尼位于埃特鲁里亚海滨的庄园,台伯河水一如既往充沛地流淌,亚平宁山麓围护着大自然才能筑造的圆形剧场,沿着古树苍劲的山巅向下走吧!眉角飞扬穿过满山坡的葡萄。生动的叙述,使我得以观察两千年前罗马庄园的营造与设施:一派村野景色是如何从人工修造的园景里突然显现,形成层次丰富的对照又不失和谐;泉水淙淙流满了大理石水池,镶嵌在大理石墙壁上的树枝与栖息枝头的小鸟图案,将自然再一次引入了居室。如果作者没有适时记叙下来,我怎么能追溯到两千年前海滨普照的阳光与跳跃的水花呢?政务繁忙的小普林尼在这里获得了健康与宁静,他在书信的末尾说,要用读书陶冶心灵。正在阅读的我,起身眺望连绵的远山,时光的距离,却一下子拉近了。

　　马可·波罗的游记,招引我回到华夏,一边细细探访京师城,一边遥想西方人眼中的古代中国,跟随他游历了繁华的广场集市,穿梭在星罗棋布的桥梁上,俯望着清澈澄明的淡水湖泊与桨声不歇的运河,浅灰的倒影熨出时光叠合的标记。京城之行使我触目难忘的不是猎禽鲜果,商贾工匠,风物细枝,烟粉柳巷,而是人们的生活态度,他们以公平忠厚的品德经营,彼此和睦相处,邻里亲密,对外地商旅也热诚相待。这大致反映了那个时代华夏屹立于世的文明与开放程度,还有比较亲和的人际关系吧。如果与今天对比,只要联想居民住宅中保险度日益强大的铁门,一栋楼的邻居住了几年也许都不认识,就可以从一个视角感到当今的冷漠了。《漫游山河草皮书》隶属"时间的转盘"书系,篇章大致按年代顺序排列。遵循前人的足迹向前走,我遇见卢梭在徒步旅行中沉思,兰姆驾起海浪上的舟船,时间的磨盘隆隆有声,天色越来越分明了,悄悄走在英国意识流女作家伍尔芙身边。夜的黑水吞噬过来，向周边弥漫，海滨巨大的悬崖排列成队，远处灯塔不时射来一道金光，飞快地擦过岩石的狰狞，那景象的确令人叹为观止。全书主要以欧洲作家的游记为主，又兼收少量亚洲作品，其中又以日本为主。拾起几片红叶吧，听德富芦花慢慢诉说，或是转随自然文学的先驱国木田独步的踪迹，从涩谷村小小茅舍里漏出的灯光，从"昨今两日，南风劲强；云层忽开忽闭，细雨忽降忽止，门光偶尔透过云隙，倏忽间树林亦闪闪发光"的日记开始，观赏武藏野一带的景色吧。追随月亮从树梢吹落的风，你突然已来到旷野了，少顷，四望轻吟：暮霭笼罩着群山，黄昏的原野里，秋草暗淡。不觉中轻轻踏入一种东方诗意了。

  在如此寂静的夜晚，能听到山冈上马儿的蹄声。从高高峰峦长驱而下的仲春的风，唤醒了我的沉沉睡意。

  合上书，掂在掌中很轻，再一次打量封底，古朴素淡的暖色调上，随意涂刷了墨绿草色的窗框，饱和的墨汁还在游濡着，就要滴下来了。这是我喜爱的风格与色彩，它们被时间漂染着，使人体会到编书者的良苦用心：无论从封面还是从封底望去，都开启了一扇窗，一道门，门窗外凝固的时光坚冰正缓缓融化。是的，正是这样一群人，以亲切、简约、机警与幽默的文字，书写了撼人心魄的历史，使我得以从高大严肃的典籍廊柱的缝隙里，窥见逝去的如此鲜明的光彩。簌簌夜声，围炉相对，然后，睡前还要诵念一回编者的话：阅读这些文字，构成了我们一段惊喜的旅程，一次温暖的访问。

大地的乐手（节选）

浑圆的天穹

  它急促地鸣叫，像黑夜擦出的一点火星。

  夜，使纷繁的心绪平复了，我留意到屋角的蟋蟀时暗暗惊喜，如同邂逅一位故人。呼啸过原野的列车鸣笛隐隐传来，拖着悠长的老调子，好似音符穿过绵亘的龙门山，在永恒的天幕外盘旋。这初秋静谧的夜，长笛与虫语多么巧妙地撞击、重叠，周游的风偶尔也解说着什么，引人入胜，仿佛生命的咏叹调。

  带蟋蟀回家的儿子，已被甜稠的睡眠拥抱。

  而我睡意全消，心潮起伏，临窗而眺。园子里新挖出的土，白天在锹头下乌亮亮的——涌冒着大河环抱的沃野蕴藏的热流——现在糅合了野金菊与艾蒿略带苦涩的清香。风越来越紧了，预示着草的枯态。但园中高大的梧桐林下，石缝，草根，一定还有蟋蟀的乐队执着演奏。整整一个盛夏，玻璃窗下虫鸣一浪高过一浪，伴我度过沉睡或辗转难眠的夜晚。现在梧叶凋零，生命将尽，虫族依旧尽着最后的余力，向高天厚土鸣叫。

恰如此刻，屋角一只流浪的小虫，抱着竖琴弹奏壮烈的诗。它的生死也许无人重视，无人关怀，但它竭尽全力地演奏着，让人唏嘘而赞叹。有一种力量，从原野汇聚到园子油湿的土壤，触摸了蟋蟀，也栖息在我们每个人的心叶深处。

梧桐园旁边是一条缓长的坡路，红白事的吹打声时常传来。兰子姐做新嫁娘，钻入汽车时，微笑漾在大红缎子的礼服上，仿佛一霎雨浸透半开的红莲。跳跃的光斑中，爬上长坡的车队劈开百味的波浪。开朗的老罗叔去世时，殡葬队伍也上了坡，现在每逢年节，老伴还站在坡口张望。

附近的孩子都喜欢在园子玩耍。

石凳边躺着两棵偌大的老树，是一个大风天吹倒的。可以靠着翻连环画，骑在枝丫上一边摇晃，一边向棉花糖般的白云吹口哨，也可以聚一堆，各拿法宝做海盗船游戏。没人的时候，小鸟们雨点般落在老树上，又迅疾弹开，闪射着充满天地的活力。

此刻，繁星的注目礼下，风中的梧桐林裹起高高低低的房顶，一直向天际奔驰。龙门山巅摇晃的微红光芒，磁石一样紧紧吸引着我。此刻，宇宙正上演令人震慑的辉煌剧目，无穷的变幻图景，常常令人感慨世间的无常，然而群星发出坚定的淡金色光芒，点燃了大地上仰望者的瞳孔。无论是精研覃思的学者，灵感迸发的诗人，还是山沟苦楝树下站着的穷孩子，无论是风雾瑟瑟，登高耍杆，浪迹四方的卖艺人，还是一生守着乡村蟋蟀鸣叫的炉灶，双鬓斑白的老妈妈，甚至被人遗忘的角落里，手握铁窗痛悔交加的囚徒，都感受到了星光无上的慰藉……此刻，更广阔的大自然里，剧院的地毯刚刚摊开一角，一洼积雨也小银镜般闪着光,青蛙响成一片,蝙蝠挂在岩穴,昆虫们抱着心爱的乐器,万物生灵都谛听着星星火烫的语言——那里传来永恒的召唤。仰望吧!昼夜轮替,春秋代序,星座恒定的布局,天体有条不紊的运动,明白无误地昭示着理性与秩序。宇宙,徐徐掀开恢宏神奇的大幕,悬疑着未知的事物,把我们的目光引向不可窥测的深邃空间。

我开始惭愧了,是一只蟋蟀的鸣叫,才将我被琐事麻醉的目光,在一个秋夜引向了辽阔无垠的天地,引向春天毁灭又新生、再毁灭新生、循环绵延的无限时间中。

我重新看到了宏伟瑰丽的景观!这会儿,我不仅要向浑圆的天穹致以敬意,而且要对一只小虫儿,起先同情与唏嘘,继而发出深切的赞叹了!它鸣叫着,短促,有力,用尽了毕生的热情与精力,弹响生命的强健之音。难道,因为我的生命比一只小虫儿冗长一点儿,就可以浑浑噩噩,得过且过吗。天地之大德曰生。即便此刻,我被虫鸣轻轻叩击的听觉器官,具有多么精巧复杂的结构,何况天赋予人类的思维力与想象力,如果任凭心灵为积尘蒙蔽,将是一种无法弥补的罪过。对于生命,我只有心存敬畏。

我想起老家的池塘,恐怕到了生命的终点,故乡璀璨的星空也将记忆犹新,我很久没看到那样明亮的星星了。每当长庚星初上,塘边的老槐树矮下去了,不久,水面饱含着星星的热泪,轻轻燃烧起来,周天的星座呈现出庄严迷人的图案。也许,不可遏止,你的心底就腾涌出一个最古老的问题,我,从哪里来?好像一道闪电,劈过远方幽暗的深海,无鳞龙鱼游过的礁岩,也在浩浩荡荡的洋流中发问,万物的起源是什么?宇宙的目的是什么?纵然天空永久沉默,大海也将永久地追问。而人类,又从哪里来,到哪里去?文明存在的意义究竟是什么?也许,我们越是重复地、司空见惯地仰望群星嵌钉的天穹,越是会生发无比新鲜的、丰富无穷的沉思与欢呼。这一切,让人想起汤因比在《历史研究》中的一句话"我们不能不对置身其中的宇宙感到惊异"。是的,无比惊异!钨丝穿透身体一般的战栗……伴随我们的是多么复杂而微妙的感情,崇敬与恐慌,熟知与迷惘,对神圣者的依赖与个体独立的激情,回归终极的宁静与生命的运动不息,我们矛盾重重的居所波澜四溅,人生悲欢的浪头起起伏伏。而星星从座椅上昂起金色的头颅,它们坚定的微笑,为生存者注入了信念,那里悬挂着激动人心的力量。

虫鸣在我的屋角,开辟了一个天井。

于是,尘土滚滚的日子,被撕出一块宁静的秋夜。四周的一切都沉睡了,夜幕挡住它们,为了高耸的舞台上,只有两个主角——我和蟋蟀,进行一场生命的对话。

我听到内心翻滚的风暴。很显然,一种澄明的境界,对我来说还是可望而不可即的。但端居在风暴中心的那永恒光芒,恰似一颗星,闪过劳碌的世人,也闪过我的眼前。

即使一口井,也是一个机缘,可以瞭望与想象无垠的天空。

这绝不是凄清的场景,而是丰富多彩的风景,伴随着激动人心的时刻。匀畅的风,吹得夜越来越深了,被雅斯贝尔斯称为轴心时代的先哲们面容鲜活,穿越时空的重岭叠嶂,风尘仆仆赶到我——一个久久眺望者的身边……先秦诸子手捧竹简,神采各异,脚底奔涌着浩浩荡荡的江流。听,车轮辚辚,"天将以夫子为木铎"的孔子,在众弟子的簇拥下,依旧踌躇满志周游在列国,一辆颠颠簸簸的车,注定要为后世留下深刻的辙印;而孟子此刻才一扬袖,又按笔沉吟仁义礼智的萌芽,沉吟着不忍人之心、羞恶之心、谦让之心与是非之心,正待淋漓发挥一番仁政与"人心之所同然"的道理……听,隐隐青牛的蹄声,天道环周,吾以观复,牛背上的老子手持长髯,目光穿透变幻无穷的万象，稍纵即逝的岁月，直抵混沌未萌先兆时的恍惚状态，流露出对天人时空祸福兴亡的独特而深邃的体验、揣摩与玄思。而小鱼儿倏忽游弋的水上，庄子偃卧，独与天地精神相往来，上与造物者游，下与外生死、无终始者为友，全性保真以适意，汪洋恣肆以遣词，与晓梦中的一只蝴蝶难舍难分。

　　我不由出了神，踮着脚向四方环视。看！兰芷葳蕤的长堤上，三闾大夫正牵一匹骏马走下，高冠峨峨而云飞扬，上下求索而悲风长，他频频回首，是在望郢都、哀苍生吗？"名余曰正则兮，字余曰灵均"。回首人生的起点，诗句流露出高度的庄重自爱。沅湘流不尽，萧萧枫树林，江鱼吞食了两千年，却吞不下他的一根傲骨。蓝墨水的下游，后世诗人在白纸边角，在内心深处对一个坚贞不移的形象，究竟做了多少次的临摹？泰勒斯伫立历史的索桥上，仰望繁星灿烂的夜幕，仿佛复活节岛石像中的一尊，沉浸在惊心动魄的美丽中，要同宇宙之心做亲密的交谈；梯利在哲学史中写道，苏格拉底死得像活着一样壮丽。现在，苏格拉底那艘载着煌煌三月落日的船靠拢了岸，他用生命最后一刻学会的一支笛曲，吹奏完美的人格。这个驾驭了欲望的精神圣徒，光着脚，衣衫褴褛，仿佛还在雅典的大街小巷里反复追问，循循善诱，个人魅力使路人遗忘了他的其貌不扬与不修边幅。这个母亲助产士父亲雕刻家的穷人的孩子，将人们混乱空洞的思想催生出清晰的脉络，最终雕琢出美丽的形象。他与各种境况的男人、女人，尤其是年轻人，热忱地讨论人类的一切事务，职业、政治、战争、婚姻、友谊、科学、艺术——尤其是现代人无暇顾及的道德问题。……更远处，还有依稀的人影，我无法一一辨认了，只觉有的严肃，有的风趣，有的放荡不羁，却都充满了探索宇宙与人生的激情，又饱阅人世沧桑，携带着有益的教诲，然后，陪我久久谛听着蟋蟀之歌。

星光闪耀的原野

无疑，一个静夜思起先哲的言行，恰似砰然开启一扇大门，看见夜的岸上草浪起伏的广阔原野，明明暗暗的一堆堆篝火，也仿佛摇曳的油画，不时迸发璀璨的思想火星。

而极远的天际，还缓缓行进着长途迁徙的部族吗？老酋长拄杖的背影后，男人撸起袖子驱赶鼻息粗重的牲口，女人弯腰扯着孩子，在烈日与狂风暴雨的无情摧打中，狼嗥与疟蚊的威胁下，幽幽芬芳与雨后新霁的美景，那树梢跳跃的晶莹水珠、花蛙与黄蛙响成一片的活泼鼓点，也会片刻愉悦他们的心房。每逢一轮旭日喷薄，艰难跋涉的队伍，向荒野充满希望地呐喊，苍鹰在空中盘旋着悲壮雄浑的长调。又是一年，依旧行进，一丛灼灼的红花上，高大的牛车轱辘发出沉重而奇妙的声响……穿透鸿蒙的文明之光，一阵阵摇晃着……我把视线从天边收回，我是一个惊异的旅行者吗？不，更像一个万里负笈求学的人，满怀欣喜踏上附近的原野，黑暗边缘的光雾里，恍若耸起瑰玮的殿堂。

哦，能做一个漫步原野的人是何其幸运啊！

起先，我循着亲切的语音拐上了一条路，来到一群日夜琢玉的人前。这会儿，他们正合力把立功、立德、立言几个大字镌刻在碑座上。笔势游龙一般矫健，人的神情也泛出玉独特的色泽与力度。两尺高的苇草丛在我身边唰唰起伏，仿佛袭过一道青色的闪电，我不由浮想联翩。天地健运不息，一个奋发有为的人，当他前瞻祖辈的陵墓、祠堂或者回顾生平的碑记，感受到庄严神圣的气氛，又后顾猜测着子孙之世文明的传承、交融与发展，就不会觉得孤独，就感到自己脆弱的生命不会被死神劈头劫持，而汇入时间的一江春水奔腾不息。

这时,恰巧有一个使者经过,我走过去致了个礼,说:"您的佩玉鸣锵锵,和悦的声音让午夜的空气发出了光亮。"

"您是谁?为什么来到这里?"他打量着我。

"我要来探问人生的意义。"由于焦灼,我的口气有些颤抖,犹如急雨初停时的草叶,讲述了方才的一番感想。

"哦,你讲得对,不过这是从外面看,细思了去,还得转到人心上。对我们采玉的人来说,阴的一面即为阳,'心'可理解为肉骨凡胎发出的生命光辉。对我们从小最亲近的人,对父母的爱不是人心的一种自然流露吗?孝敬父母便是人生的一种安心与满足。俗话说,老吾老以及人之老,幼吾幼以及人之幼,于是我的心,便在非我的生命上放出了光辉,也可以说向寰宇的黑暗中放出了一丝光辉。而苍茫天地间不总有亲情,也总有一份对天下人的尊重与亲切吗?总有不容置疑的生命尊严吗?由此内与外、己与群、生与死、古与今沟通成了一体。

"尊贵的客人啊!世上的一切人文演进,如揣摩了去,都关联到人心的共同要求,瞧,荆棘遍地的生存竞争中,还藏着一颗明珠——人类的诚挚向善之心。尽我之天性,不就尽了人之性吗?可以赞天地之化育!这共同心体演进得蔚为壮观,又将人与天的界限堪破。不是吗?一个自强不息的人,他天赋的德行与才智,推广到人类的使命里,他的生命就跃出时间的浪尖,弥漫到无垠的宇宙中,也实现了人最根深蒂固的愿望——不朽的永生。"

谢过使者,我在路边的竹林下徘徊不已,漂泊的心,像藏了秤砣一样稳下来。天空无垠,神不可测,朝霞暮云,来去飘忽,不如尽人事以达天意,所谓莲花取于沼泽,现实即是彼岸。

不知何时,飒飒声响,一片片竹叶像迎风立起的小舟。我穿过竹林的缝隙,窥见对面还有一条大道,奇花异草,淡骨神姿,与这条路风景殊异,却又互相映衬,不由在好奇心的催促下穿过茂密的竹林走去。一来到大道上顿感旷远,极宜眼睛散步,心灵驰游。道路的起点筑了一座高坛,依稀史官模样的人们,正仰望着左旋的星座,一颗一颗绘制星图。虽然隔了这么远,我仍能感受到他们瞳孔里闪烁的光芒,对兴亡沧桑的感慨、体悟与反思,还有俯仰之间面容流露的宁静与从容。你们为什么如此出神?我几乎要奔跑过去探问了。这浑圆的苍穹,究竟演示了什么?难道化育万物却默默无言的天空,激发了人类的心灵?虚静无为而无不为的道,才当为大地之子"人"所效法?难道我们深深感到万物丰赡,难以遍知,人总是各执偏见,硝烟四起,所以要绝圣弃智吗?难道又感到宇宙自有法则,不必固执,只要顺其法就可以得其自然吗?难道……四周一片静谧,我只好凝神眺望,竹林对面琢玉路上的人,关注人生,关注现世,喜爱以人的心性作为不言自明的立论依据。而这条道上的人,更喜爱以天象为依据吧……缓缓地,不知何时又起了风,我向高台之后极目远眺时,才发现这两条路,其实是一条大道岔开的,都认为处世的关键是"顺应"天道,因为人文不能不抵抗自然,而最终又不能不回归自然,就是琢玉的人,也要"与天地合其德,与日月合其明,与四时合其序"……

好像小时候,我家院子里那株枝繁叶茂的老石榴树,淳朴的树干上分出了枝条。快好了,快好了!我在树下和小伙伴们捏泥人,上天无缘无故为什么要把一棵树摆在这里?风打断我的回忆,仿佛老祖母的手摩挲我的脸颊,又在我红裙子的白蝴蝶结上,打下地老天荒的印记。

"白玉不毁,孰为圭璋……"咦,静夜哪里传来悠扬的歌声呢?我转过身去,沿着大道向下走,不久恰如树木粗壮的枝柯上又分出细枝,路又分出了一些小道,左面一条较宽的,转弯成治世的法轨,右面同样有一条较宽的。我漫步行去,风在树梢上泠泠奏出妙音,蝴蝶们坐在石阶上瞧着我,我竟然飞了起来,前所未有的心旷神怡,齐死生,一万物,那是个体精神的超越之路,自觉摆脱了社会、历史以至生死的一切束缚,一直翩翩飞到广阔的水面上……

哦,对于一个旅行者来说,远方总是充满了神奇的魅力。

隔水而观,火光夹杂人声,墨蓝的天空上飘过银纱似的薄雾,繁星织成异域情调美丽迷人的图案,我踏上一截晃晃悠悠像商旅使用的索桥……

把苏摩酒浆泼起来吧!我从未见过,如此全神贯注于神的事务的人群,世代努力于达到个体灵魂与万物背后的世界灵魂的结合。走过去吧,与诗人、森林圣人与这片土地上智慧的人接触,在探索生存意义最初的萌醒时,在有时孩子气般天真无邪,有时又带着深刻的直觉的人们中间,会是一种什么体验呢?林语堂先生趣味横生地讲述中国与印度的智慧时,谈到马克斯·马勒把《梨俱吠陀》(意为精神知识之歌)叫作"雅利安讲出的第一个词"。自然,我们今天知晓,在雅利安人到来之前几千年,哈拉帕文化就留下一枚印章,上有端坐冥思的人像。探寻终极的精神,在皑皑雪山奔流而下的大河两岸,早渗透到草木茂密的土壤深处。人啊,你的惊异大雨一般淋漓倾泻!这里的歌舞醉人,成群结队的修行者更是过目难忘,空中低低飞行着穿褐衣、饮毒汁的人……我再沿路向下走时,高空浮动着须弥山的峰巅,漫漫上升的庄严佛号一声连着一声,要催下我最初的一颗泪水来。偌大一轮圆月高悬,又缓缓摊开金箔一样的光芒,笼罩了大象与蚂蚁。王者与乞儿,千峰与万壑,笼罩着澄明广阔的人世,笼罩着一切高耸绵延的山脉与暗礁出没的汪洋。

"东方天际游动的鱼群,快要驮起玫瑰红的晨曦了,"也不知过了多久,另一个旅人召唤我,"前方还有很多道路,恐怕来不及访问了。您不准备返回吗?"

"哦,谢谢您的提醒,在这片原野遇见同伴,犹如大地赠予我珍贵的礼物,"这时,我才发觉双腿的疲惫,但是抑制不住内心的好奇,就说,"请您讲一讲所见所闻,在稍纵即逝的晨露,从三叶草尖滚落之前。"

"好吧,只不过,我是不合格的叙述者,夜幕笼罩下,我在纵横交叉的道路上走得飞快,只听见众所周知的论述。如宇宙本原是纯粹的理念,并且存在于一切星体之外;或者,没有物质,形式不可能单独存在;又如,人是上帝的合作者,上帝从一片混乱中拯救着物质世界;又如,人类堕落的灵魂,上帝的救赎是唯一的一根稻草……不能一一详说了,亲爱的朋友,我倒想谈谈一条偏远的路呢,那是对人类处境的一种独特类型的回应,尽管场景让你诧异。人被巨大的力量抛掷出来,对于宇宙的亲和感完全丧失。对于一个有灵性的人,物质世界完全是邪恶的重重压迫与束缚。"

"无家可归,孤苦伶仃的人啊!怎么办?"我打断了他,"自然,不再是我们的家园吗?"

"那条路上的漫游者主张,人与世的疏离必须达到极点,才能为灵魂打开一个通向真正自我的缺口……"

"然而,那里还有敌视与火焰,"我答道,"您却让我想起,今天,人的另一种精神处境,帕斯卡尔失声喊叫,我被吓坏了!宇宙完全是沉默与虚无,对人的渴望漠不关心,人的存在是一场盲目的偶然,人的毁灭也完全是一场盲目的偶然。人啊,前所未有的孤独者,寂寞在恐惧中爆发!"

"亲爱的朋友,这条路离我们相当近,上下班路上,也许你就能听见如下的回答:这个宇宙通过它的秩序揭示出创造的目的吗?没有!通过创造物的丰盛揭示出善吗?没有!通过它们的和谐揭示出智慧,通过整体的美揭示出完美吗?没有!"

"也许,这就是今天的我们。"他淡淡地说。

树林的轮廓已经显露了,浅红色光芒在原野的尽头,也在寰宇展示给我们的深邃夜色中摇荡。他又让我转过身,向另一个方向眺望。那边的人忙着在瓶瓶罐罐里实验,以实用技术为生命的唯一。但可以观察到,正如历史学家汤因比所说,当他们通过一些人机械性的合作,源源不断把原材料转换为商品时,又滚滚开采地球的能源时,遗忘了一件事——追问生命的意义。

他告辞了,友好地向我挥挥手。

"哦,我想起阿尔伯特·爱因斯坦反复指出:我认为宗教情感才是科学研究当中最强有力而且最为崇高的动机。……科学只能由那些全心全意追求真理并向往着理解真理的人来创造。然而这种情感的源泉却来自宗教的领域。我不能设想一位真正的科学家会没有这种深挚的信仰。"

树梢已经闪光了,我们没有时间再对话,但我预感还会邂逅他。

依依不舍回望辽阔的原野,黑夜与白昼交替的霞彩下,我才发现所有的道路,都有一个共同的起源,也有一个共同的归宿,它们犹如一条条灰白的鱼脊,在寰宇中游动着……

钟声与草地

有什么能比同自己的心灵交谈,趋近生命的基岩更幸福呢?纵然属于一个人,一个渺小的生命个体,一株被狂风无情吹荡、东倒西伏的芦苇的锐痛袭来。然而,人的伟大,不正在于能够认识自己的渺小吗,在于认识到人是唯一能够研究自己的动物——对人在这个蔚蓝色星球上的作用,他也略有所知——从一截食指的结构到探讨自己的所感所知,所思所想,从供他存活的面包或爬上大树采集的野果,到追问托载他的茫茫大地。人，擎举着普罗米修斯盗来的一支火把，为生存跋涉于漫漫的长途；人，不也正在于强烈地想认识宇宙与人生，世世代代推进了壮观的文明吗？我绝不吝使用赞美的词语，那是长庚星与启明星升落之间，诞生于苦难大地上的瑰丽景观。恰如花开与凋零同时降落在我们身上，毁灭与不朽，亦同时属于我们。当生命之芯点燃，我想凑上去，仔细瞧瞧它的光彩时，一种锐痛与心灵所能体验到的最深刻的幸福，同时击中了我。

其实，蟋蟀也是一个忠实的听众，一个及时的翻译家。星星淌下热泪，天空默默呈现着大美，远望田野的尽头，一带树丛摇曳起伏着，柔弱而坚韧，地平线上一定滚动着火烫的语言。

唧唧——唧唧——蟋蟀的鸣叫，暗合着大自然微妙的节奏。听，梧桐树叶与根下草丛的簌簌颤摆，小池塘荡漾的光斑，山间孔穴吞吐的云雾，一只鸟儿盘桓的弧线，远方酒蓝色大海起伏的波浪……静夜里，让人潜入了一支宏大的摇篮曲，与万物生灵一起，等待着把希望撒满人间的黎明。

蟋蟀叫亮了我的屋角，不仅闪现理性的光芒，而且散发动人的热忱与色彩。看见光，不只是纯精神发现的过程。心灵的镜像中，理智与情感总是紧密交织在一起。比如最容易忽略的，常常是感情上无法引起我们注意的事物。又比如付出艰辛的努力后，成功的喜悦总会激励着下一个目标，你一直走向无限的风景。比如孩子的一次可笑而可贵的探索，缘于对生命的惊异与热爱。比如亲人的关怀与启迪，储藏在童年小小的幸福胶囊，将释放出一生的推动剂，无论通达之日，还是困苦迷惘之时。

欧洲一位作家，劳累后常在种满了石榴、葡萄与苹果的园中倚树而坐，周身每一个毛孔都放松了，对他来说，土地收割朴素的植物，也收割着我们，啪嗒啪嗒砸落的汗珠，近在咫尺的虫鸣，比虽然灿烂明亮、却伸手不能触及的群星,倒更加让人满怀亲切。这是蟋蟀鸣唱的另一种注解,它使人的感情倾向于浑厚的土壤,能听见吗?大地母亲的胸脯急剧起伏着。

唧唧——唧唧——我的整个居室,随虫鸣进入了天地的节奏,我不能完全体悟,只觉从枕头开始,衣柜,写字台,甚至早晨采撷的白菊,桌上一枚丢弃的果核,都钟摆似的摇晃着。

呵,钟声。在罗曼·罗兰笔下,钟声严肃迟缓的音调在黑夜里,在雨天潮润的空气中进行,有如踏在苔藓上的脚步。啼哭的婴儿静默了。小家伙惊慌的眼睛曾乱转着:无边的黑暗,剧烈的灯光,混沌初凿的头脑里的幻觉……他变成可笑而又可怜的怪样子。而钟声鸣响,奇妙的音乐,像一道乳流在他胸中缓缓流过。黑夜放出光明,空气柔和而温暖。于是,他的痛苦消散了,愉快地溜进了梦乡。可以想象那钟声,穿过城市高高的尖顶,穿过狭窄而光滑的巷道,始终像一条河在流淌,一条无论花朵沉睡或者苏醒,都在奔流的河。

唧唧——蟋蟀好似回答我,只管在屋角鸣叫。

揣个玻璃瓶,带它回家的儿子心满意足,路路一向喜欢蟋蟀的。但是他却猜不到,在他出生的那个闷热的夏夜,病房微黄的灯光下,六张小木床上起伏着婴儿们的啼哭,哇——哎,哎……音调参差,各不相同。而窗下,蟋蟀的交响诗,仿佛闪光的雨点迅疾撒满了草坪。龙门山已陷入无法丈量的黑暗。但翌日清晨,高耸的山岭,就会在日光下散发青蓝的色泽,静穆而神圣,使你相信弹指叩击,能叩出回荡天地的钟声。小时候,夜里我轻拍他入睡,唱着一支流传已久的歌谣:月儿明,风儿静,树叶儿遮窗棂呀,小蛐蛐,叫铮铮,好比那琴弦声啊。在人生的悲欢席卷之前,在沉重的尘埃四处弥漫之前,一枚月亮,搁浅在他驶入梦乡的小小额头上。

记忆的镜头向前推到八十年代。

出了低矮的平房，夏夜，忙碌的母亲终于抽出一会儿空，领我到不远处的草地乘凉，月亮金黄得醉人，水汪汪的，泡在一把朴陋的茶壶里，但是那茶水多么解渴，多么甘甜啊。小表弟一手执苍蝇拍，一手端墨水瓶，憋足了气蹑手蹑脚，笨拙可爱地在草丛里捉蟋蟀，不一会儿，就胜利地跳起来。母亲充满爱怜地望着他，一边又劝我多喝菊花茶解暑。里里外外忙活的她，一双老茧满布粗壮大手的她，竟然举头望明月吟起唐诗来。我哑然失笑，却涌上深深的内疚，我忽然想起妈妈年轻时对艺术的爱好。年代的变乱里，失去了求学的机缘，她，辗转找了几份薪水微薄的工作，一生起早贪黑操持这个家，力气活，危险活，针线活，多少浓厚的爱倾注在我们姐妹身上。如今，眼睛昏花的老迈母亲，终于有空仰望她喜爱的月亮了。而当年，瞧月亮对她简直是一种奢侈。青草的气息阵阵升腾，我再也回不去那片草地了，月光雕出母亲姣好的身段，打铁一样嵌进记忆里，我多想还捧茶杯陪坐，瞧她面庞上的安宁。

　　如今，蟋蟀常让我忆起老家厨房的炉灶，那时真是九月在户，蟋蟀时居灶下，夜间隔着一层薄薄墙板听得真切。

　　恰似直到如今，秋天新鲜玉米饼的气味飘来，溜进我的鼻孔，五个感觉分析器之一，就不再是气味，也不仅仅是声音、色彩、图像与味道，而激发起弥足珍贵的回忆。童年合家的聚餐，玻璃窗上橘黄的台灯，谜一样丰富的故乡田野，庄稼繁荣的家族脚骨与脚骨在沃土下亲切拥抱，伴随着一系列微妙的情绪变化，百味俱全的一股暖流涌进心房，为我注入生命的力量。

　　爱，是多么强大的推动力。

　　人，是多么复杂的生物。对天空的渴望与对大地母亲的依恋，如何使我们短暂的一生，缭绕着无限的乐音。

蟋蟀的竖琴

　　这是什么声音？遥远岑寂的原野上，一递一续，微弱而坚韧。不是激烈的雷鸣，地震，雪崩，也不是舒缓的海浪，风声与流水。

　　生命，传来了自己第一声呻吟，或者是呐喊。石破天惊。三亿五千万年的泥盆纪地层，还保留着原初音乐大师的残骸。身已化石，怎听见后人"混沌宇宙寂无声，首破宁宇是鸣虫"的诗吟？

　　嘤嘤□□，每每摩挲我们耳轮的动听乐调，就这样一递一续，从比始祖鸟出现还早两亿年的洪荒年代，一直漫弹到如今。

　　"故欣赏鸣虫的叫声，是倾听原始之声，天籁之声。"在中国蟋蟀文化方面称为"虫圣"的吴继传的一句话，把我带入既陌生又似曾熟识的世界。幽幽虫鸣，发散着大自然真实朴素的气息，是谛听者和寰宇默默地交流。伴随热烈的节奏，也许你蓦然会想，地平线上何时走来了手拉手的一个男人和一个女人。

　　记得看到一幅伊特鲁里亚人传下的画时，翠绿的柳叶逼下了我的泪水。那是几千年前的人与物，可身着长袍的男人与女人的面孔多么生动，欢快，眼睛饱含对春天的热爱，正围绕几株柳树热烈地翩翩起舞。朴拙的枝条仿佛才涂上的色彩，而活泼的口琴声早穿透纸面，劈头迎来，仿佛他们就在我的身边引吭高歌。画面的左下角，也许蹦着一只小虫儿，只是被时光遮蔽。如果允许我抡起铁锹，在右下角挖个坑，种一朵默默开放的花，一定能听见惊雷的炸响。

　　七月在野，八月在宇，九月在户，十月蟋蟀入我床下。不知流连了多少遍的诗句，对圆月读来依然回味无穷，每逢走过成簇开着小紫花的田埂，或在河塘芦苇丛里歇脚，山腰槐林的云雾里哼着歌，我总是不经意地想起这瘦小伶仃的虫儿，抱琴流浪的黑头诗人。"蟋蟀，蟋蟀!"一个小女孩的声音在山谷里弹起,山谷风声四起,用万木簌簌来回答我。故乡是《诗经·唐风·蟋蟀》鸣响的地方,延陵季子赴鲁,听到洋洋大观的周乐,以敏锐的感受力和卓绝的见识语惊四座。当唐风奏响时,千载之下,我们在史书里还能听到他的感慨:"思深哉!其有陶唐氏之遗民乎?不然,何忧之远也……"那是谁在千年之前吟唱?"蟋蟀在堂,岁聿其莫……"诗人从蟋蟀由野外迁至屋内,天气渐渐寒凉,想到时节忽易,今年已到了岁暮。我似乎听到一阵轻微而急剧的喘息声,流露出古人对生命流逝的极度敏感。更为可贵的是,又发出无愧流年,劝人勤勉的嘉言。蟋蟀成为中国诗歌里的典型意象,秋凉之夜,微弱的叫声极具穿透力,最能惊人心灵,震人魂魄,发人深思。

伊特鲁里亚的画中人早成枯骨,连同他们的文明,滋养并最终被罗马人同化。但是公元前某个世纪亚平宁半岛上男人和女人的眼睛,还在一个春天的早晨闪烁,犹如询问我们,一个个体生命,以至无论传续的,还是流逝的,一切文明存在的意义究竟是什么?

退一步讲,一个文明是否会消失,也是纷纭已久的话题。有人说,一个文明存在过就永远存在,在宗教、科学、艺术等等领域,坚强地影响着后世的文明。即使分解的一个元素,比如大街上的摩登女郎,梳了一回埃及的米粉头,或者挂了埃及式的项链,埃及人的审美观就遗传下来。有人说文明一旦衰亡就是衰亡了,因为文明是一个有机整体,"主要特质"消失了。但又遭到异议,是否有绝对的标准来判断哪些是一个文明的特质,文明是否是一成不变的东西?应该说衰亡,还是更应该说蜕变。

然而,无论衰亡,还是蜕变,在广袤与浩瀚的宇宙中,文明神话般的存在的目的是什么,谁又来回答呢。

唧唧——蟋蟀依旧在秋夜里,不断弹着它的琴。

在书籍、碑帖、简牍之外，大地向我们吐露心腹，你看到了繁华的都市，荒弃的丘墟，文明的兴衰，驿道上奔跑着人类悲壮的史诗。

蟋蟀，蟋蟀！我不禁想问，你弱小的身躯，能否载得动沧海桑田？

人啊，它却转过身说，你们是问一只小虫儿，还是想观照自己？

它停下复翅的擦动，又说道，一路千辛万苦，一程惊心动魄走下来的人，不是始终在照镜子吗？试图用各种方式理解，然后独语与对白，脸上呈现欢喜、惊惧、痛苦、怀疑与纷纭复杂的表情。当然，也可以打份快餐，不再追问生命的意义，不再说爱、信仰、宽容与贪婪、冷酷、虚伪……只用一根花花布条蒙蔽眼睛。可是我知道今天，你们也许感到阵阵晕眩，在一个日新月异的时代里，仿佛站在火山口上，不是吗？尽管人类技术革新与思想习惯的巨大落差将导致危机的呼吁四起，隐患的制造，晚八点的新闻里依旧触目可见。承续了煌煌文明的人啊，这不是充满了危机与希望的时代吗？这不是每一个体最应该追问与反观自己的时代吗！

蟋蟀很快恢复了常态，只管一递一续地弹奏着。某个秋夜，我在风声越来越大的窗口，成了虫族更加入神的听众。

山、神话与孩子

> 树，雨雾里闪光
> 像重重茧壳包藏的一条小径
> 通向童年梦境，我返不回的窗
> 白雪写下墨松，零落的墓碑
> 从山坡上滚下的是旋风，不是我
>
> ——2008年，旧作

我曾在一本书里读到一句话，故乡的山，把神话写在孩子们的心灵上。

赫尔曼·黑塞也曾经写道，生命之初有神话。

那是一个午后，我随手翻开书，但是仿佛一道闪电，从缓缓滚动的地平线上飞袭而来，我头顶上新绿的葡萄架，稍远处凝神谛听的白杨树，我脚下石阶旁的草丛、藤蔓与无名小花中，一刹那都结满了果实形状的灯盏,空中处处是春天爆破的声音,泼湿了我的牛仔裤腿、蜷曲的树干与整座大山潜伏的根须的绿潮,猛然搅动着越过莽原,又在入河口浮起淡金的琴弦,让人想低吟一首诗。哦,流水多么金黄。

我捧着书,不觉怔了好一会,眼眶早已潮热。我想,如果有成百上千个读者,我仅仅是被击中的一位——把神话写在孩子们的心灵上——这句话亘古就悬挂在那儿,只不过被人轻轻说了出来。我似乎又叩击着故乡巍峨大山的岩石,听到青铜般的回声。

我想再拾起一把诗人丢下的钥匙,"我曾经得到土地最完美的问候,在我还没有学会使用词语之前,在我不懂得追问也不知道要求之前,一切已经形成。"我像一个流浪者,试着推开一扇尘封的门,与斑鸠啼鸣,与一个似曾相识的手势,与旭日中蒸腾的草木馥郁气息达成默契。我相信暮年才会更清晰地懂得,这一声悠长的问候为一生埋藏的磁矿,尤其是艰辛困顿时刻注入的力量。

回望生命的苞蕾如何缓缓盛开,对于启迪了一个孩子的心灵,独一无二礼物的馈赠者,我只想用微小而近于熔化的声音说——伟大的自然。

我相信瞳孔里的海。故乡的天空碧浪万顷,云白得忽然就要远游。

我和东家的兰妮子,西家的小燕子、嘎豆子等十几个孩子的队伍,浩浩荡荡开在山间的羊肠小道上,不时唱起新学的谣曲,在草木岩穴千变万化的籁声中互相应答着。不一会儿,鼻梁沁出汗珠,就把手伸入翠绿涟涟的倒影,掬口清醇的溪水一饮而尽。我们脚下摇曳着遍野的鸡菜花,让人毫不疑心那里是月亮翻滚过的床帐,就那么雪白雪白地延伸,一直消失在起伏远去的麦田与黄土高原的千沟万壑中。再向上呢,是阻遏了去路的茂密槐林,像一条宽宽的绿棉布带裹紧了山腰,只把梦境储藏在浓荫中。

兰妮子,你说,峰顶真的有传说里的马兰花吗?

一定有,妈妈也讲过的,一定!嘎豆子一边嚼着青果,一边抢着说。

我们仰望着,脖子都酸了。云雾似乎就从槐林里蓬蓬拥生,不知糅合了情感的因素,还是光线的缘故,空中跳跃着一些刨花般的五彩色点。当我深吸了一口气时,一切静止了,一切都在等待——隔着缥缈的薄纱,隐约可见一座峰陡然直上,千万年的誓言般静静屹立着,恰似悬挂天地间的一口巨钟,在我心底投射下深深的影子。

那是回荡人生终点的颂歌。那里也有一朵棉花包裹着我最初的热泪,轻轻的。那里我俯下身,捧起故乡黝黑的沃土,磁石般能长出洁白羽毛的泥土。

当萤火虫四下寻找的黄昏,我们偎在稻草垛下,或者挎着篮子在田野里剜野菜,大山便安详地守望着它的孩子。剜累了,我索性躺在平坦的石头上,也不摘去沾在头发与衣襟上的苍耳。大地母亲袒露着胸脯,如同在任何地域用乔木灌木、小草繁花与五谷,用森林与千里大漠,用绵亘时空中的山脉与江河,用飞快切割、奔逐的色块,用意想不到的各种奇妙声响与气味吐露着腹语一样,这会儿,她用一粒盛开的泥土与天空对话,与我们促膝交谈。我的四肢尽情向远方舒展,追随被风不小心撞开的空间。隆重地戴上三叶草编织的王冠吧,与一朵细绒毛的花儿说悄悄话,或者充当昆虫乐队的忠实观众,都是再自然不过的事情了。因为转身把音量调到最低后,四处皆语声,日月星云雷鸣电闪是天空的语言,湖泊草木是土地的语言,而钟面一样旋转的风,是空气的语言。因为瓢虫才为我的一支歌报了幕,而一个孩子的大笑和泪早已留下,滚成了翌日清晨花瓣尖的露珠。

假如西天举满火把为太阳举行庄严的葬礼,东方山谷同样是等待诞礼的滚烫浴盆。悲壮而辉煌的戏剧在宇宙中日复一日上演,哪怕只为一只抱着罐子回家的蜜蜂。

不久,在长庚星的引导下,星穹开始流转出图案,昭示着万物的变化与秩序。我不知道是否像柿子树根冒出黑木耳一样,指尖也会迸生词语,一声幼小而条理明晰的回答。但是星星的血液早涌入了掌心,它一定在记忆中燃烧,像十二星座今天依旧为我讲述着传说。广袤而古老的大地储藏着世世代代的丰厚历史,陶片是暖的,泥土是暖的,我周身都是暖洋洋的。

登上一条长长的土坡,就是我的家。炉膛里有父亲烤的红薯,炕头有母亲熬夜为我打的红毛衣,层层叠叠的房子犹如一幅油画挂在那儿,那些为了证明爱而留下的灯火。拥抱了布满天穹的星群,我在宏大的交响诗里一天天长大。而不远处,点缀矿山的红灯,令我沉湎的魅力巨大的青黛山影,以及岭谷之中的猜想,仿佛倾诉着什么,充满了难以言说的诱惑。今日回想,自己之所以拾了根笔徜徉文字间,与那时的望山亦关系紧密。只要忆起当年山影,依然中心陶醉,若有所触,好似从那年那月,从故乡的田埂上开始,敦实而灵幻的山影,就牵引着我的目光,向山的灵魂,抑或是自己的灵魂行去。

我离开山的世界已经很久了。提起故乡,竟有恍如隔世的感觉。

我每天在霓虹灯与下水道的剧本中,在被时间绷得笔直的大街上穿梭,有时自鸣得意,有时心急如焚,有时四望迷惘,但是我遗忘了被山风哗啦啦吹响的传说。

大概是七月吧,我和孩子乘坐的车驶进了翠荫茂密的峪口。清亮的涧水里横卧着大块白石,或状如公牛,或形似宝象,或悚立如金鼓欲发,或平滑如古琴余音,浑朴天成,野趣横生。

然而,有一丝不安袭来,当石头的面孔突兀转来时,不是吗?山离一个县城只有几公里,几小时前,我们还在一家嘈杂的小饭店里用早餐。这会儿,却好似闯入陌生的领地,甚至是一个刺探的不速之客,误撞入满山伟石丑石灵石顽石生活的王国——直面一个不以人类活动为中心的世界,找不到一本翻译词典——暗地里不免吃了一惊。

在大山浸着松枝清香的新鲜空气里,我的鼻孔却迟钝了。

在风与流水无弦琴的合奏中,反倒踌躇起来。

可是,一只鸟在我们头上盘桓,它舒展从容的飞翔姿势,渐渐为我内心带来了宁静。早年识得的一种披着绒衣的野花儿,成群结队凑到我鞋子前,被阳光烘出幸福的味道。

涧水声分外清越,激玉漱雪,挽住迤迤然辞别的百年浮云,又把一缕水草缠绕的波痕,印在暗哑的石板上。我把手久久浸入流波,看小鱼儿的影子躺在掌心,又倏忽逝去。故乡的影像一沉一浮,而流水情深意重地拥抱着我,在我焦渴的嘴唇上,干燥的臂膀上,一遍又一遍呼喊着我的名字。

山道石阶边,噌地一下,一只松鼠像破了跳远记录似的,骄傲地从枫树后探出头,小脑袋打量着我们。我敏感的孩子立即跑了过去,可松鼠已跃上树梢,只留下又失望又兴奋的他,仍然挥着帽子仰望着。树梢间不停摇荡的五彩光线,趁机在他额头上留下一个问题。小家伙的迷惑,我多少有些愧疚。对于动物他知道很多,体验很少,印象最深刻的恐怕有两种:一种是各类图书上见到的獠牙利齿的可怕猛兽,一种是现实中接触的被豢养的小型动物。城里的孩子,三四岁的年纪,便随父母去动物园观认动物,看似亲近,在他们眼里,动物却是关在笼子里的,或玩具般的宠物养在家里,遛在街上,由人喂养,由人看管,由人施令。而这会儿,孩子却在山的怀抱中,亲近地接触了第三种类型,大自然的窗通向无限的王国,他会幻想,将来还会遇到第四种,第五种……果然,我收到一篮子问题。

以后有机会,妈妈和你挎着望远镜,出来慢慢找答案,好不好?

那说定了,一直找,拉钩!

是呀，苍穹之下，有一些事情必须要思索，必须要追问，那不仅是应由孩子提出的问题。而让我惊讶的是，小家伙捧起一把泥土，额头偎了上去，阳光勾勒出动人的轮廓。

泥土是暖的，妈妈。他说。

门框里的手艺人

阿黑，阿黑！莲子跑到门口喊，左手还抓着大铜瓢，右手拎着一个刷锅的丝瓜瓢。皮毛油光的阿黑立即凑过去，伏在她脚下。

门口的大锅早支好了，火苗从灶口猛窜，把空气挤得噼里啪啦叫。一锅烧好的滚汤，冒出一大片白热的蒸汽。

白茫茫的蒸汽。风一扯，简直让我想起，老日子里的蒸汽机车进站，仿佛一股无法阻挡的力量，使世上所有事物都尘埃一样翻滚。站台上一个震惊不已的小女孩，眺望着铁轨延伸的远方。在她的瞳孔里，是尖锐的长笛，划亮了浑圆的苍穹。

可也难怪，这家小饭店原是一个厂子的仓库，储存毡子，毡子店的名号就传开了。小店刷成土黄色，一人高的苹果绿墙围，又从后院拐来一道铁栏杆，像极了八十年代我在火车窗口望见的小站，那种逐渐透明的曙光里，北方辽阔原野上一闪而逝的小站。

"姐，天冷嗖嗖的，赶快进屋来暖暖手！"莲子招手喊我，湿漉漉的手指通红："油饼、包子、豆腐脑、米汤，吃点啥？"

"就来!"我答应着,又耽搁一下,扫了眼小饭店,离家不远,我隔三岔五来吃点早饭。它的外观,门前的老槐树,还有一种屋舍内外的整体氛围,都让我想起铁轨边的小站,那深雕在我记忆里的站台……在最初要撕裂天穹般的鸣笛,终于低下去后,列车喘着粗重的气进站了,卸下乌黑的煤块,会吐火的植物亿万年的残骸,又装上刚从山里拉出的木材,咔嚓嚓,咔嚓嚓,驶向比道路还遥远的苍莽大山后我未知的远方。卸下背影匆匆的乘客与同样疲惫的夜色,还有掠过树梢的悲欢荣辱,又在强大气流的冲击下,驶向一个崭新的黎明。

"莲子,今儿不上早班?"我掀开红黑条纹相间的棉门帘。

"来了,这就上小菜!还要点啥?我今天下午上班。"莲子正撸起袖子,哗啦啦洗碗,见到我,在白围裙上擦了把手。

"又是筷子盘子,又是药瓶针管,莲子护士也挺忙活,呵呵!"我要了点早餐,照老习惯去桌边的桶里,弯腰操起铜瓢,舀了碗面汤。

"有什么办法?天有不测风云,你瞧我爸好端端一个人,就遭了车祸,每天坐在轮椅上。我妈一个人照顾这小店,也不容易。"莲子拾掇着,转厨房去了。

屋里安静下来,我才留意到西墙角还有一个男人,在不声不响地吃饭。一抹晨阳照进窗户的光束后的暗影里,他沉稳的姿势,有点旁若无人,让我产生错觉,好似他已坐了一个世纪之久。微弓着背,一件洗得发白的灰蓝布袄,绷住瘦削的肩胛。扫一眼他的背影,会让人确信无疑,如果挤在十字街口熙熙攘攘的人流中,他一定会被立即忽略。即使天还早,小饭店里客人寥寥,他也丝毫不引人注目。而他只管埋头喝一碗胡辣汤,似乎对周围的一切也早习以为然,甚至达成了一种默契。倒是两尺之外,竖靠在墙上的面人架子,给几条木桌横凳、略显简陋的店内增添了迷人的色彩。瞧,西行路上的孙行者,一手搭凉棚瞭望，一手自如地转动金箍棒；济公和尚斜插一把扇子，憨态可掬，要是阿黑从饭店门口跑进来，没准济癫还会喂点食，然后张口唱一支"鞋儿破，帽儿破，身上的袈裟破"；白娘子和小青伫立雪后的断桥上，咫尺天涯，眉目生动；花羽毛的大公鸡，翘起火焰冠，马上要把窗外的天啼得更亮了，春风呼啸而来……整个面人架子，像一株深根虬踞、结满了啾啾鸟鸣的树，在贫瘠的山岩后纵情生长，天风一吹会泼下满屋绿荫。

难道是"草人郭"？我忽然心一动，就坐在他的斜对面。他依旧啜吸着胡辣汤，鬓边开始花白的头发，在黝黑肤色与静默的神情中，显得有两分俏皮，八分无奈。仿佛黄土塬在经年累月的雷鸣暴雨与和风细雨的冲击下，形成千沟万壑，他的额头上刻满了深密的皱纹，让人疑心能挤出棕褐色的泥土。看见我，他左手撑桌沿，身子惊奇地向后倾，很快客气地点点头，又伏下身夹一筷子小菜，吃饭去了。果然是"草人郭"，这个绰号不知何时传开的，冬天他举着面人架子，在这一带游街串巷，天热的时候，蝉嘶高柳，草木葳蕤，就挑了货郎担儿，歇在大树荫下，亲手编了小草人、草狗、草果子、草蚂蚱等玩物叫卖。盛夏，晌午人家的青砖屋墙都快熔化进空气了，电线杆的影子才歪了点儿，一些孩子就从眠床上、池塘边和胡同的犄角旮旯里冒出来，围紧了，瞧草叶子在他十指间自如穿梭，等待一件杰作的问世，那真是妙不可言的事儿。草人郭的手艺也着实不错，到了黄昏，热气还在广袤的大地上发挥余威，小摊子前早围满了人。下班路过瞅一眼的，左邻右舍结伴买菜的大娘婶子，以拐杖为忠实伴侣的银发老人，也慢条斯理地踱过来，观看似曾相识的新巧玩意儿，不时发出啧啧赞叹。天色逐渐暗下来，人们的头发、衣角染了一抹青草的气息，不觉轻微沉浸。也许，在钢筋水泥建筑的围裹中，还忆起了久违的、故乡麦草垛上一轮金黄的月亮。

我不止一次见到他收摊后，一巅一簸挑着担儿的背影。即将落下的庄严大幕的边缘，西方天空依旧像一个调色板，不停变幻油彩，在我们这一带密集的厂房，巨兽般的槽罐背景下，勾勒他单薄而落寞的身影。缓缓摇荡的光线里，身影却又魅力非凡，最终模糊了，和印在天幕上的树梢一起，溶入夜深邃的谷口。

阿黑摇着尾巴，在门口跑得欢，小店里又多了客人。上街叫卖还有点早，草人郭吃完了饭，并不耽搁工夫，从布口袋里摸出小竹刀，小篦子，修饰一个面人。我定睛瞅时，是斜抱琵琶的王昭君。他一点一挑，粗糙的大手，竟然像鱼儿戏水般灵活，老花镜也挡不住，瞳孔里偶尔闪现的孩子气。他全神贯注，俨然沉浸入另一个时空，安详而陶醉的神情，使我觉得小店原本是流浪途中邂逅的一座神圣宫殿，无数幡影飘扬，四角飞檐上光芒四射。我毫不怀疑，只要陪着草人郭忙活，小屋外风沙刮起之前，我能看懂雀鸟的独舞，后院里落下雨，泥疙瘩里能听见清脆的雨脚声。

店内新来的客人中，有一个我认识，是底流泵岗位的小张，他也是饶有兴趣的观众，惊奇于草人郭抑制不住的喜悦。一件昭君出塞，经过修饰，就要独立完成了！郭大叔情不自禁，哼起晋南老家的眉户戏。山坳里的茂盛青草，仿佛就从额头上的沟壑伸展，使他整个脸部的轮廓都显得柔和。只是，当他抬起头，瞟了一眼柜台角的小女孩时，眼皮下浮出忧伤的阴影。我一直看他调理面人，如此专注，这时才发现晴子，莲子的小妹妹出来了。

郭大叔也有一个小孙女，年龄和晴子相近，他曾经提起她，那是我们仅有的一次谈话。前年秋天的一个黄昏，他坐在近郊的田垄上，歇下担子，遇到了散步的我。货担上一只草编的大蝈蝈神气十足，我掏钱买下来，寒暄了几句。郭大叔说，老家的小孙女珍儿伶俐得很，手艺一教就会，只是母亲过世得早，娃身边也少了嘘寒问暖的人。他不但要传授她，自己叫卖挣了点钱，还要补贴珍儿的文具费哩。我们聊了一会儿，晚霞染红了天涯，又像羞涩的小姑娘，抹上了一层淡淡的橘黄。云彩不由千变万幻，田野里一堆一堆烧着收秋的野火。郭大叔忽然豪情满怀，声调也高了，对我说，这一带的许多孩子都耍过他的草编、面人，就在这条生长酸枣的田间小道上，他碰见过几个孩子，举着他的草狗，兴高采烈得像过年一样。他还瞥见过人家窗玻璃前，挂着他编的几只草蝴蝶。我不敢相信，郭大叔念叨时，竟然像一个激动的孩子，眼眶都发红了。

阿黑探头探脑，莲子又在门口招呼。草人郭笑眯眯的，硬是把几个福娃送给了小晴子。我帮着他，把一曲琵琶万千语的昭君，插上架子，五彩琳琅的微型天地，又多了一段千古传说。晴子跑过来，和我一起扶住面人架子，送郭大叔迈过门槛。

大街上的车笛越来越响了，穿透晨光波浪般此起彼伏，我又一次眺望他颤巍巍的背影，仿佛自己伫立在一个站台上。

倾尽繁华向人间

虽然风声四起,但有缘与解语花久久相对,何况湖——那蕴藏生命重量的水,无时不呈现着广阔空灵的境界。而波纹荡漾人世的甘苦,与海棠花上下交映,更让我难以离去。

觅得一丛花,问世间流转的百相。

我甚至暗自庆幸,来龙潭看海棠,逢上一个起风天。那些花朵与色块似乎尽情奔跑,此刻,在周游天地的风中,你会产生一个强烈的愿望,也能够神话般实现。你一会儿兀自伫立,一会儿沿盘曲的小径追逐花影,要谛听每朵花的深呼吸。毫无疑问,你清晰地听见花的悲欢,花的狂欢与宁静、萎谢与炽爱,在充满时空的千百种情愫中,你听见嘈嘈切切,大珠小珠落玉盘,海棠花扯直嗓子的高歌与低坠的私语。许多流年往事一股脑儿涌上来,让我忆起一个春天的瞭望。暴风雨后的原野,多么像波澜壮阔的人生。或者,舞动的花影,会让你的视线穿过城市臃肿的楼群,远处一抹淡青的山,直向无垠的宇宙驰去。

而眼前,各色海棠纷纷摇曳,向过客阐释着一份柔软的坚守。

已经第二次来龙潭了,记得初次是接到山西散文学会的通知,《春天的印章》获得一等奖,赶来参加颁奖典礼及文集首发式。虽然恰逢隆冬,可是一走进龙潭,见到诸位师友,顿感春意融融。我是朝辞龙门,暮至龙城,一路上山川在望,风卷云飞,三晋历史文化底蕴厚重的沃野上,仿佛奔涌着热流。在龙潭,聆听尊敬的杨新雨、张石山、谭曙方等前辈的指点,与文友交流学习,畅所欲言,愉快而难忘的时光,如今总会唤醒我的记忆。第一次徜徉在龙潭的水色树影中,尽管步履匆匆了,我却不觉陌生。不知从何时起,美丽的龙潭公园早让我从心底感到亲切。

翌日拂晓,登上归途。列车外,树林的轮廓已经显露了,浅红色光芒在田野的尽头,也在寰宇所呈现的深邃夜色中摇荡。要不了多一会儿,旭日将从东方喷薄而出,那一刻,你想做一个精神明亮的人。不觉中,树梢开始闪光,天色越来越亮了。我打开龙潭海棠文化艺术节的文集——《只恐夜深花睡去》,书还散发着墨香。

第二次来龙潭,已然春光拂动,景色宜人,正好信步徐行,细游碧波。

在文化广场上,看到我们的作品被精心制作成版面。工作人员的辛苦付出,让人生起敬意。我默默读了一遍,不觉有所感悟。那时,我没想到在散文学会中,又受到德高望重的李杜老师的勉励。后来,我的另一文在赛事中获奖,受到李杜、乔忠延、介子平等老师的肯定。几个游客兴致勃勃地浏览着,春天的风吹得人精神,当我流连已久,告别广场,不免一惊,花潮向我汹涌袭来。我像一个未经通报的陌生来客,忽然就闯入海棠的王国了。

海棠素有解语花之称,仅此一名号,足以让人心动。

我初识海棠也在微风中,花开如落霞飘起,临风潇洒,一副楚楚动人的姿态，难怪有国艳之誉，我一见便生喜爱，以友相待，觉其温馨淡定，而朝夕相处，风疾雨骤，不免又感羡其铮铮风骨，但我所见过的海棠毕竟稀少。这一回，恰逢龙潭公园举办海棠文化艺术节，怎能不欣然前往呢？

我绕到龙潭公园的玉带桥上，眺望烟波浩浩的南北二湖。倘若是静夜，此岸繁花与高悬的一轮皓月，水面乍皱的千百条波痕，一定会达成某种默契。而节假日，龙潭无疑是市民休闲、健身、怡神的好去处。下了桥，把自己浸入汩汩倾诉的花潮中，只觉目不暇接。西府海棠未发时，小蕾娇红深藏，叶子又油绿，这会儿晓霞般的花朵快乐怒放着，恰似郁达夫先生所言，绿鬓朱颜，风情万种，也许它只要原貌，不要美丑，天然本色竟无遮无拦地倾尽繁华向人间。而沿着湖边的小径散步，会邂逅几树梨花海棠，醒目的雪白，又是另一种精神，执着地把暗香沁了行人一身。几乎每隔七八步，海棠花就变一番神情。记得某个转弯处，奋力擎举一簇簇火焰的高原红海棠让我惊愕，心里顿时翻江煮海似的，尽管早识海棠，引为故人，但没想到这美好的花儿，还开上了朔风凛冽的苍苍莽莽的高原。我从主路一直寻访到偏僻的隅角，乔木的、灌木的、草本的、千姿百态的解语花中，我逡巡反顾，仿佛在命运跌宕起伏的交响曲里穿行。

旷野上的风卷动时，春天所经过的每一个角落，都将给生命以深刻的启迪。

要告别了，龙潭似乎要为文学路上前行的我再赠一幅丹青。垂丝海棠疏散的树冠，婆娑的身姿全摇曳在水中，错落之趣，让人忆起薛涛写海棠溪的诗句：水面鱼身总带花。不觉又伫立良久。游人渐少，大风早停了，竟落下一霎雨来，海棠树愈见精神。湖面不时荡出几朵静悟的花，点点粉红就融化在博大苍茫的水光中。让人猜想龙潭雨夜的情景，如果烧烛来照，一树矍铄的红，怕也是几经夜雨香犹在吧。

结缘云台山

红石嵯峨滚雷音

一边是铁壁连亘，红石嵯峨，直刺苍穹。一边是深谷幽涧，俨然大地裸露的一道闪电，烙在它广袤浑厚的胸膛上，一个悲壮、激越而邈远的叹号。

我，不禁有一点引以为傲的晕眩。

人影幢幢，喧嚣已低于尘埃。虽然是国庆假期，还在踏入云台山红石峡之前，长蛇一般盘曲的等待验票的游客队伍里，缓慢移动的微醺的日光，夹杂零碎而局促的喘息，飘忽而执拗的争吵声，几乎磨去我最后的一点锐气。我倚着栏杆，挽了一下松散的发髻，斜挎背包，一抬头之间，苍苍莽莽的大山已门户微开，向一枚飘叶般的过客，发出似曾相识的问候。有一个刹那，摩肩接踵的人流，变得鸦雀无声了。

此刻，我早通过验票口，随渡海之鲫般的游人长队上攀下降，七折八转，逶迤来到距离洞口不足一百米的逼仄峡道上。我向下俯瞰，崖坡上的树丛横出斜逸，绿影中摇曳一点点霜红与明黄，不浓不淡，嗞嗞渗出秋日山高水清、径幽香远的况味。扭头左瞻，赫赫红石劈头盖脸，列阵以待的苍凉宏伟的气势，让我低下头来。我是一个不速之客，忽然闯入了陌生的石头王国。无论从哪一个角度望去，似乎都能剖成一层层山脊，一页页名著的书码。自然，纵横交错一起，便成了粼粼峰壑，寸寸磔痕。云台红石峡是享誉世界的地质奇观。恰逢节日，合家出游的人不少，我前方一瘦弱的中年妇女，吃力地抱着一个胖嘟嘟的男孩。小家伙躁动不安，踹腿嚷叫，被妈妈猛喝一声，索性大声号哭。妇女连忙轻拍儿子的背，回头指着另一个女人哄道，瞧，哥哥摸石头呢！小家伙眼睛只睁一条缝觑，那个女人怀里抱着略大的孩子，正一板一眼地敲击红石。于是，他也安静下来，额头偎着妈妈，举白嫩的指头，在磊磊山岩上着迷地一点一戳。难道冰冷的石头，也会摇荡幻化出万千脸孔，让大地上的生灵亲近？风摧霜打的山崖，凸凹不平，在孩子澄澈的眼睛里，也呈现细腻的质地，仿佛母亲永远怦怦跳动的沉甸甸的胸膛。他温热的小手下，巉岩冷峻的棱角，也飞闪鳍之弧，柔软，灵动，像往复穿梭的滑翔的鱼群。

未及浮想，山，已豁然洞开。

曲径通幽的山洞，蟠龙一样穿越高峰峻岭，洞内隐蔽处呼呼送来含氧的风。风，不是空气的深呼吸吗，在洞内四处弹射的回响中，恍若汩汩不绝的流水声。洞外，中午的太阳应高悬天心了吧。连绵起伏的云台山，正在寥廓无垠的寰宇中游曳。红石，在山脉里游，光，在浩浩岩石的孔隙里游。其实，每当我想到石头，以我的血肉之躯难以觉察的无比缓慢的速度，以地质纪年为单位的节奏，在大自然的怀抱里一点点修炼成贵重的金属——人类的熔炉冶炼，只不过为这一进程加了一点催化的酶——我就不由得被造化的功力震慑。

紫红砂岩无数晶亮的光点，闪烁于漆黑的隧洞，仿佛在千古沉寂的地壳下，要开辟另一个螺旋上升的星空。

大山完全推心置腹，袒露时空浓缩的奥秘。尽管，我只是一知半解的旅行者。

有一个片刻，我屏住呼吸，时间似乎停顿了，不计其数的石头，一点点微弱又强大的光芒，都在静止的漩涡里疾驶。一种难以复述的宏远的力量，正在天地六合内施展，使浅尝辄止的万物之灵，人，也显得多么迟疑、菲薄与卑微。

"喂，前边的诸位，没吃饭咋的，能走快点吗！"一中年男子，颇不耐烦地喊，又眉头紧蹙地嘟哝，"洞，还走不到口！"

"行了，难得来一回，不如唱《木鱼石》吧，"旅友一边劝他莫急，一边索性唱起电影插曲，"有一个美丽的传说，精美的石头会唱歌……"

歌声回荡在红石与红石的屹立与对视中，我随着节日的人流漫行，继续当一个谛听者。有一个缥缈的音符反复摩挲我的耳郭，"吾生犹爱石，谓是取其坚。"这是沈钧儒的名句。胸有成竹的坚石，在昼夜的轮回中吮吸了日月精华后，不仅可奔、可游，而且跑得与人息息相通，跑得争分夺秒，坚忍不拔。

阳光下的红石峡，此刻，涌入我洞内的回忆，从浅红到赭黄，从灰绿到棕褐，参差互渗，变幻无穷，与空中浮动的光线，错落有致的山岩相映生辉，色彩、形状与姿态奏响一曲曲迷人的交响乐。如果元好问用"淡绿深青一万重"描摹五台山的翠色，那么，云台山红石峡的雄浑幽美，是否也为这一丰赡的色谱魔幻呢。当我摩挲光点闪烁的石壁，洞外明媚而刚烈的山景，一股脑儿涌了进来。

那卓尔不群的峰嶂，层层叠叠的山石，究竟历经大自然的多少斧凿？雷鸣电闪的惊惧，暴风骤雨的洗礼，烈日灼灼，冰雪覆盖……更别说从远古时代的一片汪洋，到喜马拉雅运动时期山区激剧上升、河流迅速下切，形成深峡的飞岩陡壁！铁骨铮铮的大山，究竟历经多少重劫难？每一条石缝，都埋藏着繁星般的故事，每一个岩尖，都是兀然傲立的塔楼。红石峡啊若冥冥中有知，当您回首凝望，是否抚沧海桑田于一瞬、俨然安详睿智的老者？抑或一个赤子之心的孩童，向红彤彤地平线，发出回味无穷的呐喊？

洞口，已隐约可见了。钻入大山心腹的我，掌纹紧贴洞壁的石隙，耳上轰隆隆滚过羲和驱动六龙的车轮，一洞，不，一山的顽石灵石都引吭，飞旋，要陪我翩翩起舞了！

乍一出洞，峭壁上一簇绿草，翠得要泼人面。对面一丛淡雅的白花簌簌私语，奇石突兀，山色迷离，双崖对峙中，游人穿梭天桥，探头反顾，真是一步一天地。涧水深处似浑然天成的翡翠，浅处若青玉，朦胧倒映二三疏枝与高秋的日影。石畔激起的雪湍，不失时机地鸣珠滚玉，使矗立的红石，在粼粼碧波中映照出别具一格的美。红石峡被誉为"缩小了的山水世界，扩大了的艺术盆景"，泉，溪，潭，瀑，随缘可遇，不乏奇石点缀其上，一块悬石滚于峭壁，摇摇欲坠，真可试行人之心。两条跃出水面的红龙叫相吻石，相传是黑、白二龙王的龙女和龙子化身，演绎人间炽真的情。而逍遥石呢，悠悠然入水，施施然出岸，一身古朴恍似飘出尘埃。

我沿潺潺溪涧漫行，翠苔，飞泉，便想起峡谷串珠似的潭名，黑龙潭青龙潭黄龙潭之外，不仅有卧龙，眠龙，还有醒龙。咫尺之内，已淌过人世多少波折，又岂止是缩小了的山水呢？

当一阵欢呼攫住我，白龙瀑布已沛然睇下了，它恰似生气勃勃的银龙飞流直下，峡谷中卷起悠长的回声，空中弥漫的水珠折射五光十色的雾，崖壁上的兰草仙气拂拂，愈发翠绿迸溅，鲜蓬蓬一直溅到我林子里邂逅野生的猕猴。又爬上山道时，我身边的一群游客还交头接耳，要遇山中猕猴，可需要缘分。

我向密林中张望，说时迟，那时快，一只大猕猴，已灵敏地荡过枝条，蹿到山径上盯着我手中的热玉米。我甩到树下，它以迅雷不及掩耳之势接"球"，蹲在路旁大模大样吞食。要是把我的奇遇讲给路路，儿子一定听得入神。我为此念一乐，转而又觉一悲。久居城市的我，与自然隔一道钢筋水泥的森严壁垒，但在故乡的山麓长大，山之魅影震慑了我的灵魂，青草的气息沁入我的血液，每一根神经末梢都曾高悬朴实或绚烂的果实。儿子呢？埋在学业的重负里，不曾掬一捧甘冽的山泉仰脖灌下，而不担心水质早遭污染；不曾躺在泉眼滋润的长坂上，被大地母亲的胸脯托起，让山风自由地扫过脸颊；他不曾纵情奔跑，勾勒太阳运行的轨道与黎明背后的金色海洋。无论酷烈的生存竞争，还是动物之家的温馨一刻，路路都无缘目睹。一朵野花无可比拟的姿态下，他不知晓青蛙摇鼓的田野储藏的无限秘密。

猴子扭头，掠我一眼。据说猕猴采食野果贪婪嗜争，边采边丢，故猴群过处遍地断枝弃果。游客悄悄围拢，猴子早似离弦之箭，蹿入林中。瞧它只管夺人口粮饕餮，我心生一叹，转念潜一悲，人又如何呢？猕猴的数量比几十年前锐减，为了防止农田受害，或图谋商业利益，猴子遭到大肆捕杀，不是拜自诩为万物之灵的人的洪福吗。人，今天不又埋头雾霾，恐慌于地球环境与资源的劣化？风，从山巅吹下，把悲悯撒入每一处草丛与浅濑。

翌晨，我沿着海拔上升，登上云台山凤凰岭时，一山的树纵情沐浴喷薄的旭日。

早听说，云台山盛产各种名贵中药，摇荡的曦光下树木千姿百态，我拿着照相机，饶有兴味一一拍摄山桃、山杏、山葡萄，准备制成MTV与路路分享，不觉走近珍稀的树木。红叶吻着湿漉漉的小径，的指尖、腮上与眼角。千折百转将出红石峡的我，甘之如饴(?)山功力深厚的腹语，哪有绿油油生命力的喷涌！

一峰无语屹白云

虽然是初访，私下里，我却觉得与云台山早已结缘。

山凝翠光，秋水潺潺，高台卧云，朝暮为友，怎能不让(?)泊者清心、暖足，得一安顿。

猕猴谷与泉瀑峡、潭瀑峡绵延一片，可惜我只是匆匆过(?)拜访二峡及雄冠九州的云台天瀑，只能留一悬想了。也好，(?)底，声激天外。

小木桥安然漂浮在水底的云影上。人伫桥中，顿觉耳目清(?)旷神怡，那碧潭之绿，让你瞥一眼便会说，水分子是高天厚土(?)明的语言。灵珠涌喷的飞泉，磨砺于石的溪涧，如今都沉静下(?)是我昼夜幻想的山中绿波吗？徘徊岸上，我感受到了真实的呼(?)水醇翠的肌肤，轻轻拍打岸上起伏不定的草，或者一只慌不择(?)星瓢虫，把一派坦荡自如的天光，泻在丛山的怀抱中。

过了桥，标志牌一端指向地质博物馆，大山荡气回肠的历史(?)端指向猕猴谷。

"妈妈，科学家说了，黑猩猩是人类的近亲，而猕猴是远亲(?)一个小学生，牵着妈妈的手。

"是吗？马上要瞧猴子了！"

"真的！很久很久以前，与我们嗯……对，分道扬镳了！"

母子游客的交谈，让我又遗憾没携路路上云台山了。儿子多(?)猕猴啊，要知道，一只蜂嗡嗡响，一只小松鼠飞跃石阶，都让他兴(?)不已。谷中偌大的猴笼，围满了大人小孩。雀跃的童音后，又盼望(?)

接近重阳阁时露出一片空敞，远近诸峰，幽静伫立在一抹云上，仙骨飘逸的美，令人要引吭高歌，又瞠目结舌只知凝望。难怪药王孙思邈巡游了天下名山，还要栖息于云台。

游龙之根，汲足养分，满岭的树木以偃仰自如的姿势，在比例匀称的光与影中，疏密有致，枝柯交错成大山行云流水的诗行。而寰宇中的每一句话语，我都理解为光线的重叠。

仿佛积淀深厚的大山胸膛中，射出的一万道光芒，树，不会无缘无故被天空摆在岩石与泥土上，它们从种子里，拔出力争上游的身躯，按照自然的序列辐射繁枝茂叶，最终捧出献祭的果实。

遥知兄弟登高处，遍插茱萸少一人。在凤凰岭上仰望，传说唐朝诗人王维吟诵的茱萸峰，简直是一根擎天玉柱，突兀笔直地插向云端。

顶即庙，庙为顶，玄帝宫俨然一座拔出风云的天宫。

千尺石梯，飞旋于山壁，又似一条昂首又隐尾的游龙，耳旁是嘭嘭的风声，真让我疑心，酸软的双腿能否一登绝顶了。

而出红石峡时，已觉大山一见如故。此刻，仰首万里苍闵，合掌礼敬，我不仅目睹山的雄峭妩媚，也观照到人真气流转的浩然，穿越沧桑的伟美，不禁足下生力，一级级向绝顶攀缘。嶙峋石梯，早被大山铸成一条道骨肝肠。

顶，人称北顶，与武当山南顶相对。云台山下的修武县，古来朝山的民俗气氛浓厚。

香烟氤氲，丛树婆娑，令人忆起钱起的《夕游覆釜山道士观因登玄元庙》，唐时云台即称覆釜，或许，钱氏是受尊师王维指点游访的，磬鸣，山静，明星煌煌，遂留下名句"孤烟出深竹，道侣正焚香……"峰腰的药王洞前，香火甚旺，孙思邈栖云台山采药炼丹时，常扶助孤寡，不收分文，深得一带百姓爱戴。

好大的一棵药材！不知为何，击穿一千多年时光翠意充沛的红豆杉，静静伫立在云台山天水相亲的怀抱里，竟让我突发奇想。然而，它不是一株古老伟岸的药材吗？这山上的百草苔藓，饱吮水土的精华，昼夜谛听日月轨道上的传奇，又有哪一棵，不是药香袅娜？遥想多少晨晖夕阴，矍铄的药王走出洞口，梳发升阳、百脉顺畅后极目远眺，天地醇和之气浑然流转，紫霞托升参差的群峰。当他背竹篓，踏石阶，云无心而出岫，药草百木欣欣向荣，山风奏响万壑的松涛柏浪。

《旧唐书·孙思邈传》载："七岁就学，日诵千余言。弱冠，善谈庄、老及百家说，兼好释典。"可见游心玄远。民间传说，药王幼年身患重病，罄尽家产。一次垂危，母亲夜守床头，泪流不止。忽一道人入门，递来仅有的一包药。孙母才冲好一碗，邻家大婶忽又发疯似闯入，向孙母哭诉，我家英子不行了！孙思邈抬起羸弱的手，示意药送邻居，孙母倒出半碗。道人深为孩子舍己的心念感动，问道：你聪颖过人，腹藏诗书，不知存何志向？思邈答：愿如道长，云游四海，悬壶济世。仙道拂髯颔首，遂指出修道的途径。孙思邈成人后，果然屡次放弃在朝为官的显贵，从事地位低下的医术。终南，青城……他背篓游历天下名山，一边济苦救危，一边采集药草。此刻，我身后一千多年高龄的茂冠红豆杉，相传便是药王居洞撰《千金方》时亲手栽种的。

草木有情，还记得他不辞艰辛，攀降采集；累累山石有意，诉说他虚心向民间请教，不畏寒暑炎凉的故事。葳蕤草木，不也摇曳着神农氏的传说吗？西医的解剖学，以僵死之尸为基础，而中医自神农氏尝百草起，便以鲜活之躯，以自己弥足珍贵的生命做实验，几千年积累心血结晶，作为一个华夏子孙，不应该珍爱与传承吗？

来云台的火车上，我曾浏览报纸，有一桩医生黑钱的新闻，如今早见怪不怪了。而此刻,清幽深邃的药王洞口的鼎盛香火中,游人一一眷念留影。我曾遇一对台湾夫妇,拜信甚笃,称为"孙真人"。孙思邈不仅深研药理,医术精湛,多项成果开创华夏医药学史先河,尤以医德著称。"凡大医治病,必当安神定志,无欲无求,先发大慈恻隐之心,誓愿普救含灵之苦……"我曾洗手捧读《大医精诚》,肺腑为之一热。他说,不问贵贱贫富,华夷愚智,必一视同仁!他说,为医不得自虑吉凶,瞻前顾后!他说,人有疾患,当我心深怆,不避寒暑饥渴,一心扑救,如此可为苍生大医,反之则含灵巨贼。

开卷如对故人,怎能不热泪悄盈?

"江山留胜迹,吾辈复登临。"华山夏水中,走过与希波克拉底齐名的三大医德名人之孙思邈,怎能不令吾侪怀之深思?难怪著作命名《千金方》,正是人命至重,有贵千金,一方济之,德逾于此。

漫山草木间,隐约传来飘飘欲仙的曲子,让游人每一个毛孔都惬意,却又渗几分悲凉,几分深沉。待细听时,传自石阶旁巧藏的扩音器,腔调当是一支道家的清曲。攀缘直上,就是北顶玄帝宫了。

高处不胜寒。猎猎山风,环绕玄帝宫,吹得我冷意陡生,牙齿打战。一道长伫宫前,向功德碑上勒客人的名。从殿前的双香炉,到向大山伸展的平台的铁链,挂满了四方香客的平安牌,一根根红丝线在风中旋舞,向奇药异草的云台,倾诉祛病平安的祈愿。有的牌写"愿小女儿无病无灾,幸福成长",有的书"阖家吉祥,国运昌盛",我手旁的一块是"爸爸,妈妈,祝身体健康,我爱你们!"香烟袅袅,透过一重重牌子,熏到身上竟暖融融的,驱走了秋深的寒凉。

玄武龟蛇缠绕的形象,早为华土之人熟稔。水神,北方及星宿之神,更为生殖与司命之神,受到世人礼拜并不奇怪。而玄武崇拜的兴盛,离不开宋代历位帝王的推波助澜。《事物纪原》载了宋真宗时一事:"营卒有见蛇者,军士因其建真武堂。二年闰四月,泉涌堂侧,汲不竭，民疾疫者，饮之多愈。"真宗闻此，诏建观，赐名"祥源"。此为华土第一座真武庙吗？明代更盛，我家附近便有一座真武庙，楼阁点缀，穷尽冈峦之体势，星期天携子拾级，一座小山头，东旋西转，怆然有登南天门之感。道家经典载玄帝念道专一，遂感玉清圣祖紫元君传授无极上道，隐约透露其与丹道的关系。人格化的玄武，天庭饱满端坐大殿，更让香客感到逢凶化吉、养生延年的希望。云台山一带，还是上清派祖师南岳夫人魏华存得道之地。夫人博览群书，欲静室吐纳，独身修仙，父母不许，青春强嫁于人，待二子粗立，索性别居持斋多年。道家传说：一日清虚真人王褒率众降临，向夫人言，你专注三清，勤苦到如此境地，遂授《上清经》等。经卷为杨羲与江南士族许氏所造。不过魏夫人当实有，传说中原饥荒里，也曾乐善好施。

上清派以存神、服气为主要修行方法，难免让人追溯到庄子的"若乘天地之正，而御六气之辩，以游无穷者，彼且恶乎待哉"。老子的"天地之间，其犹橐龠乎！虚而不屈，动而愈出"，乃至游于齐国稷下学宫的孟子的"吾善养吾浩然之气"。东方之子，对日光草木感恩颇深，与万物最为协调。每当我静夜思之，一个民族置身玄默浩渺的寰宇中，却在文明早期，即脱离对神诚惶诚恐的匍匐，彰显人文理性的曦光，对人类的存在如此自信，不仅要诚意正心，安民济世，竟欲超越苍茫的时空，赋予人至高的境界，合于天地造化之功，岂不伟哉！

哦，立足生的一端，看待寰宇无尽的生死轮回，不是暮气沉沉，恐怖深渊，而是鸢飞鱼跃，而是天行健君子以自强不息，是苍穹浑圆，赐我已多，今唯有感恩，奋发，让一江浩浩荡荡的春水绵血脉之传，燃文化薪火，尽人性之善。

我绕到玄帝宫后，双眸一震。古怀州广袤的田畴上方，奇峭的峰，屹立于云霞雾岚之上，每一个山头，都仿佛一半落天外，一半却坚毅沉着地兀立人世。我深吸了一口气，两座较近的峰，铁削对峙，却又摇曳生辉，仿佛蒙一层银白的微光，俨然开天辟地的门阙。稍远，群峰罗列裾前，像祖孙嬉戏，似金针度人，一会儿猿啸鹿奔，一会儿沧海红桑，极尽鬼斧神工。当我欲沿陡长的栈道下山，一回眸间，玄帝宫倾城摧云，而闪射静穆力量的仙山，竟似亘古纹丝不动。

走马观灯山水间

闹市中，忽望一山水，固然心目一远，拾花落盏，令人气清神旷。

山水里，寻下一闹市，倒也不失机趣。

一日攀岩奇峰，扶疏草木，顺碧水悠然之东西，掌灯时分我兴犹未尽，却不得不返回客栈星罗棋布的"岸上"游客服务区。原打算早早熄灯，就寝，也不揣浅陋，东施效颦，来一番云端高卧，听几声夜鸟，松萝山风，谁料一段商贾鳞集灯火璀璨的小吃山珍街，偏偏把我拽到天上人间。

"尝一尝哟，香甜可口，云台一绝木槌酥了——"

"鲜茱萸果，浆汁饱饱的！"

"怀庆府美名传，闹汤驴肉回味长。列位一移步，进门喽，请！"

"崖柏，云台崖柏……"

此起彼伏的叫卖，熙熙攘攘客人的疾趋徐步声嬉笑怒骂声觥筹交错声，裹住了回环无穷的天风，也裹住了茂林深处洞穴泉眼的晚籁。是，山风凉得早，我抻了一下T恤衫，摸了一把微寒的脸膛。打小上学，无论全日制课本为你选择了何诗，何文，少年读的，究竟终生难忘，一月，邀景，我忆起郭沫若的"我想那缥缈的空中，定然有美丽的街市……"

　　兴味盎然的我，甚至顾不上用餐，只管衢巷漫步。身边一对系白围裙的夫妇招呼客人，鲜榨石榴汁的小摊，时尚的器皿，几乎惊心动魄玻璃杯中喷溅多娇的红。左侧是一家卖糖炒山楂的字号，吊灯下，大锅铁青沧桑而又喊喳诱人的黑，猛窜出一阵香味儿，托起炉灶上方滚滚蒸汽的白。我抬眼远望，灯笼，瓦檐，人声，薄岚，都囫囵一团，浓缩在苍莽大山的心窝里，一转头，恍若一个烈火烹油的梦乡。

　　似有若无的药香，才滚下碾子似的，一坠，又缓缓上涨，七弯八绕，弥漫在高低错落的牌匾中。上了云台山，岂能不寻药材？缘溪漫行，一株一石，峰壑可观。早晨穿越凤凰岭的清幽小径时，已让我驻足忘返，简直要概叹一声云台无闲草、日月凝精华了。眼下，土特产店家节庆促销，争先恐后，都将防治病的药草摆上街面，什么冬凌草、罗汉果啦，一字码在摊台上，一坨坨一蓬蓬，都欲语又止，安详地停泊在时光的甲板上。可也奇了，几根纵横穿插的药草，在云台山的怀抱里，怎么摆弄都沾了灵气似的，恰到好处，让我瞧得顺眼，舒心。

　　"它真能治好我的牙？妈妈，肿，疼！"一个小女孩紧捂腮帮子，怯生生地说，才拭去泪痕的黑溜溜的大眼睛，闪现一丝惊喜。对面，一个身材魁梧的小伙子，穿一件大方的格子衬衫，脸上却罩着一层年深日久遗留的愁苦。再细觑时，令我一惊，他的右袖管空空的，原来是个残疾人！他吃力地前倾，眯眼，用左手拾起一束药材端详，甚至有一些陶醉，简直像枯黄半截的木桩子，逢了山中早春的一个绿莹莹黎明的鲜活气息。他好似唯有被药香包裹，守着一堆永远观赏不够的药，才能在某一个瞬间，落下心头久悬的一块千疮百孔的顽石，纵情一舒过早爬上额头的皱纹，隐隐的，露出一缕被高天厚土拯救的神情。

一弯初上的弦月,摇曳巷道曲折的长影,也摇曳着我飘游的思绪。哦,昊天在上,苍茫九州在下,大洋簇拥的板块在下,究竟谁从创世初的万物中,提炼出一个回味无尽的词语"药"? 谁,让广寒宫的玉兔怀抱药臼?让民间故事里城隍庙的朱阿三夫妇一边熬药膳美食,一边唱"七星炉内加炭火,八卦炉中吊梨膏"?又让淇水悠悠的诗经里的卫国女子,柔情缱绻地念道,我去哪里弄到一支萱草,亲人啊,植入后庭院,好乐而忘忧呢?又让古人发出悠长的感叹"书犹药也,善读之可以医愚","病中书卷作良医","读书有味身忘老"……哦,难道药,是为星座左旋的天穹,为显得蹩脚的不够尽善尽美的寰宇秩序,提供一份象征性的补偿?抑或取于草石百物,而超离于寻常日用,为悲欢翻滚的人世赐予一份镇定的力量?为男男女女的额头皆能依偎,为粗糙或细腻的肌肤皆能碰触的一缕无比温暖的希望?

"开锤喽——一,二!开锤喽——"一家店门口,三五游人正聚拢,津津有味地观赏民间传统木槌酥手艺。锤炼过的酥糖,晶体精微,层次鲜明,总让徘徊古镇的人,转过一个幽曲的巷子抬头邂逅,嚼起来自然有一番爽口的酥脆。犹似时光倒转,跃跃欲试的观者,伫立于唐宋镶边杏黄旗飘飞的街坊茶肆,不觉浮想各色食果,松下童子,在云台,木槌酥当是添加了山药、茱萸一类本岭言师采药去云深不知处的特产吧?说时迟,那时快,只见一青壮后生,赤膊上阵,抡起一个硕大的木槌,砸向直径一米的木墩,揉满核桃、花生、芝麻等多种原料的糖稀,即刻"砰砰"震响。个头略低的另一神采飞扬的少年,在下方呼应着他两只木槌一起一落,配合十分默契,好似连一根多余的绣花针也插不进去。没多一会儿,后生额头已汗涔涔,油光闪闪的黝黑皮肤,反衬着他胸脯鼓起的肌肉,结实得像一道道麂鹿奔驰的岩石突兀的山岭。酥糖翻来卷去,被重叠捶打,空中弥漫诱人的香气。二人开始"嗨嗨"发声,你唱我和,"嗒嗒"的暴砸节奏更加紧密,芳香也愈发浓郁,有的游客掏出了照相机。待干果被砸得粉碎,油分也充分榨出,水乳交融于酥糖,他们用木槌推至平整的薄饼状,一刀一块,趁热裁切叫卖。

再向前走,蜜渍的茱萸堆得似一座小山,有的红彤彤,有的黑紫,都装在小瓶里珍珠玛瑙一般。这小巧的野果,我甚喜爱。记得山道上,走得焦渴,我掏出鲜茱萸,只轻噙一口,甘酸味美,回味不绝,让人想象垂满红果的枝条,下俯流水,上仰山岚,夜随凉风摇曳的秋景……看来,结识了茱萸,也不枉云台之游了。

"纯正山药酱,自家制作的!"吆喝的小伙子,语气中夹杂几分自豪。我想起,早晨旅游车入山站时,我曾见过他。人站在一石台上,幽默地促销山药酱,逗得乘客笑了好几回。囊中羞涩的平头百姓,拎回一小罐双手一捧,馈赠亲友,倒也喜滋滋的,谁让云台山的怀药名气大呢!山下,古为怀庆府,其实远在有夏,就称为覃怀,我浏览商周鼎革的掌故,元明换代的逸闻,都曾饕餮历史地图,五指摩挲黄河南北一个个发热的地名:修武,武陟、济源……古怀州啊,庆过喜,屠过城,灯笼悬过红,血流漂过杵,哪一个词不沉甸甸载满了悲欢兴亡的人间故事!令人忆起张养浩的《山坡羊·潼关怀古》:"兴,百姓苦,亡,百姓苦!"只有黄河之水,依旧西来东去,吞云卷雾,一万年之前一样庄严流淌,仿佛要默默流到永恒的地平线上。而哪一个词,不又让今人思白云千载,祖先瓜,倍感亲切?滔滔兮,洋洋兮,九曲大河一定眷念这方历史深厚的土地。海外闻名的四大怀药之一,便为山紫水抱中,三百里怀川的山药,另三样为怀地黄、怀牛膝、怀菊花。据说,当今沁阳市紫陵镇太行山的老君顶北边,仍有一条南北约四里长的野生山药沟呢!据说,野生植物被驯化的历史,可以追溯到夏朝!周朝为珍贵贡品,后代进贡愈急。《神农本草经》等史籍均多载,地道的铁棍山药粉质足,质坚色白,久煮不散,因药性堪比人参,又得一美名——怀参呢。

终于忍不住饥肠辘辘,我跨入一家老字号,要了闹汤驴肉烩面。翠绿山韭一漂一荡,汤汁煞是鲜口。老板娘一袭乡土风情的长裙,柜台上方吊挂的图片,清一色码在水纹白瓷盘里,惹人眼鲜。自然,价格高了。但游客的心理,远道而来,哪能留下遗憾?大堂宾客盈门,举杯碰盏,即使沿街撑一枝花灯,星星点点的云台小吃黑山羊蹄、驴肉火烧、豆腐啦,生意也不失红火。我出店门时,邂逅同车上山的一对夫妇,六岁的儿子岳岳,什么登山竹杖、银项圈……都要瞄一瞄。母亲好容易才逮一个空子,逛了传统布艺店,门口坐一姑娘,正在一架老式纺车上忙活,放慢了的时间,放缓了的心跳,都聚集在某一只秒针的孔洞里。岳岳的父亲,则等候在不远处的菩提子摊上。

摊主的掌心里,菩提子在一盏简陋的吊灯下,旋转得飞快。"瞧一瞧,"他梗脖喊道,"嘿,看一看!左边,没'玩'过的菩提子,原汁原味;右边,'玩'够日头的菩提子,磨得光光的!"低头,豪饮一杯水,他又举手招呼,"各位,攥在手心里,任您自然转!舒筋、活血、养人!"我也凑前拣选。那枚菩提子愈发旋得快了,凝视之下,似乎白昼与黑夜重叠包裹其上,融化,闪亮。喧声沸腾的街巷,逐渐果壳似的缩小。

月悬中天,皎洁,安详,仿佛鸿蒙开辟之前,天空布置的谜团里,早已预设而埋藏的一个醒目的橘黄符号,又似草叶陈絮中,许多惊心动魄的往事,被凝冻成一弯清清的光亮。此刻,它一言不发,照耀着千峰万壑。四方苍莽大山青黑的影子,一半露出充满魅力的轮廓,一半依依融在天幕外。呵,不远处药香蕴藉的谷坳,潺潺湲湲的溪水之畔,可否有人结草庐,在历史的某一个角落里,掩卷,推门,回味着方才的一句诗雨中山果落、灯下白头人!草芽萌生翠绿涌冒的时节,一轮霜月,可否惊起了幽谷中的春鸟,俨然一个个飞速移动的圆点,精准地撒在夜空长啼数声!而悬崖峭壁的回音中,泉水激石,飞风掠树,是否还有几分似有若无莫可名状的声音!我又想起了红石峡,星星点点闪烁的岩脚,谁能听懂石头的腹语!

难得留宿山中,我多想沿清洌的山溪漫步,在云台山的万籁交奏中逡巡啊。我上下环视,草尖旋碧,灯笼旋红,高不可登的茱萸峰,似乎也随浓厚的云雾飞旋。

一线天风百家岩

黑而圆的羊粪球,星星点点撒在谷底。随着老汉吆喝声的远去,一群活蹦乱跳的山羊,沿着弯曲的小径下了坡谷,又翻过对面的山梁。十余米外,几座简朴的院落,一只鸡咕咕叫唤着,扑腾到矮栅上,闲立的姿势,提醒人吟《诗经》里的句子:鸡栖于埘,日之夕矣,羊牛下来。只是天色还早,才下午三时多,我坐的圆石背后,被一排小树遮蔽的菜园,微雨后,愈发流青漾翠。搭起的架子上,一粒粒吐出属于秋天的深浅果红。一老一少两妇人,各执一编织袋正忙于采摘。她们对游人早司空见惯,只管操着本地口音搭讪。对山梁屋舍的邂逅,却像突如其来的一笔,让我感到新鲜。

本打算告别云台山了,临近汽车站检票口时,忽听七八个旅行的青年学生说,百家岩景区虽没开放,倒也有山路可访。她们穿过马路,从参差树丛里的岔口钻下了坡。

我的心头陡然一振。百家岩,竹林七贤啸傲的地方!若去观瞻,回焦作市就晚了,再赶一班火车有点匆促。可若误过百家岩的容色,岂不遗憾!我决定沿另一条乡路行,绕过一片种植玉米等作物的田地,找到一个坡头,远眺一下奇峰云岚。山中天气变化快,雨点已滴落到树梢。我撑开一把伞踽踽而行，远远近近的深壑幽涧似乎都应答有声。当一株参天大树古意斑驳，却击透沧桑般沉默兀立，蓊蓊郁郁时，四周浓烈的野草气息，糅合着几缕乡村的牲畜皮毛味儿，我就来到了圆石。

鸡羊屋舍菜园，掩在绰约山影中，使背负行囊的我，蓦然闯入一个陌生的王国。我举首纵目，群峰嵯峨，没来得及回味，只觉潮润的岩石，被雨后日光淡淡一晒，散发出独特的色泽。

乱世苦魂是我浏览网页时瞥见的一个词语，不经意，就敲响了心中的磬。对面山梁上，一队人正向百家岩跋涉。我顺石势而望，两峰屹立，冷蓝，暖青，正拔出淡淡流淌的雾岚，重过千万钧，轻得又似乎仅仅为一片光泽结晶，就连双峰的轮廓奇兀中不失缓和，清峻里又透出几分浑朴与亲切，像极了我幼年的想象中松下童子手指的"言师采药去，云深不知处"的意境。

嵇康当年，是否也坐在澄碧的水畔，一朝一暮，仰视着拔上九霄的峰？起先，空气骤然浓缩，有一个静止的瞬间，使六合之内的气流完全铁一般绝望冻结，然后缓缓延宕，起伏，羽翼一般舒展。雪湍飞浪，激出幽暗迂曲的石穴。猎猎天风，绕着悬崖峭壁匍匐、澎湃而海涛一般回旋，崖柏的清香袭人而来，甚至，夹杂着洪荒的气息……一切，是否酝酿《广陵散》最初粗疏的音调？山谷轰鸣，旭日喷薄，是否，他曾目不转睛，盯住一只被金线勾勒的鸟俯冲向虫蚁聚族的沼泽，又举喙扬首，盘桓而上，略嫌臃肿的身躯迅疾擦过云层，却被驱逐它的暮色，一些浊腻、荒凉而迫不及待笼罩一切的黑暗吞噬。

悠游徘徊之中，俯仰自得之下，百家岩悬崖下的霉苔，司空见惯的灰黑汁液，曾让嵇康心惊肉跳过吗？或者，是令人窒息的绝望。汉末黄巾乱起后，烽火四起，疾疫盛行，死亡蚁聚，遗留给近两千年后的我，是千里无鸡鸣白骨蔽于野的凄凉民间，是白杨多悲风萧萧愁煞人的生命短促、世道多劫、沉郁悲凉的人生感喟。"徐陈应刘,一时俱逝",连曹植曹丕也都只活了四十岁。况且,知识分子裹卷在残酷的政治斗争中,自然难于幸免。豪贵梁肉犬马、穷奢极欲,政局险恶,改朝换代频繁,一幕幕让人魂悸的镜头上演。气氛恐怖的高压下,四处渗露同一个音调,"对酒当歌,人生几何,譬如朝露,去日苦多";"人生苦尘露,天道邈悠悠";"世胄蹑高位,英俊沉下僚";"功业未及建,夕阳忽西流"……

然而,不仅如此,一种封藏已久的绝望缓缓发酵,对士大夫群体来说,从先秦百家争鸣,到战国秦汉之际道统、学统、政统都趋于合一,独立的思想一旦成为普遍灌输的意识形态,便受到轻蔑。一位著名历史学家评论西汉末年王莽改制时道,通常,只看重一个时代的标志事件,但对人们历史观长远的微妙的影响,更应该加以留心。大意如此吧。无论王莽是否哗众取宠,他迎合了当时士人的心态。记得葛兆光先生在《中国思想史》里写道,儒生被边缘化后,始终以过苛的个人及社会道德标准,以经典历史知识为主的博学,以捍卫生命尊严的执着,努力彰显着知识阶层的存在。而王莽的失败,无疑是对士人理想图景的打击,甚至造成一种心理暗示:时下社会的现状,唯有承受,不要试图改变。再向下,东汉,"同志"一词在士大夫中逐渐流行,思想者连同知识权利,被挤到历史偏僻的角落,把舞台中央留给与皇权密切相关的外戚与宦官。然而,集体的抗争,一边遭遇两次大狱的严重打击,一边是对互相标榜又彼此牵累的反思,不能不发生心灵以至生命的危机,不能不指向对个体精神的反复追问与旷远超越。

对面山梁上,向百家岩跋涉的人已拐弯,我打开手机一瞧时间,迅速下坡入谷,翻上山梁。动作快点,还够今生无憾去拜谒一趟的。

有时候,我莫名地会想,漫漫几千年,中国人究竟经历过多少兴亡悲欢?一腔流动的血,经历过多少玷污与冷冻?遗留文物上,能够看到与今天古琴一样的，最早为六朝砖画上"竹林七贤"手中弹的琴，弦是七根，徽有十三枚。临案观琴，令我惊悚，七弦，雁足，龙龈，岳山，琴的构造上凝聚着天地的浑然真气！或要传达渺小的人，俯天仰地时的一种惊惧与浩然！据说，上古黄帝、舜时代制作的古乐悲悯天下，稍后《文王操》《禹会涂山》当属此一类曲子。其实，音乐有协调宇宙万物的机能，政治和谐只是固有的一项含义，所以，才传说黄帝作《清角》于西山大会鬼神，虞舜以《南风》大理天下。一只政治教化的曲子，有什么意思呢？比如《文王操》，人皆以为枯燥，但当代大家成公亮将其打谱后，结果却出乎意料，琴曲气质之高古，内涵之深沉，胸襟之磊落仁厚，如同天地一般苍茫雄浑！听者屏息敛气，其古仁人君子的悲悯之心，真是感人肺腑！然而，当士人一朝发现，自己成为帝王的一个花边陪衬或者刀下俎后，精神危机又该如何超越！既然，疾行百家岩的山梁上，我很想席地而坐，听一曲嵇康亲自弹奏的《广陵散》，但这只是空荡的幻想。山道上失去缭绕的琴音，动人心魄的，却是泉激铁崖的执着与反思，落叶一地高风满天的悲壮。阮籍载酒的车子，可还在四方道路上任意行驶，在山穷水尽无路之地号啕大哭？广武城的凄凉废墟上，他是否知晓，有一天，年轻的嵇康抱琴赴自家的灵堂吊唁？悠远山道，沉默不语，只延伸向万壑松涛的深沉渊厚，延伸向碧梧飘凤的超拔高迈。

　　一个坳口，我拐下景区新修的路，翠竹摇曳，远峰入云，百家岩近在咫尺了。曾否，嵇康坐定青逼人眼的松下，手挥五弦，仰望着一株无与伦比的孤独？然而，宇宙的话语，借由天涯发射的千万道光线表达，云霞以最柔软的方式、最自由的速度舒卷，双掌一击，众山发出绵亘不绝的回响！他，突然醒悟，自己是世上最不孤独的人！不仅如此，那貌似虚无缥缈的滚滚云团的心脏里，砰——啊，不，难以形容的爆破声下，一枚急剧旋转的果核，突然，迸裂，喷出一束笔直的异常清晰的光。这个蠢蠢欲动的山陵地貌不乏凌乱荒诞的世界，顿时镇定万分，秩序井然。吾心安处，是故乡。他曾否挥动过陈漆斑驳的无弦琴，一声长啸注满了遍山林木下的幽涧深谷。天与地，果然都如此真实！一根闪亮的弦，在天风回环声中掠过淡青色的空气，忽视了独自昂首问天的嵇康，划向屋舍密集、车马填咽的红尘。可否，山中行者的嘴角，露出不易察觉的微笑，一切景物都真实呈现，眼神不再溢出迷惘与恐慌？试想主人公嵇中散，是否极目远眺，一个单薄的人影，伫立于浩浩荡荡横无际涯的峰巅琴曲中，一草一木，失去嘈杂或者萎靡的卑微者的脸孔，伫立于涨潮一般沿着崖壁缓缓弥漫的博大中？

我一直想追踪特立独行的魏晋，但我真能感受那个时代真实的呼吸吗？我想浸入百家岩羊肠小道的山风，但我真能体验那个时代的心灵吗？嵇康的处世态度，我可以赞成，也可以不赞成，但我不能无视魏晋心灵的拷问与觉醒，无视三九严寒下个体精神顶霜冒雪的开拓！中国士人的底子里，我依旧认为，是儒者襟抱天下的社会理想与人文情怀，逼仄的时势，才使人遁迹于大自然。本来，儒家与道家只是同一体系的两面。儒家在山水中守望着"道"，不乱君以逆道，更不谀世以违道。道家在山水中随一镜，无将无迎，无毁无成，齐死生，一万物，栩栩然不知蝶为谁，我为谁？于是，世世代代更多的人出仕，归隐，出山，在内心不能与黑暗苟合的一遍遍挣扎中，身如冰石，重归江湖，漫漫一生，在矛盾纠结的岔口结束。

穿过二十一世纪的竹林，百家岩的瀑布雪湍飞闪眼下。它是天门山瀑布吗，我不知道，也不必知道。我驻足之地，是瀑布上方一块联结一块的朴厚巨石，仿佛降自原始洪荒。水面空阔，波光如镜，似乎要在一抹淡青的雾气下，消融云台山远远近近的峰的倒影。

我深呼吸了一口，悄传碎裂音。

一只凌空搏击的鸟，白石脚下，一朵绚烂至极的野花，水中平平淡淡的石子，似乎都要在旭日喷薄前的某一刹那，挽留历史渡口边曾打铁锻剑、长啸山谷的几个人。嵇康，和他载入史籍的几个朋友，当然，还有啸激林梢的"活神仙"孙登。水是无弦琴，知音世所稀，一千八百年前的一个炎炎夏日，嵇康又当着为他请愿赦免的三千太学生，从容镇定地弹了一曲《广陵散》，只不过，这一次是在杀气腾腾的刑场。如今，瀑布的水不大，但还持飞流直下三千尺的态势逶迤远游，激石金鼓的轰鸣声下，景区未开放的百家岩，游客寥寥，盘旋着那么澄澈空旷的绿水。只是，驶向下一次漫漶的晨曦，终究携带着几许疑问。

护送中国孤儿的路上

"当我死时，葬我，在长江与黄河之间，枕我的头颅，白发盖着黑土，在中国，最美最母亲的国度，我便坦然睡去，睡整张大陆。"

这是台湾诗人余光中的诗句。谁能想到，一个远渡重洋的英伦女子艾伟德，最终躺倒在淡水的一家校园时，竟然也要把头颅朝向大陆，安详地朝向她一生魂牵梦萦的中国。

良久陷入回忆的她，是谁？

二十世纪三十年代的一个黎明，山西阳城的东关村，谁也没有料到，一碧如洗的天空潜伏着危机。

艾伟德小姐又伫立客栈的大门口，仰望一块牌匾，上漆黑金遒劲汉字"六福客栈"。早在英伦半岛的故乡，她就有一个强烈的去中国传教的愿望。

这样一个静谧的早晨，谁会料到？阳城青翠欲滴的山谷上方，几团浓重的乌云，裹挟日军战斗机呼啸而过。她开始为国军搜集日本士兵的情报，有时潜伏山脊上，一天只吃一把煮熟的青草。救护伤兵与难民,又是一堆工作。战争爆发后,仅仅六福客栈里收留的孤儿就成倍增加。

疲惫不堪的艾伟德,想和中国的高山秀水,垄头一秆金黄的麦子始终在一起。

但是,她必须得走了,日本人悬赏捉拿她,而且她知晓他们用人质要挟的手段,曾经活活烧死过孩子……一想到六福客栈里收留的战争孤儿:懂事的兰儿,刚刚失去父母的小宝……她的心就一阵抽搐。

"一个孩子都不能留下!已经送走了一半,现在还有一百多个,我要把他们全部平安转移到西安。""又是漫长的旅途,你有钱吗?你有食物吗?""都没有。""你有镇静与信心!"阳城县长笑了。

她感到热,太阳火球在沙漠上发现一个绿洲,就吞噬一个绿洲。她渴,可是煮沸的海,空自在地平线上翻滚,仿佛一个鬼脸,一缕似有若无的烟,一滴也沾不上。事实上她正在昏迷中,周身火烧火燎,不时发出呓语:我一定要把孩子们带到绿洲,我们会有一只船渡过去……

回忆又涌入她的脑海,大点的孩子咬住焦唇,正接山岩的滴水,端着几只豁口的盆碗,衣服破烂,全身布满尘土,脚板割破的口子淌着鲜血。我们还有滴水!她对背着的才四岁的麦亚说,又对身边围拢的一群小孩子说,我们会有吃的!那时候,阳城县长的两担小米早吃完了,她们偶尔被路人救济,有时从被整座抛弃的村庄里幸运地找到几磅发霉的小米,板结的灰馒头。一百多张小嘴发出胜利的欢呼!自然,艾伟德保持她的习惯,每次只吃一点底渣。

可是我现在何处,为什么一巅一簸?

恐怖降临了!我不是领着孩子们,隐蔽在散落的岩石下吗?日本战斗机发出可怕的轰鸣,覆盖头顶的机翼,像幽灵巨大的翅膀。要知道他们经常向下扫射,不放过渺小的移动物,向幽静的山谷,甚至向河岸的一片芦苇,向黄河扫射,直到掀起一座座怒涛的峰巅。

哦,河岸上的黄月亮,多么孤绝地美。当这一队衣衫褴褛的人望见黄河时——渡过河就脱离了日占区——无异于从昏暗的深渊底部,望见一条上升的光辉璀璨的水带,一圈圈荡漾着母亲的喉音。但是沿河已经封锁,只有芦苇昼夜的摇曳,却没有一只船。艾伟德只好在荒原的沉寂中,领孩子们合唱,不让最后一点希望的火星熄灭,祈祷奇迹的发生。——终于,一艘中国军人派遣的芦苇伪装的船,几天后摇了过来。

才喘一口气,又在难民中心遭到官僚主义的刁难。她早觉察到身体每况愈下,只说了一句:"明早我会去衙门!现在你要逮捕我,就要逮捕所有的孩子!"幸好,县长提供了交通上的帮助。他惊奇地发现,一个外国小女人,竟然照料着一百多个中国孩子逃难。

呜——火车又发出史前怪兽般的声音,吓散的孩子们四处奔逃,赶在火车开动前,她小心翼翼从货包的缝隙,煤堆下,每一个旮旯角落,把幼小的孩子一个一个找回来。

……到处都是沙子,艾伟德又陷入了高热的幻觉中,沙丘与沙脊互相追逐,撕咬,绞杀,太阳火球瞪着血红的眼珠,从一个大坑中进出,又沉重地砸入另一个大坑。大地,还会重现春天吗?……水,我要水,她全身一阵痉挛,只有记忆恰似零乱的冰雹,不停抽打她的口舌与即将龟裂的面庞。

我的孩子们!一个强烈的信念,使她像一只金蝉出壳,又一次从死神的魔掌中逃脱。

活下去,必须翻越几座高耸的山岭!我,我们不是组成了一条坚强的人链吗?小孩子,由我和大孩子们抱着逐一传送,他们吓得脸色青紫,哇哇啼哭,回荡在深不可测的山谷上。艾伟德的内心突然被激怒,为了孩子的险境,为了造成孩子们无休止苦难的战争恶行。当坐在一块蔓草缠绕的山石上时，钻心的疼痛袭击了她。小孩子依旧牵着艾伟德妈妈的衣摆，抢着哭诉饥饿、害怕与晕眩。大山里如果辨不准道路，她们会乱转直到邂逅死神。啊！我把你们带到了绝境，她第一次爆发，先是鼻翼滑过咸涩的液体，接着号啕大哭，为了孩子，也不完全为了身边的孩子，中国到处是战场，世界是一个更大的浓烟四冒的战场。

永恒的甘露……昏迷还在继续，艾伟德不知道，她正在两个中国农民的牛车上，他们赶往驻陕西兴平的斯堪的那维亚一美国传道团，送一个垂死的小女人。这一年古老的日历牌上标注着1941。

二十一世纪爬上林梢的晨光里，我在《小妇人》中邂逅了几十年前战火纷飞中一位伟大的女性。

岁月飞逝，几度回首，返回她度过童年的英国后，对中国学生说来，艾伟德是第二个母亲：她尽全力帮助利物浦建立了一个供中国侨民和海员居住的宿舍。

尽管她，依旧俭朴度日。我沿着没有尽头的铁轨，追溯一个女人的传奇，并为她在中国二十年的经历震撼，沉默良久。

一个大写的"爱"字，穿透尘封的历史。

合上掌心滚烫的书，为艾伟德写传记的人最后叙述道：我只希望，对这个小女人做得公平。

龙门观河记

            冰，沉睡的水里流
            焰，复活的火里流
            岩石，起伏的山脉里流
            十年铸一剑，万年铸一峰
            淬火在天地的窑口

——2012 年，旧作

上 篇

    我甩一下长发，抱膝坐在岸上，一任无比强大的阳光，拍打我的脸颊。

    我谛听着，从高原星宿海驶下的大河，流过我居住的一座小城，流过巍峨龙门山下的放马滩，饱阅世上荣光与苦难的大河深厚的喉音，低沉而不失雄浑，淳朴中隐含淡定与亲切，具有难以言说的力量。

我伸出手，一定能捞出半根弦。

不知多少宁静的夜晚了，二十里外龙门峡口的涛声袭来，回荡我简陋的四壁内，灌满我的枕芯。每逢其时，我犹如坐在岸上，总是想起一个古老的谜语：一物早晨四条腿，中午两条腿，晚上三条腿，请问是什么？

答案众所周知。人生短暂，像一场大风吹过。

前几日，母亲还谈起老家乡村，回忆幼年穿了大红的碎花衣裳，挨家挨户拜年的情景，喟叹道，简直呀，就像在昨天！转眼，她的女儿已届不惑之年了。碧绿梧桐叶的簌簌声低下去了，在子夜零点，总让人听到突起的风声，呼呼大作。你披衣凭窗，四周是星星微醺的水塘，高低错落的树丛，茂密青草与绕穿其间的石径。一切多么静谧，然而，小飞虫倏忽而逝，奔腾的星群撞入左眼角。有一个瞬间，人就伫立在震耳欲聋的风口，不是吗？究竟是我在听风，还是风在听我？

大河一定能比我听到更多的声音，七星瓢虫的私语，搬运粮食的黑蚂蚁长队的嘿咻嘿咻声。柿子花凋落了，大树弯腰拾起花的梦境，经过一个春秋的艰苦生长，终于高悬甘甜的果实。听，果实简直一诞生，就是为了向你奉献的。听，水蒸气在空中形成了另一条河，叶绿素奔涌在一枚叶子里，焰奔涌在火里，就连矿石也奔涌在横亘的山脉里，它们将结出另一种金属色泽的果实，只是和我们的时空节奏不同。听，"我在，我在！"河流的尽头，遥远海洋蔚蓝色的屏幕上，有一个人，正应答着对他名字的召唤。这个具有自我意识与实现自我的潜在能力的人，汲取着太阳的智慧，又在惊涛骇浪中，将瞳孔染出纯净的蓝。大河能听见细微的事物，沙滩的小坑里，倒映飞虫的一洼水，发出吱吱声。浪拍去千年的时光，沙洲上响起关关雎鸠的鸣唱，滑过脸颊的春风，比参差摇曳的碧绿荇菜更温暖与柔软，让你忍不住要舒展腰肢。而一处突兀的崖石上，能够眺望河心驶来一只柏木小舟，一个眺望水天的人，依旧无奈地唱着微我无酒，以敖以游，声调断断续续却如此清晰，如此逼近，揪痛了我的心。究竟是文字，还是河水储藏又释放了先民的气息？大河听见孔老夫子伫立岸畔，挥动手杖在水面写下几个大字：逝者如斯夫。大河更在书页一般的岩层里，听见文明弥足珍贵的世世代代的积淀。

我一直疑心，从苔藓、芨芨草、比浪头白皙的芦苇，到灌木、乔木茂密枝叶中透出的花朵，以及青涩或者成熟的果实，都用自己的语言，重新翻译了一遍大河谛听的声音。不然，怎么会变奏出繁复的色彩？怎么会酝酿让舌尖惊骇的千百种滋味？不仅如此，几只扑打翅膀，预备向太阳盘旋而上的鸟，从夹杂着小苦果的草丛里一跃而起，衔起了这些声音，让它又从青铜剑锋、铁铸犁头、骡马商队与羊毫古墨里，从老榆树下的黄土窑洞、黑狗看守的晾晒花衣的院落，从城市广场彻夜不息的霓虹喷泉里汩汩涌冒，演绎出千曲万调。

我抱膝而坐时，大河毫不犹豫地把它编码的声音，一股脑儿朗读给了我。还有，寥寥无几的游客。那时候，我窃喜自己是幸运的人。最好是雨后新霁的天气，巍峨高耸的龙门山巅，飘移着一层浅白的引人遐思的烟岚。离我不远的斜坡下，一个卖花生的老太太，照例撑把破旧的五彩遮阳伞，脸膛被强劲的河风打磨成古铜，俨然一尊岿然不动的雕塑，要到夕阳把她拖出长长的影子，才肯收摊回家。再远一点，铁路与公路桥并驾齐驱，全都气宇轩昂，更多行脚匆匆的人，在呼啸而过的列车车厢，或各式汽车里飞快地位移，偶尔探出头来，穿越双崖对峙钢铸铁削般的晋陕大峡谷。那是我一生都眺望不尽的断崖，涛声低沉而厚重地回荡着。凤凰的双翅，全力拍打着翠意四溅的崖壁。启明星与长庚星升起不久，在旸谷与虞渊之间巡回的火球，以惊人魂魄的红，大起大落于我的龙门峡口，四周的空气都无法避免地震颤，有一刻把浩浩荡荡的河水，烧得热血沸腾。这一整幅鲜艳夺目的图景，烙在了我的记忆深处。不谙世事的我，曾经急不可待地对姐姐说，要是能尝尽世间的各种滋味，那是多么丰富的人生啊！我不许你尝，姐姐苦楚地说，我只要你幸福，我自己也想过平静的日子。

我在沙滩上扭过头，枯水的日子里，偶尔能望到摸鱼人，高卷裤腿，一身蓝衣褂。而涨水的季节，黄河以迅雷不及掩耳之势，夺门而出，穿过狭隘的峡口，向前方一泻千里地奔腾，两岸也踢踏、踢踏……响起疾风骤雨般的蹄声，水面逐渐趋向扇形后才松缓下来。年少的甩了甩乌黑的长发，把衣领的扣子解开，让风当面扑进来，真想把外套也任性甩到肩膀上，再吹一声锐利的口哨，来日方长！如果我情不自禁地引吭高歌，有醇厚的河水在脚下，该是多么底气十足！

人又大了一些后，我震撼于河流的光辉。

夜的旷野，一条长河从天际的缝隙徐徐驶来，迂回蜿蜒而充满弹性的姿势，仿佛宇宙间的螺旋上升运动。它让我想起什么？是的，生命！但只限于这个词最基本的含义，磁石一般吸引我的，是赋予万物生命的盎然生机。涨——浪缓慢推动着光，简直像熔化了一半的雕塑！我一直想向那蜿蜒的地方去，看波浪的一个曲面，一点一点地涨起，又缓缓地下落。浪头上或许有一朵红花，既不过深，也不肤浅，是恰如其分的红。上帝会说，它是好的吗？而我的长发漂起，游弋着，全部身肢都分外明亮地浸湿了，能让肺部重新开辟一个世界的呼吸，近于完全的自由。多年以后，我偶然读到康拉德的一个句子，我并未读过《黑暗的心》，只是在杂志上读到其中一句话，闪电一般推开记忆之门，直击当年我的懵懂与渴望。只因为，那是写河流与光的：

我们在观赏这条令人崇敬的河流,不是靠一个短暂的来而复往、去而不返的鲜艳白昼的闪亮,而是靠一种永志不忘的记忆所发出的庄严光辉……

龙门好风日,是附近居民休憩的绝佳去处。逢了周末,往往呼朋引伴奔赴峡口。我也曾经搂两个香甜松软的烤红薯,挽住母亲漫步沙滩。曾经和同学们一道,蹬二十多里地单车,穿越麦田与树丛拥抱的公路,到河边脱了凉鞋大声踩水,抖开塑料布开怀聚餐,哎——喂——彼此应答着爬上峻峭的山,饶有兴味地钻到废弃的火车燧道口。然后,向下俯望粼光闪烁的金龙盘游的一马平川,模样像白雪皑皑珠穆朗玛峰巅的胜利者……一点点紫红的桑葚,岸上那株粗大的老桑树,如今还悬挂着我的快乐,我的青春年华。

夜的岸,却幽静,别一番情味,甚至是孤远的。月亮泼剌一声涌出,几片云便低低的,苍穹仿佛要俯下身来。对于喜爱冥思的人,不愧是份妥当的安排。

河流抬起了脸庞!

你听见了吗?河流磁性的喉音,低低贴着大地翻滚,直烙到泥土的底部一只暗穴做功的蝉与一只涌出灯笼的萤火虫。河流抬起了上半身!最细小的黄土粒,都严严实实包裹着涛声。那是龙门,也是我的故乡中条山麓下,我童年梦境中张开双臂、反复飞翔的黄褐色沃野。我多想飞下去,永远像一只笔尖移动在失去边幅的白纸。而我相信,龙门峡口的两岸,许多色块正在大幅度调动,融合与分割,只是夜幕遮盖了它们。于是,我静止不动,手里握着一根毛毛草,坐在青石大山下的河岸上,就在一阵阵暗涌的洋槐花芬芳里,感受着白昼与黑夜的轮替,四季的装饰。皇冠一样璀璨的星座,随着春秋秩序井然的漂移,我只是岸脚的一个小黑点,却能点燃星星的瞳孔,渺小的生命,接触到无限的时空。在我们受局限的听觉之外，天体一定演奏着恢宏而和谐的交响乐。眼下，水波涟涟动荡，在所有的变幻莫测之中，宽慰地感受宇宙强大的秩序吧！

  我们的眼睛看到快乐声音的明亮领导者
  她光芒四射，显露出了门口

  几千年前的古印度诗歌，读来依旧感染力十足。明天一早，东方将准时破晓，太阳又将爱上金海洋般的黎明，让红鬃马般的晨曦，在旅人脚前设立关卡，又开辟迂曲的驿路。有一个刹那，鸢飞鱼跃！不是吗？那是我刚拾笔写作的岁月，笔尖喷溅天地的盎然生机。如今，我还偶尔翻开当年的文章，读上一小段，譬如："如果四季是循环访问的故友，只有春天撞门而入，以独特的方式进入我们的视线，或者，就骑着鲜花嫩叶装饰的马匹，飞驰而过我们的墙垣。"

  如果说，当年仅仅是惊异于遍及寰宇的生机，单纯，却强烈，像一根刺深细地扎入穴位。精神世界的多少亭台楼阁，不都筑造于生命的存在上吗？

下　篇

  我只想让你幸福。对我说话的姐姐撒手而去了。残荷形的彤云滚过山崖，我一直觉得她的声音，缓缓扩散到了起伏的波涛中。向我漫漶而来的，是生活的百番滋味。

  你内向呢，见到我的人说。自问，我不是轻易敞开心扉的人，然而困顿、悲伤或迷惘时，俯望着河水，我却变成了一条透明的鱼，每一根神经末梢都舒展成翠绿的水竹，波纹在暖阳下一圈圈摊开心语。

那样的时光，竟然是奢侈的。记得张爱玲的小说里，一个女人挑起夸张的眉毛，塞着冷冷的语调说，发愁?富贵闲人才有的资格罢！阅读时我还在上学，只觉心里一冷，很快甩手放过去了。直到自己也颠簸了半世，和擦肩而过的大多数过客一样，肩头被日子拧成的纤绳勒出凹痕，只有顶风力行，哪里有喟叹的余暇。绊脚的苦恼，都是左缠右绕的藤萝，枝枝蔓蔓，一逆牵引百咳，掖着衣角埋头赶路，倒也少了两岸峰壑草木的触目感怀，只是天长日久，人也老气横秋逐渐迟钝了。河水却百转千回释放着两岸旅人逶迤的长调，从半落天幕外的引人遐想的青蓝色峰巅，到粗糙的岩石们彼此推搡、又浑然一体的山脊，再到漫山遍野摇曳的小粉花下，一簇簇红草依偎着稍纵即逝的浪头的水湄，温煦的阳光一层层一排排渲染下来，最后在河心绽放出一朵耀目的光斑。自然，它也盛开在我心头，亮晶晶的。近年来生活发生了一些变故，压力无形中增大了，当我足以对抗它并获得解脱感时，漫步河边，被日子遮蔽的另一种痛却悄悄袭上来。一会儿想到自己熟于文字，拙于人事，一会儿思量两番波折影响了写作，像一只渴望在文字中翱翔的鸟，却被铅灰色的绳索缚住双足。一会儿师友们的容颜与话语，一一浮现眼前，忍不住悲欢交集……思绪凌乱，一只铁秤砣便坠在我的右心室，一时感到迷惘与不安。我徘徊岸脚仿佛寒枝上的斑鸠，和强劲的风一起回旋着。

然而，高原星宿海驶下的九曲大河毫不迟疑伸出了臂膀，铭刻在我记忆深处。那条周身遍布磁性的光芒，从天际缝隙里蜿蜒驶来的熠熠闪亮的长河，此时，就重叠在浑黄漩涡的水面上，我的长发缓慢随风飘起，依偎在她无比宽厚的胸膛。仿佛，一个亲切的喉音说："久远的年代里，龙门断崖上沉积的一层层页岩你都掀开了，洲屿上小篆般的三五爪迹，河心里，我倒映天空的波澜四起的文章你都阅读了。至于你的诗歌，我也朗诵了。你不是一条穿越河流的鱼吗？不是要在文字中游曳、呼吸，要趋近真实的自己，日复一日抵达生命的基岩吗？我连绵起伏的涛声，将是你永久的听众。旅人啊！拾起脚下的黄泥版，摇起你芦苇削尖的笔！你瞧，你的倒影正一天天流逝……"当我弯下腰俯视给了我足心暖流的大河，又要馈赠我不竭的力量，静默、庄严而浑厚的涛声，显示出父性的伟岸，汗珠黄铜一样砸下。从艄公背上升起的太阳照耀中，我才在硌脚的沙滩上，看见红草丛倾力托举的春天，我才听见九十九道弯的急流险滩上，一首亘古传唱的民歌。

尖锐的金属音划过身体，我像一个长途流浪的人，回首比道路还遥远的地方时，听见一声故乡的召唤。在万物苏醒的三月，忆起最初开始写作的缘由。如果不能纵情翱翔，就让我在滔滔不息的河水中，做一条小鲈鱼吧！即使一边写一边消失，内心已诞生强大的磁场，两岸是豁然闪亮的辽阔天地。

我知道，大河所过，是我的洗浴之地。我随手拽了一株草，三片翠绿的叶子间，竟然喷出了一股热浪。岸，会让你想起许多事物，比如黑塞在《荒原狼》中写道：砂砾石缝中也会长出小小的幸福之花。

比如勒韦尔迪的《美丽的星星》。我脖子上挂一把粗大的钥匙，假如所有的门都对我关闭，也能开启一个岸，邂逅一条任何时刻都会接纳我，并且伴我万里驰骋、热泪滚滚的大河。其时，近于寂静，又近于讲述者的璀璨群星，要在河心索解什么似的，箭鱼般跳跃出泼刺声。沿岸的树木、山石与桥梁的倒影，像不规则的晶体，却在一圈圈涟漪里扩散成完美的圆。我毫不怀疑，那是天与水亲密交谈的时辰。如果要我做一个见证者的话，我将以迅速奔跑的脚步，敲响大地的鼓，因为在语言无法赞美之地，只能以天籁之音。

我开始追问无数拂晓，纯金光束摇荡在厚重的黄褐色土壤上，我相信每一株根须紧攥荣辱的植物，四处蔓延的野草，每一粒灌浆的沉甸甸的麦穗，每一棵枝繁叶茂的大树都喷涌着最初的热泪。因为这个空气震颤的宁静夜晚里，我如此强烈地碰触到，并且永志难忘河东千里沃野上澎湃翻滚的热流。余光中先生曾饱含深情留下诗句："当我死时，葬我，在长江与黄河之间，枕我的头颅，白发盖着黑土……两管永生的音乐，滔滔，朝东。这是最纵容最宽阔的床……"当我俯身掬一捧河水，才刻骨铭心地感受到，诗人轻轻道出了多少人的心声。

　　那么深厚的爱，使渺小的我也想成为复述者，把它重新传递给磊落山岭，树木百草，还有像我一样鱼贯而行的旅人。

　　假如形单影只，行走河滨，众多土地便骤然向我奔驰。不停颠簸的货车尾节车厢里，一个冰棍厂、压面站、水产调料商店里都打过杂工的女人，我含辛茹苦的母亲，一把搂住晕车的我时，几乎要迎空飞舞的大片金黄的油菜花田；另一节列车的窗口，干涸冒烟的河床，乱抖的茅草，一个瘦小男孩身体奋力前倾放牧羊群的贫瘠山冈；寒冽的村口，舅舅一家挥手送别我时，在两棵干挺枣树后，以无法阻挡的力量返青的静默麦地；飞檐追日，红墙斑驳，我曾徒步了几十里拜谒山川古迹，双脚踏过的底蕴深厚的热土；一群颧骨高凸的人，放下才磨好的石斧，点燃神圣的火驱赶风寒的洞穴；吱扭吱扭的沉重轱辘声，旌旗猎猎的马车曾轧下深辙，似乎永远也走不完的驿道……历史的当今的此岸的彼岸的众多土地纵横交错时，蓬蓬涌动鲜活的气息，泛起令人惊悚而亲切的五彩。没有人会怀疑，一整幅大地默默涌冒着热流，那是我行走的最坚实的胸膛。漫步大河两岸，野兔、松鼠与金龟子都跳跃在光线摇荡的植物间，当一小块被白皮松虬根握住的陆地向我飞奔时，黑油油的深土里最健壮的心跳，给了我无尽的拾起笔杆的动力。

　　我试图着应答，去描述一条眺望不见源头与归宿的大河时，笔尖不由得颤摆。但是我依稀望见，河面的千仞高空上超越者的蝶舞，也能望见倾注全部生命力，年深日久卷荡着无数欢欣与苦难的激流。

战争，和平，酒宴上的酣歌豪饮与露宿街头的无声抽泣，都曾发生在涛声拍打的岸上。当日头的光斑，铜钱一样撒到河里，两岸渐渐人声鼎沸了，其中自然夹杂着此起彼伏的叫卖声，"新鲜菠菜，自家种的，味甜一尝就知道哟！""来，都瞧一瞧，看一看，旧手机换锅盆喽"。还有一板一眼咬着字腔的"炒米粉、炒凉粉，来一碗，牛筋面、荞麦饸饹面喽——"最后这一种我自幼耳熟，巷子尾的乔寡妇做得一手好米粉，浇上蒜末芝麻红辣子油麻香诱人。男人死得早，她就靠摆摊糊口，拉扯一个懂事的小丫头豆瓣儿。街坊里茶余饭后扯闲话，道她忒仔细，赶集了瞅上一件米黄碎花的袄，扭捏半天舍不得掏钱。但是抠门的乔寡妇，后来收养了一个流浪的残疾孤儿，家里漆皮斑驳的圆饭桌上，常摆着时鲜的炒菜、鸡蛋海带汤，自己却躲在厨房里三口两口，馍夹小菜。

抛一粒小石子，雄浑的黄色河面打着涡儿，好似两岸的绰绰人影，都卷住了荡过来荡过去的，让步履匆匆的过客，寻思舌尖上正散发的，与还没有品尝过的滋味，分明潜藏着许多人的辛酸，让旅行在热流暗涌的大地上的你，想怀揣了深爱，一直走到岸上七拐八弯的巷子深处，去聆听父老乡亲的忧愁与渴望。也走上繁华的通衢大道，甚至深山古寺，试图去扫描各种人群心灵上的戳记。

故乡的田间阡陌上，总盛开着一种淳朴的淡紫色小花。还记得在龙门峡口，第一次发现它的踪影时，我按捺不住的惊喜。它挨着青黑的岩石，简直是对照鲜明的油画，使人不经意间，早已沉吟。

只是，故乡属于山区，寒冬雪大。我曾迷恋雪花在空中呈现的姿势，那是我目击过的最完美的飞翔。然而，黄土地上蹭着我鞋子的小紫花，却更是世间发生的激越悲壮的神话。瞧，细细的根须艰难挣扎、蔓延着，与芸芸众生一样顶风冒雪，却奋力生长，内心潜藏一个热烈的太阳。其实，花朵都显得过于美好了，只能绚烂而短暂地燃烧，最后，更了解土壤脾性的绿叶，像存在各式各样缺陷的人，在花的遗梦中握住了果实。我曾游目史籍，各种以救赎为旨的宗教，如果不是耽于最初纯粹状态的思想，而要匡世救人，落地生根修行出"正果"，不对强大的世俗包括权力做出一些妥协，几乎是无法生存的，就蓦然感到一种悲哀。合上书，约好了陪母亲去赶一个庙会看戏，途中土崖的酸枣荆棘里红星点点，田埂上的小紫花向不远处的浑厚大河，向着天涯徐徐的风摇曳而去。

龙门峡口的一草一石，一景一物给我的启迪，是道不尽的。如果一时兴起，乘上快艇，向石门、孟门溯游而上，两岸绝壁连亘，立即会将一叶小舟揽入山河怀抱。水鸟引吭长啼，俯冲下来点击河心，又闪电般擦过崖壁，向白云舒卷的高空盘旋上升。那时遥望河光雾气，云晖交映，龙门山蜿蜒若从日边来。待到仰望时，却早失去故人面目，只见奇峰迭出，危岩竞水，呈化出万态千姿，别开一番天地，我就钻入了大山的心腹。

更多的时候，我抱膝坐在岸上，听涛声拍打沙滩。偶尔想起那个谜语：一物早晨四条腿，中午两条腿，晚上三条腿，请问是什么？

当暮年降临，我拄杖步履蹒跚来到岸上，一定渴望留下一句话：我平凡一生的全部文字，都是向您——高原驶下的九曲大河的献礼。

翡翠寺院

1

没错，就是那里，一抹红墙掩住的寺院，像一整块湿蒙蒙的翡翠，香火气先坠了一下，接着轻轻上扬，漫漶着。几株古树繁茂的叶子涌出碧绿，就连摇曳的空气也是淡青色的。

寺院清幽，却藏着绝世的壁画，中央美院的学生曾千里迢迢前来临摹。

起先，我也是仰慕壁画来参观的，但我在大殿前静谧的庭院环视时，几支点燃的香，和时间一起慢了下来，让人沉醉的香火气息，萦绕着一尊大佛穿透千年的安详神情，无法言说的悲悯目光，还有被风一丛丛簌簌吹响的树木们的腹语……总之，青龙寺，这一整块泅润着的翠玉，浸透我，裹住了我，成为我心灵栖息的一小块宝地。

若论地理距离，几十里的路程不能说远，但也不能说近，让我随着四季的变换,晨昏朝夕散步其中,或者静坐一隅,拾起一片才脱落的树叶沉思。而且红墙围拢的漫长时光,壁画内外无数变幻的故事与场景,我永远也不能抵达。因此,寺院的真实又蒙上了一层想象的色彩。

我一直想去西藏,像一条小鱼儿,穿过狂风怒涛或者枯瘦挣扎的河,暗石出没或者沉睡不醒的河,穿越所有的河流爬上高原,在海子一泻无余的蓝,在澄明、广阔而深邃的蔚蓝里自由地呼吸,游弋。

我拜谒过一些名寺古刹,但总是一个步履匆匆的游客,不知为什么,这座含藏瑰宝的清幽小寺院,却成为自己无法消失的梦境。一个人,坐在一块翠玉坚定的湿润光芒里,心底怦然打开一个天井,涌入广袤无垠的蓝……树叶窸窸窣窣的声响,仿佛逐渐起伏的波涛。而遥远地方,大海像一个果实在风暴中轰然破碎,又以从容不迫的力量,为自己打开了通向天际的一扇窗。没错,就是那里。每当痛楚困顿,或者浮生偷来的半日闲暇里,比如这个安宁的黄昏,我常会想起青龙寺,人便伫立在一轮冉冉升起的明月中。

喜爱步行的我,从河津到稷山的中途,在一个靠近马村的路口下了公交车。走过一段充满朴实的田园风光的路,就是稷山青龙寺了。

秋天,这段公路两边色彩斑驳的农作物,金黄的玉米,火红灯笼的柿子,与高低错落的各种树木、灌木与柔软坚韧的草,组成了一幅在北方司空见惯而魅力无穷的油画,源源不尽的生命力分明流动着,腾涌着,又凝固成和谐的色块。一片乍起的虫声,便成为画面上任人猜想的落款。

"小柱子,小嘎子,快回家了!",那一定是个充实的星期天,一位大婶才忙完地里的农活,红润的脸膛汗津津的,被太阳一照,像涂了层油,她正招呼路边的两个小男孩。远远近近,晋南风格的青砖院子散落着,那是小柱子、小嘎子与伙伴们炉灶咻咻吐出热蒸汽的家,此刻一眼望去，犹如大地上雄健的符号，屋脊、墙壁，精美的凤凰、莲花等雕塑图案，永远在一头汗水的忙碌日子里，寄寓着主人吉祥的心愿。快到路尽头时，一侧矗立着山西省金墓博物馆，善济一方的药膳世家段氏的祖茔地，是一组阅尽八百多年历史风云的宋金墓群。人走进砖雕地宫，就走进了琳琅满目的艺术殿堂，和青龙寺一样，被公布为国家重点文物保护单位。与它毗邻，便是高垣之上坐北朝南的青龙寺了。稷山一带多枣树，汾水悠悠，绿云拂风环绕着古寺，自然景色秀美。

山门前威武的石狮子打量我时，我真想问一声，还记得我吗？

一阵风要解答似的吹来，我在宽阔的平台上回望，顿觉天地旷远。依我的秉性，所向往的寺院当在高山绝顶，奇松异柏，一山的灵石顽石，云雾蓬蓬从脚下腾涌，或者嵌于青麓幽谷，草木婆娑掩映，涧水潺湲，飞鸟的翅膀驮起悠长的钟声。但我心中还有一种寺院，挨近城镇村庄，与鸡犬之声相闻，贩夫走卒照面，对一个人同时具有的个体与社会两重属性，这也可谓一种投影吧。

一次翻修大殿时，青龙寺挖出一块碑刻，正面阴刻"敕赐青龙之寺工部尚书王政口"，及三个跪侍人物，碑阴有"龙朔三年"造像铭。原来，寺院建于大唐，而现存为元明建筑。它漫长的年代里被一再重修，昼夜倾听着黄河汾水的浪潮回鸣。

2

我遵循自己的习惯，穿过山门，先奔到最后面的北殿，在静谧的气氛里仰望壁上的大佛。记得第一次拜访青龙寺时，我踏进北殿，日光从古色古香的木窗棂中，一排排缓缓铺进宽敞的大殿。霎时间，仿佛时光之轮倒转回大唐，我的身边弥漫着唐朝的树声水语，月轮日影,一片开阔而自由奔放的气象。大佛,俯望着芸芸众生,我的身边又翻滚起汹涌澎湃的大海,脚下是东倾西斜的扁舟,咔嚓——木板又爆裂出缝隙,而一轮初升的圆月,把金箔一样的光芒扩散到无垠的时空,笼罩了鱼群与苍鹰,蚂蚁与饿虎,也笼罩了城郭与村庄,一切高耸绵亘的山脉与暗礁出没的汪洋……我沉浸在清凉光明的境界中。那以后来到青龙寺,我总要先来佛前静伫一会儿,再去观游全寺。

稷山民间流传着一种说法,青龙寺壁画的精华所在——腰殿元明水陆画的画匠,曾经教授永乐宫壁画的绘者。这虽然无法确证,但青龙寺壁画呈现的大美,恰似镶嵌在晋南山水间一颗熠熠闪光的明珠。

我仰望的大佛在北殿东壁上,寺院历经七百多年尘世风雨后,由明朝人画上去的。好,既然从北殿开始,我就倒溯时光游入艺术的王国吧。东壁一望气势壮观,楼阁入云,佛祖正居中说法,庄重慈祥,光明遍照万物众生,文殊与普贤菩萨随坐左右,前方大弟子迦叶与阿难侍立,在庄严而美妙的佛国净土上,还有分列的护法金刚,听法的天帝,飞天翩翩凌空,让人遐想不尽……西壁《弥勒变》中,我最感兴趣的,是弥勒佛南侧的剃度图。画面为一国王与王妃,三千烦恼丝纷纷落地,虔敬的神情呼之欲出。在云端上方,也有人首鸟翅的伽楼罗端着果盘护侍。岁月还没有湮没瑰宝,北殿一侧的伽蓝殿壁画只剩片鳞寸爪了,所幸,这儿还能观瞻人类心灵的结晶,工匠们把人生的苦乐、世事的沧桑、灵魂的战栗,一笔一笔全神贯注刻画在佛面上。仿佛历史深邃的廊道里,又传来悠长的佛号声声……

隔着花木扶疏的小院,腰殿与北殿正相对视。腰殿闻名遐迩的元明水陆画,复杂的构图上,繁而不乱分布着几百余众,非得慢慢观赏不可。丰盈的仙佛造像衣带飘飞,我看得久了,只觉满殿生起凉风,回旋不已。史载:水陆画盛行于金代至元明清,儒释道三教合一的大背景下,为拔救幽冥,在寺院的重要佛事——水陆法会中供奉。上了年纪的人，可能还听说过农历七月十五大寺院、道观法会的热闹情景呢！地藏菩萨发大悲心，要渡尽苦重的众生，曾发出"地狱不空，誓不成佛！""我不入地狱，谁入地狱！"的坚定佛语。中国隋唐之后，崇尚地藏菩萨的信仰极为兴盛，水陆画中一般都有地藏菩萨，也有十大冥王，明王组像等，都与地藏信仰有关。岁月无情，宋代以后水陆画只在晋冀一带保存较好，青龙寺便是重要的一处。

我从西壁看起，过去、现世与未来世的三尊大佛下，是庄严盛大的礼佛图。冠冕如云的帝王太子诸王大臣和簇拥的侍从，还有皇后女官仕女命妇正虔诚礼佛，云集的人物姿态万千，神情各异，而衣纹上的高古游丝描，在中锋坚韧浑厚的功力下，极见秀劲古逸之气。一个衣带翩飞的女像，骨肉丰匀灵动，微抬双目，神气完足，不能不让我赞叹高超的技艺。下方普天列耀星众、山岳江海诸神众……人物错综却层次鲜明，疏疏密密的组合极富节奏韵律感，俨然慢慢卷起的珠帘摇影一般光彩照人。

我是在青龙寺第一次观赏到三教合流场面宏大的绘画，煞是新鲜，南壁诸佛菩萨转化的十大明王呈威猛愤怒相，下方从孔子到唐太宗杨玉环，再到民间崇敬的文臣武将苏武、诸葛亮、关羽等一一登上画面。可对照的是，北壁绘有九横死生像，还有阿难与焰口，饿鬼口内燃火咽如针，身躯焦枯肚大如鼓，令人想象焰口施食的情景与地藏菩萨的信仰。

门外秋风拂古柏，天色催促游人归。我流连环视着四壁的仙佛人物，精巧绝伦的线条充满动感与力度，正合奏一场宏伟而微妙的交响乐。而穿插其中的独特造像，不时进出灵性十足的音符，整幅壁画的清雅中，见出丰富的色彩效果，佛像庄重慈祥，菩萨娴静清逸，天王威武雄壮，真人松骨鹤姿……而生灭变幻中流转的芸芸众生，就要从逼真的情节里走下，一一焚香诵念了。整座大殿笼罩在佛国清净神圣的气氛中。

3

　　太阳车以始终如一的节奏,向西方逶迤的地平线奔驰。下一个彩霞怒放的黎明,又将把古老永恒的问题高悬天幕。

　　离闭寺还有一会儿,我徘徊在北殿与腰殿间翠影摇曳的过院,时起时落的风里,绿意水墨般从树梢上泼下,浓浓淡淡地在空中涌流,一整块湿蒙蒙的翡翠裹住了我。它柔和而坚定的光泽,一遍遍磨洗着我心灵上的积垢,如同丛叶痛楚而喜悦的耳语,不知不觉中,时间凝结了……"梆——梆——不可接触者……"一阵悲凉的敲击声,把我带回了公元前六世纪的古印度,那是佛陀苦思冥想的时代。一个低等种姓的首陀罗,一路敲响梆子提醒行人,不要被我,一个卑微的贱民玷污。两千多年的时间失踪了,沉痛的梆子声穿出史籍,击打着我的心灵。是的,绝望,我无法想象那彻底的悲观。种姓制度像一个血红的伤口,涂染着伴随文明而来的痼疾——人与人之间的压迫。季羡林先生说,印度有两个宗教哲学系统,除婆罗门外,还有一个沙门系统。《梨俱吠陀》的一首诗中,曾描绘了一种叫作牟尼的人,长发褐衣,飞行空中,渴饮毒汁。这是被征服者更倾向的宗教,对他们来说,生,完全是苦,甚至不愿有来生,只希望用苦行的办法从轮回中解脱。

　　在渺小的我感知世界之前,恰似滚滚洪流裹挟的一滴水之前,人类已经过了几百万年的进化,距文明史的开端,也已几千年了。《旧约》上说,日光之下,并无新事。一切罪恶与苦难都发生过,露出贪欲与争斗的狰狞面孔。然而,爱与善也显示出坚定的力量,如果天空正在倾听,一定会被悲壮的长调——人性中善与恶的交错与撞击而震撼。漫长的时光中,人类精神领域深刻的变革也发生了。

佛陀打坐的公元前六世纪,正是雅斯贝尔斯所称的轴心时代。每当合上书卷,我常常回望这一个历史时期,波浪交叠翻腾心海。在迥异的地理与社会环境中,东西方却同样发生了精神上的危机、震荡与革新。往昔的神祇失去了光彩,社会结构发生了变化,在混乱与自由、痛苦与渴望中,在对各自传统的继承与重新诠释中,人的理性,从神秘意味与烦琐仪式中解放出来。人,开始以理性探求生命的意义,探求宇宙的本原与人类的本质。各种新生的宗教与哲学,都提供了自己的答案,努力寻找着普遍真理与救世之道。思想,拍打着丰满的羽翼,就要挣脱部族的束缚,飞向博大的爱了!吃快餐的现代人无暇顾及的道德问题,也被提到显明的位置,从一朝一夕一菜一蔬的实践开始,人们观照并守护着心灵的澄明。

轴心时代,塑造了后世的"人"。

一对母女才从大殿里出来,向我打听附近的公交车,秀气的小姑娘还握了一本《世界历史未解之谜》。还有比我们更重视历史的时代吗?从一只陶罐,一片残简,一次田野调查或者假期旅行中,人,想方设法认识自己的过去。历史,如同计算机、宇航、基因……一般,成为新世纪重要的学科。历史学家汤因比说,最近五百年中,包括大气层在内的整个地球表面都由于惊人技术进步联结在一起,但人和人,依旧是按照各自方式生活的陌生人。然而,手握太空与基因武器的"陌生人",还以为自己依旧握着大刀与长矛……历史是流动的镜子,会适时提醒我们,在物质化与娱乐化冲击全球的时代里,先人的智慧,让我们重新领悟着生命的神圣与庄严。

我告别时,风声高了,青龙寺半隐在雨雾中。美轮美奂的壁画陶醉了游人,停下归家的脚步。我回望着一整块湿蒙蒙的翡翠,青龙寺幽静气氛里厚重的历史沉淀,更使我的心灵一阵阵颤荡,仿佛树梢上飞溅的水滴。

母亲的月亮神话

"叫我冰!"雨将在冬天,一寸寸长出骨骼

雨在秋天跳下悲欢起伏的台阶,田野里疯跑,像一个梦幻里的宣言

雨,八月十五的屋脊上,安静地藏了起来

——2013年,旧作

1

窗口,一定晃动着母亲的身影。

虽然是中秋节,推窗仰望,深邃浩渺的夜空上,一轮圆月的硕大与明亮还是让我暗暗吃了一惊。月亮银镜的背壁,一定爬满沧桑岁月的藤蔓,被悲欢浸透,镜面却闪着,永不磨灭,毋宁说一直被时间追赶的光芒。此刻,月光笼罩了龙门山雄伟的峰巅,穿过峡谷的浑厚庄

严的大河,与收割前的色彩绚烂的田野,笼罩着一只精力充沛的蟋蟀,一簇干枯的落叶,还有明晨将从林间盘旋飞起的群鸟。

我相信,母亲一定在窗口望月,端杯淡茶。操劳一生,到了暮年,她终于有工夫好好看月亮了。月光流过母亲花白的头发,苍老的脸庞,流过辘轳般转动了一生,终于被岁月压驼的腰身。月光,像故乡原野上一条矢志不移缓缓奔流的河。

另一扇窗涌出。那是几十年前,临汾老家白纸糊的木格子窗。

"珍女子,能干没得说哩,人俊也打着灯笼难找,嘻嘻。"好打笑的乔婶,和母亲打小在一个村子,不时拎了毛线活,盘腿在我家炕头絮絮叨叨拉家常。从她的回忆里,我亲近了属于母亲的那扇窗。也是中秋,只不过没有霓虹,老家田野上窸窸私语的草丛,摇晃着长一声短一声的虫鸣。满月下的村庄依旧静谧,因为一桌团圆饭,巷子里多了些走动的人影。偶尔,会传来一段字正腔圆的眉户戏,那音调虽然像小石子投入夜的水潭,很快扩散消失了,但这一天,毕竟为磕磕巴巴的日子,送来了一年一度的喜庆、新异与希望。

一棵老槐一株新柳,把影子拍在青砖墙上,探头探脑的叶子,就摆到了母亲心坎坎里,捂住一轮金灿灿的月亮。从晌午开始,她白藕似的手指不停摆弄黄瓜条,腌制了一大缸。等外婆搅馅和面后,母亲又一板一眼跟着外公花模子打月饼。日头嗖地一下,说歪就歪下去了。她扫完偌大的院子,帮外婆打理中秋饭,屋里屋外地跑。作为长女,由于外婆体弱多病,她早早撑持起来,四处操心,干活麻利,让村里的大娘们嘀咕,这俊女子,谁家娶到有福哩。

一家人燃香,摆出供月的葡萄苹果、五仁月饼后,围拢在堂屋吃饭,贫寒日子也泛出喜滋滋的味道。

而黄昏对割草的母亲来说,总是散发着迷人的魅力。琥珀色的西天,与大树梢上一嘟噜一嘟噜的小果子互相打量,互为谜题,互为注解。属于自己的短暂自由的时光就要降临了！河面覆盖着一层神圣的光芒，仿佛并不会随波流逝。搁下篮子镰刀，母亲掏出衣兜里的小笔记本，她喜爱伫立岸上，朗诵一首小诗。

回家喂了牛，她坐在一盏昏黄的油灯下预习功课。母亲钟爱读书而灵慧，整幅夜晚荡漾起来，新知识使她游出村庄的篱笆，驶入生命的丰饶，宇宙呈现出的智慧与变幻莫测。恰似夜阑人静，打开水彩盘开始另一项爱好——画画时，色块飞驰，从河塘一株坚韧的芦苇，到点燃春天的漫山遍野的红霞，再到云端神话的马兰花，一刹那都奔涌到低矮的屋檐下。她一会儿漂浮于浩瀚的汪洋，一会儿纵马飞越关山万里。花朵怒放了，就不会枯萎。秦时明月汉时风，也没有消逝，都在白纸水墨里淋漓。

一轮圆月，从夜的瀚海冒出，储藏着一切事物内部的光辉。

她是世上最幸福的人。母亲珍惜得紧，因为与丹青共舞受到的压力。那年月，村里人说，女娃认一箩字，嫁个人家就行了。外公远在北京一家杂货铺，墨水不多，但羡慕文化人，心里替孩子掖着盼头，唯恐耽搁了。供！他咬咬牙，家乡迢迢，店铺里抢着重活干。才过了中秋，第二天破晓，月亮水白的圆印还未消失，外公就匆匆上路了。临走时，母亲细心清点过出门的小物件，她体知家里的艰难，平日给外婆端中药，都先尝一下冷烫。连帮妹妹梳辫子，也要扎朵小花，恰到好处，为清寒的日子增点色彩。

2

咣啷啷，咣啷啷，呜——蒸汽火车喷出一股浓烟，搪瓷水缸里浮起黑煤渣，母亲紧搂包袱，摇了一下缸子，晃动的小黑点醒目，生硬。猛吼一声的鸣笛，伸出不可抗拒的手掌，将她向前推了一把。她想起老家起风的谷口，拎着一篮子草，趔趔趄趄往家赶。可是现在，她正离开那扇爬上月亮神话的窗。

从黄昏到天幕完全被黑夜掩藏，火车不停地钻着山间隧洞，飞闪的灯光像出鞘的剑，在明暗不定的车窗上变幻，每一种图案，都通向一种未知的可能性。新奇、惊慌、诱惑还有不知所措，一齐攥住了她。黄土崖敦厚朴实的身影，也抹上了一层奇谲的色彩。更远处麦浪微微起伏，千里沃野从容地袒露着胸膛，一轮圆月，在那里等了很久似的，高悬中天为她默默送行。

陌生的大城市，在不远处等待着她。

老北京的城墙根，大概还记得晋南人的货担儿。外公还是青皮后生的时候，就跟着村里人上京城，做油盐酱醋的家常生意。举家搬迁到北京，却已是二十世纪五十年代。母亲的月亮，开始挂在南小市口一个大杂院的上空。我们这个家，只不过是北上队伍中的一个音符罢了，没有轰轰烈烈的事业，也没有离奇曲折的故事。然而，当下班的自行车铃声此起彼伏，火红晚霞映衬下，一轮落日烙在胡同口时，人家屋檐下挂的干辣椒，简直就是一串串爆竹，噼里啪啦点燃了比白开水还平淡的日子，却也千滋百味，不乏惊心动魄之处，真正是天地玄黄，人生如戏。如果出了胡同口，穿过花市大街，一直向城南走，缓缓铺开的风里，走近河心倒映着酡红落日的永定河，也许你还会感到，万物生灵，本身就是无比悲壮的神话。

外婆的病越来越重了，母亲只好放学后织白线手套，卖了贴补家用，一织就到三更半夜的。春天风沙大，先是罩下黄团团的薄雾，槐叶儿紧追着翻细跟斗，母亲去关窗，才拿掉挡窗角的木塞，桌上涂画金月亮的白纸已抛到地上。风，说起就起来了。地板上的月亮，皱巴巴的，活像一盘子糨糊。其实，金月亮也是偶尔的涂鸦，刚抓的中药还等着熬，体谅家里的困境，母亲早放弃了画画。

我能够想象一根刺扎入手掌时尖锐的痛，金属的声音穿过指尖。

我坐在老房子的檐下时，仿佛看见母亲倚门而立，有一刻失神地仰望浑圆的苍穹，画笔跌落在墙角，只有冰冷的雨水，一声一声催老了青苔。

姨妈对我说，小时候有了姐姐，这个颠簸的家是舒适的，寒夜里的烤红薯，焐热了冻得胡萝卜似的小手。不仅从灶台到写字台，从一扇窗到另一扇窗，都显示出秩序井然的力量，即便叠成蛟龙的针线盒，戴着仙女帽的扫帚把，一块废品改造的"白玉"镇纸，都宣告着每件事物内部的光辉，美好，笃实。她的眼角，永远飞动着希望。新月银钩，夜深人静，窗下摇晃着温书的身影。家务繁重，并没耽误母亲的功课，她考上了一家铁路学校。

有时候，命运的飓风使人觉得自己是一粒微尘，被洪大的力量裹挟、激荡着。毕业时，提倡学生支援农业，母亲返回了老家农村，新政策一个月后就出台，可以回城。但母亲这一茬人没赶上，她没能够回到父母身边，家事托付给了妹妹，一生漂泊在黄土地上。六十年代，她跟随父亲，进了高耸入云的矿山。

我家的老相册，有两张发黄的照片，两个装在青蛙里的笑脸，那是父母结婚时的艺术照。父亲年轻气盛，踌躇满志，双目炯炯有神。母亲梳着乌黑秀美的发辫，白皙的脸庞上，眼睛好比春天深处的晨星。爸爸毕业于冶金学院，一辆破旧的老卡车，把他与同学拉进了重重大山，老耿叔即其中一位，夏夜闲聊听他说，当时从繁华的城市扑进穷乡僻壤，有一个瞬间，心向下沉坠，整个人扑通掉进了冰桶里。我能够想象父母当年的心情。父亲和同事们一起，毕生精力投入到了矿山事业，在翠松虬踞的巉岩上，用老茧粗硬的手，凿出只有大山才能读懂的厚重的史诗。强劲的风，沿着山脊长驱直下，在空中发出野马群奔腾似的声音后，四起的尘埃里，又震得人家的玻璃窗嗡嗡作响，整座房子都漂荡在无边的大海上。第二天一早，大家紧着身子，袖着手出门一看，房顶的油毡子、墙角的破瓦盆、酒瓶子，和吹折的树枝一起，都横七竖八躺在地上，狼藉一片。

对母亲来说，蒲公英落在哪里，都会让驱逐它的风生了根，也能在厚实的土坷垃里，感受到月亮的气息。

她把全部的爱，倾注到了这个家，洒在我们姐妹身上。

母亲是大力士。雪夜我朦朦胧胧醒来，刺猬般团在被窝里，生怕钻进一丝刺骨的寒气，却望见厨房墙边昂首挺胸，出现一排诱人的萝卜、白菜、雪里蕻咸菜罐。母亲卷起袖子，青筋突兀，又借着雪光搬蜂窝煤。天哪！我差点叫出声，她一次竟能搬起那么多黑煤！

母亲是飞毛腿。她在五金商店卖货，那时晨会晚会周会多如牛毛，总是起早摸黑的。她能用最短的时间，穿梭在家与僻远的商店间，啃块干馍，三步两步解决掉吃饭问题。同时变戏法似的，让衣兜里藏了给我们的米花球、红果儿。

又一个雪夜醒来，我喉头滚烫，全身沉重。母亲照例坐在炕头缝补，一盏台灯放大了她单薄的身影，一只拉线的手，把岁月牵得漫长。她发现我的重感冒，坐立不安。当我再次睁开眼睛时，母亲在大门口掸着身上的鹅毛雪片，天未亮，她就赶到十几里外的尖角村抓了药，那里有个出名的老中医，我吃了药，果然就好了。

过来，来！姐姐让我在门帘下扮仙女。母亲是艺术家，我毫不怀疑。她拎一桶油漆，才在东屋大立柜画好出水的荷尖，清风已徐徐来了。我家炕上、沙发扶手、旧木箱，还有坑坑注注的门框上，都飘着绣艺精美的帘幔，山高月小，疏梅傲雪。夏夜，忙碌的母亲终于抽出一点空，领我到不远处的草地乘凉。月亮金黄得醉人，水汪汪的，泡在一把朴陋的茶壶里，但是那茶水多么解渴，多么甘甜啊！我里外忙活的母亲，大手粗糙的母亲，竟然举头望明月吟起唐诗来，我永远难忘青青草丛的气息。

3

许多年来，我向静夜的月亮阐释着，母亲传递给我的一种力量。

  乐游苑自生玫瑰树，树下多苜蓿。苜蓿一名怀风，时人或谓之光风。风在其间，常萧萧然，日照其花，有光彩。

闲时翻书，《西京杂记》不时闪耀出随风动摇的光辉，对光与影敏感的我，自然被吸引了。回忆中的时光，或者说，过去的时间与现在之间的间隔是闪烁着强烈光辉的。

但这苜蓿上的光风，不是母亲留给我的光束。许多年来，我一直都在寻找母亲的月亮。我是门槛上的失踪者，流浪在星月无光的旷野。芦苇在暴雨欲来的风里，一片一片倒伏；河流先干涸，不久又消失了，沙砾从河床上成群结队地逃亡；在岩石的互相敌视与猜疑里，连巍峨的大山也轰然坍塌了。一切，仿佛都是虚幻的。汗水的结晶，事迹，情感，色彩，盐……都只是一个庞大的影子。我晕眩，在锯齿边缘的旋转的气流里。我到哪里去呢？我找不见万物存在的真实了。我找不见意识赋予人类冲动与经验的神圣意义了。啊，妈妈，我的影子是第二个失踪者，我找不见事物显示自身的真实、力量、丰富与恰恰相反——零碎、混乱与幻灭——之间的不同了。我的眼睛黯淡了，危机的最后，却看见母亲的微笑。母亲喜爱倚门而立，她说，墨黑的夜空，就是一个暗礁出没变幻无穷的海，而星星是帆尖上的光，同我们亲密对话。星座旋转在眼前，我的心弦颤动。我想起巴金老先生在一篇文章里写道，星光是一切不幸的人们，至高无上的安慰。而一位欧洲诗人，饱含激情地祈祷，让璀璨的群星，给我坚定不移的力量吧。

我坐在门槛上，瞧母亲，瞧星星簇拥的月亮，又亘古一般缓缓升起来了。母亲是一个普通的家庭妇女，像黄土地上成千上万的女人一样，她用一生告诉我什么是白杨的姿态，什么是坚韧的人生。再贫瘠的土壤，大树也能抽出新芽；再险恶的沟坎，千层底的布鞋也能跨越；再难的日子，咬咬牙就挺过来了。而且，再苦的药丸，只要用心去品尝，也能嚼出痊愈的甘甜。母亲望月时的情愫，也遗传进了我的血液。

大地知道我们的秘密吗？拉煤列车的尾节车厢，我和母亲极目远眺，铁路上一个熟人的照顾下，肩背干粮与水壶的母亲，牵我登上了车。大片油菜花潮水一般翻腾，扬起金色的喇叭，向我簇拥而来，蜜蜂在苞蕾上创造它的语言。拔节的麦子，使热烈的气流青翠欲滴。而斑驳的色块，在广袤的原野上纵情驰骋。母亲向往高山瀚海无限风光，自己节衣缩食，有机会便携我们旅行。她对大自然的爱，渗入了我的掌心。

旅行途中，母亲久久伫立在大河岸上，抬头望落日如歌，飞鸟长啼，低头看水波荡漾，自成文章，而环顾四方，莽莽沃野环抱着苍山。母亲的目光，便流露出对时空的追问。我想，我常怀的一种历史的沧桑感，也来自母亲。列车呼啸着劈开光阴，车窗外城墙上徘徊着一个红裙女子，她指给我瞧，若有所思，若有所待，仿佛高古游丝描的人儿，使我莫名忆起诗经，静女其姝，俟我于城隅。这样有趣的小插曲太多了。母亲只是一主妇，却满怀热情，关心国事，不免受到巷子里老姐妹的揶揄。如今，白发苍苍的暮年，她仍然准时收看新闻，从焦点访谈，海峡两岸，女性话题，引申到历史与现实，人文与自然。风信子落呵，落得比黄泥还低，我的笔尖犁过空旷的田野，能说没潜移默化受到母亲的影响吗。

4

　　清明节雨雾迷离,我挽着手捧一束白花的母亲,焚香,烧纸。前方是姐姐的遗像。

　　姐姐离去时,母亲的月亮碎裂了。过了很久,直到黄鸟啭鸣的春天,她才渐渐好转。

　　我们沉默着,她脸庞的每一道皱纹,都像周围黄土崖上深峻的沟壑。

　　我挽着母亲的臂膀,像扶着一棵大风里摇摆的老树,她却沉稳平静地,将纸物一样一样亲自给姐姐烧化。

　　我突然觉得,母亲才是傲立的大树,我却伫立在风口里,恰似每一个子夜零点,时针都清晰地指向起风的谷口,那里有一条亮晶晶的生命抛物线。赐予我和姐姐生命的母亲,她体内温暖的洋流,曾经环抱一座充满尊严的宫殿,我以蜷曲、安静的姿势,采撷生命的射线。偎着母亲,万象的纷纭迷乱中,能听见生命最本真的音响。

　　陪母亲去大河岸上散步,徐徐河风里均匀地呼吸,坚固物从柔弱的草丛里升起。太阳暖洋洋晒着母亲。我独自走到河边,吟诵康拉德的一段文字:

　　　　那宽阔河道中的古老的河流,多少世纪来一直辛苦地为它两岸的居民服役,现在却在这一天将结束时,平静地躺卧着。它伸展出去的身躯,完全表现了一条伸向世界尽头的河道的恬静的威仪。

每一次陪母亲去野外,都能望见新诞生的田野,精力充沛,千虫鸣叫。

我陪母亲瞧月亮。我劳碌一生的妈妈,终于有工夫好好推窗仰望了。不知谁家的录音机,静夜总隐隐传来悠长的佛号,一切悲欢的上方,金箔般缓缓摊开的月亮,正笼罩着蚂蚁与高楼,千山与万水。

午夜的耳鼓

拍击双翼的铁轨

一只树洞里冬眠的小兽,同我交谈
夜晚的第一个脚趾,登上了陆地

——题记

虽然我已不止一次写过它,但午夜列车的鸣笛传来时,依旧以无法抗拒的力量,让我的心弦震颤不已。

我该如何描述镌刻在记忆、现实与我的未来生活中的车笛呢?

它拖长了的尾音,使树木百草都庄严地行注目礼。是的,它们痛苦、激动、欣喜而深情地延伸视线,为它送行。我自然也一样。我能触摸到急剧起伏的胸脯。鼻翼的翕动中,空气卷荡的旋涡,我能感觉到正慢慢扩散。二十里外的龙门峡口，一条浑厚的河，从泛出微红光芒的天际蜿蜒驶来，为两岸生灵世代服役的大河，此刻迂回而沉默涌流，却闪烁出最灵动的光，让你想象宇宙中螺旋上升的运动。

同样，你能听到从楼下园子里，春天新栽的丁香树下，从一小撮油黑的沃土开始，到河岸风声回荡、空阔无人的滩涂，再到雄姿磊落的龙门山后，发生许多你能够猜测与难以预料的事情的世界，整片莽原发出呐喊，仿佛创世纪以来的一个必然回音。于是，缓慢旋转的地平线上，金红篝火边的婴儿，吮着裸露上半身的母亲的奶头；肤色黝黑的猎人经过，肩头扛着滴血的麋鹿；托载大河的地平线上，钟鼓齐鸣，甲胄在身的卫兵林立，加冕大典的国王持杖而立；急涌的地平线上，怀抱基因试管的现代人，在危机与自由、痛苦与希望中飞跑，他感到一阵阵晕眩……我多想认识自己，透彻的，他喃喃自语。当列车的鸣笛劈开了天空，他想，我必须认识自己了！……树叶窸窸窣窣地响，忠实诉说大地的腹语。那是万物发出的渴望，回应着苍穹的一声召唤。

我毫不怀疑夜的魔幻，假如有个人扛把铁锹，在楼下的园子里，在油黑的沃土上随便挖个坑，迸射出万道金光，我也不会觉得奇怪。

但我更不怀疑黑夜的真实，当白昼的喧嚣远遁后，宁静而深邃的夜，就像一枚剥开的果实，露出果核，露出了清晰的面孔。甚至，你会想到胎儿在子宫里的姿势……你等待一声啼哭。

现在是子夜零点了，再过半个小时，还有一趟火车要经过本地。我知道，自己有很深的火车情结，并且以为，和我一样出生于七十年代的人，还有一部分同样拥有列车情结。咔嚓嚓，咔嚓嚓，车厢摇晃的节奏，把我带到往昔的岁月，一杯水，一点女孩子喜欢吃的零食。列车窗口长久地让我着迷，一刹那，驱动了震慑人心的万里画轴，从黄土高原生长酸枣的千沟万壑，到华北大平原的莽莽苍苍，印象最深的一次，是濒近大海的一脉低矮起伏的小山。而夜幕笼罩下来，我揉开惺忪的睡眼，站台上被乳黄灯光笼罩的廊柱，总是使人猛地一惊。一道闪电般锐利，却又宛如车厢里扶我肩头的母亲的双手一样柔和。我是一个游子，回忆起故乡点烛火的一扇窗吗？那一闪而逝的安详的廊柱，让我宽慰，却又按捺不住地激动，我似乎融化在列车窗外更广阔的山水里，又好似巡行在星星聚族而居的苍穹。站台乳黄色的灯光啊！涤荡着我的灵魂。我端起杯子，饮一口茶水，整片原野亘古一般躺卧——我是一个旅人！漂泊的感觉竟如此明显。

此刻，园子里的蟋蟀在鸣叫，一浪高过一浪，倾尽毕生精力，但我看不见它们。

此刻，莽原上的虫族活力四射，正上演盛大的剧目，但我只能望见黑漆漆的一块大陆。

来去无迹、动息有情的风，又吹过楼下的树丛——它们暗地里积蓄生长的力量，我无意再睡，临窗而坐。二里开外，反光的铁轨，在静夜里简直像一道天梯。呜——鸣笛的啸音后，那一列火车进站了。

呜——那一声尖锐的鸣笛，竟然希望和我亲密交谈。

长久以来，它说，你都是忠实于我的倾听者吗？

是的，我说，你的音波穿透了我的身体。我总想攥住点什么，世界上的扰攘与纷争，多么像虚幻的云烟，但是它劈头盖脸、无比庞大地罩住你。也许某一瞬间，你双肩颤抖，感到自己是多么孱弱、渺小，你想起某名著里的一句话，大意是：每个人只是一粒尘埃，被无法抗拒的滚滚洪流向前推动……长久以来，我一直都是寻找者。而一声长笛劈开浓雾，让我想起自天际蜿蜒驶来的大河，千折百回，万里赴海，从容不迫。最柔软的水，呈现出金刚钻的强度。

像纯金打造的莲花缓缓盛开吗？它说，让你重新相信瞳孔的真实吗？内心感受到宁静、宽慰、幸福与难能可贵的信赖吗？

啊！我迎上去，热切地说，在你饱满的声调前，语言文字都成了贫血的虚弱者，我竟然找不到一个词语，来表达你在天际的扬起。我仿佛伫立地球之巅，美丽辉煌的极光，游蛇般蹿起，千万种色彩变幻无穷，乍然泼满了半个夜空！我瞠目结舌，只有屏息，只有凝神聆听！

只有聆听！请容许我问一个问题。它兴致勃勃地说，你喜爱聆听天地之间的万籁声音吗？

我掏出一个日记本，封面还印着高山流水。翻开第七十七页，请他读一段话，那是我去年冬天记下的：

我不是一个乐感欠佳的人吗？一个声音的迟钝者吗？

自然，晨起的鸟鸣此呼彼应，高下抑扬，仿佛与风捉迷藏的细雨，隐匿在翠柳的万千丝绦，高潮时，又似一阵密匝匝的太阳雨，迅疾淋过龙门山崖，在我的心潭里激起愉悦的浪花。然而，我一向不留意声音的，甚至因某些我憎恶的声音传来而恼怒。然而，今天写完散文诗《指尖上的七弦》，我发现自己发生了微妙的变化！

高度智慧的华夏先民，造出七弦古琴的依据，是天地的浑然真气，以及人在天地间的一种惊惧与浩然。所以蔡邕论琴，记载传说："伏羲削桐为琴。面圆法天，底平象地。龙池八寸，通八风；凤池四寸，象四气。"一曲广陵散遗世的嵇康，咏斫琴之高山梧桐云"含天地之醇和兮，吸日月之休光"。古人讲究，操琴必沐浴，更衣，最宜地境清绝，纵然山水乔松，浃浃大化之间不可得，曲巷深宅，茅屋篱舍，也需皓月当空，几竿翠竹劲拔。

与琴音相关的散文诗早已写完，我还久久沉浸其中。我遥想着伯牙学琴三年之后，老师携他越海至蓬莱山，留伯牙一人在孤岛上，眼前只有苍茫大海，风高浪白，群鸟翱翔。我愈加明白了为何说，师古人，不如师造化。我闭目聆听，听见流水的无弦琴，翠竹的拔节声，火焰上方凤凰的啼鸣，我开始主动聆听了。

唔，它合上我的日记，停顿了一下说，你成为一个聆听者了吗？

不！我绝不能称为一个聆听者，我仅仅是怀抱崇敬与好奇的窥探者。你忘了，我只是一名生命稍纵即逝的过客。南怀瑾先生说，综合东西双方的学问知识，虽然有了上下五千年的成就，但对于声音的神秘功能，直到目前为止仍然没有穷其究竟。这让我想起泰戈尔一首精练的小诗："海水呀，你说的是什么？""是永恒的疑问。""天空呀，你回答的话是什么？""是永恒的沉默。"如果颠倒了读，则为天空永恒沉默，大海永恒地追问。仰面昊天，人类敬畏表达的一个途径，岂不是对声音的崇敬，对声音与宇宙万物有生命的关系奥秘的不懈探询吗？如果我潜泳至文明初萌的时代，也许会发现古埃及、印度、中国……都认为声音与原始的语言、文字，是不可割离的文化重心。如今，漫步于历史的逶迤河畔，我更多看到对文字符号的近于神秘的崇仰，对于语言，对于话即出口、板上钉钉的谨慎。但是如果沿着浩浩荡荡的涛声追溯久远，我可以想象到阳光投射的丛林空隙里，人们回应声音之神时，男女老少脸孔上的殷切与虔诚。

我能分享你的激动与宁静吗？我能做一个聆听者吗？它说，吐字清晰，语气却极为舒缓，如果具有形象的话，我完全可以想到，它捧碗大叶子茶，坐下了，背倚我故乡牛车经过的场坪上，一个干黄的麦垛。

当然了！我不无感谢地说，你是当之无愧的聆听者！权且让我当一回倾诉者吧——尽管滥竽充数。如此说,我并无一丝一毫的谦虚——起先,我依照禀性,听自己喜爱的大自然的天籁与地籁,我星期天领儿子去清涧湾游玩,小家伙蹲在水边扔石子,打"漂儿",而我背倚树木聆听清凉的水波节奏分明的淙淙声,炽热的高柳上的蝉嘶声,恰似从水里取出跳跃的火种。沿着对面的大河堤坝,向北行二十余里,是龙门崎岖、风吹孔窍的声音,是水从高原的星宿海万里驰来、撞击悬崖的声音。于是,我遥想着比道路更远的地方,具有创造伟力的汪洋大海昼夜的潮汐,它悲欢翻滚却又深厚缥缈的蓝色喉音——先生,你是忠于职守的听众——排天的海浪亘古卷涌的咸腥味,野马群骤然奔驰般的蹄声,一些年深日久的凌厉交锋。黑白梦幻的窖藏者!无比真实的吐露者!潮汐呈现出的寰宇的神圣秩序,我仿佛返回了母亲被洋流紧紧环抱的子宫。我黝黑的驿站,重新化成了酒绿色的泡沫。大海的声音虽然邈远,我却听到内心真实的共鸣。没错,甚至比我的晋南住宅更真实。写作的过程中,我摇身一变成了鱼儿,在文字里纵情游弋,却又极力想挣脱它,一寸寸抵达生命的基岩。我的笔尖是一道锐利的闪电,一束难以言说的光,劈开我积满油污的心膜。后来,我不再预设前提,我聆听的声音越来越多,晨起拱券门上尾音三弹的叫卖声,马路上摩托的引擎发动声,建筑工地上的装卸声,《文王之什·绵》里堇荼如饴的周原上,初营城邑的百堵皆兴,薨鼓弗胜声……再后来,我用午餐时,金属勺子刮过碗沿刺耳的吱吱声(挑战往昔我难以忍受的神经),手术台病人的呻吟,郊外河滩上隐约的狼嗥,二十世纪奥斯维辛集中营上空浓黑烟雾的滚动声……声音源源不断涌来,我接纳着它们。而每一种声音都有存在的必要,丝毫不以我的欢笑与泪水为转移。我不是丈量的尺度,它们扭结、冲突而又融合为一,只服务于宇宙难以揣测的终极目的。自然恰似一辆巨型战车,从我身上轰隆隆驶过,并在这一过程中将田径边的草芥碾得粉身碎骨。然而，恰似凤凰的啼鸣总是穿越传说，择菜叶熬米粥的平凡日子里，荡漾的光线总是穿透云层，让我的眼睛透过泪水、艰辛与痛苦，洞察仁慈与爱，还有美的先兆。是的！星星引导我们聆听的，那些智慧、秩序与幸福的萌芽，即使悲观如叔本华，也认为是宇宙延续及和谐的条件。笔尖射出的一束光，像扇面一般缓缓摊开，趋向无限广袤的时空，又似一个闪亮的楔子，不仅扎中我，而且深入进我心灵的矿井，矢志开垦一个丰饶的国度。

穿过黄土地上跌宕起伏的麦田，前方的站台总在召唤我，它似乎站起身，说，你愿意和我一同旅行吗？

前方，不就是跨越龙门古渡的铁轨长桥吗？浑厚的大河亘古一般卷荡欢欣与苦难的漩涡。我微笑着，赠予它一枚留下岁月冲击痕迹的卵石。

我在一切音波里追寻你，我抬头答道，在上下班的厂区11号路上，在北风劲吹的峡口，在烙葱花饼的灶台上，在南同蒲线铁轨的枕木间，在暮色翻开的书页上，比如今天读到《奥德赛》"承受着许多苦乐，挣扎在浩渺的汪洋"，就想到你的啸音。与生俱来，我都是你时远时近、时隐时现的忠实旅伴。

树很沉重吗

> 我向下方挖掘，煤是重的，火是轻的
> 根须围拢的古老土壤里我发现了铜器，铜是重的，色泽是轻的
>
> ——题记

梧桐叶与枫叶交头接耳的密语传来时，我正构思一篇文章，犹如

勃留索夫在《创作》一诗里写道:"紫罗兰的手半睡半醒,在瓷砖砌的墙上,描画出一个一个声音,在洪亮的寂静中央。"这时候,楼下的树丛摇曳之音传来,我竟听成了甘洌的溪水,环绕我陋室的一隅。

可是,这有什么好奇怪呢?曾经,我坐在五台山的清凉河畔,一片挺拔而蔚然深秀的高山杨柳下,也曾将淙淙水声,听为风拂葳蕤的草木之声。水,黄腹山雀跃起的大树,漫山遍野万千株植物的耳语,逐渐又与早晨洪亮悠扬的钟声,古塔颤人心弦的檐铃声,骠马沾湿了般嘚嘚的蹄声,车辆游人的喇叭声穿梭声全部交织成一片,逐渐难分彼此,在深谷里激起难以名状的回音。

从某种角度来说,当水声或者树声,叩响我的耳膜,并没有什么不同。

居家二十里外的黄河峡口,我总喜爱沿河漫步,拨开芜杂的草丛,走近能听见波纹低语的岸脚。如果寒风劲峭,冰雪封路,或者沉瓜浮李,长夏昏昏,或是龙门山雨欲来,一楼惊座,我总想溯游而上,窥探高原冰崖滴水的源头。然后顺流直下一万里,在浩瀚的太平洋岸边弯腰捡拾一枚坚固的贝壳,取出珍珠,放在耳边,倾听生命饱经磨难后的彻悟之声。

而我也总想趴在黄土崖上某株老粗的白杨树下,谛听全部根须的颤抖,记录落叶回归的亲切表白。

何妨再让更多的声音涌来?老家村子里一茬一茬的新麦拔节声,生锈齿轮艰难刺耳的咬合音,中午经过体育场时,拔河比赛啦啦队的呐喊助威,五台山上落了雪,香火氤氲中木鱼沉浮的梵呗声……千百种声音涌来,倒映我的心潭时,也许,仅仅是同一个声音。

同一个声音,我这么想时夜降临了。夜的黑度,超越了人类心灵的感受力。宇宙仿佛逐渐浓缩,即将聚成一枚果核。我极目远眺,天边的莽原,俨然未开垦的处女地,直到地老天荒都裸露野性的胸脯卧在那里，接纳一切经过的声音。

当生命的键音被清脆按响，关闭了白昼喧嚣之门的静夜，同时开启了另一扇窗，通向二十里外那条蜿蜒流淌的大河。此时此刻，它粗犷得近于原始，庄严得近于喜马拉雅的冰峰，却又热烈地奔驰，能够点燃倒映河心的明月。这扇窗，不是通向河流的某一个片断，一个倏忽即逝、来而不返的白昼的短暂话语，而是通向从源头至苍茫瀚海的全部历程，托起日出日落的万里光辉。那里有世上最辽阔的河岸，能够放一个小小的枕头，成为我悲欢交集的眠床。

恰如苏格兰文学家史蒂文森所言："语言只不过是一盏照亮这个世界大教堂的简陋的一盏明灯。"当天水之间传来一声极其轻微而永恒的召唤时，我多想挣脱文字的羁绊，全神贯注谛听水的腹语！水不仅孕生了两岸的生灵，并且洗涤万物。此刻，阴历快要到十五了，墨蓝的夜空上一轮趋向圆满的月亮，倒映无数溪泉潭井、江河湖海的中心，以柔和的光轮，庄重宣告即使浩瀚无边的太平洋，也只有一颗爱的心脏。稍远处，岸上被水滋润的大柿子树，正屏息凝神结出火灯笼般的果实。果实？是的，果实一诞生就是献祭，用自己全部的甘甜供养着芸芸众生。更远处，矿石在山脉的心腹里孕育，呐喊，以我们无法体验的漫长无比的地质时间节奏，缓缓修炼成贵重的金属。我相信，这一切，存在必然发生的缘由，何况夜晚多么幽静深邃，魅力无穷。东墙角的一只小甲虫，也立下誓愿，要同宇宙之心做一次亲密交谈。

夜从来不是寂寞的剧院。在它博厚而充满活力的怀抱里，你可以驱车万里之外的异域他邦，也可以飞越历史的关山万重。我来到静默流淌的幼发拉底河畔，追随吉尔伽美什的寻求永生之旅，看到了人的绝望与脆弱，也看到了人戏剧性的处境，人与神之间无法阻遏的天堑。然而古老的智慧文学的书页馨香,又分明使我感受到一种亲近而淡泊的融合,在一个天地对应的复杂体系里,与寰宇同源的人,与"神"正在沟通,一个渺小的生命个体,能够洞察自身与文明存在的价值。我驱车继续溯流而上,穿过急石险滩,阿卡德人正立在诗篇里强调个人的祈祷与悔罪,"我的罪孽深重……不知名的女神啊,我的罪孽深重……无知的人类,他甚至辨不清自己是在行恶还是在为善……"在万物之中,由于人类所收到的独一无二的珍贵馈礼——敏锐的自我意识,以及潜藏的实现愿望的智慧与能力,使尖锐的痛苦与深刻的幸福,何等戏剧性地交织在哺乳纲的高级生物灵魂深处呵。我回首辞别,感慨丛生,驱车驶入红海岸边盛开的莲花,那"将黑夜引导到白昼"的金色尼罗河哺育的古埃及,拜谒宏大肃穆以至显得阴郁的神庙之余,我在一座莐纸草摇荡的驿站,和旅人们佐以绿芽洋葱啃面包时,又听到一个古老的传说:介于人与神之间的精灵,也要为自己的过失承担惩罚,被强劲的风吹到海里,大海又将他们吐到大地上,大地又将他们送到永不疲惫的太阳的亮光里,太阳又将他们送到空气的旋涡里,直至得到净化,生命升华。

  沿着夏季静夜空阔的河岸,我继续迎风驱车时,稀少的人影,逐渐变得纷纭了,投射在水面上,仿佛放映着一部黑白老片子。途经公元前六世纪的米利都,一座阳光普照的繁华的商业都市时,我遇见大量奴隶,自然包括异族的俘虏,也目睹了自由民中尖锐的斗争,起初人民胜利,杀死贵族的妻儿,后来又得势的贵族,把仇敌活活烧死。我宁愿自己是一个盲人,因为距翻卷雪白浪花的人海不远,城内的广场彻夜明亮,被用活人造的火把一一照耀。在庞贝城剧院,我邂逅志得意满的罗马无冕之皇恺撒。公元前四十八年,反对者的集体行刺,使他最终惨死在剧院的环形台阶里。接二连三的阴谋诡计,在恺撒身亡后,由他甚爱的"儿子"屋大维上演。这位喜爱以"人民名义"发言的骄子,最终使罗马共和国变成了罗马帝国。当跑马灯似的镜头一一闪过时,无人注目的河水默默喘息着,码头上另有一群贫苦的人悄悄上了船,宣扬着爱与仁慈。当公元六十四年,另一场大火几乎把罗马城化为焦土时,被尼禄诬陷为罪魁祸首的基督徒,在将被喂进狮子的辘辘饥肠前,依旧高兴地为"仇人"祈祷。时钟将发生一刹那静止,滴血的圣诗,震动无数人的耳郭——恺撒的罗马坍塌了,爱的罗马城建立了!然而,旅人们不幸地瞥见,随同上船的还有一位面目丑陋的跛脚水手,他恰似甲板上蜷缩的另一位羸弱者,在漫长的年代之后,同样以科学的名义对信仰极度冷酷地谩骂……白云苍狗,世事变幻,我万里迢迢的旅途中,一些词语始终如影随形:空想、践行、良善、卑劣、渺小、伟大……苦难与幸福的激烈搏击音,贯穿历史的长河,此起彼伏的暗潮一时一刻也未曾停息,汇聚成苍凉悲壮而激越的交响乐,回旋在昊天与大地之间,比贝多芬的遗世乐章更像狂风怒涛的呼啸。

然而,天边树影扶疏的原野,依旧躺卧在夜的深邃与宁静里,怀抱着地平线上蜿蜒驶来的河流。让人一眼眺了去,会相信一只小甲虫的鼓槌,都能驱动土地储藏的深厚能量。暴风雨将要横扫的春天旷野上,第一朵抬起骄傲头颅的马兰花的芬芳,与腐殖土的气息糅合在一起。虽然,我听见火山与地震、洪水与旱魃蠢蠢欲动的足音,听见病菌噬咬并感染肥沃土壤的声音,听见疾风裹挟城垣上露出的尖顶,听见黑死病人被成群赶到棚屋里,用力钉死木栅门的锤击声,听见二十世纪,一个才德双馨气质儒雅的中年男人,在黑太阳731实验室里被叫时,只是一个泡沫般的与时俱进的号码。即使世界的偏僻角落,战争的彤云也密布人们头顶,隆隆驶过。我还听见后人诵读巴比伦古文献《关于人类苦难的对话》:人们赞美穷凶极恶之徒,贬低那谦卑和平的人，罪人称义，义人却遭放逐。我听见灾难、疾病、失败与死亡紧紧尾随行人的踪迹。

但是，在一个时空放大的背景下，我也听见丛林里的噼啪噼啪响的金红篝火声，温暖地漾在山岩上。一个具有淳朴的本能，盲目跳着圆圈舞原地踏步的原始部落，连同他们凶残的猎头族邻居，都开始攀登悬崖峭壁，跋山涉水，迈入了人文理性的光辉之中。同样，幽远迂曲的时间驿道上，滚动着狡诈、丑恶与争逐的旋涡，不时涌冒出对生命本质的无限追问，涤荡出人性之善的白皙羽毛。是的，我看见，细菌侵蚀了乌发皓齿，大自然对生灵表现出的漠不关心，旅人们皱纹密布的脸庞上，却饱受锤炼一般，被凿下无比坚毅的神情。哦，我听到螺旋状的逶迤长队里的孩子，伫立今天时代的峡口急迫地说，我得重新认识自己，我必须认识自己了！我忆起一个过目难忘的书名《接受宇宙》。瞧，三百六十度周天的星座，正伴随季节秩序井然地漂流。一个伟大的画轴，正不偏不倚地一毫米一毫米展现。现代科学证明，频率过高或过低的音波人类都听不见，繁星璀璨的夜晚，你、我完全可以想象，此刻，天体的煌煌剧院，正上演一曲和谐而宏大的交响乐。

这个宁静的夏末之夜，凉风吹拂过一座小镇，窗口梧桐树的稠密丛叶，不时透露出水鸣的溅溅，似乎有一条河环绕大树盘旋而上。靠近根部，是否有一个可以秉烛而坐的树洞？我不知道。但是此刻，它们与一只偶尔经过的蟋蟀，皆为忠实的老友，伴随我一起聆听天地万籁，并且，使用极其轻微而执着的语调说，大象无形，大音希声。

天地苍茫宣善字

登上老式的陡峭楼梯,我从李家大院的一个楼阁上探出头,百余年的光阴,此刻都聚集在远远近近的屋顶上,浓缩成鱼鳞似的瓦片,不由人不信,每一片都还游弋着,泼刺刺能掀起一串悲欢交集的故事。

云,游在大海一般浩渺的碧空,白得分外透彻、真挚。

一角飞檐似乎要引吭高歌,追上四季召唤它的鸟群,接地通天的门楼呢,不仅高大凝重,而且神采奕奕,绝不乏匠心独运的雕镂,恰似它脚下浑厚而大美深藏的河东沃野。蓦然,一股热流涌上心头,我再眺望时,那些古旧斑驳的门、墙、屋舍甚至每一根柱子,一口大水缸,都成了屹立的汉字,笔画遒劲,方方正正。我阅读一座清末民初老院落,却读出了大地上绵绵不息的命脉与对生命意义的无限追问。

院子里的脚印如果都摞起来,有多厚了?老式皮鞋的,马靴的,草鞋的,三寸金莲绣花鞋的,还有挎着白亮刺刀的日本人……整座建筑分明是历史沧桑的见证,此刻,却在浮动的日光中生机勃勃,抛一粒草籽，马上会抽芽似的。我又想起了篆隶行楷字字精绝的百善墙，三百六十五个善字告诫居者一年三百六十五天都要济世行善。是的，漫步李家大院，处处都有一个包蕴乾坤的"善"字。

一群鸟正在这片布局严谨、层次分明的李氏家族——晋南富商的院落，在占地近一百多亩独具特色的民居、祠堂和花园上空，流连不已地盘旋，啼鸣。

两个小时前，我下了去运城的大巴，由于四周的田园景色青翠可爱，很想步行，余下的一小段路就没有再乘车。一个我问过路的大婶，淡青色的碎花衣衫，拎袋豆子，一直在不远处尾随着。我未免有些诧异，直到李家大院古色古香的青砖高墙在望时，我才恍然大悟，原来她要给一个外地人指明最后的路，才拐回附近的村子。其实大道宽阔，景点路标清晰，但她还是认为有这个义务。阳光在我橘黄色的胸扣上，卷起小小的旋涡。大婶的真诚与善良，使我对万荣这一带村落顿生亲切感。

人们说"乔家看名，王家看院，李家看善"。李家气势恢宏的广善门，向我展示着生命的黑白底片，世纪风云中一个家族的传奇。白云苍狗，百感交集，我徐徐迈进大门，先去拜访了李家祠堂。气势宏伟的李家祠堂，一望便是考究的建筑，显现出晋南民居"两层一面坡"的风俗特征，满目木雕、砖雕、石雕美不胜收，寓意深远。河东李家，早先是陕西逃荒来的难民，自然也饱尝辛酸，靠给人换箩底、缠簸箕勉强为生。后来以贩运土布为主业，靠着一双手艰苦创业诚信经商，逐渐兴旺起来。到了光绪年间，李家经商足迹已经遍布海内。那时候我们的主人公从晋南到甘肃一路都不住客栈，只住自家开的商号。据载，为缅怀先祖，昭示后人，李家每年都在祠堂合族举行隆重的大祭。后来，我在李道荣院的大宅门前，又想象起李家祭祀的庄重场景，那座镂雕高妙的门楼两侧，特别镌刻了《朱子家训》中的两句话,一句是"一粥一饭当思来之不易,半丝半缕恒念物力维艰",表现出勤俭持家的决心。另一句便是"祖宗虽远祭祀不可不诚,子孙虽愚经书不可不读"。

我在李家老巷子的一头伫立良久,影子仰望我,我凝视着一座座古老的院落,不敢轻易闯入一个飘逝的世界。我触摸的将不仅是脊兽鸱吻古建民居,也不仅是陈旧的生活方式,还有一个人生理念与心灵激情交响的世界。但是我惯于旅行的脚趾,踢响了一粒小石子,按亮了巷子上方一百多年前的太阳。我从哪里逛起呢?一扇扇院门上,被时光磨出原料本色的雕饰图案,也开始遥望我,在这个浮躁的时代里,露出一种少有的沉潜品质。一个个石阶,阅尽沧桑后的静谧,为思索留下了充裕的空间……如果追溯得更久远,中国的人文精神在三千年前蓬蓬跃动,独现异彩,培育了后世的文明特性与气质。钱穆先生说,我们不妨称之为人文的一元,把平实深厚的做人道理推广到极致的天下观,这一种道理可称"仁"道,这一种学问可称"心"学……于是,我决定从李家的塾院逛起,因为那是人生的起点,"心"的砥砺修持,须得一世的功夫。

听!黄鸟啼啭的春天,霞光还在青草的气息里荡漾,教书先生从西厢出来,习惯性地做了清晨的深呼吸。由于没有东厢房,私塾院愈发显得清朗阔静,偶尔,他站在韵趣天成的对联前,若有所思地吟着:"知道诗人赋绸缪,止邱黄鸟叶绵蛮"。吱呀一声,北方罕见的有推拉木门防护的月亮门开启了,探进几个小脑袋,李家满六岁的孩童,都来到院内北房的三间窑洞上学。窑洞下有三间地下室,可储物,也可避暑。而半圆形砖雕窗户,大眼睛一般充满好奇露出地面。学童们将在窑洞里擦拭镂空的灯座,观照澄明的心灵,把人类的诚挚向善之心,视为天性的自然流露。琅琅读书声,传承着华夏文化的绵绵血脉。

　　一生淡泊名利,潜心修身的李道升,非常注重教育,他认为人才是强国之本,本地育婴堂、学校的建立他几度慷慨出资。李家的尊师重教,在万荣乡里传闻着。每逢冬至,李家都要宴请教书先生,家庭主妇穿上百褶裙,带上孩子们向教书先生行礼。平常日子的尊敬也可想而知了。私塾院里"司马光砸缸"的影壁,又表现了活学活用的理念,影壁两侧意味深长的对联,恐怕一生一世,都深深镌在孩子的心上,正是"拥林千顷眼底苍浪方悟种德若种树","存书万卷笔下瀚海才知作文即做人"。善待雇员的李家,对学徒一样要求,先学立身处世,再学本行生意。思李家商号林立,却能童叟无欺,与今天的毒奶粉、地沟油相比,倒也成一趣话。

　　像一条小鱼儿,穿行在每座院落中,我流连于精美的雕艺,鲤鱼,石榴,蝙蝠等民间传统图案栩栩如生,一木一石一砖上故事丰富,有的境界远大,有的细入无间,你似乎看到工匠们正全神贯注地运思,一刀一笔雕琢着晋南人耕读传家,殷实平安的美好心愿。哦,温煦日光笼罩的这片老屋子,宁静而不寂寞,朴旧而不苍老,檩梁下究竟发生过多少感人的故事?《系辞》上说,一阴一阳之谓道,继之者善也,成之者性也。人心的天平,永远不会掉落永恒的价值。屋舍古道热肠善行天下的主人,似乎还在我眼前,露出鲜活的面容。而更多的故事被塑成场景人像,通过现代声光电的方式向游客生动展示。瞧,旱魔吞噬着河东大地,颗粒无收,饿殍遍野,一个老爷爷瘦骨嶙峋,绝望地俯视小孙子的尸体,内心痛苦地纠结与挣扎着,死神在不远处伸出僵白的手指……

　　李家惠泽乡里,凡修学堂、建公路,无不慷慨出资善。民国年间倾尽全力救灾荒,防瘟疫,三处粥厂更开设了一年之久。李家普善天下,抗日时期,烽火遍地,西安屡遭轰炸,李道荣在西安市的甜水井街修建防空洞,保护了街坊四邻的安全……

日光廊下过,月影壁上移,我还想倾听,一个个昔日的故事……

月白风清的静夜,这片屋舍的主人三省吾身,无愧于心后,才能安然入睡吗?

这里还有个故事,有一年,两个小偷到李家偷东西。刚上到房顶,李道升就发觉了,高声说:"房上的人请下来吧!夜深危险,如果掉下来摔伤了,家中的父母谁来奉养?等我给你搬梯子!"李道升为惭愧的小偷,送了一些钱粮,并叮咛以后有难处就来找他,从此再无人进李家偷过东西了。和一味聚敛的暴发户相比,为富有仁的李家是高贵的。不是吗?视修德为要务,善举为本分。阅读李家大院的故事,你总会读到一种安"心"的处世态度,不计名利的人生境界。犹如晋南山野中一株根深叶茂的大树,不论春雨滋润或冰霜千里,一生都奋力地擎举碧绿,当一簇簇厚实的叶片被天风吹动时,大地上奏响了生命的尊严。很早以前,这片沃野就发出了呐喊,那长久回荡的声音源于对生命的不懈关怀,对文明深切的渴望。黄河,从蓄满星辰的高原海子出发,一路涛声澎湃,历尽艰难,自内蒙古托克托千里直下,书写九曲最遒近的"几"字后,又从晋南的风陵渡笔势一转,东折向海,恋恋不舍啊。大河的臂弯紧紧搂抱着河东热土,积淀了深厚的华夏文明。李家善行天下,人格的力量源于大地上奔涌的文化命脉。

从老巷子出来,一泓碧水倒映青丘,洗去我旅行的疲惫。黄花三两枝,游禽惊云影,这是李家大院的花园了。园子像整座建筑群的一扇疏窗,与大自然生生不息地萦回交流。山丘上古朴雄伟的楼阁,可以俯瞰四方,透露着信义李家的抱负与胸怀。水桥照影,石阶登楼,八方的猎猎来风使人神清心旷。我意犹未尽,又乘一番游兴,信步向李家大院独具特色的藏书楼走去。

藏书楼,二楼书香四溢,一楼住人,是传奇人物李道行和英国妻子麦氏的居所。"三省台前设棋枰欢留朋友,一经楼上藏书籍遗训子孙"。虽然初次拜访,藏书楼潜藏主人心愿与修养的对联,我却早熟稔于心了。绕过一排插廊窑洞,那有名的中西风格合璧的大门后,藏书楼便遥遥在望了。李道行,字子用,在晋南与西北一带都享有声望,二十世纪初他怀着年轻人锐意进取的精神,漂洋过海去英伦半岛留学,一九一四年带着英国妻子麦氏回到故乡。不久,父亲病重,他一边使李家商业继续如日中天,又办实业兴国,一边扶危济困,无论赈灾,公益,总是一马当先慷慨出资。从生活中的一件小事,也能看出李道行宽厚的品性。李家的车马随意出借,不收一点报酬。有年夏收,正值麦浪翻滚的农忙,一个农户趁晌晴天摊了麦子,准备好好碾一碾,可有牲口的人家都心急如火,他跑到道行的场里,想等人家碾完了借一下牲口。可跑了好几趟,总碾不完,只好唉声叹气地回家。没想到道行叫小伙计找来他,关切地探问。"没事!""不能吧,农活这么忙,你没事来回跑啥?"待他实言相告,道行一迭声道你咋不早说,立刻让把骡子牵走,还对他说,我塌两三场不要紧,你塌一场就受不了了。民国十八年,晋南大旱连天,救灾如救火,李道行与家族兄弟不仅迅速筹集了三万银圆,而且在三处设粥场达一年之久,使许多人逃过了死亡的魔掌。

更耐人寻味的是藏书楼下道行与麦氏的塑像。当麦氏漫步"三省台"时,会感到新鲜吗?但是她想必不会诧异,地域景色变换,但普世的价值是共通的。事实上,麦氏对中国的历史典故相当熟悉。那是东西方文化激烈碰撞的时代,道行与麦氏的婚姻也成为一个徽标。今天,技术革新与思想方式的巨大落差,使"地球村"的村民充满希望，同时又迫近了危机四伏的悬崖。有识之士开始呼吁，文明平等的对话，才能解救人类的燃眉危机。但即使今天，西方中心论在欧美依旧有思想领地，而东方，对于一个文明悠久、近代又饱经劫难的国度，容易沉溺于曾经的辉煌，或妄自菲薄，粗暴无情地抛弃一切传统。道行与麦氏都是有见识的人，他们生活在西方价值观侵入全球的年代，然而平等对话的精神，渗透进小小的婚姻。麦氏教子有方，不仅用钢琴、手风琴教子女学音乐，而且深谙中国注重"心"的教育的传统，仿效中国古代的四大贤母教育子女，对孩子们的小错误从不姑息。她也带来了西方的理念，并影响了道行，不仅表现在西装领带、用餐刀叉、起居陈设上，还提倡男女平等婚姻自由，并坚决反对早婚。在麦氏的故乡，在整个西北欧尤其是英格兰东部，八百多年前，以晚婚、小型的流动性强的核心家庭以及对财产占有为基础的个人主义，就显现出了鲜明的特征，它们就像后来西方思想的先兆之一，历经英法美革命浪潮，直到今天，这种西方哲学依旧支配着"地球村"的生活，这种观念在英格兰东部尤其根深蒂固。强调个人的自由，与中国强调社会规范的价值观，实际上是难能可贵的互补，将滋养稳定而充满活力的蓝色星球文明。当二十一世纪的黎明依旧垂下玫瑰红的手指时，我们更感到文明平等对话的迫切，在平常日子的民居院落里，审视道行与麦氏的塑像也更意味深长。

我只是一个匆匆的过客，但我相信李家大院的旅游前景，在物质主义与享乐主义冲击地球村的时代，"善"的永恒价值，在恋恋不舍的游客们的瞳孔里，已经透露出弥足的珍贵。

如果让我乘一叶芦苇小舟，返回文明发源的渡口，或索性坐在南宋发行纸钞的局子里吧，我都会目睹技术与社会的演变，但同我生活的时代相比是十分缓慢的。今日世界的剧变，早深刻地影响了我的生活，在灾难与希望的并存中，对生命的神圣，对"善"的追求越来越让人深思。历史是个奇怪的东西,当你认为早丢弃了它时,它又捧出腐殖土里的明珠,奔驰到你面前。我相信李家大院的廊角飞檐,在每一个旭日刹那的喷薄里,都会闪烁出朴实而耀目的光华。

烫　月

子

　　巷子口的老槐树，老大一丛枝丫坠落了，气喘吁吁卧在黄泥地上，裂口僵硬地朝天空翘起，像张大的嘴。

　　毕竟还有根，我的一位诗友芸芸说，虽然纠错盘结，根须一抖开像不像个手掌，总想攥住点什么。可是攥住什么呢？芸芸语塞了，却给我讲了一段往事：老家水塘边上另一棵大槐树。她小时候总在树下玩耍，每年五月，槐花的清香味儿才一飘，"芸芸——"文强哥唤了几声后，身手敏捷，噌噌爬上树掏出一把弯镰，槐花就一嘟噜一嘟噜坠到青砖地上。后半晌，能吃上娘蒸的槐花饭团了！她忙向竹筐里拾，装不下了，索性掀起衣角，兜满了雪白的槐花。咔嚓，她仰望时，摇满太阳光斑的树冠上，文强哥十指搭出照相机的样子，给她抢拍了一个镜头，"芸芸，你笑笑……"

芸芸的眉角稍扬了一下，她诧异这个倒霉的日子，还能忆起遥远得仿佛前生的一个画面。人，最复杂的一种生物的心理意识，真让人感兴趣呢。芸芸说，还记得我们在巷子口老槐树下，一起阅读的一句话吗？"人的伟大，正在于能够认识寰宇中自己的渺小，在于他是唯一能够认识并研究自己的动物。"

她的脑袋半垂。我猜，她在寻思，还有足够的精力研究吗，不不不，渴慕已久的书籍，她将来还有时间，或者，冷不丁打一个战栗想，还能提起半点兴致去翻翻吗？那些大气的、素雅的、五彩映照的、黑底烫金的、图案抽象的封面，是否都将发黄得恍如隔世？

我的猜测，不是毫无理由的。早晨在巷口，才碰面，芸芸就悄悄给我讲了她昨夜的一个梦境：逃亡的沙砾，无边的沙砾压过来，气势汹汹埋住她的双膝。当她扭动孱弱的身躯时，又沿着酒红色的塑料衣扣扬起，围住她闷热的胸口弥漫。

芸芸上班的一家小厂子，马上要停产了。

其实，去年端午节一过，厂里就折腾着散摊的风言风语，但是阴晴不定，今年的三伏天，还接了一大宗订单，停产显得有些突然。昨天一直拖到下午三点钟，芸芸的右眼皮早不跳了，厂子才把东一堆西一堆的人召集起来，宣布近期将停产。仓库前碎石满布的小广场一角的蒿草，摇晃在水白的太阳里，不合时宜地挽留了人们的一寸目光。食堂的烩菜米饭味儿、曾经的激情、一个比雏菊细小的微笑，几个年头的喜怒哀乐，似乎都和它们曾经的发生地一样，一下子蒸发，变得空荡荡的。

在巷口，老大一丛坠落的槐树枝，让我们莫名地停了步，似乎还听到自己倒吸了一口气，但不确定。芸芸唯一确信的是，早从昨夜横七竖八的梦中醒来了，半旧的灰底金色小碎花羽绒服兜里，还揣着秀珍送她的一小包手帕纸。此刻，她正向秀珍忙活的饭店走。这一片巷子,可算是这座城最后的古董了,只因擦着城边儿,还没轮上开发。再过两三年,也许就在轰鸣的推土机下突然失踪了。连土得掉渣的巷名,都是祖辈几代传下来,依稀散发着前朝的味道。当然,你寻了去,也能追溯到一些渊源。离巷子几十步远有家小饭铺,价格忒实惠,几样小菜味道,甚合这一带人的胃口。

闺女——谁在唤我们?

芸芸还瞅着枝枝丫丫。不是梦,但我觉得,槐树的枝干边缘闪现光晕,映照得整棵大树像一个旋涡,旋涡中心是无法丈量的深邃,却又聚集了许多光束一般,耀得人睁不开俩眼,而越接近枝头呢,越旋转得飞快,比正月十五的走马灯还快,比呼啦啦的西北风还无法抗拒,让人有一刹那的晕眩。

今儿一大早怎么回事?难道我也想起了故乡树下的铜罐子?我的眼角才一低,山区故乡的水塘和大皂角树,影子就晃过来了。那株知了高嘶的皂角树后来被伐倒了,盖房子的泥瓦匠们,挖出一个铜罐,没出土时,还被一条苍劲的根须搂着。镇上的男女老少去瞧宝贝,瞧热闹。打大树砍倒后,我和蛾子姐、嘎豆儿,好几天都没心思去水塘边耍了,但听人讲得绘声绘色,忍不住小孩子家的好奇,一溜小跑赶去。谁知铜罐竟然是空的。我挤在瑞嫂子与马大娘的肘缝里窥探,罐子特意被垫了一层红砖,安静地摆在哗啦响的塑料布棚子下,浑身披满绿锈,显得分外沉重,直让人担心,几块砖头哪里撑得住它?咋还是空的?人们都在嗟叹。我也捏了一下手心,它曾经多么光亮!巧了,我也遥想过,树根恰似抖开的手掌,一遍遍摩挲它遍布周身的光。许多年后,我还写过一章散文诗呢:"黄昏的第一个脚趾登上了陆地……罐子是重的,色泽是轻的……"不知何年何月的铜罐,煞有介事瞅着地坪上的人,好似依旧等待着盛装。

丑

毕竟出来得早,天才朦胧亮,树梢上方摇荡的玫红,尖锐地穿透了薄雾。一个人急匆匆走来,才打个照面,大手就握住了我,青筋突起,老茧粗硬却温热。

"婶,又赶这么早啊!"我忙打招呼。今年春天的一幕忽然闪过脑海。

乔婶早捂住我冰凉的手嚷道:"瞧,这鬼天气!昨天半夜好大的风,隔着玻璃窗听,像野马群踢踏踢踏奔过去了似的。嗨哟,总算天要亮了。"

这大冷的天。乔婶准是赶早去大戏台对面的小礼堂,听卖药的人讲课,好领两张风湿膏啦、一小袋鸡精啦什么的。先要在空地上等候开大门,顶着余怒未息的风,老头子老太太们紧着身子,袖住手凑堆聊天取暖。偶尔,老两口算账,伸出指头比画几下,又缩回袖筒去了。吱吱呀——破旧的木头门开了,人们鱼贯而入,在门口领小纪念品,前二十名能多得一份,拍去身上吹落的尘土,皱纹便笑成了水白太阳下的雏菊。乔婶家虽然在城东头,却也总摸黑起来,干镆蘸点韭菜花,就锁门上路。

"乔婶,不是劝过你吗,别去了,身子板要紧。"我说。

"嗨!少买一件是一件,一辈子都省过来了,可惜哩。"大嗓门的乔婶转下头,又低了音调叹口气说,再过两年就不去了,身子骨果然乏了,别说嗖嗖地干冷,就是三伏天,叶子落一片,人都老一次啊。

乔婶子,这不是诗吗?我总想为她添点欢喜气。

诗友芸芸一听,掏出挎包里的一本诗集念道:

一次落叶，就是一次苍老

　　夹在小暑与大暑之间……

　　"孤老婆子，还诗呢！让人笑不？"她两手一拍，哈哈一乐，又握住芸芸说："瞧指头凉的，大早就出来了？"

　　嗯，大风停了，天也静了，想出来走走，顺便去小饭店喝碗豆腐脑。我一边应答着，一边忆起春天的一幕，没想到一向爽朗的乔婶子，在极少见到的悲恸欲绝的时候，还不忘握我的手叮咛。有一个瞬间，四周的空气发生了轻微振动，我只觉双手一暖，好像让麦子拔节，让蚂蚁菜与羊刺子草都油绿的千里沃野上，蓦然涌起滚滚热流，奔腾过红窗花的土窑洞、白杨林、电线杆、十字街口人流簇拥的大厦，又在浑厚的大河胸膛上蒸腾。

　　那是今年的清明节，冬天被风吹乱的小土丘，都在草丛下面醒了，鼓起丰实的肌肉。天空像一整块吸饱了水的海绵，虽不落雨，却也让野花摇曳的田间小道上的行人断魂。一座干净齐整的青砖小院内外，升起一堆堆烧纸钱的火，亲人的骨灰就停放在里面。我也拎了一干物什去烧。车子刚拐过弯儿，眺见屋脊，又瞥见一个孤零零的女人，在田野中间烧纸，起先也未过多留意，但紧接着拖长了的如诉似歌的悲音，一下子攫住我。哭音里隐约传来熟悉的腔调，我不由扎下车子，沿田垄走过去一瞧，竟是乔婶。

　　说起来，乔婶和我家，还是从一座大山背后的故乡搬迁来的，但也多时未见了。泛出潮气的暗淡天光下，慢慢翠绿的田野上，似乎一小团、一小团地弹起迷雾。这个垄头上低伏着身子，一绺白发慌乱地擦过前额，瘦削的肩膀不停抽动的女人，用呆怔的眼神瞄着麦子，会是乔婶吗。

峰子……妈来瞧你了……你爱吃的砂糖橘，妈给你挑得最甜的，峰子啊……她依旧拖着长长的尾音，仿佛遥远的方言，又像是眉户戏里的念白，还有烤红薯，快，峰子趁热吃，管你吃得小肚子圆……新鞋子你再试试，我们峰，长大了……回家来，和你爸喝盅热酒，妈还要和你去赶集哩……

她一边絮叨着，抽泣着，一边用根干树枝拨火，不停地向火堆里扔纸钱、元宝、纸衣服、纸鞋、纸手机、纸汽车……还有各种食物，过了好一会儿，才抬起失神的眼睛，像一株惊惶的摇摆的枯草，瞅见不远处伫立的我。

我快步上前，默默扶住她。打小留下的印象里，乔婶一双大眼，手脚麻利，被太阳晒得黑红的脸膛，像涂了一层油彩，围着一条蓝底小碎花的头巾，有高山一样健壮的身躯。她本是家属，喂鸡养兔子、腌雪里蕻、蒸榆钱菜团子都是一把好手，后来托人在矿上找了临时活，自己欢天喜地买件劳动布棉袄，扛着铁锹，每天打我家巷口过。我出门倒垃圾，一眼望见乔婶啃块冷馍，昂首挺胸三步并一步向前赶，就觉得她的双肩，能扛下世上最重的东西。她铲煤装车时，锹光一闪，胳膊有节奏地扬起，与煤场北头迎风哗啦响的白杨树一呼一应，乌黑的煤块也一反往日沉默，唱着一支快活的民谣，火焰马上要四处飞溅。有时候，她蹲在锅炉前面的一小块空地上锄草，捡拾废纸、杂物。在别人手下顽固难拔的草根，在她使的巧劲儿下，都变成了听话的孩子，一个个敏捷地跳出来。

一把锹，夜深人静时也倦了，斜靠着门框打盹。能给腌咸菜的乔婶提一提精神的，就是入里屋，瞅一眼峰子睡得可安稳。瞧，小峰子光洁的额头，能停下一艘万里远行的船，熟睡中，嘴角还露出一抹弯弯的笑意。乔婶就把一双冰凉的大手，在衣襟上抹掉水迹，又哈口气，再猛劲儿搓一搓直到发热，然后，轻抬峰子伸出被子的小手，重新塞回暖洋洋的被窝。等她回到厨房忙碌，浑身都鼓起劲。房头的白杨守候着她，俨然忠厚的乡邻，透过摇晃的稠密树叶，墨蓝夜空上的繁星亮晶晶的。等过年吧，爹娘要牵着峰子跨河桥，几里外赶庙会哩，耍猴的，捏面人的，一盘金黄炒凉粉端上来，馋得他吸溜吸溜的。而荞婶总要掏出红布包，再揭开白手帕，小心翼翼取出零钱，踏进庙门投到功德箱里，烧香，磕头，一遍遍祈求小峰子平安，一家无灾恙。

人挤来挤去，可得把娃领紧了！乔婶盘好腿，炕头上和街坊忙毛线活时，常念叨起，前几年在老家火车站，差点把峰子丢了！幸亏娃穿的大红毛衣，好险！瞧见不？老姐姐，娃向上蹿个头哩，每隔一两年，我都重织一件红毛衣。这出门呀，可得牵紧孩子的手。

日子，比大树的叶子还稠密哩。

那只手还是松开了，丢失了。当暗自庆幸的往事，又被铿新的往事覆盖，变成箱底发霉的陈年旧货时，一层层撂得比屋顶高的记忆，最后竟然轰的一声坍塌，全部跌到了无边无际的白雾里。一晃经年，峰子上班不久，在一次清理事故中当场倒下，再也没有醒来。

人们好一阵子没瞧见乔婶了，等她再出家门的时候，步履蹒跚，打酱油忘了找钱，搬煤球撂错堆，两鬓的头发也花白了。

谁知工作调动，举家搬迁后不久，唐叔，就是她的老伴也剧烈咳喘着过世了。乔婶上了年岁，怎么瞧都成了老妪。

然而，我在田野上邂逅她时，还是暗暗吃了一惊，乔婶虽老态，白粥青菜，倒也度日。盛夏，在屋门口高大的皂角树下择菜时，还能望见硬朗的身板。我站在田埂上，从未见过她如此无助的模样，像一个柔软的幽魂。东部天空上，一个闪亮的、逝而不返的白昼正缓慢升起。我手足无措地想到，因为路远，自己带了热水，看到乔婶烧完了纸，就想赶紧拧开保温杯，请她先润一润嗓子，暖暖肚腹。谁知乔婶把一截树枝抛进残火,已握住我的手说,闺女,也来烧纸了?一路走乏了吧?婶子带着热水呢,先喝上点儿。她粗糙的大手握住我,我只觉脚下黄褐色的泥土在奔涌,流成一条浑厚的大河,甘苦扭结的旋涡上,盘旋着力量与渴望。

现在,巷口树梢上的曦光越来越高了。

我不由抽出手,挽住乔婶的胳臂,想和芸芸一道,陪她老人家走一截,才发现乔婶还挂着一只月牙形的手提包。那是过世的老伴,往年好不容易上一趟北京时买的。唐叔生前,乔婶把包储藏在木箱底,晌午给唐叔热了酒,偶尔就叨唠,这老头子,省了一辈子,还花这冤枉钱弄个包。唐叔逝世后,她却拎包出门了。此刻,她攥紧的手指,让我想起洪水中,对望过的紧紧扒住一截木桩的麻雀。

老太太拎着新巧的坤包,却也不多见,偶尔还有扫来的目光。但乔婶每逢出门,总要拎着它,洗的时候呢,用细毛小刷子蘸着肥皂水,刷呀刷,月牙儿就眨眼睛,下面自家缀上的花,就腾腾腾长出了骨骼。

寅

告别了乔婶,我和芸芸径直向小饭店走去。

芸芸说,也许,会碰见一个人。离家前,她已向肚子塞过两个馍干了,即使这俩馍干,也是象征性补偿一下,从昨天中午开始,她几乎无食欲,总想四处走动,即使像没头的苍蝇一样漫无目的也好。何况小饭店里,兴许能撞见打豆腐脑的小西。

笨嘴拙舌的我,欲言又止,芸芸的话匣子,却一下倾泻了。

她叹口气,老公一贯蔫头蔫脑。她急不可待,在谋到一份新活之前,不想给自己留下喘息的机会。女儿佳佳马上放寒假,上学时功课比打仗紧，鼻窦炎抽不出整块时间治，可是，也不能拖太久，趁过年得赶紧住院置换、输液、雾化……邻近城郊工业区，这个空气污浊的地方，鼻窦炎可不能小觑，又要交一笔医疗费。老父亲前年查出了血液疾病，指标恶化，端一个二十世纪的搪瓷大茶缸，佝背在阳台上眺望时，眼睛空洞洞的。芸芸曾带他去西安大医院就诊，稳住了病情，眼下，每个月都吃一千多块钱的药，她必须伸出援手。

她的喉咙肿胀，似卡了一块黑炭，下不去也上不来。

除了至关重要的一切，芸芸瞒不住我。她还有一个隐秘的心愿：写诗。写诗，需要在颠簸起伏的生活中，找到一张能提供安全感的木桌，不是吗？

老公这两天，好，干脆没事人似的！芸芸滔滔不绝，给我讲述昨天的故事：

说了？芸芸回到家，电脑旁的李洪扭过头问。

嗯，宣布了。屋里沉默了几分钟。

我才买的西红柿鸡蛋盒饭，在茶几上。李洪没再回头，一边说，一边翻网页看新闻。

芸芸扫一眼茶几，三个白饭盒紧紧挨着。她忽然忆起麦场东头，老家村子一个挡风的红砖墙角，她和几个女娃玩"挤香油"，就是踩得雪嘎吱响，蓝棉袄挨花棉袄，冬天挤在一起取暖。

她一抬眼皮，回忆早散去了。宽肩膀的李洪，中等个儿，陷在电脑椅里，更显得敦实。屋子一静，点击鼠标的声音就清晰了，有点凌乱。但芸芸压根没留意鼠标，仅凭感觉，她就知道李洪乱点一气，随便打开一条新闻，还没瞅两个字，啪嗒关了，又换新网页。

等佳佳回来一块吃，也好。李洪不紧不慢地说。

芸芸心里先宽松了一下，又懊恼，瞧你，赶上别人的事似的。

最后她叹了口气，按椅子的位置，把三个饭盒摆放好。做这些她几乎是下意识，被一种强大的惯性推动。李洪在维修厂里干活儿，经常下班晚个把钟头，蹬一双油污的鞋回家时，芸芸早把饭做好了。一年级的佳佳撂下碗筷，还得赶作业哩。李洪在卫生间里哗哗打肥皂，洗手，芸芸就把热菜盘子、小菜碟子、饭碗、汤碗、竹筷一样一样摆到圆桌上。圆桌还是新婚置办的，却被芸芸赶大年除夕，换过七八回桌布，离不了竹韵、山潭……淡淡的水墨图样。

人家可忙了！零件的总指挥，扳手、螺丝刀的首脑！平时偶尔散步，芸芸调侃一下，两人与街坊都开心一刻，昨天还登门借尖嘴钳的宋婶，摇把大蒲扇笑。

芸芸低下头，摆李洪专门买的盒饭时，似乎，两个人又达成了某种默契，无论雷电雨点，这四堵白灰墙之内，都是宁静的，安稳的。

刚才，芸芸从厂里回来，老孙家的豆腐摊前，还碰见了宋婶。

别急，别急！小芸，厂子的事都听说了。俗话说，树挪死，人挪活，回去让李洪帮你拿个主意。

芸芸不知是向宋婶，还是向自己，摇摇头。

一向，节骨眼上，芸芸没有寻李洪撑腰的习惯。李洪，也指望不上。

你们呀，都得多联系人，宋婶端起豆腐说，你也劝劝李洪，别老待家里，男人该靠就要靠！

此刻芸芸还真想靠人帮她找活呢。可李洪？她有点失望，在心里又摇了摇头。

平时李洪下班回来，巷子口观会儿打牌、象棋，但更多的时候还是互联网上瞎转悠。至于请客送礼的应酬，不到迫不得已，离他十万八千里才好。江山易改，禀性难移，同时进厂的磊子、国设，都东找关系西寻人提升了，李洪和几个哥们，至今还率领着零件集体奋斗。

再撞上宋婶时，芸芸已从家里出来，换了一套大气又不失几分秀雅的米色浅格子套装，那是她最拿得出手的一套，平时根本舍不得穿。虽然化的淡妆，却恰到好处遮蔽了下午的严重憔悴，人显得精神了一截。可宋姆，却瞄着低处，不知是瞧棕褐色箭靴，还是瞧她的碎步子，局促，零乱，不合时机地暴露出内心的焦虑。芸芸倏地抬头，被当众戳穿一般，宋姆毫无察觉，左手豆腐，右手拎两袋红薯粉条，临走又热切地说，河东下雨河西晴，哪有走不完的桥？

　　芸芸做了几下深呼吸，自我感觉，慢慢恢复到良好状态。

　　她右手要合住家门时，李洪说了一句，你不吃点吗，加了香菇酱……数九了，不在家先歇几天……

　　芸芸在家一刻也坐不住。李洪知道，最近厂子一透出风声，芸芸就留意了几家贴招聘信息的店面，试着打听。门口也溜达了好几回。

　　无论咋样，芸芸决定先找一个安顿人的地方，离巷子近，能照顾老父亲，再做长远的打算。

　　第一家要去的是长坡街的打字复印店。

　　文印店，让芸芸忆起在厂里调任打字员的情景。那时厂子兴旺，而她有调动的可能性。芸芸和李洪去找主管，才从红星烟酒店出来，李洪就支吾道，小羽，你不是认识周红吗……我不去了吧……你们好久没见，聊一聊。

　　一见李洪想找借口溜，芸芸就急了。周红是主管的老婆，虽同巷，但隔得太远，仅仅见过而已。她上气不接下气地说，我哪会给人送礼呢！你陪着我，你陪着我嘛！

　　我……实在不想去。李洪还是头也不回走了。

　　主管家的楼道里，芸芸拎着几个礼盒，一大兜水果，上上下下折腾了好几趟，也没去敲门。自己一路垂头走来，像被秋风推搡的黄叶子，打算好的言辞也纷纷吹坠了。见了主管，如果问起来，对厂里该说什么，又不该说些什么呢？传说里，周红还是有名的醋罐子，可自己想哪去了，不过是送礼！但是她一个人，终究觉得浑身不自在。"嘀嗒——"耽搁了好一会儿，终于按响门铃的一刹那，芸芸竟然涌出悲壮感，像步入刑场。

返回自家门口，想起临阵脱逃的李洪，芸芸憋着两眶委屈的泪水，一肚子气话，争先恐后迸射。掏出钥匙开了门，李洪正在厨房里忙活，案板上一条大黄花鱼，黄花鱼是芸芸最爱吃的。

芸芸啥也没说，头埋入双膝，坐在窗口发了一会儿愣。炝锅的葱香袭来，黄花鱼，李洪的拿手菜，滋味还是好。但是从那一天起，遇上冬风夏雨，芸芸再不指望李洪撑伞了。其实她早晓得，两个人结婚旅行时，芸芸去问路，李洪常守着沉甸甸的包等回音，像个羞涩的大姑娘。一人一个脾胃，天王老子安排好了。

冷不丁，窗口的梧桐枝影，又搅拌了芸芸细致的表情。另一个声音嘀咕，也许，她并不很希望依赖李洪。这让芸芸暗吃一惊，那她何故懊恼？日子跟跟跄跄，不总墩在那儿嘛，过个沟坎，谁不希望扶一个门把？

卯

不吉的日子，却硬生生翘棱角。

芸芸又深呼吸，埋怨自己，都说人的脑海是跑马场，但此刻潮水般涌冒的，怎么竟是无关紧要的思绪呢？眼下，她赶往长坡街上几家贴招聘启事的打字店碰运气，必须全力以赴。

槐树下的夜，时常读诗、静思，芸芸说，让她一沉气，心很快清明如镜。

长坡街热闹。虽然建在一个狭窄的斜坡上，但坡头顶着一小寺，坡尾牵一个大型农贸市场，人来人往，逢年过节，甚至车马填咽。寺庙虽小，老辈人传说光绪年间，有一次长坡上的成片骡马大店失火，差一点就烧到寺门了，突然雷鸣电闪，暴雨大作，结果寺庙安然无恙，片瓦无损。又说"文革"时期，红卫兵扛铁锹，拿刀凿，才破坏两个雕像。城中的司令部发生内讧，一队人马向回调拨，第二天庙院又被看中当物资仓库，躲过了一劫。总之，这一带人的嘴角里，该寺祥云缭绕，有板有眼的。近年筹资重修了庙宇，烧香许愿求消灾的、免病的、求官运亨通生意兴隆的、求菩萨保佑早生白胖小子的，香火着实旺盛。

重要的是，长坡街离巷子近，芸芸方便照顾佳佳，还有年迈多病的老父。

第一家文印店门口，她瞥见五十开外的老板娘，着骆黄羊毛大衣，正踏进店门。俗话说，万事开头难，芸芸虽调整出良好的感觉，但毕竟好久，都没应聘了，胸中揣个三根槌子的暗鼓，咯噔一下，搅一圈稍纵即逝的波澜。她最担忧的是年龄，唉，再年轻十岁就好了，她从坤包里掏出小镜子，额前，耳后，都小心翼翼照了一遍。虽然快三十了，但镜中的她望去容光焕发，眉清目秀，顾虑打消一分，自信就增加了一分。老板娘会询问什么，芸芸又猜测了一遍。至于应答，她又重新斟酌一番，使回答显得更加简明、得体而亲和。老板娘谈锋颇健，还是温柔敦厚？大大咧咧呢，还是一丝不苟？芸芸设想了好几种情形，希望自己能赢得信任，引起人家的好感。最后，她一挺胸，矫健自如地进了店门。

哎呀，我们忘了揭招聘启事！老板娘在一台电脑上设计图案，听了她的来意，几乎头也没回地说，昨天人招够了。小娜，起来！她又半转身子，瞪起眼睛，冲着旁边一个敲字的女孩嚷嚷，你一天操什么心！启事也不揭下来！

像被气流冲刷的子弹，那个被呵斥的女孩跑到门口，把启事揭了下来，返回时迁怒地扫了芸芸一眼，又默默坐下打字。

此刻，芸芸不无羡慕地望着小娜、文竹、脱漆的电脑椅、拥挤的店房。刚才开门瞬间，街上的枯叶子成簇被掼向台阶，天气预报不差，寒流要来了。圆照寺向南是长坡街，北面则是一条更长的斜坡，通向河边的码头。中学时代的芸芸，曾伫立码头，极目远望，一袭白裙子飘在嵌满金钉的夜幕下，天际的缝隙里，一条河驮起久远的年月蜿蜒驶来，波浪徐徐向前推动——光，为这座城服役的河螺旋状，那是天地密谈的时辰，景象让人着迷，成为她心底经年的铜雕。芸芸的诗行，回荡着隐秘的涛声。多么遥远的往事啊……濒河风大，长坡街虽然背风向阳，但与其他城区比，风声自然算高一筹的。此刻，暮云黯淡的天空下，树梢瑟瑟发抖地响成一团。

一丝衰老感涌上芸芸的心头。店里无人理会，她不能老杵在那儿！一声不响，芸芸尴尬地步下台阶。回想进店前的认真准备，有几分无奈的酸楚。芸芸向第二家店走去，瞥见修车铺下被图钉扎过的轮胎，她就像它，精神饱满，但胸脯上的一平方分米皮肤，缓缓发生了塌方。

第二家店的老板娘人随和，流露对她的暗许，关键事项都谈妥了。老板娘握根圆珠笔去店角接电话时，芸芸暗下决心，多干点活也愿意！她差一点拾把笤帚，马上打扫店面了。从天花板上的吊灯开始，芸芸欣喜地扫描整间屋子，她未来的工作环境，忽然又想到，李洪得知消息后的模样。

哦，不好意思，老板娘挂断电话后，向她莞尔一笑道，有位老客户，推荐了一个女孩。毕竟没结婚……店里人手少，加一会儿班，也不耽误家事，让人牵肠挂肚的。

没关系，芸芸礼貌地颔首，顿一下，道了一声谢。

大街上的行人比往日稀少，一股打旋的北风，似乎能吹透她。夏季暴雨过后,长坡街上抢食的麻雀,趴在青砖地沾泥的坠枝上,爪子紧攥着,小水坑里的影儿颤巍巍的。但能听见叽喳地乱叫,尽管微不足道。冬季却让一切都显得空阔,她咳嗽两声,紧了领扣,哪儿都有一点空荡荡的,不是吗?厂子一批人闲下来了,不行,得赶紧谋个活计。虽然芸芸下意识地揉搓冻红的双手,但她掖了根鞭炮焾子,一丝一毫顾虑不到降温。冷阔的西部天空,在不可避免滑入夜的深谷前,用一种貌似荒谬的方式,用一朵云清晰见证了它短暂而漫长的旅途。仰望恢宏的天幕,芸芸深吸一口气,暗里思忖,即使沮丧地走下一千家店的石阶,也要叩响第一千零一扇大门!

进第三家店前,她踌躇了一会。芸芸只知道,这是城西某公司,在东城根长坡街上开的一个窄门面,招聘启事上写道:招工作人员。

坐吧。管事的是一个中年男人,矮胖,吊着两个鼓鼓的眼袋。他盯了一会芸芸,慢悠悠地说,你想找什么活啊?

怎么是我挑活呢?芸芸有点奇怪,连忙回答,我有多年的打字经验,包里有凭证。活儿只要我能干的,都愿意干。

男人点燃一根烟,不说话了,绕着她转圈。酒气与烟味,混合着廉价香水的气味,在屋子里弥漫。香水味是几个女人身上散发的,她们正围在西墙角唠嗑,吃美国大杏仁,打扮得一个超一个时尚,不由你不耳目一亮。

男人只管上下打量她,不停绕着圈儿。烟雾里,芸芸感觉自己像老年间骡马市的牲口,被客商掰开牙口、瞅瞅皮毛挑选,心里有点不舒服。

你会喝酒吗?他终于开口了。

莉莉!男人又向墙角招手,你不是会相术吗?看看她的酒量,给我们露一手技艺!

女人们哄堂大笑。

去！冤家鬼。莉莉啐了他一眼，走到芸芸左边，抬起她的下巴道，俊人儿一个——酒量吗，我看够呛！

男人比画着，说莉莉教教我，跟你学一手。

你还欠我一席酒呢！莉莉剜了他一眼，说等我今晚陪了新客户，你一块儿请，拜师学艺。

女人们又大笑。趁两人说话的当儿，芸芸拔脚出了店门。

西北风已卷起纸屑，越刮越响，两排路灯延长的光线，被吹得零乱迷离。冷飕飕的风，芸芸脸颊刀割一般，把一丁点儿的屈辱，剔得干干净净。

辰

今天一大早，芸芸径直向小饭店走，巷口，碰上了我。

如果说，昨晚长坡街不虚此行，她唯一的收获是，望见鸿禧商场檐下的红灯笼。她恍然若失返回坡底时，瞥见农贸市场后面，一座二层楼张灯结彩。来时天还亮，现在天一黑，就引人注目了。她跑去打探，晓得再过一周才正式开业。更意外的是，商场的老板名叫梁成！

芸芸小时候，和梁成家隔了几条胡同。梁成和梅妮结婚时，她还跑去看过热闹！后来，据说发了，城西购了带花园的新楼。他想把老娘迁出巷子，可他妈不搬，巷子里老姐妹多，再说，老伴走得早，他妈一时舍不得盛满回忆的草窝儿。梁成就将老屋里外装修一新，老太太吃得营养，住得舒坦，又在院里种上凤仙花，弄几架葡萄，一手带到七岁的孙女小西，如今一放假就回来陪她说笑。巷子里有个王跛仙，每天挑担去北边的小广场摆地摊，一干霉事不提，专喜拿梁成妈当例子，逢人便讲灵验，早年本人算过一卦，她晚年要得福哟！

小西？上个星期还见到小西一身运动衣，端盆豆腐脑呢。她喜小饭店的小菜，早晨跑步后，常顺道买早点回家。

梁成妈面善，桌上常供菩萨，芸芸打算请她打声招呼。这一带，能打工的店家实在少。

我们沉默了一会儿。芸芸说，如果一天到晚，都能这样随心所欲漫无目的散步多好，云霞满天，从新石器时代的村落到今天的香格里拉，边走边遐想着。

她不无自嘲地苦笑一下，大风初停，小西没来小饭店。

梁成和梅妮文化不高，一心盼望在小西身上得到补偿。我们小西好学，班里总是前几名，梅妮说。国庆学校诗朗诵，小西得了一等奖，梁成办酒席请了几桌人，梅妮说。连梁成搞大两个女人的肚子，梅妮无可奈何，气不过吵的也是，你恁逍遥！别影响了小西的功课，小西的读诗！

没错，小西还是校春草文学社的，回到巷子，羡慕芸芸写一手好诗。

还早，我又陪芸芸折回巷子。约好了，等她办完事，一起去小广场喝热牛奶，聊一聊。

再聚时，未容我开口，芸芸勾住我的食指，讲述了今天的故事：

早晨，她在沃得福便利店前跑步暖身，终于等到开门，买了盒老年人营养品，敲响梁成妈家的大门。小西抢在老太太前答应，自告奋勇要领芸芸一块回家，见趟妈妈。

梅妮早接到电话，一开门搂住宝贝女儿，怎么黑了点？出门记住，一定要戴遮阳帽！

妈妈，我把人家带来了！

噢，梅妮偌大的白金镶钻翡翠叶耳环一晃，转过身来，似笑非笑地对芸芸说，进来，坐吧。她走到柜子前问，你们喝点什么？小西可最爱酸奶了。

呵，随便呀，芸芸有点不安，不用招呼我。

我们人都招够了！梅妮拿了酸奶过来，拖长了调说，既然妈打的电话，你就加进来呗——

芸芸未及道谢，梅妮又说，你在巷子，早都认识梁成了吧？

芸芸一边给小西开酸奶，一边本能地回答，隔好几排，远了点，都没说过话。和大妈倒是唠过嗑。

人家的诗，都发在刊物上了！妈，你没见过那本杂志，多大气，多雅致！已经上高一的小西，闭眼，微低首，双手合掌胸前，仿照小天使雕像的模样，沉浸于梦中的天堂。

小西一进高中，也开始写诗了！梅妮来了精神，又扭头欣赏着宝贝女儿说，以后，你写了，可以找芸芸指点一二噢。

小西有天赋，一定写得好，芸芸说。小西聪明伶俐，灵感迸发，我们多交流，对我也是一个促进，芸芸说。小西，你哪首感觉好，就给了我，我认识两个民刊编辑，一定尽全力帮你推荐，芸芸说。

小西的杏仁眼，睁得圆圆的。

梅妮装作毫不在意的样子，瞄一眼墙上的船形装饰挂钟，涂亮绿指甲油的十根手指，却敲打几下沙发扶手，像一只被风唤醒、扑腾两下翅膀的鹦鹉，透露出内心的欢喜。

咱这地方，好几冬了，雪老下不大，梅妮岔开话题，饮了口乌龙茶说，你在商场接电话吧，这个活儿轻松——试用期都是一个月哟！梅妮捏起食指打手势，拍了拍跑过来的长毛白狗，又说，只是必须守时间，一分钟不离人，不知你能接受吗？

梅姐尽管放心，我，一定好好干！寻到一份离巷子近的差事，芸芸心头一阵狂喜，不仅能照顾老父母——闲暇，终于又能安心写诗了！一行行指尖迸出的火花，与灵魂亲密交谈……她蓄积已久的泪水，几乎要滚滚淌下。一刹那，她又忆起城北厚土上，那条永恒奔流的大河。静穆庄重而一望无涯的大河，正向西方地平线徐徐驶去……

她又说："小西，咱们多交流……小西太有才华了！"

从城西的梅妮家返回东城根，已经下午四点了。公交车上的芸芸如释重负，她拨通手机告诉了李洪，又给我打电话。

小广场的鲜奶吧里，我请芸芸喝了热牛奶。广场边上乔婶摆的炒货摊，罩着一层塑料布。

该回来了！她都去大半天了。旁边烤红薯的炉子前，三个老头正聊天，其中一个招呼我们道。

芸芸一问，得知乔婶上医院做核磁共振。我眼前晃起医院狭长的阴暗的散发来苏水气味的走廊，乔婶一人孤独地等待，终于叫到她的号，一个人老步蹒跚，急促又小心翼翼爬上仪器床板；潮汐般震荡的声波里，她紧闭眼睛，左心室却冒出一个恐惧的声音，睁开，睁开！人合上眼睛，万一睁不开了呢？她东一耙子，西一搂子，胡思乱想着诊断结果；室内变幻的光线下，她脸上的肌肉也明一块、暗一块，犹如抛荒的地上，暴风雨后野草疯长的泥土。

像一根刺扎进芸芸指尖，我听见邻摊的老者吁了一口气，说，那小厂算完了，天灾人祸啊。

天灾，人祸，账目，管事的……另一人接过话茬。

闺女——乔婶还隔了一大截，远远挥手。

我忙迎上去问，没事吧，婶子？早晨没听你说要检查。

早想去医院查一回了，这不一直拖着。乔婶一把掀开摊上的塑料布，说，就是有时候吧，好端端的房子旋起来了，心口发烧，人想呕吐，感觉却是胃里发炎，你还以为吃坏了！

她又一迭声说，上年纪呗，原来是颈椎，没啥严重问题，吃点软化血管的药。

芸芸把小板凳搬近旧椅子，挨着乔婶坐下。瞥见摊台下的保温瓶，向瓶盖倒了一杯温水，递给乔婶。

乔婶右手接过急急喝一口，左手早抽出军大衣的袖筒，伸入麻袋，给芸芸和我抓一大把五香瓜子。五指不停颤抖着，干瘪的手上，裸露的青筋突兀。

不当事的！见我疑惑，乔婶的头扭了一下说，偶尔才抖，从峰子不在那一年，就落下这毛病……

邻摊早换了新话题：你说！一个活生生的孩子，就这么坠下六楼了！

乔婶忙去打听，哪个可怜的孩子。

又出事了！怎么大人就不当心！不当心呢！她回身对芸芸连声叹气，眉头挤一个疙瘩，听到网上投票，保护儿童安全，不禁又凑头探问。

先前招呼芸芸的老头，很在行地说，好多人投票！溺水、撞车、电器……怎么保护儿童安全呢？设几条选择答案，让你投！

见大家听得认真，他意犹未尽，又说其实网上有各种投票，煤矿透水、电影观后感啊。

是吗?！这回，乔婶惊愕得抿住嘴，不知琢磨什么，逐渐延伸的视线，穿越一排白杨的枝柯，巡行在城北巍峨的山冈。

闺女，婶子和你商量件事，成吗？停了半晌，乔婶对我说，眼里闪烁恳切的光。

婶子你说，你说！

你家不是有电脑吗？晚上，我去上一会儿网行吗？我……我想投票。

乔婶投票？这回，我和芸芸都惊讶了。我说，婶子，你好不容易来家一趟，今儿一块吃晚饭，天气冷，省得来回跑路了。乔婶拗不过我，不久收摊，被芸芸帮着运货回家后，便来到我家。一伙吃完酸辣汤猫耳朵，孩子进里屋了。我打开电脑，陪着乔婶浏览。

乔婶击掌笑道，瞧我这几根笨指头，鼠标，怎么老按不合适呢？

婶子你说，我来点击。

搜狐上的确有一条新闻，孩子被锁家中，疑玩火被烧身亡，下面陈列几条建议。乔婶赞成哪条，我就点击投一票。

还有吗？神情激动的乔婶问。

我见乔婶高兴，打开新浪首页，搜到同一条新闻。乔婶再指，我再投。

还有吗？闺女？

乔婶老喊闺女，我脸有点红。另几个网站上，我又搜到同一条新闻，重投了一遍票。乔婶把鬓边花白的头发一拢，挺起瘦削的双肩，眉角一挑，人显得矍铄了。

其他，矿山事故啥的，还有吗？乔婶记住了老汉的话。

这一回没搜到，但搜到了影视剧评论、濒危动物和另两条新闻时评。乔婶摇头道，英雄浴血疆场是卖命的，拿人家搞笑不好，不好。我就投了低分票。

又投一会儿，邻居来借凳子，说，网上，那有什么用？

乔婶不吭声了。

我把乔婶一直送回小广场附近的家。正月寥落的几颗星亮晶晶的。天空虽然广阔，孩子说过，星星却能扎一个猛子，游弋到天尽头。又涌上些毫不相关的思绪，我吸了一口甘洌的空气。

乔婶握住我的手絮叨，听买瓜子的俩学生说，淘……淘什么网春节搞促销，便宜的二手笔记本，卖二百九十九元。闺女你帮我查一查行吗？家门口的路灯下，乔婶透露了一个秘密，她想买电脑，她攒了一点钱，孤老婆子能学会。

昏黄的路灯下，乔婶家快到了，我把她的坤包递还，就是老唐叔去世前赶了一次时髦，给她买的月牙儿形坤包。乔婶紧攥的手指，又让我想起洪水中，对峙过的紧紧扒住一截木头的麻雀。

我仔细瞅时，坤包上，乔婶还缀了花样，是中秋时节怒放的金菊。

隐秘的水乡

没有想到我的"活水"系列,从写湖开始,立秋后还有一伏,裹藏蝉嘶的风,依旧热得要熔化似的,让我费了一点力气,梳理自己的思绪。葳蕤繁茂得野性十足的草丛,仿佛袭过青色的闪电,透过半人多高茎秆的缝隙,我的目光被粼粼水波完全浸透,望湖,听湖,归根结底因为湖是水的一种存在形式。

第1瓢

此刻,湖就像一个疏食粗衣、潜修多年的隐士,不经意地路过,要从我的拙笔下冒出来。

冬季,我在二十里开外的龙门峡口,眺望浑厚大河上的冰块。我原以为冰是沉睡的水,但是伫立崖石肃穆、天地寥廓的黄河滩涂上才明白,那是因缘随时灵活变化的水,被朱熹诠释为智达事理周流无滞的水,千变万幻不离其宗的水的另一种表达,停泊宇宙间无声的表达，既接近寂静，又趋于一种话语。究竟多少次了？四溅的墨水里，我倾诉着河流生生不息的奔腾！当神圣的黄昏落下微紫的帷幕，原野上一条大河从天际蜿蜒驶来，两岸每一粒微小的沙子，都紧紧抱住低沉、有力而雄浑的涛声。被波浪无比坚韧向前推动的光，是怎样震慑我的心魂？众水之中，我还吟诵较多的，就是它们的归宿，还散发着原始咸腥味的碧波浩渺的大海了。主要是写散文诗时，"梦幻的波浪与意识的惊跳"（波德莱尔语）使海的意象，总是汪洋浩瀚而深邃，静止而变幻，透彻而又神秘，不由自主翻腾在我渴望的眼前。

湖，我的笔尖很少触及，甚至没有多想到它。但是每当忙得像一个陀螺，有时不过为了生计，必须做一些琐碎而毫无意义的事，或者陷入困顿、痛苦的某一时刻，湖的潋滟波光，就会半隐半现，浮上我陋室的四堵白灰墙，让我得到无上的慰藉。如果心是一个迂曲幽邃的孔道，我相信我的湖，深藏在底部的一个隅角，恰似一座安全的后花园，准备最后接纳我的泪水、激动或者疑惑。自幼居住黄土高原，半生的履历亦有限，许多神往的湖泊，我还未及探访。求学时代，我幻想的表层，有一座不大也不小的湖，环绕着纷披的青草、黄鸟栖集的灌木与高大的树丛。也就是说，那是一个隐秘的湖。但你闯了进去，就会发现别有洞天，温煦的阳光，安详地抹在湖面上，繁密枝叶的倒影，一层层一重重簇拥濒岸的波纹上，满目碧绿里，不时透露出绛红或浅黄。为何有这样一个湖呢？我至今还奇怪，但恰似"撑一支长篙，向青草更青处漫溯——"，我梦境的深处，却另有一座野禽出没、鹿鸣山林、兰芷菰蒲连天的湖薮，充满大自然的野趣、古老传说与万千的气象。它，简直就是消失的先秦时期的大泽！如果桌上摊出一张古地图，我的眼睛，一定会饕餮那些磁石般的名字：云梦泽、彭蠡泽、孟潴泽、大陆泽、雷夏泽……那是无数轮回中，我疲惫灵魂的一个停泊地，有金红的篝火，肤色黝黑的原始猎人走来，肩上扛着野猪；有额头闪烁智慧的光芒，登上南岗，法天则地，探索宇宙奥秘的人走来；有佩秋菊，耸长剑，长太息以掩涕兮，哀民生之多艰的三闾大夫走来……

我总想挣脱文字的羁绊，与水进入心腹的交谈，让它滤去喧嚣、丑陋和纷纭，在静止的一瞬，漂流万里，把我带入超越的视角。先民筚路蓝缕，开启山林，无汗牛充栋的文化经典可询，只能仰观天象星斗，俯察地理水文，阅读第一手资料——大自然磅礴而奇妙的万籁文章，冬夏，晨昏，感悟着宇宙之心，留给后代智慧，还有一个用清香松枝扎好的探寻未知山口的熊熊火把。山之巅，水之湄，凿下多少深厚的脚窝？一粒水分子，都是如此透彻、晶莹、灵动，何况无数水分子聚成的湖泊渊薮，俨然生命深处的静谧花园，总在人不留意时，悄悄渗透了心灵的罅隙。

第2瓢

我曾经乘坐索车，和水鸟一起掠过雁塞湖上空，然后坐在青幽得能滴下水的林间，观看驯禽师的表演，场子上，飞溅珠玉般的啼鸣，四处是生命有力的键音。

我曾经伫立颐和园昆明湖畔，昼夜不息洗涤万物的水里，出淤泥而不染的荷，亭亭玉立，在一片碧罗裙上，透露出点点纯真的粉。

而西湖古缎似的波光，虽然抹上阴天的浅灰，却连天一色苍茫，似乎涵藏无尽的历史，每一次游弋都能撞响千年编钟，每一座亭台水榭，都能牵扯一串悲欢兴亡的故事。她饱阅沧桑的瞳眸，从世事变幻的烟岚中寻找着——光，斑斑点点，跃金湖面，藏璧幽邃，完成博厚的积淀，渐悟生命的真谛，点点花影都要绚烂到极致，复默默逝于波纹，淡定，从容。

然而，更多的湖泊，我只能从书画中领略一二。最早留下深刻印象的，是穿着七十年代的白衬衣蓝裤子，系好红领巾，读冰心先生的《寄小读者》："海是深阔无际，不着一字，她的爱是神秘而伟大的，我对她的爱是归心低首的。湖是红叶绿枝，有许多衬托，她的爱是温和妩媚的，我对她的爱是清淡相照的。"我记住了海，也记住了湖。在我的幻想里，海是深邃莫测奥妙无穷的。湖同样透露生命的深度，而且离人很近，穿梭的俗世里，离疲惫的心更近一些。一个人，难道不像一座湖吗？从倒映金霞的粼粼波光，到鲤鱼摆尾的中流，光线逐渐昏暗，直到水草摇曳的底部，从浅到深，生态景观何其丰富啊！然而，天地之间的匆匆旅人，很容易停留在表层，仿佛一个盲人，毫不吝惜地抛弃了闪烁的珍珠，不向生命深处挖掘巨大的潜能。而湖泊，安详躺卧在大地上，默默诠释着"静水流深"。静，就是生命的完满，水，就是生命的本源；流，就是生命的体现；深，就是生命的蕴藉。湖，以谦逊而雍容的非凡气度，默默守候岸上惊异的一瞥，默默诠释着一声热烈、深沉的呼唤。

探访开封龙亭时，导游手向上指，沿着云龙图案的游升，高高的青砖台基上，矗立一座气宇轩昂的大殿。一会儿，他又向下俯望，告诉我们波光粼粼的湖水深处，才是昔日北宋皇宫之所在。我们一行面面相觑，白云苍狗，湖水却不问兴亡，只默默储藏厚重的历史，一层层滤去喧嚣的泡沫，沉淀下深深的思索。那时的湖，是一面光滑的镜子，可正衣冠，可明得失，也能画过一只鸟飞翔的姿势。湖，让旅人伫立七朝古都开封，沿波光追溯着宋宫、魏宫、老丘……以至缥缈的远古云烟，刀光剑影，兴亡荣辱，利弊得失，都化为丰富的历史养料。正是历史的流动，才使小潭般短暂的生命，跌宕出一条万里奔腾的长河。同时，水，是否也让高速列车上志得意满的现代人，暂时歇个脚，寻觅失去的一些可贵品质？湖畔会发生一个故事：一年一碧绿的沿阶草轻问过客,你在水中望到了什么?他,或者她回答:四周的草树亭榭皆纷纷探头,俯视自己的倒影,水不仅清澈见底,善于自省,而且默默洗涤着万物。我曾聆听,烈日下一滴一滴击穿岩石的水音,听见水的生命历程,水的吃苦耐劳坚忍不拔;湖心我静观微沦,俯望载舟之水,望见水的沉着镇静,望见水充盈的精神,深厚的内蕴。

第3瓢

譬如桃子,在诸果实中,显得有几分仙气。

我一直认为,诸水中湖是有仙气的。无论南湖秋水夜无烟,上下澄澈,朗月万里,使谪仙人李白腋下翩翩生风,不禁要浮槎到天上去!还是云山嵯峨,冬夏晨昏与湖水相吞吐,湖泊最易让人想到"仙境"一词。穷则独善其身,达则兼济天下。胸怀远大志向的士子们,在昏聩的朝政下惊魂未定,屡遭排挤,只好弄一叶扁舟归隐于江湖。划却君山好,平铺湘水流。慷慨悲歌的李白,恨不得有一阵疾风,荡尽世间的不平。然而这只能是梦想,只好归醉于船头的一杯薄酒,痛饮!醉杀洞庭秋!"尝以事谪守巴陵,与李白相遇,日酣杯酒"的贾至,忠而遭贬,君门路断,在与友同游洞庭的一个深秋晚上,触目悲凉,傲霜的红枫竟然纷纷坠落!只有白云明月吊湘娥,以寄托自己冰清玉洁的情操和淡泊坦荡的胸怀了。同样泪满衣襟的南谪迁客李益,想象着洞庭一夜无穷雁,不待天明尽北飞的感人场景。但他的春光——朝廷恩赦,却不能伴随万物回春而降下……世事多艰,本来是气蒸云梦泽、波撼岳阳城的洞庭湖,却漾满了被谪人暗泪打湿的墨迹,连鱼蟹都要惊跳了!泪泪湖波无尽头,唯清风明月,才知我,才能慰人耳目,唯有玉界琼田三万顷,才能表里俱澄澈,一泻心中郁积的苦闷。然而，身处江湖，真能忘忧吗？逍遥自在只是表象，匡世济民，在中国士人的灵魂深处，才是永志难忘的人生理想！于是孤舟老病的杜甫，遥思关山万里，战马还在嘶腾，生灵还在涂炭，忍不住凭轩泪下！然而，或报国无门，悲辛暗潜，或再度出仕，又遭谗言，不得不再一次退入江湖，看沙鸥点点。出仕，归隐，再仕，再隐，士人们一生都在矛盾挣扎的痛苦中度过。立秋时，拜读范文正公的《岳阳楼记》，烟波浩渺的洞庭湖，昼夜浮乾坤，一句"先天下之忧而忧，后天下之乐而乐"依旧如黄钟大吕，震慑人心！一句"噫！微斯人，吾谁与归？"让千秋之后的我潸然泪下！

  对陀螺般飞旋的现代人来说，跨出物欲的城门，偎于湖之静，湖之纯，更富于一种隐秘的吸引力。泸沽湖上摩梭人独特的文化，古老原始的风情，如痴如醉的歌舞，都完美融入湖水处女般的真纯中。苏黎世湖，在金融大亨往来不息，把诊世界经济动脉之下，绿野静谧，湖波低回，尤具一种收敛、安宁与自然的气度。我想象着，晨曦与夕阳，耐心十足地叙述着瓦尔登湖的每一张面孔，每一个身影的侧面。

  而当我久久凝视一幅青藏高原的海子图时，纳木错湖的上空唯有交融的二色，白色的云，还有天穹了无渣滓的蓝。天之蓝又融入湖的瓦蓝，雪山微微抬首，衔上云的洁白。岸上，广袤的高原上，星星点点，低低洒着朴素而醒目的玛尼堆。在密宗本尊金刚的道场，我多想绕湖而行，走入人或佛的修行洞，触摸被时间碾磨光滑的洞壁。

黑猩猩

　　一只黑猩猩,学着迎面走来的人的举动。

　　他双臂交叉环抱胸前,它如法炮制;他反剪双手,慢悠悠地踱起步儿,它也颤巍巍的不差分毫;他弯腰捡拾一枚小石子无聊地抛起,猩猩低下头,看见溜冰场一般光滑的大地上,自己俯身的角度与模拟摇晃的姿态酷似,甚至抛扔石子的弧线长度都相等,几乎乐不可支。猩猩甚是得意。

　　但是,那个人叹了口长气时,猩猩开始吃力了。它使出最大力气掰开嘴角,努力学习,却只嘘出一口时间的白雾,夹杂着淡得可以抹去的青涩。然而天哪,谁能数清那个人叹出的气里飘荡了多少根线头,在风里勾卷牵绊!它想捉住一根,谁料雪也似线头果然触物即化,却黏性十足地附在它毛茸茸的手掌上,它掂量着,不仅比自己粗劣的黑毛,而且比纺织成人的衣服的精美化纤还要固执。不久,猩猩便为这根线毛庆幸了,因为落在它掌心,暂时获得了安宁。而空中那些线头,一会儿眉开眼笑地追逐,牢不可破地捆成一团;一会儿只因为路过的让他脑门鼓起的念头，就互相诅咒、撕咬起来，终于大动干戈，尖矛与坚盾撞击喳喳震响！须臾，遍野陈尸上浮起茫然的白烟，嘘——尾雾坠下千虫僵伏般的哀鸣。这是幸福而有尊严的人类吗？黑猩猩诧异不已。向来，他们伸出手臂，它便眯紧了眼，小心翼翼地寻找丈量自己四肢的刻度，为长短不合而惭愧不安；他们抬起腿赛跑、冲刺，它从精神到肉体都追不上人所驾驭的一日千里的时间，只好默默地沮丧难受；他们鼓起腮帮，撸起袖子，摩拳擦掌，准备摧毁雄峰拦截江河，更让它钦佩得瞠目结舌。它像仰望神灵一样敬畏着人，和人保持着距离，不敢走得太近。他们在玻璃管里做试验，幻想改变物种之前，大大小小器皿涂画的海水里成群灭绝的物种，早使它躲在叶子的背后，匍匐在土地上战栗了。

据说，人当初也用树叶遮蔽过躯体。当然，蠢笨的猩猩并不具备深奥的历史知识，这一点，也拾自路人嘴角的余屑。还有一次，一个孩子发现了它的影子，热情地指着它的鼻梁，大声问身边的中年男人："爸爸，看哪，它是我们人的近亲吗？"在猩猩的回忆里，这是自己所经历过的世界上最荒谬的事情。

现在，从迎面走来的那个人的装束看，也是人群中普通的一员。它更明白了，连人吐出的一口气，自己也是万不可及的，遑论身躯。它怔忡中，又听见了什么声音，便侧起耳朵，那个人的呼吸里隐约还传来毕毕剥剥的声音，像火焰卷动气流的振动。凭燃烧物的气味，它确信不仅有线头，还掺和着工匠的算盘珠子一类东西的焦味。咦，算盘不是人发明的计算工具吗，怎么会从同类的口鼻中冒出来？猩猩费解地摇摇头，人，实在是奇特的动物。紧接着，它顽皮地咬了咬舌头，意识到自己错了，我们猩猩从古到今都应该以尊敬的口吻称呼人的。焰尖伸出许多锐利的小爪子，向不同的方向攫取。这回，猩猩依稀面熟，嗯，可以理解，自己不也希望攫住一个果子吗，不也幻想攫住更多的美味吗？可是，紧接着它望见小爪子的顶部极具金属镊子的精细与敏锐，便满面羞涩，恨不得立即溜进地表的裂隙下了。失败感再一次沉重地击中了它，猩猩无力地蜷缩，蹲下去略带痛苦地捂住胃，噢，食物，胃，自己的胃多么小，它不敢抬起眼，恐怖地望着对面那个人庞大的胃袋。他的胃，几乎源源不绝地向内输送着各种质料的物。实在满了，难以扩容的时候，即刻向土地放逐废弃的部分，上方的胃嘴却总是饥饿地张开着……天公是怎么诞生万物的，为什么猩猩老是相形见绌……

那个人兀自走着，并没留意到一只无关紧要的黑猩猩的存在。他一边享受着林木捎来的远离粉尘的负离子，一边眉头却慢慢蹙高，愤愤不平起来。他忽然想到，前几天想提携小 A——自己的亲信升职，却受到小 B 有意无意地阻挠。嗯，总觉得心里有一片茶叶渣，硌得散步也不得舒服，有机会还是要给他一点颜色看看。

黑猩猩这回使出全身解数，左右扭动，两颊肌肉几乎超出了膨胀的限度，还是模仿不出来者的脸。它麻木地贴着树皮，听见那人脑部运输机的隆隆奏鸣越来越近，顾不上肌肉的酸痛，张大了嘴巴。天哪，他们脑部烟雾弥漫的客流量，远远超过了他们设计的最繁华忙碌的火车站与飞机场。听说，人曾经姑且一笑地揣测过早前地球的主宰恐龙，为了向庞大的身躯提供新鲜血液，心脏泵室的鸣声有多么震耳。黑猩猩认为人完全有理由笑谑恐龙——仅仅是他们脑部管弦乐的音高，完全可以与恐龙的心脏搏动声相媲美而毫不逊色。

近了，更近了，这只黑猩猩却局促不安。它透过时浓时淡的烟雾，望见那个人宝贵的脑细胞，却有一群纠缠在枯树枝上毫无意义地消耗掉，又一群被昏昏暗暗见不得阳光的区域吞噬，另一群莫明其妙地失踪……它捂住嘴，可惜……猩猩终于忍耐不住，为了它崇仰的人，忘记了自身的安全，跳到路中间挥舞四肢，不停地比画。

那个人被窜出来的猩猩吓了一跳，又为它极不礼貌的大喊大叫十分恼怒，即刻就想还之以龇牙咧嘴。但是他脸部肌肉捆束的神经丛饱经训练，适当的时候控制了牙齿的裸露，想到荒郊野外，自己形单影只，还是先取得猩猩的好感与同情为上策。于是，他一边心不甘地用鞋底碾压脚下一只蚂蚁，一边向猩猩透出笑容。嘴形的开合，恰到猩猩称羡不已的好处。

猩猩看见缀满野菊的小径上空，一朵雕刻牙齿的花圆满神奇地盛开，张嘴想学，多么难得的机会啊！但忽然，它转过身抱头窜去，瞬间已经逃得无影无踪了。

纸牛巷轶事

咣——嘡——纸牛巷里,一扇掉漆的木板门重重撞在墙上,又子弹一般弹回来。

受惊吓的三只麻雀,还没来得及扑上榆树疙瘩,一个尖利的嗓门,略带蚁虫啃糟木头般的沙哑,已响到巷口,"哪个王八犊子,偷到俺屋里了,啊!老娘可不是吃素的!"

才七点多,太阳慢吞吞的,王老太摇晃着额上的几绺花白发,等闺女出门,不咸不淡的时间,正不晓得如何消磨掉呢。这一下,冒了兴头,生怕才点燃的火捻子灭了似的,颠簸着尖口黑鞋里的小脚,一溜烟儿凑前问,"金花,被人抄家了?"

"可不是!他妈的!谁干的!祖宗八辈死绝了!"被唤金花的裕兴杂货店老板娘,一听王老太的话茬,顿时眼角一斜,两颊潮红,恰似有一分心领神会,气急败坏地左手叉腰,右手食指绷得比尺子直,紧紧指住偌大一片七拐八弯的胡同,嗓子拔高一大截嚷嚷,"哪个孬种,你站出来!"

"哎呀,妈,有啥好瞧的?咱不是跟大夫约好了吗?"被闺女推搡走,误了一场好戏,王老太还真不情愿。都一把瘦骨头老毛病了,瞧大夫,也不在乎一时半刻。再说,金花究竟丢了啥,谜底还未揭开。

从卫生所返回纸牛巷,母女俩惊愕地发现,金花还在骂。将近十点钟了,三伏天的日头在屋顶上反光,烤得瓦片冒青烟。裕兴杂货店对面是一家修车铺,破旧的屋檐下,翘肩,搓手,围了一帮瞅热闹的人。王老太窃窃私喜,踮脚,眯眼一望,金花的发髻,本来一大早就抓瞎挽上,冲出门,扯嗓子骂的,这会儿,两绺粘在汗涔涔脑门上,三绺野鸭子般蓬松耷拉着,更多的头发披散下来,活像古画上的妖魅。"谁拿的,老娘让你断子绝孙!呸呀,杀千刀的,一个臭油匠也缺斤短两欺负我,一味儿腌臜,你家祖宗八辈是黄瓜,欠拍,你家瞎儿子瘸孙子都是长臭虫的核桃,欠喂的不得好死……"空气咯吱吱响,俨然铜镜被划开了一条缝隙。金花逐渐语无伦次,呼噜噜直喘气,哪里顾得上再挽一把头发。冷不丁,她又忆起了啥,手指着胡同上方的一片虚空,骂:"哼,这一带犄角拐弯,哪家的破铜烂铁俺不知道,啊?别瞧你平日不吭不哈,今早打俺门口过,揣一肚子啥猫腻,还瞒得过老娘!是人是鬼,扒开皮抖一抖!贱货,你跟人家老汉出差,俩眼五百度的教书匠,荒村野店,谁晓得干些啥!我,呸!脏了我的嘴!"

激灵一下,王老太又提了精神,她八分听出来了,刚刚含沙射影,骂巷尾粮油铺的二柱。这当儿指桑骂槐,骂李老太的闺女巧云。金花究竟丢了啥?若说巧云顺手牵羊,真没人相信。可世上的事蛮怪,王老太心里灌了酸梅汤一般,隐隐滋生出一分说不上的舒坦。凭什么,李老太一辈子,命都比自个儿顺,谁没有七灾八难,偏偏她,好几番逢凶化吉,凭什么?王老太觑了一眼闲客,骂道李家,从几个人的脸色上,她找到一点惺惺相惜而幸灾乐祸的感觉,不觉长吐一口气。没错,就说杵在檐角下的宁珍吧,打小学就与巧云同班,偏偏巧云忒用功,数理化语英政,样样拔尖!真让人一想就憋屈!老天生人一个模子,李家没瑕疵吗,哼,听听,背地里干的啥龌龊勾当,简直不是人!得空儿,可悄悄告诉街坊,都防着点,怪不得俗话道,蔫萝卜包藏祸心。

观众窃窃私语。大妹子,说的李家巧云?唉哟喂,没错。

"我八点钟在罗锅巷碰上她,才从纸牛巷出来,两手空空呀。她拿的,不会吧?"观众里,有一个人嘀咕。

"敢情!就我鲁金花好欺负!别人都被冤枉了!啊呀……你为啥向着她,贼眉鼠眼的,当着大伯大妈的面,敢讲清楚嘛,你……"啪的一下,裕兴杂货店老板娘,猛拍一把大腿哭天抢地:"老爹,你为啥撒手恁早,抛下俺娘俩,抛下俺大字不识一箩筐,由着一帮浑蛋烂人在头上屙屎屙尿!"依稀,真有一滴泪触痛她的心窝,但一闪而逝,金花恢复了惯常的撒泼样,从捂脸的十指缝隙,窥见大家的一点怜悯,索性撸起袖子,跳脚骂道,"老天爷,你快睁眼瞅瞅吧,这世道咋个活,好人都要被冤枉,呜——"

"撑个店,我半辈子容易吗?这家里起早贪黑,偷鸡摸狗……"金花忽然弹簧一样,先嚜了口,又跳将起来,向左抽了自己一嘴巴,夹杂着含混不清的词语吼道,"张大成,你也是披着羊皮的狼,啊?你瞒住老娘,在外面厮混下贱货,你一张嘴,老娘就晓得要喷啥粪!"金花一拍大腿,再次跳上台阶,又一屁股窝坐到墙根,"啊!哪个搅水的小贱货,敢骑老娘头上!左脸欠抽,右脸……骑驴看戏等着瞧,让你节节高,大丰收!"她突然意识到,自家说错了,颤抖的右手乱指,眼睛炭球一样滚得溜圆,气得铁青的脸庞中,红口白牙又一番语无伦次,人也骂得疲惫不堪,气喘吁吁,一时半会无法恢复了。

几位袖手的观众，才收获一个大秘密，戏就哑了，不禁显得失望，纷纷散去。王老太啧啧摇头，自言自语，现在的年轻人还是没嚼头，连骂架都骂不出子丑寅卯，依稀记得，老年头里的马家媳妇，那一张嘴，那一套架势，水泼不进，真辣得天下无敌。她扭头，又想起一点什么，小心翼翼试探着，扶起鸣金收兵的金花问，究竟丢了啥哟。

　　鞋刷！金花已昏头昏脑，叨叨咕咕，口气犹凶，丧尽天良的，门口一只鞋刷，不知被哪家的狗叼走了。

彼汾之阴嘉可游

——后土祠纪行

整个大地似乎都在滑翔,轻微的,以我几乎难以察觉的姿势。

大雨快来了!水白的云,蓬蓬升腾,蛋清一样的天穹浑圆无边,又稍稍低垂着,隐约显露旋涡的波纹,让人疑心,能听见时紧时缓的流水声。一脉青蓝色的山蜿蜒到云外,被衬得更加雄浑劲秀,俨然一条矫健的游龙,正抬首,振须,鳞爪闪亮。

一条浑厚的黄色大河,从广袤高原驶下的一条历尽五千年苦难、欢欣与沧桑的九曲大河,此刻精力充沛,眷恋不舍地起伏盘绕。

我在晋南万荣后土祠的秋风楼上,凭栏远眺,被一幅天地六合的氤氲丹青攫住了。儿子不再是追着我的小孩子,昔日,只要领他攀登寺塔楼阁,总是探头探脑,一溜儿好奇地爬上古色古香的木梯,让我直喊:"路路,要注意安全!"如今,他也纵目远望,心潮起伏,却半晌儿沉吟不语,试图模仿汉武帝汾阴祭后土的《秋风辞》,作一首诗抒发胸臆呢。我劳碌一生的母亲,在我们背后扶栏向另一个方向瞭望。风里的玉米油绿敦实,三五树木成簇,毛毛草散发着乡村朴素的气息，一道道黄土梁鼓起结实饱满的胸肌。

有一个瞬间，鸥鸟翩飞，我似乎已伫立河心的小洲上，又转过身，在古老大河浑黄色的温暖肃穆的胸膛上呼吸、游弋。凤凰在我头顶乌髻的上方，驮起一轮初升旭日，五彩斑斓的修长尾翎，一一从我脸庞上拂过。

而一片陆地，都从远古老祖母的鼾息中缓缓苏醒。我多想耸起胸脯，让太阳勾勒出身躯流利的线条，再张开双臂，猛地一下扑入丰腴的千里沃野，尽情打几个滚儿。然后，双手颤巍巍地，捧起充满磁性的黄褐油亮的肥土，嗞——嗞嗞——让它从我的十指间纷扬洒下，四周弥漫黄土醇厚亲切的芬芳。其实，每当郊野散步，天涯树影，禾麦青青，田畴在望，我总会产生这么一种冲动。而此刻，伫立后土祠的秋风楼上，拥抱大地的念头，竟然意想不到的强烈。

我年老体衰的母亲，一生节衣缩食，只有一样爱好，那就是挤出时间，裹一包干粮行走山川。我拽住母亲的衣襟，峰溪古迹，彩霞烟岚里开阔了眼界。如今她两鬓斑白，虽不便远游，却还想附近走一走。八月初一，我便陪母携子，一访万荣汾阴的后土祠。

才从车里钻出，我已心生懊悔，后土祠近在咫尺，为何今日才来拜谒呢？

这一片宏伟的祠庙背汾带河，眼界豁然洞开，宽阔的台阶雍容几转，沿冈势直上，颇具王者气度。浅灰云团跑马似的雨前，一脉浩浩河川波光，轻易就把人引入历史情境中，任思绪穿透苍茫的云烟，蜿蜒到极远之地。

从踏上第一个台阶起，我就想象着"汾阴脽上"神话般的存在。河汾交济之地，一道长四五里、广二里余、高十余丈的长阜，膏沃蜿蜒，青葱浓郁，曾经在史上隆起多年。极少看到，中国别处还有称

"脽"的。"脽",就是臀部。在野兽横行水火无情的远古,滔滔大水之泮,象征人体部位的汾阴脽,究竟给先民带来了怎样的慰藉?是否每一株青草,都显现出生殖的活力?向前,向前!是否每一个粗细不等的枝柯,都为部族递上跋涉的力量?亲近肤色的油亮土壤,是否预示着丰收的希望?有时候,我暗暗庆幸自己生长在古河东,令人惊诧的泥土,被黄河臂弯深情搂抱的金三角啊,究竟积淀着多么丰厚的历史诉说!

"每逢农历初一、十五,我们后土祠门票都免费!"过了承天门,登到祠门,值班人的口音,含着几分水土的亲切。

"当——当——"老成起来的路路,大门口一眼瞥见最爱的古钟,童心大发,早兴奋得爬上钟楼,模仿乌冠宽袖的司礼官,竟然连撞了六六三十六下。祠内的一位老者,村庄打麦场上讲故事的爷爷似的,捋髯笑眯眯地瞧着他。

后土祠素称三绝。一踏入山门,就进入了"安坐女娲宫,同看三台戏"的一绝。

回荡红墙的钟声里,我和母亲徘徊在"品"字戏台间,据说国内仅有,至为珍贵。山门即为一戏台,如果把木板搭上过道,便与几十步远的两座并排戏台,组成品字格局,唱念做打,同唱三台大戏。为人称道的是台上锣鼓齐鸣,天地玄黄,粉墨登场,台下的门洞里照样可以出入。试想当年的繁华,香客如鲫,哀乐鼓呼,苍发垂髫,千面百态,亦戏味十足,又岂止三台戏呢?我听到这样一个故事,相传此地有一寡妇,独自抚养一儿,每逢节下庙里演戏,其儿必雀跃往之,但村人却欺他家人丁稀少。孩儿后来发迹,娘就捐建了这座戏台,台下的高度仅约一米五。当真是,人岂分贵贱?进门皆须低头。看官!戏台柱子上醒目书道:

游哉，优哉！头上生旦净丑
演也，艳也，脚下士农工商

可是入情入景？

赞赏之余，我们向后又行一小段，左为佛家戏台，右为道家戏台，一个中书"随缘、未了"，一个中书"镜花、水月"。漆彩渐褪，与古老岁月相宜的建筑本色，青砖黄壁，总让我感到空旷的地里，一二稻草垛的随意点染，乡村的朴素与温暖。不仅雕工，前后相映的几副楹联，也让我兴味盎然，还掏出小本子一一抄录下来，可惜返程时遗失了。

簌簌筛过两株蓊郁"龙凤柏"的风，一阵比一阵密了。要淌下甘露似的，雨前，天空像一块涨水的海绵，悠悠然移动着。母亲指给我瞧，戏台前一对傲立的奇柏，树冠果然一如龙游，一如凤翔，这不是天作之合吗？龙凤呈祥，已经上演了漫漫一千多年。树干上的鳞纹，天工刀斧，染满风霜，好似铭刻着无数艰辛与沧桑，一丝丝，一缕缕。悠远的历史云烟又仿佛萦树不息，供奉女娲娘娘的祠庙里，你扶树而立，仰望云天，脚踏泥土，自然会反复想到一个词语，繁衍生息……

"你们瞧！"离戏台不远的东西五虎殿的东殿前，守殿人道姑打扮，自豪地向我们说，"五岳大帝，封神榜里的五虎上将，在别处寺观香火，受人朝拜，可在这里，却只能陪侍女娲娘娘了！"

路路撞钟已毕，兴冲冲找到我们，对照标示一一念道：东岳大帝黄飞虎、南岳大帝崇黑虎、中岳大帝闻聘、北岳大帝崔英、西岳大帝蒋雄。他迅速跑到西殿，又返回附耳告我：妈妈，我喜欢的三国五虎上将，关张赵马黄，现在也当御前侍卫了！

雨云坠得更低了，我不由向正殿望去。那是一种久远的追怀，绵绵瓜瓞,阴阳和合,穿过茫茫旷野上的荆棘,那里有一支扶老携幼跋涉的长队,风雪泥泞,山高水长,始终向东方玫瑰红的黎明出发。我的心底缓缓漾起波澜,身为一名炎黄子孙,不能不回首,向渺茫而真切的历史云烟深处眺望。幼时读神话故事,第一次知道"后土",共工氏有个儿子后土,能平定九州,就成了地神。也许,与生俱来的黄土情结的缘故,我真的过目难忘了。年龄稍长后,才知是《国语·鲁语》载:"昔烈山氏之有天下也……共工氏之伯九有也,其子四后土,能平九土,故祀以为社……"而《左传》则说:"社稷五祀……土正曰后土。"《淮南子》云,禹勤天下,故死而为社也。美哉大地,哺育万物,广袤却难以遍祭,故应邵在《风神通义·祀典》里道:"封土为社而祀之,报功也。"甲骨文中有"东土""西土"等字样,王国维认为"社"字由"土"演来,祭土即祭社。《气的思想——中国自然观与人的观念的发展》一书中,前川捷三认为:商人祈年祭时,筑坛招徕四方游走的各种神灵,与谷物生育相关,就像大地上的风一样……纵然千头万绪,千言万语,怎能表达人类对大地母亲,立农为本的民族对泥土"生生不息"之深厚感情!

　　日月星辰垂象昊天,演示宇宙的变化莫测,而皇皇后土,厚德载物,没有"在天呈象,在地成形",岂来"天地位焉,万物育焉"!

　　人文始祖栉风沐雨,披荆斩棘,不正是取象于天,取材于地,才开辟了与寰宇自然极具亲和性的东方文明吗?

　　五虎殿前有一石柱蟠龙,明正德年间的遗物,像一个活跃的前奏,引我们步入艺术胜境,后土祠的第二绝——精湛的正殿雕刻。

　　中轴线上,山门、献殿之后,便是供奉后土娘娘的正殿了。

　　人驻檐下,只觉美不胜收,木雕、石雕、铁雕、砖雕一应俱全。它们让我移不动步了,只好观赏良久。木雕极具立体感,层次错落,据说达到四层,仅次于故宫的五层雕饰结构。亭台楼阁,繁花灵兽,小桥流水,半隐半现,人物神态均活灵活现,骑卧立坐,真要一呼即出!盘龙、舞凤,铁雕于东西山墙,细腻朴素的石雕中,透露出活泼生动。砖雕虽少,但精美,据说主要在屋脊上,仰望只觉古风斑驳。

一个中年男人,随和得像邻家大哥,跨出门槛热心介绍:"从黄河里抢救啊,祠庙……"后土祠的整体氛围,一直让我亲近,少了一些宗庙的威严肃穆,也无深山古刹的清雅幽静,仿佛漫行在乡俗民居里,还揣了一块烤红薯呢。

然而,既为"海内祠庙之冠",它在史上曾名扬天下。

秋风起兮白云飞。汉武帝元鼎四年,立祠于汾阴脽上,祠内保留有轩辕黄帝的扫地坛。武帝欲祭后土,太史令司马谈等建议筑在汾阴,司马谈是司马迁的父亲,汾阴故里之一,对历史传说的祭祀情况较了解。晋南是华夏文明的发祥地,黄帝平定天下后,在汾阴扫地设坛,很有可能。《历朝立庙致祠实迹》碑记与《蒲州府记》载"轩辕氏祀地祈扫地为坛于脽上,二帝八员有司,三王方泽岁举",从黄帝一直到夏商周三代,王者都要到汾阴脽上祭祀。

月下读史,每每惊异于华夏先民,对"人"的主体性突出,对人生价值的高度自信,在世界文明史上呈现一种独特而蕴含光辉的生命境界。早在商周的祭礼中,秉承源远流长的思想,尤以祠庙祭祖为盛大,伐鼓而祭,舞羽而祭,献酒食牺牲为祭,不一而足,种类繁多,一个祭祀周期甚至需一年。并且引人注意的是,祭祖要与天地神祇祈祷互相作用。如宋镇豪先生《甲骨文日出日入考》中言"祭天……须人为主,天神乃至,故尊始祖以配天神"。据说殷商已有将二十八星宿与先王配祀的做法。在我们认为蒙昧的洪荒上古,自有一种深刻、严肃的宇宙观存在。西周初期,更提出了以"德"配天的理想,用心揣摩,可体味出广大的寰宇里生生不息,天人亲和,东方人文理想萌芽的魅力。这样的思想格局下，帝王无论明智昏顽，岂不都要凭借祭祖，宣示自己血源的正统，承"天命"布德四方权力来源的合法性吗，难怪祭祀每如此隆重。南怀瑾先生说，"封禅"在宗教仪式中，亦寓人文价值，倘若天地间无"人"，山水徒然只是一堆山水。可以想见，宇宙也只是永恒的生灭流转而已。

到了秦皇、汉武的封禅，却发生一些戏剧性的变化。回首历史总如隔帘望月，对每一时代的观念、风尚与心绪，当年人理解世界的细微之处，包括神秘的体验，后人恐怕很难完全体会。战国秦汉之间，长生求仙风气浓厚，汉武帝封禅祀灶，海上蓬莱，深迷此道，受到栾大、李少君一类中饱私囊的术士戏弄，贻笑千古。而武帝雄才大略，开疆拓土，除了祭祀的神秘体验之外，向天下炫耀自己的赫赫政绩，文治武功，自然不在话下。史传，武帝祠后土随从如云，泛舟河汾，欢宴群臣于船上，鼓乐歌舞方酣，忽睹秋风波逝，雁鸣黄叶，思人生短暂，百感千怀，挥笔写下《秋风辞》，鲁迅称为"缠绵流丽，虽词人不能过也。"

> 秋风起兮白云飞，草木黄落兮雁南归。
> 兰有秀兮菊有芳，怀佳人兮不能忘。
> 泛楼船兮济汾河，横中流兮扬素波。
> 箫鼓鸣兮发棹歌，欢乐极兮哀情多。
> 少壮几时兮奈老何！

天地玄黄，白云苍狗，实在戏味悠悠。秋风楼本是后土祠的附庸，然而，楼缘于诗，巍峨雄踞，祠因楼闻名南北。如今，游客迢迢而至，凭吊千古，往往冲了秋风楼的名气，一抚《秋风辞》石碑，后土拜谒倒仿佛在其次了。

祠院的最后，便是高天远地之间，临大河雄峙的秋风楼了。

九曲黄河可还记得秋风楼，连同整座后土祠，几经冲刷，又几番从泥沙中打捞、重建，为岸上人坚韧地追溯？

秋风楼，即为后土祠三绝中的首绝。

入得楼来，底层的轩辕黄帝扫地坛首先吸引了我们。一对两鬓苍苍的游客夫妇，伸手摩挲着坛墙，时光一刹那凝固，天风缓缓环绕，几块青砖默默无语，淳厚朴实得如同乡里人家的一方祭坛，仿佛将古远的岁月，与我们紧系在一起。而一队朝气蓬勃的学生，欢呼着攀上重楼，围住造型优美的斗拱、精雕细琢的吊柱赞叹不已，合影留念，路路连忙尾随观瞻。如今的秋风楼，为清同治年间重建，采明代形制。花墙轻拥，飞檐三重，楼上皆围回廊，那繁星般璀璨的斗拱，怎能不引人喝彩？大气美观的吊柱，传说代表汉武帝云台二十八将，呼应着三十六个檐角高挑的彩色琉璃造像，都让路路瞧个没完。

河风多情，不时撩起我的长发。每登一层楼，都珍藏着一块《秋风辞》石碑，最上为元代遗物。自汉武立祠后，汾阴脽上成为历代帝王祀后土之地。最为人乐道的，是唐玄宗继汉武帝之后的得宝鼎，荣光塞河，还有宋真宗声势显赫、浩浩荡荡的祭祀长队了。这位皇帝还作了《汾阴二圣配飨之铭》，亲手书丹，碑刻现就藏于秋风楼边，朝迎暮送着大河滔滔东流去。我读《河东文学》主编李云峰先生所撰《石刻的历史》，提及此碑的价值，更谈到唐玄宗晚年的沉湎声色，马嵬之变，宋真宗的澶渊之盟，"天书"闹剧，不由掩卷感慨。明皇马嵬变后，每逢夜漏声永，悲凉寂寞，辗转难眠，是否也会想起"君不见昔日西京全盛时，汾阴后土亲祭祀……不见只今汾水上，唯有年年秋雁飞"呢？尤其宋真宗，一边是澶渊的耻辱，与辽国兄弟相称，年年送岁币银十万两、绢十万匹，一边是前呼后拥、冠盖如云的系列祭祀大剧，歌舞太平，真令人胸臆难平！几块青砖，恍若后人想象里的黄帝"扫地坛"，简朴，敦厚，却让人伫立黄土地上，追怀不已，肃然起敬。而宋真宗戏里戏外的祭祀大排场，搜刮民脂民膏反复上演的政治秀，直让人冷眼以观，遗为千古笑柄了。

宋真宗祭祀后土空前绝后的规模下，比照帝宫扩建的后土祠，一派雄穆壮丽，含烟吐华，高耸河汾之交，遂为"海内祠庙之冠"，北京紫禁城在建筑布局和技法上，也继承了汾阴后土祠的精华呢。

隔了一道逶迤的河，秋风楼西与太史公祠相望，雕额"望秦"，东题"瞻鲁"，似卷起烟光云色，一马平川，引人遐思。我们缘木梯慢登重楼，睿智的华夏民族，总能于一檐之翘明志向，一亭之中纳万象，超越有限的时空，渺小的形体，提升人类存在的价值，呈现精力弥满、深邃高远的生命境界。

只楼上徘徊的刹那，大雨已扫过去了。云像从膏壤深处涌上来似的，庄严而曼妙地簇拥在群山之巅，那青铜一般的山脉，就见首不见尾了。《长沙楚帛书甲篇》（释）云"曰故（古）大熊包戏（伏羲），出血□雨走（震）□居於脽□。厥□……乃取（娶）……曰女（娲）"，在河水的一重重涛声下，在漫长的时光中被冲刷湮没的汾阴脽，曲折绵亘，丰腴葱郁，仿佛又隆起在我的眼前。我奔跑而去，蹲下，捧起油亮的黄土，又滚在岸滩迎风起伏的水草丛里，采下一枚醇红的小果子。缅怀始祖，令四海游人自强不息。听，不辞万里的古老车轮的辘辘辚辚声，与穿透云层的黄钟大吕，交响成恢宏的曲子……人文的张扬，又让游者纵目远眺。在全球化的时代，领悟华夏文化的精髓，呵护之，发挥之，把平实深厚的做人道理推广，体贴生命的伟大处，提升自我存在的价值，与云蒸霞蔚的大自然和谐共处。戳在远古驿道上的，一个个灌满艰难的脚窝，更让人在飞变的今天，严肃深刻地纵横思考，反省，传承与变革，推动社会向文明、进步发展。

　　千寻崛岭演天亘，一曲黄河卷地来。我想，后土祠红墙外的滚滚大河涛声，将在遥远的未来，健劲有力地召唤我们。

火焰的呼吸

阳光迅速分解与组合，倏生倏灭的缝隙，火焰为何在目光不及的高空洋流上，绽放瞳孔里的莲花？还是河水上涨了，苇丛柔韧的节奏，木鱼在瓶底回旋？檀香轻轻浮游着，明亮的空气蓬蓬涌冒，犹如成垛云团才从山谷的隘口上升，一座宝塔的轮廓在扩伸，连同此时遮挡我的铝合金窗棂的暗影，摇晃着。长安城外，雁立石像，终南山的积雪，是否触手可及地在一场坚寒里融化？厚实清净的各种立体形状，植物藤蔓般牵绕的图案，旋转变幻着……风也寻觅了一个树冠开始跌坐的时候，听得见微妙的声音：谁的手掌在拍打水面，滑翔的红鹳鸟羽向河心合拢，向稍高处簇拥着——那里有一个时间的涡旋。

露珠悬挂翠叶上的几盆吊兰，白朴的墙壁，正午，窗扇的投影一如既往印在东壁。

而我却被阅读，被一部书《玄奘》，被著者唐晋先生沉潜的心灵光芒与创造性的奇妙运思所开拓的时空，引入了冥想。窗外，秋天静静地降落着白杨树叶，与一些尘土，恍惚杏黄袈裟卷起的宽大边幅，我掀书的手指，探入一个妙不可言的庄严世界。"想象力"一词由于日常使用的频率过高，已不能充分表达此时阅读的感受，我只能用非凡的创造力创造的世界来表示对这部著作的敬意。

事实上，《玄奘》触发我去瞻望通向辽远山岭的窗口，便是一种对自由境界的颖悟、追寻与热爱，对一个写作者或者对一个日月照射下的生命来说重要的创造力。

"那是所视的卑微和幻象的辽远告知的伟大……那是挣脱者和束缚者各自的结果，在遗忘的途中相遇……"读到唐晋的著作《玄奘》，我便有幸捧护一朵随宽广无边的雨水撒落的烛火，走近每个人心灵的石屋里埋藏的莲花。阳光里，荡漾着更澄明的弧光，我走上时间的渡桥。沉重的木屐，大唐慈恩寺三藏法师漫漫西行的托钵，宛如亲在的微笑，走近一代高僧通向圣殿之路的心灵史。

佛陀。佛的弟子。轻掩上书，月亮已经升起来了。玄奘法师还在莫贺延碛赐予的酷刑里孤独坚定地前行。穿过眼角生涩的盐粒，沙漠的虹光，苏醒，昏迷，再苏醒，看见南海岸边枯树上曾经居住的五百只蝙蝠，在熊熊大火中聆听美妙经文全部烧死的蝙蝠。痛苦驱使着人前行，痛苦使蝙蝠转生——是谁把沙漠施舍给了僧侣。莫贺延碛，仅仅是西去征途的一个开端。

我端杯清水，走上阳台，正好眺望天空碧海中的皓月。两千多年前，一轮明月也曾照耀着滔滔奔流的印度河，流布在一切种姓周边，争势的婆罗门与刹帝利，商人与城市新兴阶层，也在沉沉敲击的木梆子上闪荡。"梆——梆——不可接触者……"我曾经在满月之夜，遥想这绝望悲凉的从首陀罗耻辱之喉发出的声音，深沉的痛苦不觉碾遍了周身。在印度，穿褐衣饮毒汁飞行的沙门头上，也悬临着一轮明月吗？佛的面影比时间的渡口还要博大，两千年时间失踪了，大地上任何一个隅角的人，却都能在世间苦难之上，仰望月轮慢慢摊开金箔般的光芒，俯视善良、节制与贪婪、嗔怒、骄衿、痴惑……交腾迭浪的心海中，倒映的一面澄明的圆镜。

唐晋选择玄奘作为一部书的主人公，西行求佛法的大唐高僧，月亮曾经将他负经箱跋涉的身影拉得悠长。唐晋倾注精力，使一个高僧、学者、翻译家、旅行家再现于当代读者面前。生命存在与历史缩影，沉思的石子已经抛入河心。还是有不少人，对唐僧的印象多取自《西游记》，顺口也能拈出周星驰《大话西游》里的几句新经典台词，对真正的玄奘法师却所知寥寥。这部《玄奘》的问世，或者异起，就更令人致以敬意了。伟大的火焰在飞舞，对法相宗的创始者，《成唯识论》《瑜伽师地论》《俱舍》《广百论释》《大般若经》等等佛典的翻译者，因明学在中国发展的推进者——大唐三藏法师的再现，著者的笔端正在一寸寸深入，像坚韧物潜入了幽微，探寻一代高僧的精神世界。随着关联的人物出现，同时潜入他们的内心，最后探入世界山重水复的隐秘腹地，使读者的心灵不断得到丰富的拓展。在那些故事、对话、书信、意识流动等多种手法的转换中，唐晋以生动的笔触，阐发着精妙的佛理。散开了，透明的花朵轻旋了，犹如指腹摩挲的种子，在文字漫漶出的洪水所馈赠的沃野中，落地生花，莲瓣徐徐，鲜香弥漫。

出于对游记的嗜爱，这部书像那些我收藏的著作一样，丰富的内涵量，多视角的阅读体验，摇曳生辉的姿态，使我得以背上双肩挎包西出阳关，在山川地理、草木名状与异域风情中，尤其在逝去时光的珍贵再现中徜徉。波谜罗川，葱岭，吐火罗腔调，迦毕试向导，那烂陀寺……名称牵引着我的视线。那些沙丘、沙腹与一波一波弧动的流线，四处遗留着冰块的冰河栈道，茂遮果腐烂中的淡甜味，密林绿的、青的和紫胆色的藤蔓，晚稻田，孔雀王塔的遗址……我又恍若循踪《大唐西域记》，一路西去，瞻礼圣迹，邂逅传说，神驰于重重山岭与莽原，又迤逦南转……著者的博闻多识，使我从另一个角度感受着阅读的趣味。

阅读中最令人拍案叫绝的，恐怕还因为这是一本"充满神秘想象和强烈文字激情、诗意盎然的书"，一次"从人生最为漫长的苦役，不知不觉走进了味蕾历史中，品尝那场魔法盛宴"。有幸坐在临近落地窗的木椅上，分享一场奇妙的盛宴，起先，我还在揣摩，模仿。由于对光影的喜爱，"黑暗也随之而来，透亮的天光被压成树高的一条带子，上面能看到远山和牧草的茎苗，牛羊，依稀的人影骑在马上，还有金桃树"，这样的句子跳入眼睑；由于自己写作时虚像化实景的地方不多，又留意到"风在沙石间化成无数的小股，时而像伪装色的壁虎在岸垣上奔跑，如此等等。但不得不赞叹类似的句子目不暇接了，不得不在"干叶子抖动的声响，麻雀的鼓翅，乌鹊的唳叫"之后，思路再跟不上几重墙外的咳嗽，水声，隔院敲击的石磬，细弱的山泉从人的一侧注入井内，石棱栏上浸展长长的鱼牙绸了，斜纹，地面的漏影了……而眼睛还在独特的情境与氛围里饱餐。这是只属于唐晋的想象世界，唐晋才能进入的幻象的时空隧道。然而，置身龙城太原通衢闹市中的《玄奘》作者，该潜入多么宁静的绝顶结庐般的境界，才走过这宏伟的诗性国度的门廊！

读完之后，赞叹的却是这部宏大的作品——大跨度的空间，不同场景的匠心独具的表现，自由的多种艺术手法交错运用的尝试，哲理的阐发，悖论式的对答，贯穿的幻境等等，都被组织到一个秩序井然的结构中。即使穿插着回忆、叙述与询问的呓语，时空衔接也是如此自然，不留痕迹。

唐晋先生的夫人赵襄敏女士曾对我说，他多好的艺术感觉呀。以前，我看画一向偏爱水墨写意，一抹峰峦，松声淋漓，尺幅山水，不觉入神。而唐晋的文字，引人去领略多种美的国度。即使表现人物心境的景象，要么，索性从一个念头幻化出来的景象，光线，暗影，色调，反差，油画般的魅力撼动视觉。才称羡未已，一转身又遇石壁清霜，叮咚下泻，一绺写意的味道，真是如入胜境。

　　2008年冬季的金融危机，相信如沉钝的履带，划过许多人的生活，或者心域。有段时间，写诗的朋友相遇了，朋友说：写诗是……塔尖？然而，令人钦敬的唐晋，倾注许多精力，完成这部不甚符合市场口味的著作，除了对文学的无限虔诚，还能用什么来解释？忽然想起，唐晋在另一篇文章中，写到画插图的时候，午餐里的米饭与胡萝卜都是色块与线条。艺术人生完美结合，不懈追求。《玄奘》一书长达三百多个页码，竟然用诗性的精粹语言完成。笔尖上的白驹倏然已逝，层层页岩却留下笃实清晰的印迹。闪亮的珠贝，筑起洋流里的礁堤，岸上塔松林的每一个细小针叶，都显示着精深的力量。诗的翅膀在它拥抱的水面融化，诗的精神在湛蓝的火焰里飞翔。唐晋曾经创办博客圈"坚定"（后来我才知道，《坚定》本来就是创办的诗刊），圈子图标用的正是赤足芒履，前悬灯盏，身负满载佛经的行笈日夜兼程，坚定取经的《玄奘负笈图》。

　　是的，一部通向圣殿之路的心灵史。

文学·生活·我们

因为爱过,所以慈悲;因为懂得,所以宽容。徐小兰老师说这句话的时候,我的心弦震颤了一下。徐老师是在兰馨女子文学社聚会时讲的,谈到让姐妹们眼睛一亮的同题散文"文学·生活·我们"。

文学,生活,我们,这三个词语每一个都沉甸甸的,都是寥廓天地间一篇写不尽的文章,都要用一生去品悟,去表达与交流。我们年龄不同,经历不同,却怀抱着共同的文学梦想的姐妹们,此刻也聚到了一起。

纷扰的世上,总有一块水草丰美的绿洲;漫长而又短暂的人生路,总有一座神圣的殿堂。

我想起徐老师一文中,曾倾吐了她对那座宏伟殿堂的无比向往。她说,走在通向文学魂园的路上是幸福的,是没有任何事情可以交换的,这条路上走着许多人,向不知能否走到的遥望的门扇。但是走在路上,精神的独立与强大,心灵的丰富与滋润,已经无愧一生。徐老师不仅自己写作,而且热心地把河津的女性写作者组织起来,成立了兰馨女子文学社。

悠悠兰香，岁月绵长，还记得成立那天，茶室墙角摆着的兰花。刘白羽曾说："喜欢看日出的人，是精神明亮的人。"对生命对文学的热爱，也使我们精神焕发，无论经历多少人生的甘苦荣辱，内心总藏着一轮冉冉上升的旭日，笔尖如犁，在不懈的追问与解答里，拓展着左心室的洁净、强大与丰饶。芊蔚青青，兰馨恒久，一同感悟着生活，相信在互相学习、彼此交流中，我们每个人都能受益，取得真正的进步。

尊敬的王西兰老师扶持文学新人，一向不遗余力，对兰馨的成立，立即表示了祝贺。有时候，滴答的屋檐滴水声，衬得雨夜分外静谧。我拧亮台灯，打开《龙门》杂志，目录上先看到许多熟悉的名字，多了一份亲切。其中就有兰馨写字的女人，我眼前浮现姐妹们的音容笑貌，把卷拜读，文字中见真性情，雨夜微寒，犹如促膝相对。大家的作品各有千秋，风格殊异。

徐小兰博客名为"秋水长天"，一本散文集名为《柔软的坚守》，字为心声，恰当地吐露了徐老师的情怀。既有女性的温柔细腻，坚守的身姿中，又有豪迈的气质与开阔的视野。充满魅力的文字背后，我读到了千山明净千水澄澈的情怀，读到了坦诚、信念与反思。痛，是淋漓尽致的痛，笑，是如闻其声的笑，绝无一星半点的伪饰，一笔一画的涂抹。我的书是徐老师作序，她提到山西作协来我们企业挂牌，那是十余年前的往事了，我第一次见到她。轻阴的天气，房间里的光线略显晦暗，但是徐老师待人的随和态度，真诚的笑意，使我内心觉得温暖，光线也似乎明朗柔和了几分。您在散文创作中感受最深的是什么？真。徐老师随后又重复了一遍，要真。她声音不大，却重落在我心底。新浪开博后，我们的交往更多了，我感受到徐老师对自然对生命，对亲人对朋友，对一切生存者的爱。而吹来温煦春风的徐小兰老师，自己挺起坚韧的枝条，将生活的坎坷艰辛都研在花苞里，散发出经久不散的清馨。

　　还记得在河津文联副主席曹向荣家里，她伏身写下卢静妹妹查收几个字，将自己的心血结晶《泥哨》送给了我。她的名字我早听闻，恰如徐老师言，她执着专一，不懈追求，勤奋创作，是我写作道路上的榜样。我第一次读《井口》，署名曹向荣，就喜欢上了，一口井传神地反射着人生，那还是在我们山西铝厂报上，她获得了征文一等奖。现在收到人家签名留念的书，怎能不由衷地高兴？我和李秀梅老师，还有爱玲的散文集，几乎同时由作家出版社出版。秀梅大姐不仅是一个倾心教育事业的老师，她对文学的终生炽爱，也深深感染着我。记得一起去参加《山西日报》主办的绿色古交笔会，已不年轻的她，抛开烦琐的杂事，握着一支心爱的笔，兴致勃勃登车准备前去听课。古交的山路迂回盘旋，她的眼神闪烁，仿佛仰望着重重云雾之上，耸立峰巅的文学圣殿。家乡的土炕，抱麦秆编草帽，豆腐乡里的豆腐香，无论风土民情，还是家乡父老的喜怒哀乐，在她笔下都活色生香。那一份亲切不仅使她追怀，也让我对脚下温暖的土地，更增添了眷恋之情。更难忘的是读到大姐历尽沧桑后的一份淡定，一份从容。"感谢命运对我的垂青，给了我苦难的经历，让我行走在文字的索道上，且行且赏！"一枝梅花，疏枝清骨，白纸黑字昂首问天。

　　山城古交的夜晚，一轮皓月悬挂窗前，爱玲谈起她的经历，我得知了她和妹妹零凌年少时写诗，自己印刷，对文学的追求多年锲而不舍，听她谈高中时代印象深刻的一段心路历程，如今的工作状况，河津的风土人情，听她，一位心理咨询师分析婚恋、家庭与教育。月光皎洁，树影摇曳，山城笔会的夜晚幽静、新鲜而温馨，让人难以忘怀。开朗的爱玲，在河津文联举办的一次座谈会上，热情谈起对一部小说读后的观点，从她的第一本书《留点空白，留点想象》里，早见出扎实的文字功底，洋溢鲜明的个性。

同为徐小兰老师作序，在我的散文集《穿越河流的鱼》出版后不久，明亮的《飞》与丽娟的《梦回唐朝》也相继出版了。记得明亮开办的女子俱乐部，墙壁上悬挂着一幅《飞天》，举袂飞动中透出丰富的色彩效果，疏疏密密的线条交响乐，极富节奏韵律感，俨然慢慢卷起的珠帘摇影一般光彩照人。当我听说是她亲自绘画的，不由暗暗羡慕。她多才多艺，除了写作、摄影、绘画外，还被邀请为一些婚庆典礼的主持人。我相信长着洁白羽毛的灵感小鸟，常常落在明亮乌黑的秀发上。在桃花繁盛的苍头乡，她以良好的艺术感觉，为我拍的一组照片，我一直珍藏着。她的一组写海的散文诗，呐喊与静悟让我反复读了几遍，至今难忘。

唐朝是丽娟梦魂萦绕的历史时空，兰馨文学社的第二次活动，是庆祝省梅和她一起加入省作协。蔷韵声情并茂地朗诵了她的诗歌《梦回唐朝》，把我们引入胜境："做一个唐朝的女子，听唐朝的风，看唐朝的雨，拥有唐朝的爱情。一定有一个着素衣的翩翩少年，在不远的前方，怀抱着诗文与爱情，等我。"徐老师说读丽娟的诗如品酒，酒中滋味既有浪漫温柔，又有刚劲犀利，既有淡淡忧伤，又有浓浓爱意，你不忍去醉，但你一定会醉。丽娟在生意上应是精明强干的人，而在诗的王国里百转千回，弹奏着芬芳悱恻的心曲。

我和省梅曾去蔷韵家做客。摆放圆桌的阳台，恰好眺望开阔的景观，淡雅的窗帘轻轻飘扬着，我想象着蔷韵疲乏的时候，踱步到阳台上深呼吸，伫立在朝晖夕阴的万千气象里。蔷韵天生良好的气质，她的家理应是这个样子的。蔷韵曾获朗诵的奖项，也是一位心理咨询师，这方面的探究与造诣，一定会体现在瞭望人生的多种视角与写作的深度上。精彩的小说《投毒》，发表在《河东文学》的头条。省梅早都结识了，十几年前，我们都是铝厂世纪风文学社的成员，一群人兴致勃勃,晚上在借下的一间平房里,坐在简陋的小方凳上,畅谈文学的梦想。省梅把她喜欢的风格独异的刘亮程散文推荐给我看,娓娓叙述她对写作的所思所想。那时她的《槐花》等小说的独特构思,就让我们世纪风文学社成员,个个耳目一新,对于搬迁到古耿龙门不久的我来说,方言俚语呈现出来的地域色彩,也是既新鲜又熟悉。现在,她的微型小说受到众多读者的欢迎,获得了金麻雀等奖项。具有晋南地域特色的小说集《羊凹岭风情》最近已出版,记得省梅说,羊凹岭是她精神意义上的故乡。

后来,随着兰馨文学社的姐妹队伍越来越扩大,又结识了二中的张艳玲老师。我曾读过她为校报上的一篇文章,真切动人,印象深刻。还有和蔼可亲让人敬重的心枚大姐,还有为我们带来玉泉寺优美散文的亮萍。见解独到的陈潇,虽然来往较少,但都有幸在河津文联的会议中相识。如今,姐妹们悠悠兰香中相聚在一起,共同感悟着文学、生活与我们。让人欣喜的是,海燕、好桃两位小妹妹也先后加入了兰馨文学社,更注入了青春的活力。穿过碧绿槐叶的阳光光斑,在大地上跳跃着。走在兰心蕙质、各具特长的文友中间,百味俱全的生活上方,还悬挂着一个庄严圣洁的世界,比树叶还稠密的凡常日子,也闪射出斑斓的色彩。

古耿龙门,双峰对峙,嵌着一轮被凤凰衔起的太阳。高原驶下的大河夺门而出,不辞万里奔向浩瀚的汪洋,奔腾向生命的摇篮与归宿。

对文学共同的热爱,使姐妹们相聚,让我们一起携手从龙门出发……

天地间中有一缕兰香,飘游河心,经久不散,而我们的目光,都是浑厚大河滔滔不息的支流。

听水观澜

缘 起

我卸下行囊，饮了一大口水后，瞥见瓶口下晃荡的水面，把落入的一朵飘忽不定变幻难测的云影，养出沉甸甸的光亮。只顾匆忙赶路的我，嘴唇被太阳烤得干裂，咽下的一股清流，顺喉咙奔涌而下，萎靡的神经丛仿佛一根根翠绿挺拔起来，我焦灼的心也得到慰藉似的，逐渐安静下来。

"瞧，那边有一条小瀑布！"儿子雀跃起来，打断了我的游思。我们迅速拨开草丛，不远处的青黑色岩石上，果然一道细细的瀑布三迭悬下，在碧涧上喷涌雪珠。从崖壁残留的痕迹看，昔日的瀑布要更宽一些。好稀罕的，一只小松鼠擦着柏树的鳞皮飞闪而去，虽然扑了个空，儿子却难得聚精会神蹲在草丛里，听小虫儿叫，那济慈笔下的"从不间断的是大地的诗歌"。我身边，凸出一块平坦的磐石，被浓密树荫遮住，人坐上去正对一挂清瀑，暂离喧嚣，倒是个反省静思的好去处，慢慢浸入水包罗万象的语言……

世上还有像水一样透明，却涵藏深厚的事物吗？伫立在盘屈的山道上，我把瓶子举过额头，世上还有像水一样近在咫尺，却又远得一望无际，像水一样甘居卑低，却云行雨施，高得难以企及的事物吗？还有……

风生水起

有什么能比追问生命的奥秘更吸引人呢？

在繁华富庶的港口城市米利都，仰望着繁星流转的夜空，仿佛同宇宙之心做了一次亲密交谈。泰勒斯提出了让世人牢记的谜题。古希腊七贤每个人都有一句经典格言，传说泰勒斯的是"水是最好的。"什么是万物的本原？水！泰勒斯还提出，大地也是浮在水面上的。

"如果要我，创造一种宗教，我要用水……我应该在东方，举起一杯水，那里，所有角度的光，永远不停地聚合。"这是《水》，拉金脍炙人口的小诗。

但是拉金之前约五千年，第一位现代意义上的哲学家泰勒斯之前约三千年，当古埃及文明曙光初露时，水具有非凡的宗教意义，已不容置疑地存在漫长的年代了。如今的尼罗河畔，巨大的雕刻莲花的纸草石柱，依旧雄伟挺拔，引领着整座太阳神庙，昂首追问一望无际的苍穹。仿佛古老传说中的一样，正从虚无混沌的原始之水中升起，光明的话语战胜了黑暗，性灵战胜了死亡，伴随贝努鸟划破初夜的引吭高歌里，世上第一块土地露出了水面。普鲁塔克用他雍容柔和的笔调，在《论埃及神话与哲学》里写道，埃及人如何使用与毕达哥拉斯派的谜相类似的象征符号——那是一种交流的方式，既近乎寂静，又近乎话语——他们并不相信初升的太阳是从荷花里诞生的,但用这种方式来象征这颗星辰的升起,以此说明是潮气在维持太阳燃烧的火焰。

初土自水中隆起的神话,岂止流传于埃及呢。在南美,从飞机上俯瞰绵延不绝的安第斯山脉,覆盖着白云的山势起起伏伏,嶙峋陡峭,将的的喀喀湖紧围,宝藏一般保护着。安第斯居民相信,太阳岛,这万物肇始的圣域,系从的的喀喀湖的水中升起,犹如古埃及神话的"高丘",系从宇宙之地"南"的水中上升。原始之水中诞生了世界。这一幅场景,深刻嵌入人类心灵。巴比伦神话里,梯阿马特是太初深渊的化身,当这老一代神祇腐朽堕落,新一代神祇起身而战后,正是在水的深处,"在命运的密室里,在典型的圣殿中",水神伊亚的妻子生下了马尔杜克。马尔杜克最终胜利后,又在天上仿制了一座水中宫殿,并制定了星球的运行轨道。而古印度《梨俱吠陀》中,有一首享誉后世的《创造之歌》:"那时,既没有'有',也没有'无'……什么东西覆盖着?什么地方?在谁的保护下?是不是有浓厚深沉的水?……起先爱欲出现于其上,那是心意的第一个'水种'。"更让人耳熟能详的是《旧约》开篇:"起初,神创造天地。地是空虚混沌,渊面黑暗;神的灵运行在水面上。"

如果追溯到更苍茫的旧石器时代,仍旧会邂逅水的神话吗?伊利亚德撰述《宗教思想史》道:总之,似乎可以这样说,旧石器时代的人们对于一些神话相当熟悉。仅举一例说明,一个宇宙神话谈到原初之水,造物主以人或水中动物的形象出现,潜入海底带回创世的材料。这个广为传播的宇宙起源神话和它古老的结构表明了这是一种史前最早的传说。

对神话的诠释,永远是众说纷纭。

当一个雨夜,我隔着扑朔迷离的云雾,阅读远古神话与相关解读书籍时，不觉着了迷。床头正放着一杯白开水，我不时习惯性取杯，却没留意到，水湿润了我的双唇，解了我的口渴。我没有留意到，像最凡常的日子里一样，我的喉头悄悄发生着水分子的传奇，让我内心宁静，精神青葱，深爱淌遍了我的全身。

有一种波澜四起的惊异，仿佛漂泊者心底发出的一声呐喊，那是多少世代对生命奥秘的敬畏与追问。敏锐的直觉，那是明知云岭重重而负重迈步的悲壮。有一种不动声色的潜流，在我内心卷荡着深沉的共鸣。也许，越是像司空见惯、无所不在的璀璨星空，越是旅人习以为常、来而复往的昼夜轮替或者蔚蓝色大海摇篮曲般的呼吸——潮起潮落，越会激发历久弥新的探寻与激情。

谁能离开透亮的水呢？科学知识普及的现代，我们都晓得，水在生命演化中起到了重要作用。人体内的水分，大约占到体重的65%。如果一个人不吃饭，仅依靠自己体内贮存的营养物质或消耗自体组织，存活时间还较长，但是不喝水，连一周也很难度过。

流淌了千万年的尼罗河边，斯芬克斯留下一个古老的谜题：有一物，早晨四条腿，中午两条腿，傍晚三条腿，此物是什么？

人生实在太匆匆，故交亲朋，殷殷叮咛，声犹在耳，却忽然撒手西去；少年意气，激昂天地，却忽然苍颜白发，拄杖蹒跚。当伫立熔金般的夕阳里回首一生时，如果发现虚掷了最珍贵的光阴，岂不羞愧吗？尤其对万物之中，得到最独特的礼物——自我意识与实现自我的潜在能力的人类的一员来说，岂不是一种罪吗。

滴答，滴答，雨声清脆，回荡屋檐，是否也在提醒我，对生命的感恩、省悟与挚爱呢？

强大或细微的声音

夜深了,案头上一杯绿茶慢慢溢出清香,恍惚间,满室翠意淋漓。这一回,我捧杯在手,静心品读。

为了容纳一片茶叶,成全一片茶叶,谁能够想到,水经历了多少煎熬与锤炼?此刻,水在我的唇舌之间滑动时,已和茶叶完全融为一体,天衣无缝,我只感到茶的余香绵绵不尽。于是我明白了,为何人们诵佛,供的是一杯清水。水观之无声无色,近之无嗅无味,触之无形无状,入盐则咸,入糖则甜,没有我执,包容万物。

我十指之间,是新买的玻璃杯,淡墨小鱼曳尾于杯壁,我煞是喜爱。为了成全一只器皿,水注壶成壶形,在碗成碗形,入杯成杯形,使容器发挥自性,尽显物美。夜静对水,我中心摇荡,只觉月光下的水面,平淡之间寓深爱。

难怪子贡问,君子见大水必观焉,何也?孔夫子答曰,夫水,启子比德焉。老子说,水几于道。儒家以水比德,道家以水见道,佛偈有云,千江有水千江月,万里无云万里天。佛家以水喻佛性,参禅机。

小时候,中条山麓的故乡冬寒,雪大。上学路上,最让我和同伴们兴奋的,便是山巅突然出现的皑皑白雪,一眼眺不见尽头的蜿蜒起伏的山脉,都被衬得更加雄浑庄严,气势高昂。当积雪始融,一滴水,完全可以选择停留于高处,在大地的仰望者上方受人膜拜,闪烁它炫目的银光。然而,水能听见任何强大或极其微细的声音,一粒毛毛草籽要抬起卑微的头,顶破黑暗、迸发翠绿的渴望,山鸡从枫树、油松、色木槭边擦身而过,树木们虬踞的根须的焦灼与不安,一只甲壳虫的僵卧……水默默向低谷流去。用世俗的眼光看,水所行的大道，水遍布周身的光彩里，是否还承载着常人难以想象的苦难？是震撼灵魂、提升自我的历程？是呈现观者内心的宁静，水草翁然丰美的机缘？孩子们不会去探询这些，但是山里的孩子都喜爱在溪涧边玩耍，渴了，就蹲下掬一捧水，仰起脖子"咕咚、咕咚"灌下去，清凉甘甜，沁人心脾，真是难忘的往事。那些清澈、惊愕而热情的眼眸，看见水经过陡峭的坡道，细碎乱石的煎磨，突兀巉岩的撞击，容无倦色，心无分歧，水所过之处，漫山遍野叠绿摇青，松鼠跳跃，飞雀欢啼，充满了盎然生机。

无人注目的幽冷山谷里，水悄无声息流淌着，滋养了千山万岭。水只不过是遵循本性而行，从绝顶到深壑，巨大的落差，水亦不过是依照自己的本性而行，容无得失，心无毁誉，水生成孕育、泽被了万物而一丝一毫都不居功。

山脚下，一位老人提罐取水。他说，每条时间的缝隙里，水都在审视自己。我相信，尤其不怀疑宁静的子夜，是天水相亲、真实对话的时辰。水面微澜，是观照自我、坚定流向的时辰。瞧，倒影里，上下荡漾，每一颗骤然苏醒的奔驰的星星，都是忠实的见证者。

不舍昼夜万里奔流，山谷里的水，具有更宏大的愿望。水能听见任何遥远或分外逼真的声音，只有浩瀚无垠的大海——这风雨的故乡，生命的摇篮，才是水最终的归宿。蒸而为雾，聚而为云，又是下一个轮回的起点。而途中，雄峻辽阔的高山旷野，五谷焕彩的阡陌良田，不计其数的生灵都等待着……水的赋予博大无私，无掖无藏，倾其所有；水公正有度，水平面是最让人信赖的基准。有人猜测埃及金字塔的建筑奥秘，竟然想到用水浇注地基。水的供养一视同仁，不论城市村庄，不论浣纱的西施，还是丑陋的嫫母，不论智者、愚者，家财万贯的富豪，还是拎一个空瓶子流浪街头的孤儿；水的滋润巨细无遗，时而绕草环游，时而劈崖穿越，就连随风漂泊的枯梗、弯曲幽邃的石缝,都能一一怀抱渗入,让岸上旅人的思绪也迂回萦绕,思"诸恶莫做,诸善奉行",又思"勿以恶小而为之,勿以善小而不为"。水,把自己的一切奉献给了万物,不生不灭,自存于往复无穷的循环中。

上古的水滨,留下了上巳节兰草被禊、去除不祥的习俗,水的沐浴与净化,水潜入心灵的深层影像,已荡漾过多么久远的年代!

大爱无声的水,铭刻于生命之书的底部。水,忍辱含垢,洗涤万物,一样惊心动魄,让岸上的观者回味深长。

故乡小镇的女人们,有时候三三两两到河边洗衣。我陪伴挽个乌黑髻儿的莲嫂子,大盆小盆端着,坐在近水的青石上。一家子脏衣才漂入水,白浪头马上染成灰黑色,围石泛起油腻的泡沫,然而,另一股水毫不犹豫地又涌上来。莲嫂子喜爱的雪青色荷叶领掐腰连衣裙洗净了,男人下煤矿干活、汗渍斑斑的黑衣洗净了。她抿着嘴,露出愉悦的神色。盆子里,一件件洁净的衣服堆高时,水把所有污浊揽入怀中,还用柔和的波声送我们离去。

一条大河,经过无数小镇。

只有天下至清的事物——水,才有藏污纳垢的决绝。一条河年深日久为两岸的居民服劳役,不仅滋养芸芸众生,而且激浊扬清,洗涤着万物的灵魂。即使疲惫而混浊的河水,打捞一桶,沉淀一小会儿,也会澄出清澈透明的本色。一条大河从旷野蜿蜒驶来,一定默默昭示着什么。低岸的柿子树,俯身聆听,却只听见叶绿素从根部向树冠奔流,恰似矿石以我察觉不到的时间节奏,在山脉中流动,慢慢变成金属。柿子树的一颗热泪要滚下时,就结出了满枝果实。而高挑枝头的果实,一诞生,就是要把自己的全部奉献。婆娑大树,剧烈燃烧的花朵,绿叶牢握的果实,无时不阐释着大河的万千腹语。水的赋予曲尽周详,无论自身处于何种险境,遭受什么厄运,都只是反躬自问,我是否遵循本性而流动，是否使万物发挥自性，尽显其美。纵使隆冬北风咆哮，严寒把它冻结成冰，水也要把自己问得通体透亮！

水是勇壮的，绝非懦弱。既然大爱无疆，水就勇往直前，势如破竹，逢深渊而不犹豫，遇巨石毫不退缩，狂涛雷鸣，都显现出摧枯拉朽的气势。

一条大河驶过苍莽原野与人烟稠密的地方，干净的身躯，早已混浊满目，漂浮的垃圾下面，灰色的河水不时发出呛鼻的气味。然而，它还在默默奔流，洗涤着两岸的生灵！

这幅情景，使我想起几年前的寒冬，一座污染严重的城市街头，雪，在行人的脸庞前飘落，灰色的雪，又被南来北往、各式各样的靴底踩脏、践踏，然而，雪依旧不住地降落，用洁白覆盖大地，使许多眼睛清如净水……

静水流深

我曾经在黄山风景区的一处山麓，观赏众多色彩变幻的水潭，宛如一颗颗宝石，才从云端洒落。

一泓静水，让人惊异，也是缓慢发生的，却能够深入骨髓。有的完全是一块天然翡翠，了无渣滓，温润碧绿；有的泛出柔和的金黄光芒，仿佛早秋袅娜的菊花，逐渐扩散并笼罩了一湖涟漪；有的镶一圈沉甸甸的银边，向圆心，从淡青过渡到深绿；有的干脆是一支蓝紫色的管弦乐交响曲，清癯的山峰，都是它的知音。

我潜入了神话世界，原来静水，才能蕴藏丰赡厚重的色彩。

斯时斯地，不由人不静悟妙处。诸葛亮《诫子书》云，非淡泊无以明志，非宁静无以致远。一切喧嚣都远遁了，矜争之心都沉静了，枝柯交错的遮蔽都消散了，方寸水境，豁然洞开，使过客游目八极，视接千载，通天地，证大道，扁舟一叶足以荡尽玉界琼田三万顷，苍茫万象皆包罗其中。

我又想起故乡的山谷。水向低处流，不是沉溺，不是不思进取，恰恰相反，是对宇宙法则把握的智慧，涵藏着无限发展的生机与潜能，是有容乃大的胸襟，是博爱万物的情怀。在低处，忧患意识更深，懂得不易，懂得珍惜，使人高瞻远虑，深谙水满则溢，居安思危的道理；居低困逆，千磨百炼，更能磨砺意志，勉人奋发；低处流动使人省思不足，善于学习，不见其增，日有所长；低处无旧日的桨叶可依偎，不易囿于成规，而宜开拓创新，潜藏着明天的千百种可能性。在低处……瞧，山谷里的水，大小溪流来者不拒，日复一日积蓄深厚。乱云出入，波澜不惊，托载舟船，便利众生。守在岸上，你得到一个蕴藉无穷的"静"字。

静，不是静止，不是一潭死水。恰恰相反，流水不腐，户枢不蠹。静，是在生生不息、运动不止中求真正的和谐。静，是在质朴中求成熟。静，是在万象纷纭的生灭流转中，月映水心，静影沉璧，让生命趋向圆满的境界。

古人的智慧，从"静水流深"中可窥一斑。一个词语，多么精练含蓄地阐释了生命。

容纳百川的，自然是瀚海。我曾读过一篇文章，作者纵目远望浩渺的海，感悟着名副其实的太平洋，那是一种江河尚未呈现的沉静，一种湖泊以至近海都未具备的渊博、深邃与气度，你将面对一位可亲可敬的睿智老人，放下全部的傲慢与偏见。他被彻底征服了！

海的博大胸怀，挑战着人类想象与审美的极限。"海退入蓝，又退入黑时，一滴光……"是我为散文诗《蚂蚁的老照片》写的题记。海之水无边无量，呈现天空的颜色，犹如寰宇深邃难测，奥妙无穷；海纳百川，清浊迥异，却同化归一，恍若鸿蒙再无分别，巨鲸小虾皆随缘游弋其中；而潮汐传递着大自然的信息，生命的律动，起落有度，无偏无执，一遍遍演绎从最低端向高处的提升；大海蕴藏最渊深厚重，却无我无已，供养众生，无遮无藏，终于向高空升华为水汽，从伟美的气象里，又透露出一种静穆的神圣。我忆起故乡高山积雪融化的一滴水，不辞万里挥发生命，阅尽白云苍狗终有所悟，汇入汪洋浩浩汤汤难分彼我，又回归了宇宙最初的静寂。静，是终点，更是无始流转中一个新的起点，有如凤凰涅槃，渐次高升，呈现新局。

谁解弦上语

峰回路转，忽然现一小亭，飞檐翼然，使游者凭栏俯仰，顿觉万象吞吐，入我怀抱，真是我与天地精神相往来……

中国文化对山水的亲近，与自然的高度和谐，钱穆先生说，是向人类赠送的一份厚礼。东方之民受日光恩惠不浅，一草一木怡然可亲，一山一水常寓胸间。即使不能得真山水，有了城，有了郭，被高大厚重的墙垣围绕，也要置一园。于园中摹山拟水，移步换景，水心也定要设一轩，窗是疏窗，门开隔扇，轩内宾客相见，棋落砰然，轩外真气浩浩，天光云影，游禽、栏杆、枝柯……都在光的韵律里摇荡。于是，清风就在主客耳中，疏窗内外，在"隔"与"不隔"之间，在人文与自然之间迂回萦绕。人，便与天地息息相通了。即使如江南人家的天井小庭院吧，地虽逼仄，一盆一景高低错落，方寸间也要绿意充沛，透露山水精神的。其实，一小庭似芥，别具匠心，或一园林蔚然，晒石水波，于一座喧嚣的城而言，何尝不是潜心推开的大大小小的疏窗？

人与宇宙，又何尝不是一个整体？山水亦如骨血，濡养了华夏文化。凭水临风，可仰观宇宙之大，俯察品类之盛，洞悉人生的真谛，追问心灵的归宿。诸子百家，著作留世，无尽的思考如山之绵亘，水之深邃。艺术家师法自然，妙得造化之功。伯牙子期高山流水遇知音，米芾见奇石必衣冠而拜，东晋顾恺之话会稽山水，千岩竞秀，万壑争流，草木葱茏其上，若云兴霞蔚，山水赋予笔墨以灵性。而徘徊岸上，一掬盈手，又无处不渗露人对大自然的亲和与眷念，斑斑点点洒遍了人世至重的温情。

  登山临水兮送将归。独特的山水赋予居者独有的气质，真挚美好的情怀，也在东方诗文中蕴藉隽永地表达。每读之，都让人为深沉的思念、悲伤的离别而感动。古时交通不便，大水阻绝，舟车逶迤于岸脚，更易激发伤离念远之情。人间芦苇青青，白露为霜，却始终无缘得见在水一方的伊人；天上织女终日七襄不成章，银汉清浅啊，有情人却最终天各一隅不得语，就更令人摧心肝了。水，却又是联结的，鱼传尺素，涛声无尽，思君心似西江水，日夜东流无歇时，不仅爱情因水的传递而柔肠百转、深远动人，一夜征人塞上望乡，阔别多年的故友重逢，万里游子的羁旅客思，都因水波的传送而言难尽意、深切醇厚。瞧，就连河边的垂柳，千条绿丝绦拂过水面，也目送远行人的身影消失，就连月亮也清湍流泻，照耀着思慕的对象。静读时，不是水含情，是诗人之情，世人之真情。而掩卷回味，在江箫诉爱折柳送友望乡怀远之中，却又常淡淡带过一笔什么，不拖痕迹，甚至不着边际，却风生水起，让你要问一声陇头流水今何在？江湖秋水多涨否？低荡起千古兴亡之叹，一叶飞旋的身世飘零之感，路途多舛志向难伸报国无门的忧思。

山水有清音，谁解弦上语？

  深受儒家思想熏陶的士子，怀着先天下之忧而忧，后天下之乐而乐的远大抱负,十年寒窗苦读走上仕途,然而时运不济,或政治昏暗,不能谙习官场的潜规则,屡遭排挤打压,只好拖着沉重的脚步,转身步入山水,纵情山水,飘飘天地一沙鸥不亦乐乎?达则兼济天下,穷则下,穷则独善其身,不同流合污便是循道而行了。一个白发渔樵的形象,突显了几千年的隐逸情怀。然而,东篱把盏,南山忽见,悠然自得的吟诵背后,真的漂游着一颗了无挂碍的心吗?满腹经纶又向何处施展?我想,云屐麈尾之间,身处江湖之远,心忧北阙之事,修齐治平、济世安民才是深植于中国士人的底色。如叔孙豹答范宣子之立德、立功、立言,朝露般短暂的生命方不朽,人生亦才能真正得一安顿。于是出山,再仕。也许辗转无路,朝扣富儿门,暮随肥马尘,只能残羹与冷炙,处处潜悲辛。也许进了圈子,却禀性难移,宦海沉浮,无法与黑暗的现实苟合,只有骨重齿寒,重入山水。归隐,出仕,内心一遍遍反复、挣扎,一生流淌于矛盾纠结的痛苦里。何以游目骋怀?唯忘情山水,只有敬亭山,相看两不厌了!当千山的鸟都飞绝,一蓑,一笠,一小舟,半截摇晃的竹竿,唯有一江寒雪可钓。这刻骨铭心的孤独,唯山水能引为知音,抒发心中的压抑与忧郁。最不该积雪的大江里,都落满了雪,试问峰巅、小径、乌篷,何处不覆雪?白茫茫的六合……虚实相生的寥廓画面上,顶着弥纶天地的冰冷,一个渔翁孤傲的倒影如此突兀,那是诗人高洁精神的真实写照。早在中国山水画萌芽的时代,王羲之的祖父王廙论《贲》卦,已经从山水里见文章,《贲》象曰"山下有火"。熊熊火光不仅照亮了山上草木美好的形象,悬腕挥洒间,中国画开始嬗变升华到白贲的水墨境界,火光闪烁,从独立的艺术人格里看见山水的真精神。江上渔翁,所幸还有钓钩,还有天地造化可参,旷世的孤独中,可谓得到永恒的知己。被贬谪的柳宗元,在《愚溪诗序》里自云:"予虽不合于俗,亦颇以文墨自慰,漱涤万物,牢笼百态,而无所避之。"万物都被我洗涤，百态都被我牢笼，直要超鸿蒙，混希夷，原来愚丘、愚泉、愚沟、愚池、愚堂、愚亭、愚岛，山水之百"愚"，实为超凡脱尘的大智慧。

有一种说法，山水是中国人的宗教。高山流水，不仅是精神的避难家园，而且使灵魂得到了拯救与升华。儒家在山水中守望着"道"，不乱君以逆道，更不谀世以违道。道家在山水中随一镜，无将无迎，无毁无成，齐死生，一万物，栩栩然不知蝶为谁，我为谁？以无可无不可的自然主义来顺应，以反智的相对主义来超越人生。佛家在山水中参禅机，悟真谛，破除我执，清净圆融，一花一世界，一叶一菩提。

舍南舍北，绕雾沉壁

"一切的河流，一切在流逝，有人说生存像是立在一点上旋转，用脚尖立地旋转，永远立在原址，在原点上凝立与舞蹈，可是一切却在流逝……"这是罗伯特·弗罗斯特著名的诗歌《西流的小河》，由水而思"流逝"的主题，在人类心灵中恐怕最常见了。中国亦不例外，不要说直抒胸臆，即使如"浮云一别后，流水十年间"，与友契阔，笔意疏可走马，读之也有暗石惊心之感。诗文墨迹，闪现着人事浮沉、兴衰无常的慨叹，东方民族对生命与一切美好事物流逝的非常的敏感。我想起李泽厚先生所言：时间在这里是情感性的，表达了人们对生的执着，对存在的领悟和对生成的感受。

然而，水波在流逝中，又让岸上的观者，微妙觉察到永恒。

看，水滋润的树丛，繁茂的枝柯间露出花，露出了果实，当枯叶落尽归葬泥土后，又在一轮新的循环中喷涌春的绿芽。使你毫不怀疑，太阳照耀的河心，存在一朵永久绽放的花。

子曰：智者乐水，仁者乐山；智者动，仁者静；智者乐，仁者寿。朱熹曾说：没有对仁和智极其深刻的体悟，绝对不会为此语。他继而又阐发道，知者达于事理而周流无滞，有似于水，故乐水；仁者安于义理而厚重不迁，有似于山，故乐山。

高冈留涛声，清波绕山流，天地寥廓，舟子游人，无不向往着山水和谐的崇高境界。

我怀念故乡绵亘的青山，它千树耸拔，松萝掩映，拾野果采蘑菇径幽香远，是孩子们略感神秘的乐园。与满山的灵石奇石陋石厚岩做一番心腹密谈，又可知山脉储备丰厚，矿产如宝，腹藏珠玑。如今，我遥思山脚的过客，脖子都仰得酸了，望见大山岿然不动，坚守原则，群峰无私，心胸坦荡，不为外界的标准所衡量，不为表象的荣辱所役使。入得涧水回鸣的谷壑，更觉山仁爱宽容，千珍百味，供养众生，尽显其博大深厚的襟怀。高山可谓不因物喜，不以己悲，既无忧无惧，所以长寿。

我在现居的龙门峡口，西岳月夜潺潺滚玉的溪涧边，姑苏静影沉璧春水如蓝的湖上，大雨落幽燕白浪滔天的秦皇岛海滨，都观过水……这些地方的水景千迥百异，却无不随物赋形，因地制宜，以求最大限度挥发水的仁爱，灵气氤氲，泅泅润泽与净化着四围的万物生灵。每当浪潮与风上下共浩荡，与归鸿天际同一色的画面呈现，或目睹欹曲的岩缝、幽僻的草根下都渗满明亮的水，我就感到水最勤于识，最善于思。对千姿百态的事物的特点、规律与变化的征兆，无不体察入微，终于从"知"升华到"智"的境界，体悟了天地大道。真水无香，所流过之处随机应变，却无不缘理而行。水，平原似跑万马，遇窟深藏灵秀，击石起雪湍，入谷成渊薮，可谓善于变通。《周易》认为，人事当效仿天地的法则，无穷循环之中，往往物极必反，否极泰来。《象辞传》释丰卦时说："日中则昃，月盈则食，天地盈虚，与时消息,而况于人乎,况于鬼神乎?"因此君子当谦,知进退存亡之道。同时又认为事物发展到穷困的地步,就应促其变化,以求通顺。《系辞传》言:"易穷则变,变则通,通则久。"此即"往来不穷谓之通"。人人都能观到,水一满就外溢,懂得忧患,持中守正,又穷研物理,机动灵活,常常出其不意地破解危局,所以虽历千难万险,却能够长流入海,对人事颇有启迪。王摩诘隐居终南山陲,留下千古佳句:行到水穷处,坐看云起时。然而,水万变不离其宗,遇冷成冰,受热蒸汽,露滑霜重,青雾白雪,云是水的引吭高歌,雨是水的酣畅舞蹈,虽然变幻无穷,却又保持绝对的本性不变,如大山一般岿然坚守。青山流不尽,绿水去何长?智是仁的前奏,仁智浑然一体,难怪动静相彰,乐山乐水,是无数过客梦寐以求的人生佳境了。

复 生

在故乡,我和小伙伴们,最喜泉眼边青逼人眼的草丛。只要有一个出口,水就汩汩奔涌,灵珠四吐,不仅自身充满活力,而且极力挥发着众生的活性;只要打一搪瓷缸子河水,澄一小会儿便清。水不仅自洁,更净化着万物的灵魂;山里的老少男女,赶路时都喜在水边照个影。水不仅自我审视,自我省思,而且像一个明镜,永远摆在那里,让行者俯望自己的踪影。

让凡夫俗子感到远在天外,神圣得不可侵犯的水,实际上日用不离,与我们亲切得宛如新朋故友。水从天上来,却居于最卑低处;天下至清之物,却含污藏垢;天下至柔之物,却专守如一,锲而不舍。滴水能穿巨石,天下至贵至重的水,城市乡村,却廉价得无所不在。水年深日久,默默昭示着两岸的人什么。佛经上说,真如灵性潜藏在芸芸众生的根身中,只是被迷蒙和烦恼遮盖着,不能觉悟其清净性,故名如来藏。

每当山间缘溪涧漫步，或是繁华街头，于鳞次栉比的建筑物间，檐下听雨，脆响入耳，总让人感到短如朝露的生命里，悲欢翻滚百味俱全的人生旅途上，一滴滴，闪烁着永恒智慧的光辉。

碧叶鸣响纯阳宫

　　嵯峨高耸的一层层灵石顽石，两道清亮的悬瀑，揽住我双臂的翠汪汪的葳蕤茂草，一个翼然如飞的小亭……十指之间，清气拂拂而入，我恍若竹杖芒鞋，行走于名山大川间，又忆起年少随母面对西岳峥嵘诸峰，一片浑穆气象，六合之内，大美难言。
　　我吸了一口气。纯阳宫四方的红墙小院内，自然散落的假山畔，两株参天古树峭拔而起，要送一只长啼之鸟，高入九重碧霄。而一簇簇密生的丛叶，淡绿深青百千重，被倏然洒过叶隙的一枚枚铜钱大小的光斑托住，仿佛千言万语摩挲我的耳轮。静，一切车马争逐都消失了。放缓的时间节奏里，我并不急着参观，回头瞥了一眼纯阳宫的红墙与大门。四面是扰攘的轮尘，它却清幽宁静，恰似山峦环抱中的一方潭影，真纯透彻，又青鲔勃发，云蒸霞蔚。
　　静，在方寸宫观里，显示了无法模拟的庞大。
　　打龙城太原的纯阳宫边走过，已不知多少回了，熙熙攘攘的五一广场与环拥的商厦，让我忽视了它安静的存在。此刻，踏入悬挂"山西省艺术博物馆"的纯阳宫大门，仅仅一墙之隔，却顿觉别有一番洞天。

久久等待我的，是那颇具特色的四柱三楼木牌坊。很早以前，我曾见过一张照片，木牌坊独伫皑皑雪地上。大雪下的纯阳宫凝重而疏旷，叶子落尽了的古枝轻轻滑过苍穹，衬得木牌坊尤具仙风道骨，一面匾额书"吕天仙祠"，一面书"蓬莱仙境"，照片左下角，再立一鹤氅老翁。而我徘徊其下的这个晴朗午后，阳光顺四根木柱缓缓淌下，融入并州黄土淳朴的色泽里，又散发在四周的青砖墙上。城镇，乡村，四处都能觅见这种青砖墙，墙上闪现过艰危、荣辱、坚韧，闪现过善良、奸诈与各色人等的敦实身影。离大木牌坊不远，一株风格独特的古树下，成串淡紫色的小花，被我用照相机细致摄下。大地上摇曳的野花，与生俱来被苦难牵绊，却自下向上一一绽放，欣欣向荣，它们修长的柔秆，合着寰宇里风的节奏，总跃跃欲试着什么。此刻，阳光从灿若繁星的牌坊斗拱间缓缓淌下，这一幅景象与记忆中大雪下的照片重叠在一起，一种悲壮感，竟从我的心底油然而生。身边古树虬游的姿态，却透露出安然、顺适与自如。并州纯阳宫，始立于元代，又在明万历年间，清乾隆年间两次修葺、扩建，几株参天大树，藤绕木抱，该饱阅了近千年的风雨沧桑吧。

我一晌午奔波忙碌，早跑得口焦舌燥，索性在院内古树婆娑下的青砖石阶上，坐了好一会儿。几只灰羽的长尾鸟，上下翻飞，穿枝而过，悠扬的啼鸣此起彼伏，像一脉玉珠子，自由漂过雨后青蔚深秀的林梢，让我从街口小店买的一瓶矿泉水，也多了几分甘甜。扬瓶，慢饮了一两口，我疲惫困顿的双足下，一递一续的，山谷醴泉涌冒雪珠的回音，便隐隐沿着被繁茂草木半覆的蜿蜒的溪涧涌来。

我喜爱徜徉于依山傍水的老城，漫步于城垣内外，感受理性中庸与自然随性的两种观念。水乳交融在建筑布局中，也感受一份儒道文化的相映生辉。严谨按照中轴线布置的建筑或城市，又往往不拘一格，灵活变通，巧妙吻合着山川的自然形势，一塔，一堂，一园，一城便都有了生命。

纯阳宫面积不大，又栖闹市中心，回想，未曾诱发我的兴趣。谁料方寸轮廓之内，腾挪变化，巧思入神，它古老沧桑的红墙上，又一番番为我嵌入别有洞天的新奇。拜谒吕祖殿，观中最恢宏大气的建筑时，青砖蓝瓦，已度几重墙院，让人以为将尽了，谁知像山重水复间，又发一条蹊径，别开新局。没错，纯阳宫赋予我的就是这么一种感觉。登上被岁月反复推敲的老式木梯，一转身，后衔的院落据说按八卦营建，亭台洞阁，高低错落，让人逡巡不已。一桥飞出的圆顶，屹守四隅的八角攒尖亭，回旋不已的廊道，陡峭的梯影，行人穿插其间，仿佛景外有景。一组神韵悠长的道家清乐，交替、跳跃、环绕渗透，在寥廓高远的天地之间，萦萦不息于一角飞檐之上。午后阳光温煦，我漫步在纯阳宫的四方回廊，偶然想到吕祖姓氏的两个口字，亦作方正回旋形，就忆起了纯阳真人吕洞宾的诸种传说。明清流传的八仙过海故事，即以吕洞宾为中心，汉仙人钟离权为其师，唐仙人铁拐李、张果老为其友，何仙姑、韩湘子、蓝采和、曹国舅皆为其友弟辈。吕祖在晚唐上承东汉魏伯阳的丹法为道统，开创融通道、佛宗旨的新兴道教，对后世一千年的影响至为深刻。南怀瑾先生说，自秦汉以来，迄于晚唐的道教，一向皆在鱼龙混杂、支离破碎的状态中，自吕纯阳后，正统道家与道教，忽然别有一番面目，由此产生宋、元后道教各宗的道派与丹法。每每游走于山水古迹间，常不期而遇说唱吕祖故事的艺人，描绘纯阳仙迹的壁画，点点海内外香花、明烛，名山大泽供奉纯阳真人的祠庙香火，于白云苍狗之变幻，千山明月之照耀，水湄草木之环翠间，与佛寺古刹相映，也可谓难得了。华土文明在与佛教带来的印度文明撞击、交融了几百年后，在盛唐又一次推向高潮,如鲜花怒放,出现了融会儒释道精粹的中国禅宗,新道家,以至后来的新理学。而创新之葩,深植于传统文化的根须,是否能给今人一点启迪?

晴空一鹤排云上,便引诗情到碧霄。我一访并州纯阳宫,恰逢草木扶疏,一绺游云简淡的秋日。题额"潜真洞"的巍阁峨峨最高,俯瞰全局,坐落于宫观的最后,我却又想起前院千年古树下,一缕细茎鼓荡天风的紫花野花。潺潺清溪的重峦叠嶂、绝巅深壑内,或者街头闾巷,黄土人家的墙角下,它们的同类漫山遍野,缤纷起舞。巍阁飞檐凌空,似乎也要环抱而又高翔于方寸宫观之上,超越有限的形骸,具象的时空,与天地精神相往来,作一弥纶六合的远游呢。

时间,一定在光线的尽头折叠了。

开辟为山西省艺术博物馆的纯阳宫,殿堂亭阁,与四围的配房及内,陈列着三晋许多文物珍品。我从巍阁返回后,便一一去参观那些塑像、陶瓷、景泰蓝、唐卡、皮影、刺绣、剪纸……单说大殿的景泰蓝展品,已目不暇接了。中央的一座屏风大气美妙,令我过目难忘。观内鸟栖,风起。彼此通连的洞室里,技艺精湛的铜雕、铁雕、石雕风姿各异,巧夺天工。一位老师傅钉住了一般,屏气凝神,仿塑着一尊道教造像,日光在洞外的石阶上慢慢收拢。不,不是我在观瞻,他在雕镂,分明是静穆的历代雕像,穿越了一重重时间的山门,凝望着我们,还有眼前的一个个过客。将出纯阳宫大门时,沿墙一溜珍贵的佛教造像、碑刻、经幢,又深深吸引了我。我徘徊良久,在一个四面雕琢的石幢前停住,一千多年的漫长时光,它顶风含雨矗立在我生长的晋南故乡,通体雕工层次繁多,刀笔出神入化。佛陀,端庄安详,昼夜观望着四方。在将道家修炼生命的学问,与佛家直指心性熔铸一炉的纯阳真人祠庙里,时光在古树枝柯上返回青翠,一丛丛一簇簇婆娑鸣响。

233

已跨出纯阳宫门槛，我还是忍不住又回头眺了一眼，最初迎我的一株大树依旧峭拔，它储藏着一些答案，也擎举一些未解的谜题，葱郁着，摇曳着，从院墙探出头，上下打量着一个崭新的时代。

屋角的飞蛾

我在将要沉睡的蒙眬状态中,突然听见东墙角一只飞蛾在扑撞,发出吱棱——登棱的声音。这么一个幽静的夜晚,天穹似水,连拂窗的风都显得表情安详,飞蛾完全成了一个不速之客,简直像一艘年久失修的敌舰,东扭西歪地奔来,使我浑身燥热,懊丧不已。但是我无力招架。不得不相信,至少自己的一半身躯已入睡,降落到梦境的底部。

它一副煞有介事的模样,几乎每隔一分钟都轰鸣一下,执拗地考察我脆弱的神经。然而小飞蛾,这微型炸弹的充沛活力,和寰宇间周流不息的风发生了化合反应,断续的音符,被重组成悲壮激越的交响乐,在我的血管里缓慢涨潮,直到听见自己真实的呼吸,还有远方大地的心跳。

从另一个视角解读,蛾子有一点面目可亲了。不是吗?甚至让我愧疚地感到,自己和执笔描摹了百遍的大自然的疏离。我扭过头,突兀的铝合金方窗框,俨然是不可侵犯的国境线。我已惯于欣赏窗外的天籁,倘若沙发下进出蛐蛐的鸣叫,衣柜上掠过小虫的嗡嗡,我都会警觉地搜寻，像被猛蜇了一下似的。我的黑毫儿呢？黑毫儿曾是我忠实的伙伴，一只蹲在门槛上的长耳朵兔子。故乡槐花飘香的巷道里，公鸡、白鹅都昂首挺胸地踱步，只差向你脱帽致意了。而简朴的小屋里，我无比幸福的童年，是在母亲深夜缝补的辛劳背影后，被灶下蟋蟀乐师的竖琴催眠的。我也曾在山间的小旅馆，发现蚊帐外的墙上趴着一只壁虎，按理，应该让一个文明人颇不舒服，但是在山上偌大的一盘银月，微雨后树木百草的清香，三两声鸟啼，谷壑里似有若无的回音……那难忘的氛围里，倒并不令人吃惊了。

能孵化白昼的黑夜里，没有不能发生的传奇。

此刻，我终于被一只顽固的飞蛾唤醒，睡意全消。虽然瞧不见潜伏的它，一颗模样有几分笨拙、又不乏几分激烈的"子弹头"，却听得见四处迸溅的火星。

局面早已变化，我索性坐了起来，热情凝视它寄身的墙角。而蛾子一直扑翅试探着，要和我达成新的默契。哦，小生灵！寥廓的天地间，它只是生命稍纵即逝的一只昆虫，没有人会留意它渺小的存在，更无人关注它的死亡。但是它热烈地舞蹈着，倾尽全力，把将要把吞噬它的无边黑暗撕开了一角。它是悲哀的虫子，还是了不起的烈士？当纤细的触角闪烁红光时，也许它有一刹那的忘我，仿佛自己就是浓缩的宇宙在飞旋。有一种非凡的力量，从千山万岭投射到一只蛾的双翼，也积淀在每一个人、天地间步履匆匆的旅行者的心壤上。

夜深了，蛾子孱弱的身躯，是否决不放弃，四处寻找一堆让黑色燃烧的火？

它扇动的气流，让人仰望时，很容易联想到一些事物，比如化蛹而出的蝶，梁祝情深意长的十八相送，蝶为谁？我为谁？庄周栩栩然的清晓迷梦，又如被法布尔的笔尖掘出的蝉，阴暗潮湿的洞穴里做四年的苦工，只为阳光下一个月的纵情歌唱。世上再没有比蝉鸣更响遏行云而又美妙动人的歌声了……蝉、蝶、蛾，屋角早卷起了旋涡。这同中有异、异中有同的小生灵们，不仅遵循大自然的法则，给人类精神以升华的暗示，还会把你的想象牵引到不同国度。也许，我们聆听之后，旅行在广袤的大地上时，很想弯腰拾起一根木头，取出火。

没错，一只蛾将我带入神话。我的右心室豁然洞开，那里储存着热泪奔涌的厚厚一摞镜头。我随手举起一个镜头，与三十年前的自己对视，夕阳就勾勒出板凳上一个小女孩的身影，她完全被一本连环画震慑了：无边无际的青黑色大海上猛风低吼，浊浪滔天，一只精卫鸟闪电一般俯冲下来，丢下一粒石子，转瞬盘旋而去。啊！一边是广漠的天地茫茫大水，一边只是飞翔的孤独黑点。她惊悚、晕眩于对照悬殊的画面，一股深沉的力量穿水而出紧紧裹住她旋转。她入了迷，逡巡于撼动人心的各种神话中，夸父竟然追逐着太阳，渴得饮干了黄河、渭河的水都不够，在去大泽的半途中倒毙，抛出的手杖化为一片灼灼桃花；刑天首断，葬常羊山，竟然以双乳为眼，肚脐为口舞动干戚战斗！而高加索的悬崖上，为人间盗来火种的普罗米修斯，每天都要忍受被恶鹰啄食肝脏的剧烈痛苦……刑罚是难以想象的冷酷，而传奇人物永不妥协的意志，在饱经磨难的背景下，是多么撼动人心！二十世纪末期，她伫立在故乡的温室菜棚前，眺望鸿蒙初辟龙腾凤翔的远古，指尖战栗，感到几乎难以承受的重量。

一只蛾在旷野金红的篝火上飞舞时，我又举起了一个镜头。那时，婆娑树影暗摇在天际，莽原上走来一支长途迁徙的队伍。野兽凶猛的嗥叫声中，男人挽着弓，女人掖起三两个野苹果，弯腰扯着孩子艰难前行。道路竟然如此漫长，不时陷于沼泽，入于迷谷，受到兽群围攻，遭遇雷电交加的暴风雨。自然，雨后新霁的间隙，天空渗出水汪汪的瓦蓝，他们也会深情地对一朵雏菊低唱，并从中发现磁石般的前行理由。脚底早磨出了血迹，这一队人踉跄却矢志不移地移动，攀援崇山峻岭，绕出荒废的古城垣，穿过大河色彩飞荡的漩涡，向每一轮喷薄的旭日发出欢呼。当镶嵌金星的夜幕无法抗拒的降临，男人女人就燃起神圣的篝火，高大的牛车辖辘被照耀成一幅油画，它投下的浓重阴影里，一位老人正凝视火光与拊石歌谣的孩子，时间毫不留情切割他的长袍，他却看到生命流动不息，一直向明亮广袤的时空荡漾、弥漫。他的炯炯双目露出睿智，还有，炽爱。

哦，当闪光的字体组合成第三个镜头时，那些字，神采奕奕地陪我坐下，隐约透露出悲喜交加的神情，才续了柏柴的篝火毕剥毕剥响，把一横一竖、一撇一捺都映照得分外矍铄。那一刻你毫不怀疑，凡词语都有骨血，生气勃勃，并不是通常意义上理解的工具，而是精神深处迸发的火花，与万物的存在同时进行。我穿梭于字林，百感交集，随手摘下一个"理"字。"理"字从玉，里声，段玉裁注《说文解字》时引了《战国策》道："郑人谓玉之未理者为璞，是理为剖析也。"治玉，引申为把土地分成小块，从玉的纹路、土地的沟恤继而引申为天理。再推想下去，万事万物便都得了"理"，所谓有条不紊、条理分明……我总是喜爱游走于汉字的丛林，在繁枝茂叶里瞥见劳作者创造者的背影，邂逅扶犁的农夫、击浪的舟子，观察浩渺星空的史官，青青子衿的学子……甚至忆起玉匠尚未出现之前，河滩上的一块石头，它被粗大的手掌千百回试探，打制成石斧石球，又被人举高眯着眼瞧，在天边摇荡的文明曙光里，周身散发出七彩的光晕。究竟多少世代了，我看见煌煌文明的丰碑下，无数汗流如注的脊背，听见无尽的艰难跋涉的脚步。一颗滚烫的泪珠，清夜里不由得在我的眼角扩大。

飞蛾不甘寂寞，陪我一起数，第四个、第五个……右心室的一摞镜头是我的宝藏，总能唤起我醇厚绵久的感情，难以言表的暖意。

在故乡度过的岁月，经济拮据，物质匮乏，大自然却馈赠了孩子们许多珍奇。白色的打火石,能敲出奇幻的火星,常揣在我与兰妮子、小嘎子的衣兜,见证着现实之中包蕴神话。因为传说里,遂明国暗无天日,国中有一棵大树"遂木",根干枝叶盘屈起来,能占一万顷的地面呢!有一个智慧的人漫游天下,来到了遂木下休息,按说树林里更应幽暗,哪知道,到处是闪闪的美丽火光,像珍珠和宝石一样灿烂。他发现是一种大鸟啄木的顷间,闪烁出火光,就不停琢磨,发明了钻木取火。在茹毛饮血的社会里,火的革命意义,绝不亚于工业时代的发明。纯净美丽的火,造福人类的火,烧去腐朽的火,凤凰涅槃的火!然而,极大地推动了文明航船的火,却屡遭亵渎。伏尔泰曾有名言:人类的进化在于道德。反之,诸多苦难中,任何形式的摧残文明进程的行为,最为人所沉痛。有位欧洲老者回忆二战时期,他正值少年,天天在家门口望着河对岸集中营焚尸炉上空滚滚的烟雾,战栗不已,浓浓烟雾笼罩住他,成为他一生摆脱不掉的阴影。然而,正是这些浓雾,这些苦难的沉重,压得一切逆行者的生命轻如浮沫,空烙在历史的耻辱柱上。

飞蛾,是夜行的趋光生物。

其实,飞蛾并不是径直扑火,它保持自己的飞行方向与光源成一定角度,随着不断的飞,它要不断变化角度,让轨迹逐渐靠近光源,半径慢慢缩小。它灵巧变换,却一直趋向——光。在扇动的翅翼下,最终的结局已不重要了,绕行的线条,甚至让人想起宇宙中的螺旋上升运动,生命最重要的是过程。在这种小生灵的周边,自然环境中的水,缘性达理,随机应变,却万变不离其宗,无时无刻不滋润、洗涤着万物生灵。火则在炉藏红,入烬留星,遇枝灼灼,烧荒成熊熊,因势利导却永远在一定的分寸上熄灭,又在一定的分寸上燃烧,要把光芒投向浮尘喧嚣的世间。《周易》认为,人事当效仿天地的法则,往来无穷的循环中,水,火,乃至一只蛾,是否也能给世人以启迪呢?

汾水行走漫记

绛守居园偶记

直到如今,每当馥郁的草木气息袭来,顿感天地间无限的生气周流弥漫时,我总是忆起绛守居园的难忘一日。其时临水久坐,观照静影,而四周翠意淋漓,中心颇多感悟。

八点钟的光束,浮动在绛州静谧的隋朝花园里。

树叶缝隙筛下的光斑,在绿草缎上微漾着。隔了一方荷塘,洄莲轩对面藤萝架上的淡紫花开得正好,小拱桥便罩在朦胧的笑靥里。儿子蹲在池边埋首逗弄一只绿颈鸭,阔——阔阔——鸭子扇着翅膀轻拍塘面,溅破了四围的宁静,好似日光薄纱下一幅恬和的童鸭嬉戏图。儿子喜眉笑眼,绿颈鸭也不畏人,进退怡如。这园子匠心营造,四时迥异,各有风味。一向喜侍弄花草的母亲,穿过冬日观雪的幽篁小径去赏牡丹花,如对故友,索性不肯离去。园中甚静,汾水画院的一位老画家，亦沉涵在自己的境界里，心无旁骛地作画。

园子的栖主与来客，大概皆是各取自家所乐罢。

我漫步到东园，回望着子午梁布置出园中的空间层次，一丘一水一亭一台便愈觉丰富而灵动。据传是宋代富弼嵩巫亭旧址上的攒尖顶圆亭，早春总从迎春花鹅黄的呐喊里冒出来。而眼下繁英早落的桃树，已吐出诱人的小青桃来，点点鲜红的桑葚衬着油碧叶子，禽鸟啼梭其间不亦乐乎？只道是人在画中游，又到哪里去寻觅丹青妙手呢？迂曲水塘对面的缓坡上，翠柏与浓荫古槐是群鸟的乐土。你在水边静坐，会渐觉那鸟啼格外精神，园中的空间仿佛中国画上的留白，天地的生气拂拂流动，实境清而空景现，一时让人要临风举袂，神游其中。几处飞檐，俨然是奔驰的音乐韵律的瞬间凝结与观照。《诗》云："如鸟斯革，如翚斯飞。"大房顶高台基的中国宫室，在象征天、地、人和之中，檐角飞驰翘立，透露出宇宙的无限生机意态。钱穆先生说，体用不二，目击道存。对中国人来说，万象均是一动，只是一动，此一动，谓之易。我脚下的水波微微荡开，此时再看绛守居园，毋宁说是一首妙造自然的诗吧。坐得久了，园中的桑树水鸟啊，一切又与我之影，我之心深相映照。如果冬天大雪覆盖时，来看叠石的棱角与线纹，岂不写意吗？踏雪登上那"致虚极，守静笃。万物并作，吾以观复"的静观楼，沿池岸自然流动的曲线，遥忆望月台的天晴月圆，岛中亭的玄意悠远，苍塘风堤的烟霞生灭，又是一番宇宙境界。再若擎火来照，满园草树山石一部分隐没，一部分突显，来喻心灵的抉择，虚实中不更见山水真精神，见出观看山水的"我"之真品格吗？鸢飞鱼跃在我心，渊深静寂亦在我心。古与今，己与群，你我的"心"与天机竟如此契合而四通八达。此时再看绛守居园，俨然胸中丘壑，布满了创造的光芒。

自觉耽搁了时辰，我连忙返回泂莲轩。儿子却依旧和绿颈鸭逗弄，母亲已回来，微笑着在阁边扶栏休息。静园最耐人留，老画家凝神毫墨之间，真力弥漫万象在旁似的。栏杆、树枝的光影韵律中，洄莲轩的传统疏窗，似乎将自己隔成独立的一间，又与大自然息息相通，于是清风在隔与不隔，在人文与自然之间迂回萦绕。园有虎豹门通向本为一体的绛州衙署，整座园池，便也是绛州大堂的一扇疏窗了。此时风声让人心领神会，为什么中国人喜在山峰设一小亭，那时更是万象吞吐，入我怀抱，我与天地相往来啊。我绕着象征佛家净土的莲花池徘徊。才入夏，芙蓉尚未玉立，嗅不到藕香，但望着"一泉西北来"的刻石，遥想当年的滚珠溅玉，砰，砰，我耳边响起太守和宾客棋子落石桌的声音，不正与时起的轩风，飒飒的竹声相呼应吗？如果当阁吟诵一篇《绛守居园池记》，也是件快意的事了。始建于隋的这座衙府花园，因唐朝刺史樊宗师作记，为后世留下了珍贵的资料与乐趣："正西曰白滨，薔深梨，素女雪舞百俏。水翠披……"绛守居园从隋唐的自然山水园林，到宋一变为建筑山水园林，如范仲淹《居园池》诗："绛台使君府，亭台参园圃。一泉西北来，群峰高下睹。"再转迁为明清写意山水园林，亭台水草几经盛衰，悄悄见证了北方园林的演变史。

人迹静，园草依旧绿幽幽，如之何？

人在丁村

柔长的柳条将迢迢碧色，向车窗后面飘了去，好似想牵系住什么，终因遥远得渺茫难寻，便梳着初夏的风徘徊曼舞，似有若无地捎一份淡淡心绪，入重重风幕后的过往。犹如车窗内的我们，为了聆听一粒石子丢进河心的遥远回声，从襄汾县城雇了辆小三轮，顺着垂柳的翠臂驶向丁村，似乎总想牵拽住点什么。不远处悠悠流淌的汾河，沐浴着普照万物的阳光，应点点涟涟浮荡着和暖的淡金色光斑吧。光斑闪烁、幻化。哦，我看不见玫瑰红燃亮野露的黎明，对着新生太阳热烈祷歌的早期智人，我触摸不到那遥远的水温。

披毛犀的叫声，草茵纹里隐隐交伏回荡，河套大角鹿沿河疾驰后突然停下伫立回眸，厚壳蛙惬意依随香蒲、黑三棱诸水草飘曳的水痕，慢悠悠地舒张肢体……车窗外起了风，时断时续夹杂些扑腾的尘埃，翠柳被风尘涤过，便露出些灰头土脸精神松懈的样子。辽阔的农田奔腾在杨柳屏后伴我们前行，鸡犬相闻传递在村舍的青篱间。难以想象，这片土地十万年前演绎出比今天温暖潮湿得多的风貌，栖息的生灵几经变幻，沧海桑田，只教人无语，遥对苍旻。

现在，一个大三棱尖状石器，隔着交叠覆盖的光阴，停留在丁村文化陈列馆的展室内，仿佛搁浅在某片时光水域间的一艘船。

咣当，咣当，石片刚从河附近低山产的角质岩大石核上打下来，敛住步，勿惊扰。那时候汾河水宽阔充沛，清凌凌倒映着天空中游动的云影。丰茂的水草边，锦鳞群泳，体长一米以上的青鱼、鲩鱼逐水嬉波。河岸上犷健的身影正在劳碌，智慧的火光点亮文明初萌的原野，再加工一下就好，托起来旋转个圈儿，石头还透散着太阳强烈的光泽，焐着艰辛生存中的热，紧攥在丁村人粗大有力的手掌中。草木蓬勃，白浪递续拍岸。一脉微弱的闪闪烁烁的火光，得益于天地的呵护，终将度时光之舟，引燃远方的璀璨文明。

传说，鲁钝的石头也会唱歌。

走近了黄河中下游、汾渭地堑文化体系中承上启下的关键一环——丁村遗址参观，五月葱郁的树木间，雀鸟时而送来圆脆的啭音。在汾河流域，从上游到下游都有丁村文化的踪迹可寻。于是，丁村文化拥有了一个让我感到亲切的别名"汾河文化"。遥思从二十万年前到两万年前光阴流转，丁村文化涵盖着漫长的旧石器时代。用黑燧石制作的晚期细石器，开始出现琢背刀、雕刻器、箭镞，向人们默默讲述着一批制作细小石器的人群，汇入了丁村文化行列，与此一脉相承的大石器制作传统交擦火花，举趾迈出古人类艰辛前行的步履，这一切让人多么可怀可思啊。

儿子好一会没吱声，也被那些用今天的眼光望去，显得粗糙的石器吸引，正对着几个石球产生兴趣。他边看，边揣想用较软的石灰岩制成的石球，被皮条两两相对链成飞石索，或者单个投掷成圆飞弹。就像数万年前的一幅场景，金色的霞光镕艳了天涯，男人扛着飞石索或掷石球缴获的猎物，女人和老少携裹着大三棱尖状器挖掘的植物块根，夕阳渐渐消退，夜愈加静寂，河水起伏的轻波如柔橹，将摇他们酣沉的梦乡到另一个黎明。

未到访前，便听说丁村保存较好的几十座明清民居四合院，由旁门、甬道与跨院交穿连缀成宏大典静的整体四合院。绕行其中，果然山穷水尽，柳暗花明，交错重叠。

在村子中的观音堂向一位鬓已飘雪的老人问路时，几步外穿碎青花衫子的一位大婶也来热心地帮腔解答。她还说，村子里的多数居民都是丁氏家族后裔。丁家从明代开始便聚居于此，从事经商后生意日愈兴隆，财源日愈旺盛，明代万历年间达到鼎盛，家居宅院也随之日愈广建，就给今天留下了一片穿透四百年风霜雨雪的廊檐墙柱，从明朝直到民国时期累迭修建的北、中、南三片建筑群。

唤起我远古石器之梦的丁村遗址文化陈列馆，就辟于丁村北片院，其中两座院落为明代万历年间所建，显得古朴凝重。晋南民俗博物馆则开设在清代雍正元年，宅主丁鸿玉始建，他的后代子孙陆续修造的套片四合院。我虽然生于晋南，长于晋南，但因自幼耽于厂矿中，对汾水蜿蜒流过的这片土地上的生丧嫁娶、风土人情，除了听母亲叙谈家常时提及,或逢旧历年节偶有目染,所见殊少。此番一可漫步于明清民居中,二可观览晋南民俗展示,恰遂了我的心意。

仰首第一院门前,赫然立着一个炫耀主人的牌坊。丁溪连于乾隆六十年捐为"州同",为了宣扬祖父母曾被御封为"宣德郎"和"安人"的风光,光宗耀祖,就修建了此牌坊。门楼上娴熟的雕刻,向客人悄悄吐露着点缀在丁家院落间精美的木雕与砖石雕气息。只见上悬一副木质对联:"芝草无根醴泉无泉人贵自立,流水不腐户枢不蠹民生在勤"。丁村较早的房子,廊檐斗拱上是能工巧匠一显身手的好地方,花草禽虫人物戏文各式浮雕,无不寄寓着对美好生活的向往。后来前廊建得少了,花饰便盛开在门窗隔扇上,简洁而古朴。

漫行于五座院落间,我时而被晋南民间物品吸引。望着这些古旧的梳妆匣、果盒、食箩、酒器、锡火锅,莫名透出一丝亲切感。细数祭祖献供的"高儿馍",一叠五个小丘一样由大渐小,顶覆一个石榴造型的馍,旁边摆着麻头、馓子、车轮、柏叶等周近地方年节常享用的油炸食品,直让儿子问我为什么不做给他吃。我们游目于腊八、祭灶、春节、清明、端午、七夕、中秋各年节风俗,体验着前人婚丧嫁娶、礼仪教育等人生轨迹。清末民初,婚姻要到县衙领取龙凤官帖。这个官帖的陈年样式,令人对那个刚刚擦肩而过的年代生发兴趣。我特意看了一番男女双方定亲交换的礼物,原来,女方要送金龙香墨一锭,墨盒一个,《论语》一套,男方赠送的不外是戒指耳坠手镯手帕一类了。

母亲与我不同,沉湎在往日的回忆里,她的心底一定拼接着许多遥远而清晰的童年碎片。母亲的家在临汾乡村,与丁村所在的襄汾县已经咫尺之近了。我们看剪纸皮影木版画时,她尚且徐步悠然,走近刺绣品时,端详着精针细绣的汗巾、桌裙、绣鞋、扇套等,母亲便流连着不忍移步了。我知道,这些闺阁里的小物件,宛若游丝牵发了母亲对逝去亲人的怀念。她对我说，她的姑姑出嫁时陪来的红丝裙便如壁上悬展的一般美丽，裙底吊挂着一圈小银玲，随步轻摇，玲音叮叮宛然，平日居深深庭院，偶尔出席邻里宴席或逛年节庙会时穿起后，便小心地叠起珍藏在箱底。

木雕、花朵与原野

我观赏过精美的木雕，那都是在修复一新、游客如云的殿堂或园林中。有重檐斗拱的掩映，有红墙碧瓦的衬托，我对着它们，发出赞美的声音。

然而，有一天我路经邻近村镇一家破败的庙宇，望见寒风中几副残存的木雕时，我的心灵被震撼了。木雕凿进去七八厘米深，其中几只麒麟神态各异，颇有几分生动的韵致，但谈不上鬼斧神工，更何况经过岁月的层层剥蚀，漆彩已经褪尽，露出木料的本色来。然而我独自对着它，心里涌出些沉重悲凉的滋味。庙宇的不远处，枯黄中杂着淡红的荒草正和水水的太阳交织出一幅苍淡的冬季风景图。

木雕不知刻成于何年何月，亦不知是哪位匠人的心血。我猜想在它面前，有留长辫子的人打着千儿走过来，有戴着红袖章的人高喊口号走过去。太平盛世的阳光照耀过它，战乱岁月的烽烟熏染过它，而后旧日的一切渐渐流逝了。我对着它暗叹人生的无常，但很快便释然了。匠人死了，麒麟还活着。生命短暂的人用心血赋予了作品长久的生命力。我在木雕前站了很久，觉着它耐人看，耐人咀嚼。我看见它在岁月的罅隙中隐隐露出笑脸，像艺林中的一棵小草，春天里的一朵小花，悄然绽放出艺术不息的魅力。

也许，有一天木雕会化为泥土，但艺术是不死的。它的根深植于人类的心灵，鲜活埋藏在生活的沃土中。

我想起了晋南的民居。且不说露水欲滴的清晨，房脊两端的凤凰瓦似乎是在向绯红流涌的朝霞高歌吉祥；也不说杨柳迭碧河草摇青的三春，墙上的牡丹雕刻仿佛与原野百花相映生辉。单是屋顶上小小的烟囱盖，也美观地点缀成莲花形，如灵犀一点。每从村庄前走过，我都感受到主人对生活和美的向往。这样的住宅，使天、地、人和谐而生动地融为一体。反观今日都市中的住宅楼，可谓不分东西南北，清一色的"火柴盒"式。其实，塞上本有塞上的胸怀，水乡自有水乡的风韵。"火柴盒"与异彩纷呈的地域文化特色相较而言，未免逊色。偶然从报纸上读到江南某居民小区在现代化装饰的同时，外观上保留了传统建筑的风格。我想，晋南这方孕育过深厚文明的沃土，迟早也会熔铸时代精神，焕发出自己独有的神采。

让人如数家珍的还有面食上的花色，童鞋上的虎头，栩栩如生的剪纸，威风八面的锣鼓⋯⋯

我见过一位乡村大娘，她总喜爱双手捧起黄褐色土壤，仿佛能摩挲出磁性的声音。含辛茹苦将三个孩子送上大学后，虽然鬓发早落霜雪，眼神也如灶墙上烟熏过的灶王像般昏花了，但辛勤之余，她总爱倚窗盘腿坐在炕上剪纸，剪黄土地上流传已久的传说，也时常妙剪生花，融会新意，剪出活灵活现的现代乡村风情。当她脖颈略歪抿着嘴剪纸时，窗台上空酒瓶里插的那枝野花，茸毛纤纤的花瓣，便悄悄在温煦的阳光中晕出柔和而迷人的色彩⋯⋯黄河水长流不息，一代一代的人繁衍生存，把他们的慧心巧思一点一滴地渗入平凡的日子，将艰辛的生活装饰得缤纷如梦。

我仿佛看见漫山遍野盛开的小花，正与春风相嬉，翩翩起舞⋯⋯只要美的根芽还在萌动，原野上的花朵就会永远芬芳。

漪汾桥纪事（节选）

1

我在龙城的漪汾桥上伫立良久。

雨前，天空灰蒙蒙的几乎和河水一个颜色，又像从迂曲深巷里跳出一声鲜果子叫卖似的，灰色底墨缓慢却不停地渗出白的斑块，细看去，浅白、青白、乳白，层次迥异又影影绰绰不甚分明。天空微倦的眸子里便透出云絮变幻灵动的眼神，恰如桥下水面澹荡的深浅光斑。天与水，一旦互相眺望着，那水仿佛的确从天上流来的，不是倾泻，而是潜藏着传说中与天衢相通的泉眼，只在草根围护的土地的某一处汩汩涌出。

仅仅两天前，我还在晋南的一片碧绿的大荷叶下坐着，四周袭来玉米、野草与荷塘糅合的气息。自北南流的汾水携卷一路风尘，疲惫不堪，露出焦黑干瘦的面容。几只鸟攒头河心裸滩啄食。而并州漪汾桥下，水流还是较充沛的。反差虽在意料之中，毕竟令我的心抖出些许的惊诧。

建筑外形俨如方斗的省博，此刻却似一艘船，千年前汾水的波光上驶过，然后蚁生云灭，人世代谢，千年后依旧裹着隐约入耳的涛声，向无边无际的时间堤岸行驶。立在桥头，风吹过我的指缝，吹过桥上车子反光的玻璃，也吹过老人与孩子行走的影子，纷纷扬扬的，像桥下"船"影将我的思绪托向远方。如果时间的彼岸是灰色的，灰中也必会泛出本质的银子般的亮。船的声音，最适宜昼夜交接的喧闹或真寂的晨昏来听，我又惋惜不能倚着漪汾桥，来瞭望省博的诸景了。抬起头，天边片云酷似半露的帆尖，莫名想起一句诗"片帆烟际闪孤光"。

2

　　水中光斑闪烁，似感谢跃荡，我想起文字上勉励过我的师友们，在这座汾水贯穿的城市工作，生活，穿梭，漪汾桥上落下多少脚印？足迹摞起来，层层叠叠已不知多高了。而我立在这里，一切还看得新鲜。我望着翠绿的野苇上动荡的光线，寻找草丛遮掩的深处是否有水鸟的爪痕，也想顺着风不经意吐出的唇息，听见汾河在这片土地上容纳与扩散的话语。

　　桥上，是另一条汽车流动的色彩斑驳的河，临栏过道上不时走过三两的行人，犹如任何一处通衢大道或胡同里巷，急匆匆的，慢腾腾的，或驻足伏在栏杆上俯观河水的。偶尔，水声风声车声里低低飘过路人的交谈，并无特别的腔调，不像有的城市，滑入耳膜的音调尾梢卷起浓重的地方口音。

　　去往省博的滨河西路上静悄悄。不由得使人羡慕沿河扶疏的树，它们枝繁叶茂，叶子在酝酿一场雨的天空下簌簌发声，回应着宽阔水面的呼吸。这一带的人似乎对煤炭博物馆更为熟悉，因为坐落在热闹的街口。顺着一位老者周详介绍的手指，我确信较幽静的省博就在前方。老人家拎着一大玻璃瓶浓茶，牵着小孙女，悠闲地散步。河风吹过的岸上，所有行人走路的姿势似乎都和树发生了某种联系。仿佛我将抵达的博物馆，一株壮观的现代钢筋混凝土植物，一个庄穆灰调里渗出温暖光亮的斗，根茎在古老泥土下牢固地握合而蔓延。

　　博物馆如今免费领票参观。泛舟兮，济河汾。踏入这艘以眼睛难察的速度驶去的船舱前，我怀揣敬意，仰头行注目礼，它却眺望着苍茫大地。风时缓时急。或许，它正与不远处的煤炭博物馆遥相对视。蓊蓊郁郁的树，亿万年后会演变成蕴含火光的煤。

3

　　时间的水滴,穿透了重石。玉,吸吮着日月的精华。

　　我走过玉的展厅时,那些玉礼器、玉佩饰、玉丧葬器、玉陈设及生活用器上空,大厅里轻放着淡泊旷远的古乐,极柔和有致,宛若千年玉石的深心沁出的歌。玉的色泽荡起了柔韧的弧线,隐现的光雾,悠悠水波一样轻拍而徘徊着。仿古造型的大厅屋顶眼目亲近地低了下来,又好似上升得比天空还要高远。柔缓的乐音中,仿佛天风摇曳了,穿越积淀千年鳞次栉比的人家屋檐,天边的雾气上半座山峰耸拔而出,松涛阵阵。是唐诗写意图中的山峰,水墨浓淡,松声天籁;也是早年梦境中屡次出现的生长黝黑小松树的山峰。

　　我疲倦的双足被淹没了,从山谷田畴、闹市城垣、河汊桥头一径走来,从千回百转中旋转过的身躯有幸被玉音沉浸了。喔喔,潺潺。俨然有人,或者一只手在收割着光束,收割着岸上颠簸的芦苇,将它们捆扎轻安。大厅里很宁谧。那么风是起自馆外吗?

　　更让我意料不到的是,如此低柔的乐曲中,晶莹圆润的玉的守候中,我只是隐隐觉得在人生某个向度上,已经无所畏惧了。

　　玉的灵光,不仅施予它所触及的物体无形柔和的膜,而且渗出无坚不致的水珠,细密沁入观者的心髓。

4

　　为了弥补上回访问省博的遗缺,此番来,我重点观览了火光初起到晋国春秋这一时间段落的展出。

　　后来,朋友来家里做客,闲聊。她问我:一定是先看了远古架起的熊熊篝火吧?彩陶?鼓?陶寺遗址观象台复原场景附近的展品,有龙的纹样,你留意了吗？我们有相同的嗜好,闲暇结伴上书店,交谈,有相关的电视节目便互相告知,对扑朔迷离的远古星宿,对龙的腾伏凤的啼鸣,对神话与历史鸿蒙难分的时代充满了兴趣。虽然因学知与条件所限,我又生性疏懒,终无多少心得。但是无嗜不成好,潜在之趣终究萦绕于怀,挥之不去。我轻叩阳光下的杯壁,笑眯眯地递给她一杯茶,说：如果是你陪我,我们就一起先去看远古。

然而,当我一只脚踏进博物馆的门槛时,仰望着厚实的方斗,犹似橹声不绝,驶入了大气浑厚的三晋以至华夏的莽莽沃野,迈出的每一步,不,每一寸的挪移,都惊动了历史的钟鼓阵,方斗的每个角落,对来者皆充满了诱惑,难以抉择。我没有按时间与朝代顺序参观,鬼使神差地先拐进了晋国风云车嘶马鸣的展厅。时逢年节,回曲沃探亲,列车多少次经过候马—曲沃这片春秋时代晋国都城的旧域。我遥望暮烟苍茫中黄褐色松软浑厚的土地,直到它的黄濡透了我的身心。记得有一次转公交汽车,经过新田,售票员大声喊：有没有在新田下车的？哪位在新田下,有没有？——夜空饱含浓墨,月大如盘,新锐之气闪射——炫目的光亮击中了我。史载公元前五八五年"晋人谋去故绛",晋景公迁都新田。两千五百多年前,此地名新田（遥想更早前,古人怀着惊喜的口吻为一片新得之土命名新田）,白云苍狗,乱世太平,漫长的两千余年后,人们仍然以家常语气称呼这片土地为新田。时间仿佛缩进了一个核桃壳里。风啊,你如何能够承受土地之重？而我踏在省博展览大厅地面的脚尖,敲响了土地沉重的胸膛。流连在晋国旧都遗址与太原赵卿墓地出土的华美精铸的青铜器、铸铜模范及珍贵的候马盟书间,再折回观看文明摇篮与夏商踪迹,然后重返晋国霸业展厅,一路鼎彝器具看下来,奇特的想象,圆熟的匠心,礼仪的隆重,秩序的谨严,又兼舞铙等方国青铜器镕合的草原文化气息……时光镀在它们身上异常缓慢,甚至原地踏步,围护着当年生长的一株谷物,而在我脚下却溜得比飞烟还迅疾。

  我的脚步很轻,在蔓连的一座座大厅里飘零,好似朦胧中伸出手,看见手掌逐渐透明若一片叶子,露出清晰的脉络。继续前行。驻足虞弘墓前,看那异域的王、异域的雄狮、乐舞,揣摩不停出现的亮人眼眸的植物图案;在盛唐的流风遗韵间,以尘埃之心,领受佛陀澄明的面容;在土木华章中,穿过通衢大道、深村远山,从"如鸟斯革,如翚斯飞"吟到南禅姿影、鱼沼飞梁、诸仙朝元壁画……博物馆储藏的符码信息太重,时空森林的养分,只要渗出一滴,我手握的叶片就会生长密实而蓬勃的绒毛。

  每一次来,都留下未尽的遗憾;每一次来,都生出重访的念头。我怎么能看尽呢。就算是馆存文物浏览无遗,地下埋藏的呢,还有,更庞大的湮没在岁月河流中的阵群呢。就算看尽了往昔,我能看到方斗未来拔节增长的高度吗。然而时光中一片碎瓷折射的光泽,我已经看到了一切存在的价值与意义。

  像伫立漪汾桥上抬头的须臾,眺望到云隙间灵动的白光。树木枯朽了,黑夜乌炭般的面孔中,会燃烧醇厚的火光。黑,在每朵焰苗中解析,使人看见时间彼岸的帆尖上的亮度。

往复的视线：白与红

"我等待的，是泥的形体，水的眼睛，一个只属于自己的口形。"

《蚂蚁的老照片》从提笔到写完，我获得了一种深刻的体验——写作对一个人心灵的影响，像泉水一样无声渗透。然而水滴的光芒是如此尖锐，那样迅疾地潜入，雾气蒸腾周身，在你回首时，滴答的回声又是如此清晰，如此悠长。

在写作过程中，我陷入一种痛苦的状态，虽然写诗时经常发生，但这一次的程度更深。交稿后来到住宅附近，我喜爱的一处"树花园"里，感受着使毛细血管微微扩张的阳光的温度，我才逐渐把自己调节到轻松宁静的状态中。

所以，如果自己选择的话，我喜欢这一组散文诗，因为写作过程对我产生的影响。我内心的一粒朦胧的萌芽，那潜伏的人生视角的改变，哪怕只是一声感慨中与往昔不同的意味吧，借着写《蚂蚁的老照片》获得了逐渐明朗的轮廓。

提笔伊始，眼前不断浮现"心存着许多痛苦，挣扎在浩渺的大洋"（《奥德赛》）的诗句。人类漫漫几千年的历史，艰辛的航程啊——动荡的汪洋大海上，颠簸而坚韧不拔前进的船影，不时浮出帆尖的银白。明知人生的苦痛，承认苦痛，而依旧抬头迎风地走。这悲壮甚至酷烈的美，是历史早期就已为后人留下，并在文学经典中传诵的弥足珍贵的种子。沿着历史的脉络，可以俯身捡拾，可以倾听，比如遭遇诸多不幸的英国散文家兰姆所说的一句话"执着人生，看清人生然后抱着接吻人生的精神"，去发现生活的美。

犹记写《蚂蚁的老照片》的时候，历史场景纷至涌来，穿透时间的峭壁重叠在我眼前，震撼着我的心灵。

罗马城的火焰后，受诬关起来的基督徒，每天都有人被狮子吃掉。然而，罗马人惊异地发现，那些人喂狮子前居然高高兴兴。古罗马皇帝困惑不解，就问，征服古罗马，带来了刀与箭，你们带来了什么？基督徒回答道"我们带来了爱"。他们相信自己的灾难，恰是人类的福音，他们相信坚持住了爱的力量，坚持住了人性的立场，就有可能拯救人类。这是基督的胜利——恺撒的罗马坍塌了，爱的罗马城建立了。

可以联想纷纭的历史剧目，纯真理念在现实世界中的立与毁，包括陈旧的或者不太陈旧的……两岸风光春草绿，而沛沛汤汤，逝者如斯。善与恶，灵与肉的搏击，回荡在个体生命内，贯穿了历史的长河，此起彼伏的暗潮一时一刻也未曾停息。同时，我试图从一个侧面反映人生的悖论。人生充满不可避免的矛盾，作为万物之一，或者万物之灵的人，与寓居其中的宇宙保持了同一。

写这组散文诗之前，我写过不少与白色关联的文字。我是以雪地的苍茫，雪花无与伦比的飞翔姿势，来赞美白色、拥抱白色的。我不否认，在某种程度上我是一个过于理想化的人。原平梨花节诗会归来，写梨花，我想到了雪消殒的白，不可收拾的一地狼藉，精神上的痛苦在写作中得到了慰藉。造化让一种纯白花朵飘洒在空中，就像把一丛车前子置于弯绕的小径，一定对我们演示着什么。六出飞花，从上向下开放的花朵，作为理想化事物的象征，地表上的被涂染、践踏与不能久长是预定的。然而雪，一直在落，亲吻着生灵……

哦，不妨提起另一种花朵的色彩。

久远的年代里，埃及修行者为了以纯洁的生活接近神，穿着亚麻服装，传闻缘于这种植物花朵的天蓝，是覆盖大地天空的颜色。天空是神圣话语飞翔的场所，大地载着想用双足写下天路历程的人。如果消除年代的隔阂，信仰的争执，认为不同的面纱下，潜在源自"一"的并且为人类理智在任何地方感知的同一神性，那么，一条陡峭的亘古至今的朝圣路中，络绎不绝的旅人们，脚底被荆棘不断刺出的血红小花，汗迹，盐巴，与脸庞上微笑的红晕，在初升的朝阳中一样闪烁动人。

红颜色的语言，只有大地才能够诠释。牵动善与恶两条长长的根须，脸孔向往着天空，自下向上生长的红花激越悲壮的美，是大地孕育的人苦难与希望的见证。

"但我是颠簸的铁罐，腹部储藏黑白，没有更重的罐子了"，提笔写第一章时，无计消除的痛苦突然袭来。造化赋予了人思维与悟性，向往自由与光明的瞳孔，追摄永恒的理想镜像的心灵。然而灵魂寓居的肉体，如同一刹的花朵，又受到诸多局限。哦，只要想到一个人诞生之初，无论作为自然变迁中的一叶，还是社会网络中的一个点，都会卷入争逐的流波，仅仅出于生存的本能，也不可避免要受到欲望的驱使；只要在偶然看看几点钟了的时候，想到一张仰望天空的脸孔，躯体同时潜伏的罪恶，皮肤的敏感，脚趾的根基，人会在摇晃的钟摆下触发颠簸的不安与焦虑，听见锯齿锐利的声音。以至人们会希望包裹灵魂的身体不要过于肥硕，将身体里"神"的成分挤压得透不过气来，将我们体内一小块神圣的智慧粘贴在地上。至于"低低地啃着土地"的生的艰辛，在现实图景的穿插中，神话的辙印闪过我的视线。古老埃及的传说里，黄金时代末期，一群人的统治者是瑞。当这位统治者年老时，不知所措的人们起来反对他……"不知所措"四个字烙铁般烫了我一下，心底涌上一股悲凉。不知所措的人们，他们的王衰老了，不能再以自己生命的繁荣，给他的臣民带来生命的安全与繁荣了，如同他们虔信的那般。不知所措的人，慌乱的人，脆弱的人，与生俱来的恐惧啊……这只是一个传说，神话传递的话语，映射的心理，出于生存的本能。然而，人的足迹存在之处，一代代的人送往迎来，大地上沉重的生存，瞳孔却长追天空的影像，这是何等的壮烈。尤其对于精神家族中的圣者，最恰当的称谓只能是：烈士。卡尔维诺在他关于为什么读经典的那篇思维缜密、睿智而饶有兴味的文章中，特地用苏格拉底的笛子刹住了结尾。毒药准备中的时候，苏格拉底却正在用长笛练习一首曲子。"这有什么用呢？"有人问他。"至少我死前可以学习这首曲子。"

让人无限神往的雪，在空中书写圣洁的颜色，万里飘洒的自由。然而——自由，又要触发另一个问题了。每朵雪花都长着相同的面孔，没有自己的口形。

属于大地的红花，真实的红花，苦难、希望同时写在种子上的我能够触摸的红花，在仰望太阳绽放时，悲壮的耐人寻味的美更像一个神话。

写下《蚂蚁的老照片》的第二章"雪花与红花的互视"后，我才发现自己对红花的爱已如此深厚，我是蚂蚁长队中的一个小圆点，要开启那封了千年的信函。

天龙山佛影

当一道山风沿着天龙山的龙脊长驱直下,满山的树木百草,都从一场斑驳迷乱的梦里初醒,上下起伏,窸窣私语。还摇晃着雨珠的松果的清香,劈头盖脸袭来。好似一场淡青色的大水缓缓漫过山麓,濡绿,漂蓝,在广袤的时空里迂回漫漶,循环无穷,不时漾出镶了一圈暗银边儿的涟漪,飞起一两声清脆的雄壮的明媚的,简洁或者意味深长的鸟鸣,又戛然而止。取而代之的,是四面空谷,仿佛长久回荡的梵呗。

掌心的一卷《大悲咒》,页角微扬。

我不由卸下时尚的旅行背包,回首仰望,双手合十。一刹那,奇秀的东西二峰冒出来,突兀醒目的,是气象非凡的一排大大小小的石窟,游龙一般蜿蜒在悬崖腰壁上,使泉、树、石、鸟,四周的一切都隐退了,只成为一抹依稀的背景。唯有佛的面容安详而生动,威严而慈悲,俨然跨越了亿万年荣辱与沧桑,一直从容地屹立此地,屹立于马嘶车驰风云骤变了几千年,九朝古都晋阳古城的崇峰叠嶂上。仅仅一个小时前，漫山阁东边，杏黄色的袈裟一闪，树林小径上一个攀缘的僧人向我说，山上快下大雨了！要是没带伞，快找个躲避处吧！我环望峰壑，游兴正浓，依旧顶着一团越压越低的铅云西行。爬上每一个西峰石窟的窟口窥探，断头的佛像，残臂的菩萨，空败的莲花座，窟壁上累累的偷凿之痕，重叠，交错，在我幽邃的心湖底部，激起一阵阵难以言状的悲哀。手扶窟口砂岩的我，恍若又回到往昔，人伫立于大雪下的十字街口，看飞翔姿势绝美的雪花，在空中被林立的烟囱染灰，依旧飘落，又在地表被南来北往的靴底任意践踏、肆意涂黑了。依旧徐徐落下，雪，洁白纯粹的大雪，铺天盖地笼罩六合似的落下，洗涤了纷纭喧嚣的一切，洗涤了万物生灵的眼睛。

而此刻，半山亭中的我蓦然回首，一线横亘绝壁的石窟，却又恰似浊浪滔天海面上一艘抛锚的航船，为芥籽一般漂泊的我，注入了自由与宽慰，希望与喜悦，又在旅人们的心岩罅隙里，潜藏了无穷的信心与力量。

松针遗阶，山间雨疾，倏然扫过了。饱胀水汽的秋风，来去无迹，动息却有情，执意挽留三五不绝的游人，在九月清幽静穆的山水里，奏响了远峰近谷兴味悠长的松涛。突如其来，风又入亭栏，万籁回鸣飞檐之上，环绕着半山亭内仰望的我。中国古典建筑中，山与亭的组合，散发着迷人的魅力。苍茫寥廓之际，每当峰回路转，得一亭翼然，便有了小小的"我"，此心便得一安顿处。八方萦绕的风，沁出高峰低壑葳蕤草木鲜活的气息，托起一只鸟滑翔的弧线，人暂坐亭下，便可超离尘嚣，与万象相吞吐，与天地日月相往来。仅仅春日景明，彩蝶翻飞，牵着天真稚秀的小儿女，送石阶下一条黄花小径逶迤远去。秋高云淡，山果摇红，扶老母亲信步亭下，收一片山川暖晖于眼底，也足以令人心旷神怡了。

不知不觉中，我绕着半山亭徘徊良久。天色渐晚了，不由羡慕附近天龙山庄的住客，也许他，或者她，正同归山的鸟儿打一个照面，口齿流过天龙泉水的清冽，流过古老的传说，而且能推开轩窗，听松风化雨虫鸣淅沥，在龙城太原的滚滚车影之上，揽朝晖夕阴无限风光于怀抱！我虽为一过客，既恋恋不舍，却也像在亭中生根似的，枝蔓哗啦啦掠过松土，穿透岩层，钻出峭壁，触摸着漫山密匝匝的绿意。而此刻，山上寺阁回荡的钟声里，亭子似乎也化作一眼活泉，涌冒无尽的爱意，漫过天龙山的每一棵松柏，每一块顽石奇石憨石灵石，每一个巧夺天工的建筑，每一株卑微的沿阶草，又向山下世界涓涓流去……

约莫下午三点半，蓬蓬飞卷的风，透露出雨水的消息。我在高处的天龙山石牌坊下车，一访东西峰石窟之前，先观览了白龙洞。翠影浑朦中，白龙洞的山门并不起眼，匾额亦小，但大殿一侧藏着神泉，即有名的天龙八景之一——龙潭灵泽。我弯下腰，俯望古人石中开凿的洞里，幽邃处泛起一缕灵动的波光，焦渴的嘴唇不由濡润，顿觉一股清凉入脾。我早听说，天龙山泉眼不少，汩汩腾涌着高质的泉水，可谓灵山多秀色，白龙洞一瞥足以陶醉了。水，有时潜龙一般，迂回偃卧，默默无闻淌于地下，有时晶莹剔透，高悬云雾缥缈的石洞之门，滴答，滴答，奏响高山上的无弦琴；有时冒出柏叶，遇石聚积，绕树成形，空山静潭点点吐翠；有时呢，忽又与人邂逅山脚，滚珠鸣玉，早显现为一条潺潺的清溪了。

我曾经在五台山观音洞口慈悲端坐的菩萨像前，尽情凝视观音泉水，虽为天壤一过客，甘露醇意却泅润了匆匆的脚窝。"吴中第一名胜"的虎丘前，我也曾饶有兴味地聆听着井底泉眼潜通海的古老传说。

年轻岁月，流星一样划过去了。

如今辗转半生，一身风尘仆仆，漫步于山风微拂的天龙小径，山海拔一千七百多米，非极高，却负势直上。树并不古粗，却繁茂浓郁，万木争辉，不觉间滴水之音，也越发真真切切震慑心弦了。想象之中，名山诸水此呼彼应，拳拳款款水之意，又何尝不是远近交通呢？朱熹说，知者达于事理而周流不滞，有似于水，故乐水；仁者安于义理而厚重不迁，有似于山，故乐山。水，生命青葱的泉源。天下至重之水，却无处不在，绝巅之水，却甘居卑微，流贯平原普济众生，盘桓经历过无数城镇与村庄；天下至洁之水，却甘愿藏污纳垢，涤荡净化着万物生灵；天下至动之波，却屏息敛气，静水流深，完成精神实体的充盈，托起飞澜朝霞的巨舟……诉说不尽的水啊，坚韧不舍又因地制宜，随机应变，趋于完美地演绎生命智慧，大爱无声，浩浩渺渺，最终归向有容乃大的汪洋瀚海。

从白龙洞拾阶而下，就通向东西峰的石窟了。当面迎人的，自然是漫山阁。其时风已健劲，游人东驰西闪，倘若从山脚仰望了去，该是步履飘忽吧。高阁停云，也是天龙八景之一呢。天龙山东魏造像，人称"秀骨清像"，写实逼真。到了唐朝开阔的气象中，塑像也奔放起来，第九窟漫山阁观音，便是全山最具艺术价值的一尊。阁内木梯禁止攀缘，但能望见上方八米高的弥勒坐佛端庄凝重，遥望着千山万岭，人间闹市。下方的十一面观音，我看得更清楚一些。一瞬间，被菩萨身姿的悠悠神韵吸引，细瞄了去，薄软的罗纱，衬出菩萨体态的丰腴，更与琳琅满目的璎珞，巧妙摇曳出天然和谐的节奏。骑青狮的文殊、骑白象的普贤二菩萨胁侍左右，怡然自得。再加上精美丰赡的背衬浮雕，崖壁间疏密有致的若干龛窟，整组雕塑充满艺术王国的魅力。下了天龙山后，我才目睹天龙惨剧中一小部分遗珍的照片。二十世纪二十年代，天龙山惨遭洗劫，佛头、菩萨头、藻井、浮雕，还有俯冲、升腾，裙带飘扬婀娜多姿翩翩临风的飞天……仅一年间，从东魏到晚唐苦心经营五百多年的东方宝藏，众多造像就被盗运海外，如今只能在纽约大都会博物馆、哈佛大学亚瑟·塞克勒博物馆等地零碎一观。树声细密时，如海潮起伏，沿悬崖一线空败的洞窟行走，作为一名中国人，岂能不感到痛心疾首？

飞衔水汽的风，一股脑儿摇荡出浅绿与淡青，迅疾擦过峭壁。

一个五十岁左右的妇人，鬓已早斑，衣衫老旧，形容憔悴，显见得生活境况不好，还牵着一个小男孩，他遇人怯生生的，由于干瘦，衬得眼睛贼大。妇人心事重重的样子，每个窟口都默立祈祷，嘴唇翕动。自然，佛前走过各色人等，斯文君子有之，粗莽大汉有之，厚皮黑骨者有之，仙风道骨者有之，也如横岭侧峰，错落相照。几位中年男子大腹便便，颇有老板的派头，行事亦与众不同。他们在大大小小的佛、菩萨像前，并不行礼参拜，却都甩出钞票，倒惹得两个山里小孩尾随观看。引起我注意的，还有漫山阁前三个戴鸭舌帽背画板的人，大学生模样，钉在石台上似的，都看入了迷，大概精心揣摩着造像的神姿妙态高超艺术吧。

铜钱大小的雨点，噼里啪啦密集砸下来，才三五分钟竟扫过去了，却催出满山松柏的清香，可天可地弥漫。待我在半山亭依依流连时，那几个青年学生才从古窟下山，兴奋地入亭合影。峰上不时有人呼喊，一抒胸臆，打破亘古似的沉默，侧听僻静山谷的悠长回音。

闲谈之中，我得知他们拜谒过蒙山大佛后，又赶到天龙山一睹古窟精彩，现在要赶火车去了。昨天，我还摇晃在驶往龙城太原的列车窗口。同座的人亦年轻，不停瞧手机上的时间显示，直嫌太慢。而我正读一本《小妇人》，写的是二十世纪三十年代，格拉蒂丝·艾伟德从英伦半岛，来到山西阳城传教，在日寇铁蹄下救出一百余名中国孤儿，并历尽艰险全部护送到西安的故事。我正读到孩子们在车站，第一次看见火车，这魔兽般隆隆咆哮奔来的巨型怪物，吓得四散躲逃，急得格拉蒂丝满额大汗，最小的一个，甚至躲到了废物桶里。

老式的蒸汽火车，对那个时代的人来说，多么迅疾新潮，又是多么威力无穷的陌生事物啊！未及百年，不要说它，就是更新换代的车型，也已经太慢太老掉牙了。宝座上的佛像，常于胸前结说法印，手势让我想起"弹指"——一个从印度传来的词语，喻时间极短。当半山亭又宁静下来时，我，还有眼前的一切，仿佛都在一个坐标系上骤然浓缩，这是我喜爱的一种感觉，时空正无限扩充。是啊！山影重叠，雨虽飞逝，翠意淋漓，我像一条鱼，游弋进一个让人眩晕的时代！

天龙山脚下，曾矗立一座雄伟的晋阳古城，城头旗帜变幻了漫长的一千五百多年时光。

这里曾经逐鹿不休、刀光剑影，也曾文明璀璨，街市繁华、衣香鬓影。春秋时，赵简子筑晋阳城，城墙体内加了荻、蒿、楚之类的植物，宫室柱子辄铜铸。晋国明令，卿大夫不允许拥有武器，否则，灭族。但为防备不测，赵简子与家臣就想出了筑城的良方，一来牢固城池，更重要的是为备战。晋阳受攻，楚等荆条类的植物，可以做箭杆，铜柱溶化后，不是可做箭头吗？果不其然，后来智伯攻城三月不下，便从晋祠悬瓮山下开渠，引水灌晋阳，"城不浸者三版"，水淹得只剩三版了，城墙都不倒塌。晋阳既是赵国的初都，后又为汉晋干城、东魏霸府、北齐别都、盛唐北京，可谓古代享誉南北的大都会。正是北齐高氏，在晋阳大兴土木，穷极工巧，广筑宫室寺塔，又续凿西山佛窟，如今，辉煌的宫室建筑早已荡然无存，却留下蒙山上开凿的六十六米大佛。《北齐书》载，"凿晋阳西山为大佛像，一夜燃灯万盆，光照宫中"，足以想象当年的盛况空前。往昔，分封在晋地故壤的司马氏家族，取曹魏而代之后，立国号为晋，龙兴太原的唐朝李氏，则取了晋国的古名——唐，自然对晋阳格外垂青。到了武则天时,更号为北都,与长安、洛阳齐名。又下令把隔汾河两相望的晋阳城与东城,架桥连成一座气势壮观的大城,城内外宫殿、仓城、苑囿、柏堂、塔寺、山亭……无不相映生辉。城中"坊里",车水马龙,城下汾水浩然穿过,渔舟晚唱,让人绵绵回味不尽,真是极盛一时!只可惜,在宋太平兴国年间,遭赵光义火焚水淹,毁于一旦。其中,也有畏惧此地号"龙城"的缘故。

如今,蒿草白杨,古城早埋在田野之下,只有天龙山上窟影重重,朝晖夕阴,迎迓八方的游人。只有劲松翠柏,在林海滚滚不休的涛声里,升起桅杆一般,坚韧不拔地生长,让人回望千古沧桑的城池时,鉴古知今,更想创造未来。在它们身旁,世上开凿最早的巨佛——蒙山大佛,依旧静穆安详地观望。也许,让脚下匆匆经过的旅人,暂时歇一会儿脚,认真审视自己,审视人类。

山风裹住一两声鸟鸣,逐渐低下去了。我寻径向下走,邂逅凤凰一样展翅翱翔的七棵松树。恰巧,一队游客下来,导游讲解道,山上一僧,有七徒,僧希望逝后,还被七个徒弟环卫着朝夕相处,就栽了七棵松。七松互拥,又状如北斗七星,亦为天龙山一景。天龙山林木葱郁,神清气爽。据说,还有一种柏树,叶子细密生在粗干上,此地独有,别处少见。我从晋祠乘车,盘桓上山时,不时有三两游人,徒步下来,走几十里山道观景,让我羡煞!只怨自己晚来,时间已不充足了。我早听说,天龙山顶的平台上,清香葳蕤的草,像林海中的一块青绿毯子,我又遗憾未能登顶了!哦,真想躺入起伏的草浪,再一个鲤鱼打挺跳起来,极目远眺,天龙山巅,该能望见一抹太原城的重楼叠影吧?

就这么左顾右盼,沿半山亭下的石阶幽折几拐,一道寺院红墙外,又一棵奇松迎我,这就是著名的圣寿寺蟠龙松。果然名不虚传,它嶙峋虬踞,宛若游龙,又状如华盖,绿荫竟然覆盖了二百多平方米。我才取出照相机,一个摆香火摊的中年妇女快步凑来,殷勤指给我瞧,偌,这是龙头,那两个相对而鼓的,不是龙爪吗?细瞅去,那树果然矫矫欲动了。她又要帮我拍照,横端竖举,取了好几个景。我估着妇人的来意了。圣寿寺,当地人称为祖寺,香火旺盛,她从摊上取了香,寺门前问我是否要烧?如今只要庙宇,大例皆如此,恐怕游人都见惯不怪了。她当住在附近村里,疲弱,小心翼翼的样子,却也透出生活的辛酸。淡淡的香火味萦回寺院里,又向红墙外的松林漫去。我经过几座大殿,来到一个幽静的禅堂院,又流连良久。从一个侧门窥去,又一小院,草青得逼人眼。这是历代僧人修行之地。分明,光线在空中轻轻飘浮着,缓缓扩散着,时光却坠在青砖地上,凝固了一般。眼下,屋门前一盆淡紫的花,盆形古朴敦厚,花朵秀丽活泼,朴素,温暖,又好似要点醒整座禅堂院。

我抬头仰望,东西峰峭壁上的一线石窟,在纷纭变幻的林涛里,在逐渐上来的暮霭中,突兀屹立,仿佛是一个最真实的闪亮念头。

我行殊未已

        庞大的黑夜
        黎明半抬的额头
        无法遏止的梦想里
        层次起伏的山峰
        鸟,缓缓上升与下沉的万物

                    ——2012年,旧作

我被吓着了!

当群星举起璀璨的冠冕,又日复一日面无表情地跌落天涯时,在午夜赐予人类与万物的寂静里,偶尔,我的眼前,会泛起一张因惊愕而苍白的脸,茫然无措的双脚,被大地上一个渺小的影子推挤,不得不如临深渊一忽儿向东、一忽儿向西地迈步。没错!我被吓着了,宇宙何以荒诞地运行,一张十七世纪的脸孔,仿佛在说,我完全感受不到星座的璀璨美丽，以及它们伴随季节，秩序井然地漂移……

帕斯卡尔写道，"这些无限空间的永恒沉默使我恐惧。"《诗与宗教》的作者汉斯·昆认为，帕斯卡尔不仅在宇宙论上，而且也从心理学上对人的内在矛盾进行了细致入微的剖析。

在社会的公务活动、爱情的奇遇和冒险、打猎和舞蹈、游戏和体育运动的后面隐藏的是什么？在各种各样的面具下面，人们所发现、所看到的是什么？无处不在的不就是人对孤独的恐惧吗？他表达了"现代"开始，悲观失望的一代人的情绪吗？

恐惧并非来自寰宇的广袤无垠，而来自属于未知领域的沉默。面对那永无止境的沉默，星球开始盲目地旋转，即使成千上万的人聚集，也不过是一个小小的孤岛。

如果一个人，在一家低矮客栈的床上苏醒，却全然不知，你为何是这一家的住客？哪儿伸出一双无形的大手，蓦然将你推入门来？或者，自己从虚空进出，究竟来此做什么？四壁徒然兀立，你不敢再向下想了，因为你发现自身为何物，也是一个巨大的悬疑。况且，门楣上另贴着告示"房屋仅售一日"，而你被迫向门缝偷觑时，四周是浓厚得化不开的乌黑。啊，你紧捂胸口，倒退到唯一的烛火边。可是！等等，你还不能确定火焰的轮廓是否五彩，它为什么哧的一声熄灭？对一线光、一线黑究竟谁更真实，你产生了剧烈的怀疑。在你有限的知识里，花儿朵朵，并非一出生便能分辨色彩。初起，是一片混沌吗？人间的五光十色，是不能确证的知识吗？

然而，一滴悲痛的泪，却滚烫，画出你微红的腮。

今年深冬的一个夜晚，我从一所学校返家，赶了好长的一段路，两边田野黑压压的，庄稼淳朴的气息像跟脚的旧鞋子，捎来惯常的亲切。我几乎能看见黄土梁结实的胸肌上，一派绿油油的麦子、玉米，绽放雪白的棉桃，两三青蛙跳入池塘里可爱的咕呱唤起童年故乡的记忆，秀秀、兰宇的花头巾，还有掖在棉袄里的农历新年的五香茶叶蛋，高粱要烧透半个西天的火红……然而，此刻凛冽清新的空气，却又要催醒人的感官，特意造出几分疏离，几分陌生。而永远移动的地平线上方，一抹淡淡的被鸡蛋清包裹似的红光，分明透露出高高低低的大树灌木的身影。它们微倾的姿态，表现出一种恢宏天幕下的全神贯注。一根刺，那么尖锐地碰触了我神经丛林的末梢，哦，是一分奇幻朦胧的情境吗？宗白华先生曾提起，明朝文人张大复在《梅花草堂笔谈》里的一段记述：邵茂齐有言，天上月色能移世界，果然！故夫山石泉涧，梵刹园亭，屋庐竹树，种种常见之物，月照之则深，蒙之则净，金碧之彩，披之则醇，惨悴之容，承之则奇，浅深浓淡之色，按之望之，则屡易而不可了。这段耐人咀嚼。试想陋庭之中，几块瓦石，在月光笼罩下，都会幽华可爱，呈现与白日不同的独特面貌。何况，偌大一片田野？

  伯牙学琴于成连，精神寂寞情之专一不能得。成连就告诉他，我的老师方子春在东海中。于是赍粮而从，至蓬莱后独留下伯牙，积日不返。伯牙心悲，只闻海水汩波，山林幽深，群鸟悲号。这是琴曲《伯牙水仙操》中的记载。在绝尘的孤寂中，耳目受到大自然强烈的震撼，一定会改造琴师的整个心境。日光月华，雷鸣电闪，彩霞烧天，晨晖暮岚，以至风入岩穴，虫鸣青井，虎啸山林，芭蕉雨脚，以至当今大街上的霓虹闪烁，车水马龙的揿喇叭声，哪一样不随时变幻着客观世界？我想心灵的震荡，一生中，大约每个人也都会邂逅，只是境品高下不同，程度深浅不同。眼下这片洪荒般的田野，好像等待观众已很久了。即使我，一个感觉迟钝的旅客，与它擦肩而过，也翻滚一阵阵轰鸣的涛声。

当我绕过几株高大的白杨，又拐过一个弯后，辽阔的田野上属于姐姐的一小寸土地出现了，不，确切地说，是距公路约二百米的地方，用一个精致的小盒子，旁摆青松与洁白绢花，安置姐姐骨灰的小柜子。还有，为它们遮风避雨的小房子，专属于她的袖珍的重峦叠嶂。那是医院的租房，一到清明，烧纸钱的人便会络绎不绝。院中，树下，田头，在云团翻滚的天色下升起一股股蕴含香火味的青烟。姐姐啊，你挽着我的手，曾挤在正月十五观社火的喜气洋洋的人群中，踮高了脚尖，你的脖颈尽力向上，脸颊荡漾欢快的红晕！你曾和我比赛嗑瓜子，飞快塞入嘴中一粒。你曾在青草茂密的山坡上，促膝而坐，教我背第一首唐诗"春眠不觉晓"。姐姐，还记得吗？你把脸藏在金黄的向日葵后，让我寻找……咋一眨眼，你就被失去边幅的黑暗吞噬了？你容光焕发的脸庞在蝼蚁陪伴下，安息在亘古如斯的旷野上。

有一个瞬间，让原始人在火把照耀下，身裹兽皮肩扛虫豸走来的原野，骤然浓缩成一个永久炫目的熔点，所有事物都气喘吁吁围绕着它飞旋，在时空的立交桥头，以一定的比例燃烧，又以一定的比例熄灭。我一直向家门赶路，额头浸汗，大步流星。身边一辆接一辆的卡车擦过，刺破夜空的车灯，比我奔驶得更加迅疾。啊，那时候，缓缓起伏的原野仿佛姐姐温热的胸脯，我像一个幻影似的走，在呼啸的车灯后，只有一个强烈的念头，人貌似来日方长的一生，不过一弹指。

我究竟，要走到哪儿呢？

无人回答。这个苍穹预设的问题同人类的历史一样绵长，大地上书写的答案，却并无一个牢靠。

一种悲怆的强大洪流袭击了我，恰似八年前，我写的第一首诗《悬崖上的蝴蝶》，成群结队的蝴蝶聚集在一个上不见顶、下不露底的悬崖中央，瑟瑟发抖扇动微小的翅膀，在天末寒风无情的摧残中，万分无助地翻译一个古老的问题：我是谁？从哪里来，要到哪里云？渺小的生命啊！铁崖永恒沉默，连苍穹都浑浑噩噩地逃遁了，还有谁能解答呢？写完这首诗，入夜了，我不得不再次沉浸在风雨如晦的意境里，在笔尖的狂风口，谛听人类隐忍的疼痛与迷惘，还有年深日久呼啸的命运。也许，在未写的下一首里，高大威猛的悬崖，忽上忽下，也不过是漂浮汪洋大海中的孤岛。历史，总上演壮观的荒诞剧吗？蝴蝶，两只柔软的触角，能否碰触寰宇深处的闪电？

　　如今，繁星闪烁的静夜，偶尔，我会想象自己抱膝坐在水底，从头至脚波纹一般柔软荡漾，与透明的水分子完全融合为一体。然后，好吧，让一束光穿过我双乳中央的谷壑——再勾勒出我流利的身躯，我的肌肉，逐渐结实而弹性十足。

　　我坐在灵魂与肉体淬火的岔口上。

　　我也是一条人鱼吗？我举起右掌，让海空陆地惊天霹雳嗡嗡嘤嘤的世上所有的声音，在指尖上反复穿梭。男人与女人，老人与小人儿，我假扮成一个红尘里的失踪者，又回头饕餮地图一般，观摩每个人仰望天穹时眼角余光的呆滞，抑或惊异，比森林还枝杈繁多的生活方式与人生态度，我从千奇百怪的脸孔里，冲洗人的不同剪影。这是一个多么奢侈的梦啊！

　　你怎么能是人鱼呢？河面上飞闪一条银弧，它嘲谑道。况且，我们也要被潮头裹卷，甚至粉身碎骨，撞在危崖上。

　　于是，我定睛望了一眼自己，身子一跌，嗅到水草芬芳与浊腥混合的气味，肋骨上反复发作的甘苦，终于爆发出一场悲欢翻滚的洪水。我向人群中跑，她们，还有他们的呼吸都如此沉重而又亲切，在同一条石路上磨砺，偶尔，迸出滚烫的泪花。我向尼罗河畔古老神庙的废墟跑，向不锈钢城市锃亮的尖顶跑。我，向奥斯威辛集中营焚尸炉上方乌黑的浓烟,也向江河赈灾志愿者的爱心帐篷里跑,向直刺苍穹的孤峰,也向缓兵之计的盘山小径上攀缘……那是何等的花样年华?被一道苦难闪电击中的我,看到人的小,又看到人的大!出其意料的事情发生了!正是这滔滔洪流的撞击中,我谛听到一个最深沉的声音,启明星发出亲切的回鸣,告知我生命的绝对真实。

大水退去后,又入夜了,五号路花园小区一栋普通的单位住宅楼上,万里星空呈现我的头顶。

我能从水中捞出熊熊燃烧的火种吗?无人回答。我大地上的影子却早起立,用健壮的双臂紧紧拥抱了我。

门　槛(节选)

我要感谢让白杨树梢闪亮的第一缕晨曦。

在它蕴藏繁复色彩的纯白光束召唤下,我开始阅读《小妇人》,结识了格拉蒂丝·艾伟德,二十世纪的一位伟大的女性。她千里迢迢奔赴中国,曾经在日寇炮火中,只身护送百余名孤儿翻越险峰,渡过黄河,从山西阳城开始经历数十天艰苦跋涉,安全转移到西安。

我曾经在《我,属于中国》里,写到艾伟德妈妈的伟大事迹。而在这一篇里,我想跨过六福客栈的门槛,以多角度的观照去关注人类的福祉,这才是对格拉蒂丝·艾伟德最好的献礼。

一切沉思从爱开始,也必将回归到爱。

火车上的艾伟德妈妈

有一段时间,我的脑海里常浮现一个镜头:一轮旭日跃出黑夜的重重束缚,东方天空金色海洋般的背景下,两鬓花白的劳森太太指着大门口黑底烫金的牌匾，上书遒劲的汉字"六福客栈"，"除了邻舍讲的五福临门外，第六福是什么呢？"她对格拉蒂丝·艾伟德说："看，女娃，这就是我们寒伧的王宫！"

艾伟德穿越盘屈的山道，时而骑骡，时而牵着牲口步行，辗转了许久才抵达这里。阳城在望时，云白得真纯、透彻，青翠的山谷似乎延伸到地平线外，优美的宝塔高耸出城墙，恍若神话中的国度。而抵达阳城所在的泽州之前，她已经颠簸换了好几回车。最初也是最漫长的旅途从英伦半岛开始，火车穿过大雪茫茫的西伯利亚荒原，她离开了亲人与所有熟悉的事物，突然被抛到完全陌生的世界。艾伟德紧握住小水壶，一个声音对她说：向前走，格拉蒂丝，继续向前走，离中国越来越近了！哦，她左手食指下意识地按住右手，长长吸了一口气。火车是开往中国的，她的一个心愿已经揣入那么久，要到遥远的中国去传播福音。那是战争乌云笼罩的年代，俄国与日本正在中国东北一带交火，火车涌上越来越多的士兵，用粗野而暧昧的目光瞧着一个孤身远行的女子。其实从始发站起，难以言说的孤独、恐慌就与梦想即将实现的无比喜悦纠结在一起，只是复杂奇妙的感受随着故乡的远去，越发强烈了。当士兵们都消失的时候，站台一片黑暗，前方是厮杀的战场，火车事实上被抛弃在荒野了。她只好扛着沉重的包裹返回前一站。当夜幕不可抗拒地降临，疲惫至极的格拉蒂丝·艾伟德蜷缩在雪地上的几只矮木箱——她的行李中，自己只是一个渺小的黑点，随时都会被大雪原吞噬。高大的松树，磅礴的山脉，奇亮的星星，雄浑壮丽的雪原，完全是世上罕见的景象。但一切对格拉蒂丝来说，只是白色的恐慌。冷，透彻骨髓，一阵阵狼嗥声里，沉重的眼皮耷拉下来，她被一双僵硬的大手箍住喉咙。不，我不是孤独的，不是一个人，穹宇中还传来一个坚定的声音，我毫不怀疑……在诸多磨难的开端，她听到了亲切的声音……

艾伟德活了下来,在兵荒马乱的二战期间,又一次次闯过了死神的魔掌。若不是如此,后来在中国北方一个偏僻山区里,许多爱的故事就不会发生。尤其是日军占领后,被六福客栈收留的众多孤儿,被艾伟德妈妈一个人历尽艰难护送到西安的孤儿,素兰、九分……的命运就会被改写,孤苦无依的孩子,动荡之中很可能早已毙尸荒野,或者被无情焚烧洗劫的小镇与村庄。

近百年之后,我坐在火车上,阅读格拉蒂丝·艾伟德传奇的一生。我旁边是旅行归来的一家人,老人正一个个给孩子们削红苹果,为她们的快乐而幸福着。几位小姑娘有讲不完的旅途趣事,好像还在雄伟的宝塔上眺望。四周飞涌新鲜的空气。然而也有苦恼的插曲,从一个七岁小女孩的背包里,发现了几天前姐姐丢失的电子表,她慌张而迅速地瞧了一眼爷爷,但没有狡辩,懊悔地低下头。老人严肃起来,当场令她向姐姐道歉,并明确告诉心爱的孙女,下午回家后等待惩罚。小女孩一直低着头,愧疚地抽泣。另外几个孩子沉默了一会儿,又恢复了谈话。她们注意到我手里的书,很想听听艾伟德妈妈的故事。让我惊奇的是她们的领悟力,"艾伟德妈妈比山还坚强,才能让孤儿们组成人链,翻过陡峭的大山!""艾伟德妈妈多像雪呀,被靴子踩黑了,被烟熏黑了,还在不停地落下……"那个还缩在角落里的小女孩,鼓起勇气说:"如果将来我遇到孤儿,也要像艾伟德妈妈一样!"姐姐握住她的手,丝毫没有嘲笑。老人的目光依旧严厉,但是信任地点了点头。一行泪水涌出小女孩的眼角,她一定感到,世界并没有抛弃她,依旧欢迎她,白雪重新赠予了她珍贵的礼物:信任。

我向车窗外远眺,雪地上翻滚着交错的思绪,正如一个人的潜能仿佛一座湖,丰富的水草生物与层次多样的景观,都等待被开采一样。每个像我,像站台上的叫卖者或信号员,像小女孩一样凡常的人,具有各式各样缺陷的人,只要认真用心灵去观照,都会从渺小的个体生命里，觉察到一种遍及宇宙的高贵存在，体验它，并接近它。

不妨假设艾伟德曾经仰望雪花出神，六出飞花，在空中完美显现，在大地上净化万物，在掌心瞬间融化。

假设艾伟德曾经劳苦地培植一棵麦子，在生命——死亡——再生的宇宙节律中，当麦穗饱满时，体验到刺破黑夜的创造力的快乐。

假设艾伟德曾经向唯一的上帝忏悔，恰似握住救命的稻草。

假设艾伟德曾经朝夕学以致用，夜晚计过无憾，才能安心入睡，把人类的诚挚向善之心，视为天性的自然流露，把至善行为，看成人生的终极目的。

假设艾伟德曾经在丛林里的篝火边结伽趺坐，身生热力，观照内心深处的自我。

假设艾伟德曾经仰望浩瀚的夜空，星座秩序井然地轮转，让她谛听到天体永恒的宏大而微妙的交响乐。

我知道，这些假设超过了基督教的范围，但并不荒唐，而有充分的理由，因为我们今天所处的时代。

在阳城凭借爱派生的勇气与理解，平息监狱暴动后，一位犯人称呼她为艾伟德，艾伟德的名字就传开了，后来，她才知道意为有德行的人。对普世之爱的赞美啊，会让任何词语都显得苍白，让人感受到语言的局限，却又盼望使用更丰富的言辞去表达，撰写更多的文章去传布四方。

跨越六福客栈的门槛

好吧，让我跨过六福客栈的门槛，把目光投向更广袤的时空。

在今天，危机与希望前所未有地并存全球——一个"人，必须认识你自己"的时代里，回望二战中一个爱的故事，将激发我们更深刻地思考,去追问人类的苦难与福祉。

许多世代以来,人,都是这样追问的。今天却是不仅好奇,而且必须去不懈追问了!

我隐约看到,旷野上走来一支长队,野兽的嗥叫声中,男人挽着弓,女人弯腰扯着孩子艰难地前行。道路如此漫长,不时陷入沼泽,遭遇雷电交加的暴风雨。脚底磨出血来,这一队人踉跄却矢志不移地移动,攀缘崇岭,绕出荒废的古城垣,涉过大河色彩飞荡的漩涡,向每一轮喷薄的旭日发出欢呼。有一天,他们发现自己伫立悬崖上,抬头一片蔚为壮观的迷人景象,低头却是万丈深渊。他为自己的伟大欢呼,却又失踪者般地晕眩,伸手想攥紧什么,比如一束拯救的淡金色光线,可是,他痛苦地发现更加不认识自己了,他人,自我,全都长着陌生的脸孔。扑朔迷离的雾罩下来,他孤独、惊恐而不知所措……

怎么会呢?他们面面相觑,左手握住原子核,右手握住基因武器,陈旧的争霸思维却依旧占据着大脑——那个人,有了毁灭自己与地球的能力,却依旧酝酿着战争,好像自己依旧操着一根投向敌人的长矛。但是他已经望见了灾难的深渊,我必须找回"我",更彻底地审视自己,认识自己了!他想,因为必须抉择了!可以说,这个时代要求每个人都是哲学家,都处于觉醒中,将哲学一词诠释为不是智慧,而是爱智慧。

恰似艾伟德妈妈超越国界的爱,他还意识到,一个人认识"我"要尽可能地突破时代、民族与地域的限制。历史学家汤因比说,在最近五百年中,包括大气层在内的整个地球表面都由于惊人的技术进步联结在一起,只有人和人,还是按照各自方式生活的陌生人……我怎么去认识呢?他想,我要乘坐磁悬浮列车,要通过无线网络穿越千山万水,去认识不同的"我",我还要认识深邃的历史长廊那一头的"我"。因为没有历史,现实就会荒诞不经,恍若虚无缥缈的烟,因为研究历史就是研究人性——惊讶地发现人如何在历史进程中塑造自身,实现创造——其实每个人的记忆里都有一条河,所有花朵沉睡与苏醒的河。河上的光芒,不是来自一个白昼去而不返的新鲜闪亮,而是靠一种永志不忘的记忆所发出的庄严光辉。其实,我们每天都游在河心,回忆着人类的过去,怀着希望与恐惧遥望未来。

让我从艾伟德妈妈,追溯到基督教的形成与发展,追溯它植根的犹太、希腊、埃及、巴比伦以及文明出现之前更古老的渊源。同时,跨越碧波浩渺的大洋,看看地球上其他地区,同时发生了什么。阿姆斯特朗的《轴心时代》一书受到欢迎,显示了现代人内心的渴望。似曾相识的声音从璀璨星空传来,是的,就在我们身边,天地万物恢宏而和谐的交响乐中,我们聆听着祖先的智慧,前人对灵性的修持。

事实上,我们内心的渴望如此强烈。

"我被吓坏了!"帕斯卡尔在那里失声喊道,今天的"我"发现这个庞然大物——物理宇宙不认识自己,一个灵性的人,荒诞地被抛在无数星球与无边的虚无之中。这不只是令人恐惧的广袤,而是"沉默",是宇宙对于人的渴望的漠不关心。"我从哪里来,要到哪里去?"他的喃喃自语才出口,就被极度孤独与沉默吞噬了。他,忽略了什么……生命不再神圣,天空不再高洁,大地也不是眷恋的母亲了。历史学家汤因比说,对于自然怀抱里的资源,今天只有一个目标:通过一些人机械性地合作,把原材料源源不断地转换成商品,而对人类的后果,反倒是无所谓了。本末的颠倒,他早已经习以为常了。而伊利亚德特别重视"宗教史"研究对于现代社会的意义。他说,现代人将自己的世界去神圣化了,甚至不无讽刺地称:"彻底的世俗世界、全然的去神圣化的宇宙,可谓人类精神历史中的一大新发现。"应当通过宗教研究深化对于人类本性,特别是自身所处世界的认识,建立一种"新的人道主义"。

艾伟德妈妈曾经在最困顿的时刻,仰望无穷变幻的星空,谛听……麦克思·缪勒在《宗教的起源与发展》中引用的施特劳斯的一段话,至今读来感人至深:"世界对我们来说,是理性和善的工场。我们感到对世界的绝对依赖,但绝非说它是蛮横无理的力量,我们在它面前只能俯首帖耳,唯命是从。它是秩序和规律、理性和善,我们以爱的信任将自己托付于它……自尊和谦卑,欢乐和服从,所有这些为了那个存在而产生的情感都融合在我们心里。"

格拉蒂丝·艾伟德在对星空的仰望与谛听中,来到北中国一个贫穷的山区,每个危险的时刻,每个劳碌付出的日子对她来说都充满了价值。甚至,自己也难以置信,生命会涌昌出闪亮的喷泉,那是随着麦子、玉米的青黄,季节缓慢的轮回,孤儿们的成长,才能体验到的深刻幸福。

潘多拉的魔盒与阿拉丁的神灯

格拉蒂丝·艾伟德的故乡英伦半岛的一个公园里,一位科学家在热烈的鼓掌声中结束了演讲,捧着一大束鲜花走到林荫道时,却受到一位老妪的质问:你们,就是你们!把可怕的事物带到了人间。

关于宗教与科学的滔滔不息的争论,见证了人类的脆弱与执着,渺小与抱负。如果有一支如椽巨笔,"没有科学的宗教是愚昧的,没有宗教的科学是危险的"这句话,真应该镌刻在地平线上。人,总是容易走向两个极端。

事实上,从握住第一个笨重的石器开始,关于技术的一种忧虑就潜在地追随着人类。面对咆哮的野兽,石器显示出的威力,激发着人类心灵波澜壮阔的想象力,"一个劳动的人,他同时也是一个游戏的人、哲学的人和宗教的人。"尤其是铁匠,竟然用熔炉代替大地的子宫,改变自然的节奏,加快了矿石的"成熟"。与巫医一起被认为是火的主宰者,人们既尊敬他们,又畏惧、逃避他们,甚至鄙视他们。伊利亚德说,征服时间的战斗——其最大的成功在于由有机化学所获得的"合成物",是合成生命本身的一个重要阶段——这场现代科技社会想要取代时间的战斗从铁器时代就开始了。

《圣经》在述说亚当与夏娃受到蛇的诱惑,偷吃了智慧树上的禁果而受罚,成为人类的不幸根源后,又讲到亚当的儿子"种地的"该隐与"放牧的"亚伯的故事。上帝接受亚伯的祭品,却拒绝了该隐,愤怒的该隐把亚伯杀了。请注意上帝对该隐说的话:"你必须从这地受诅咒。你种地,地不再给你效力,你必流离飘荡在地上。"有的宗教史家解析道,该隐隐含农业与其带来的定居文明的一切,该隐如果是"铁匠",完全有力量杀死亚伯,一切技术都可能带有魔力。上帝在反复强调,你拥有了骄人的力量,同时也拥有了毁灭自己的能力。

如果有一位太空观察者,也许会发现人类漫长的历史很短暂,只是寥寥几页的小册子。

格拉蒂丝·艾伟德传播福音的二战时期,人类的卑微与崇高,精神领域重重纠结的矛盾,都在被历史浓缩的悲壮画廊里呈现无遗。原子弹在广岛爆炸了,巨大的蘑菇云,震惊了世界上每一株纤弱的小草。另一个可怕的开端试管婴儿——人造人,也让人类的灵魂深处悸动不安。科学自然是当今时代的标志,人类智慧的伟大成就,但是否也代表着无法控制的威胁?不仅如此,斯塔夫·里阿诺斯在《全球通史》里一再强调,整个历史进程中,技术变革对人类的生活与思维方式产生了深远的影响。比起经过漫长的几百万年,才发生农业革命,又经过一万年,才发生工业革命来说,仅仅过了二百年,就发生了第二次工业革命。技术突飞猛进,而且今天变革的速度、深度与广度都前所未有。是的,甚至造成一种晕眩,不知前方要到哪里去。革新,总是伴随着痛苦与自由、混乱与希望。科技日新月异的今天，对人类造成的深刻影响，我们可能还没有足够察觉，一部分影响如此尖锐、醒目，一部分也许还潜藏水下。科学究竟是潘多拉的魔盒，还是阿拉丁的神灯，使人类将来能摆脱有史以来折磨人的种种灾难？如果能够克服思维和政治方面的种种障碍，生产力的巨大增长，完全可以改善全球经济的不平衡，这是历史上不可能的。《全球通史》的作者认为今天的科技既是魔盒，又是神灯，完全取决于人的抉择。他说："这所以是一个有希望的时代，还因为人类的认识——对人类本身和人类过去的认识，对人类周围的物质世界的认识——在迅速发展。"

寰宇中的人是渺小的——然而人的伟大正在于能够认识自己的渺小——自我意识，是上帝给他的最独特的赠礼（上帝照自己的形象造了人），他审视自我，历史进程中人不断地捏出"我"。譬如，阿姆斯特朗在《轴心时代》中回忆，侵入印度河的雅利安武士，一点一点将祭火向前移动、劫掠，然而几百年后，他们以同样的意志，一点一点征服了自己内心的贪求。爱，圆月一样照耀万物，开卷读史是有益的。

翠色欲滴的针孔(节选)

飨　宴

那一刻,四个字跃上我的心头:死而无憾。

我能说什么呢?卧铺车厢里的我,才撑开蒙眬的睡眼。入睡前,车窗外是失去边幅的戈壁滩。列车究竟行驶了多久?当我苏醒,窗外依旧是渺无人烟的茫茫戈壁。

传说中的神祇们,从闪亮的云端,与铁轨下方无法丈量的幽暗里,一同陷入短暂的沉默。

一望无际的天地,正缓缓凝固成一张黑白胶片。

而时间,蒸发得只余下一块指甲盖大小的残洼。

我体温的缘故,当坑洼里的最后一脉草枯萎,地表该烙下一小粒黄金的光斑吧?

无人回答。答案也被戈壁储藏了。

我想弯下腰身，默默吟诵"滟滟随波千万里，何处春江无月明"，哦，江畔何人初见月？江月何年初照人？午夜，我常与影子阿黑，一起孤独地坐在矮垣上，难道，我千里迢迢是来寻找它的姓氏？回首，我又忆起一友的散文诗："此刻，我的周围是湿地，上方是故城。下方呢？我不敢说，我仿佛看到一缕奔腾的流岚……"

此刻，列车成为戈壁滩上唯一的彩色线条，两边的沙砾陷入沉默，俨然在酝酿子弹般的啸音。一股无形而力量宏大的气流，推动列车蜿蜒向前，呜——将击透沙漠上鲜红的落日，在你高吟"大漠孤烟直，长河落日圆"时，呜——驶向比地平线更遥远，比烛火更幽微，比我的指尖敲打的词语更清晰之地。

我趴在上铺，用一个卡片机抓拍。对面上铺的乘客，仿佛是一个哈萨克族女子。她是中途上车的，已入睡了。乌黑的秀发上，粉紫色发带的一侧，飞翘一个蝴蝶结。后来到了伊犁，逛了商铺鳞次栉比的集市，我才发现，是那一年流行的款式。

旅途中，一缕缕奇异的见闻与感受，都浸入车厢摇晃的节奏，稍一发力，便让你置身另一个时空。

除了荒漠，还是荒漠。我觉得自己趴卧上铺的姿势，像一只半吊空中的甲壳虫。

一只橘红色保温杯，安静地直立下方的茶几上。

我不仅是祖国版图上一个移动的黑点，而且悬于空气切割的铿新空间。看呐！千里流沙之上，宇宙严丝合缝的大幕，徐徐掀开了一角。

故乡的高山峻岭，山脚清洌的小溪，以及水分子冥想的终点——那曾发生过衔枯枝的精卫鸟传说的烟波浩渺的大海。还有，亚马孙热带雨林，北温带碧波起伏的草原，甚至丘陵，苔原，南极洲远古遗留的冰川，都向此刻的车窗行注目礼。为什么我在浑茫的戈壁中，才看懂它们的目光,才发现这一切,还有一棵树,一朵小苦菊都是被光线铸造的话语?

  已不知是列车向前奔驰,还是砾石飞快逃亡了。在奔跑的沙砾中间,我能听到"梆——梆——"的打铁声,能看见炉火四溅的红星。这音调迅疾淬火、冷却,凝固成一片欢呼。我依稀听见,几千年前,在一片沙漠的边缘,金字塔尖上闪烁的颂诗。埃及祭司身穿亚麻织的衣衫,据说这类植物的花朵属于天空的颜色。他们也是一个个渺小的黑点,向着每一片云反射的、东方海水一般的金霞与深深包裹的旭日欢呼:"赞美你,啊拉,向着你惊人的上升!你上升,照耀,令诸天向一旁滚动……"从空中航拍的角度观察,在滚滚尼罗河的滋润下,埃及不啻为一株"红海岸边的莲花"。时光,河水一般不可遏制地流去。到公元前一千三百多年的时候,红海彼岸的另一片西奈沙漠,走来了一队人。头顶炎炎烈日,身边醺黄的沙尘翻腾,不时一阵沙暴袭来,历尽被追杀的凶险,又经过那么长途的跋涉,早已焦渴疲惫、人心变乱了。《旧约》如此记载:耶和华在火中降临西奈山顶,吩咐了被后世称为"摩西十诫"的话,但摩西接受律法不久,他因恼怒百姓犯罪,而将刻有律法的石版打碎了。后来又得到重写的法版,再没打碎过,而珍藏在约柜内。这一支穿越旷野的混乱的队伍,建立了生命的信仰与秩序。又过了若干年,基督教流传世上了。这只是轴心时代沙漠中的一股清泉,在雅斯贝尔斯所称的轴心时代,公元前八百至公元前二百年之间,东西方各国面对历史进程中的危机,重新诠释了自身的传统。虽远隔重洋,却都发生了终极关怀的觉醒,一个黎明淬火的丹霞中,塑造了后世的"人"。

  听,人类的童音,具有折叠时空的力量,又一次飘来:当天涯出现您美丽的形象……

  我多想眺望到亘古之初,当第一束光射出天地接合的圆孔,寰宇就发出了第一声话语。

早晨起床前,有时候,欲睡方醒的片刻,我仿佛看到一个女人,冉冉上升的光线,勾勒出她高耸的乳房,裹藏子宫——像大地裹藏嫩绿的苞蕾一样,那温暖的宫殿,血管蜿蜒着大河的温度——的腰腹,勾勒出她身躯流利的曲线,一头飞扬的乌发。

我趴在上铺,一直凝视着窗外。如果称之为观赏风景,那会令我自己也感到突兀的。满目荒凉,渺无人烟,一种金属暗沉沉的声音,却镶嵌白炽的子弹头,呼啸着,穿透我的胸膛。在铁青色天穹巨大的压迫下,死亡的气息疯狂地弥漫。世界,早浓缩成一只重重密封的罐头盒子,但恍惚之间,天与地,又无穷扩大,四处密植着虚幻与令人可怖的孤独。

"你,永远走不出荒漠了。"一个比泡沫还微弱的声音,黏糊糊的,附在我耳朵上。

但一只小飞虫叮了我,像一个嗤笑者,对我能否走出荒漠的疑问,表示嗤之以鼻,奇怪于我竟有此一念头。生、死,难道不比成千上万的泡沫更虚假吗?

虚无到了极点。

我心脏的一隅,一定发生了崩塌。但"无限风光在险峰",荒漠的人迹罕至甚于险峰,在寂静的背后,一扇沉重的门正对我启动,慢慢敞露一条微缝。苍茫戈壁,究竟要用何等悲壮的景观,来招待它的旅客?

纵截面与横截面

从前,世界以一棵树、一座山,甚至一座水塔的方式,向我附耳低语。树最早是故乡黄土坡上一株苍翠的大柏树。因为坡下的一片平芜,它显得突兀。我还扎着羊角小辫,穿着妈妈缝的花短裙呢,仰望得脖子都酸了。大柏树拔地而起的翠绿,在一个小女孩的瞳孔里,有难以表述的深邃。当天风呼啦啦响起,越来越尖细的树梢果然刺向苍穹。许久后,我读到麦克思·缪勒的一段话:一棵树,至少是原始森林的参天古树,有一种压倒一切和令人震撼的东西。它的最深的根部是我们力不能及的,它的顶部则高耸入云。……此外我们还说尽管树干死了,树中仍有生命。恰如所言,我捧书而读时,又忆起童年的情景。树在人们眼前发芽,生长,抽枝,吐叶,开花,结果,冬天里落叶,最后被砍倒或死了。可是那种东西超出了感知的一切,那是一种奇怪的、不了解的,然而却是不可否认,甚至无法抗拒的东西。比树更势摩穹顶的是山。我,一个从群山怀抱里走出的孩子,对大山,总有一种难以释怀的依恋。我的散文处女作题为《为远山喝彩》,写的是小学校的黄昏,我扶住四楼栏杆,夕阳如火,为群峰黛蓝的剪影镶上了一道绚烂的金边。顷刻间,云霞流动,赤光明灭。群峰巍巍,犹如雄狮卧谷,欲咆哮寰宇;又似骏马凝蹄,只待一声长鸣,即将驰骋中原。我不禁要叹而发问了:凭谁鬼斧神工,在广漠天幕上凿下如此雄浑如此生动的组雕?!这篇散文,又被厂报推荐到《中国有色金属报》。第一次文稿变成铅字的惊喜,山泉一般汩汩滋润了我。我蹬上心爱的绛红色单车,奔赴田野,从金浪翻滚的麦田眺望,远山半溶天外,半吐雄峙的青蓝,冥冥之中,早将我指尖迸溅的词语,与山脉联系在一起。麦垄上,还可望到一座水塔,它几乎坐落于泥泞上,周围趴着惨绿的矮草,奄奄一息的样子。然而当一层微薄的阳光浮动时,水塔镇定自若而耸拔的态势,使草丛下的蠕动者,也变幻成坚固物冉冉上升。事实上,我蹲在那个屎壳郎滚粪球、七星瓢虫蠢蠢欲动的熟悉的田埂上,更多的时候,遥望着山脊的一串灯。它们从火焰般的金红,逐渐黯淡下去,直到一星似有若无的紫蓝,俨然大山腹内金属矿石缥缈的话语,又似夕阳爆裂的伤口,终于冲天熊熊燃尽了。在蝙蝠的怪叫声中,坠落到无穷黑暗冰冷的深渊后,由千万世纪长蛇一般蜷缩僵眠的时间,遗留的最后几滴热泪。神啊,为了见证爱,而遗留的一串通红的疤痕。我分明晓得,山脊是另一个人间,挂牌的矿山企业所在,男男女女忙碌的影子,在机器的轰鸣声中穿梭。但是麦田里的我,偏偏相信山一定是神仙的宅院,幽深冷僻的山谷,恰是生灵神话的孕育之地。我永远忘不了山脊上的一串灯,如果能许一个愿,我一闪即逝又显得冗长的一生,都愿意沿着逶迤的山脊飘游,像一抹来去无踪的淡灰蓝色的风……我始终认为,缘于瞭望山脊之灯的日子,后来的我,才开始拾笔写作的生涯。我的骨髓里,潜藏着十万大山的气息。平日阅读与山有关的文章,不禁要多扫一眼。麦克斯·缪勒在论及人对树木,一边能用感官把握它,一边它却不受他们的控制——"它逃脱了,突然消失了"之后,在邻近的章节,又谈到高山造成的奇异感。他说,黎明、太阳、月亮、众星,看上去都从山上升起,当我们的目光攀山而上,我们感到自己好像就立在彼岸世界的门槛上。那里最先咏唱《吠陀》,在那里胡克博士从一个地方就能见到二十座雪峰,每一座都高达两万米以上,支撑着伸延达一百六十度的蓝色天穹。想到这些我们便会理解,这种圣殿般的景观,如何会使铁石心肠在无限的真实存在面前颤抖不已。谢谢著者这个精彩的例子。车窗外的荒漠,一股脑儿将许多大山的横岭之影、侧峰之影一重重叠压,在我的回忆里缓缓流淌。石之髓,也在大山的脊柱里流淌吗?我,大地上的漂泊者,又看到赫赫巉岩的国度里,石头家族,正迎着悲烈的夕阳,一阶一阶向上攀缘,直到被丛生的云雾遮蔽。有时候,我想,与我才学会直立行走摘树上野果的祖先比,我的目光"飘扬"了多少?

眼下,荒漠将天地扭转了。

一向垂直询问我的世界,变成水平方向的心腹交谈。焦渴!我的视线抽搐着,全身每一支神经丛林的末梢都枯萎发黄,每一个毛孔,都声嘶力竭地喘息着:水,水……于是,冥想中的奇迹发生了。每一弯山间潺潺流淌的小溪,都雪浪飞湍,汇成大河,向我奔来。哦,已经漫过下铺了,就在我的身躯下沉积,在南来北往的旅客身躯下沉积,令人俯照白金般珍贵的水,映照水之孕育万物,水之至柔至弱又锲而不舍,水之勇猛澎湃、涤荡万物,在一泻无余的波光上,水精神实体的充盈、沉默与智慧,使驱动云绕雾裹的巨舟的水手,终于窥见了吞天一色的汪洋。

于是,地球上的水系,成为一列平卧的山脉,一个标有惊叹号的横向的祈使句。

不是吗?泉眼,小溪,湖泊,包裹稠密人烟的河网,历尽千磨万难,参悟了乾坤风云,最后归入生命的原乡,不无神秘的大海。

荒漠,驱使人精读。

《文心雕龙》开门见山:"文之为德也大矣,与天地并生者何哉?"苦难大地上的文章,也不会仅有一个祈使句。譬如故乡的一棵小山楂树,随了飘飘斜逸的雨丝半吐的缘,生长在黄土崖上。至于蕴藏丰富色彩的大地,究竟由多少词语,才能构筑它的胸藏锦绣、腹有良谋?从古木参天的森林,到风吹草低见牛羊的草原,一直到荒无人烟的沙漠,到裸露得趋于死寂的一小丘黄沙,难道不是又一句宏大的翻译,一个喉音深沉的昭示?或者,是一个大气层预设的谜题!

昨天,山南海北的人一碰头,还在兴致勃勃地聊天。我西边的一个女子,杭州人氏,讲述江浙一带长辈的葬礼花费甚大。对面几个中原口音的人,不时穿插几句北方的风俗。我东边的五六乘客,又凑一堆,正交流河西走廊的见闻。车窗外不时冒出锈红色岩石的山,散落的民居,一坡构架,四面屋顶均为一坡向各自院内延伸,铁轨边的小院浑朴。偶尔,还能见到夯土的,一闪而逝的窄檐,倘若是装饰垂花门与影壁的深宅人家,四合大院,屋宇的一倾而下,一定会让旅人生后墙严峻、深巷高墙、曲回幽静之感。我初见此类建筑,颇觉新奇,但星星点点,嵌入周边的山形水势、远天旷地倒相宜的。甘肃古为兵家必争之地,更有一些堡寨,具明显的军事特点,且建筑技艺极高,造型艺术绚丽。我隔壁铺子一个发福的中年男人,说自己出门旅行后,精神头都不一样了,随后绘声绘色,向大家讲在民勤参观瑞安堡:呈"品"字形,分七庭八院,门楼琼阁,四周环筑高大的堡墙,墙设射击孔、瞭望孔,下有地道、暗堡,还有设计精奇,布局随势灵活的天井与四通八达的人行道。记得求学时代,东汉的青铜器马踏飞燕,昂首嘶鸣、凌空飞腾的姿彩,磁石一般吸引着我。为了未购到的《丝绸之路》一书,我曾难受了一整天。武威——张掖——酒泉,哦,一个个地名散发着西部醇酒一般迷人的魅力,恍若,祁连山上的皑皑积雪,能融化为天马的啸音。我小时候,曾随母亲赴河西走廊,还拜访过一户打谷场边的人家,喝了带点咸涩的水后,品尝到白兰瓜的蜜香,登上石坡,迎头苍凉粗犷的风,传来大西北浓烈馥郁的味道。

咔嚓嚓,咔嚓嚓,沙漠里的列车,独自发出喑哑的喉音。

三天前,我还晃在晋南故乡的街头,购简易的食品,以备西行。而我的终点伊犁绿洲,由于西部赐予我的童年太多幻想,宛如一块镶嵌于神话中的翠玉。至于这几日,倒车,夜以继昼囫囵黑白的列车上的颠簸,我第一次孤身踏过的茫茫无尽的旅途,又为西疆披上一层神奇的面纱。夕阳下的伊犁河谷,人影绰绰,似乎漾着热烈的七彩波纹。然而,要抵达一个万里之遥的陌生地域,我又涌上一份不安。未知,总会造成一缕恐慌。不是吗?临别,亲人握手叮咛,眼下的沙漠,使母亲背后的老柳树翠色欲滴。为何往昔不懂得感恩一滴绿呢?让视神经绝望的大沙漠,使我四十年目击的每一丛草,石板上的青苔,都需要合掌、默念。甚至一场场风沙,都应心存一谢,为还有治理改善的可能性。母亲唏嘘的老柳树下，摆着一个凉粉摊，老汉着蓝白背心，戴一顶破草帽。再寻常不过的饭摊了。此刻，油瓶盐罐、盆盆碗碗，却忠实地守卫着摊沿，一粒佐味的蒜末，在千里荒漠之中，都星星一般闪耀，未容开口，已向我反诘，难能可贵的一生，究竟应该如何度过？

过了嘉峪关，车上的乘客显得少了。

大地越来越辽阔。风被扯得漫无边际。一个、十个、一百个……昂首问天的风车，逐渐撒成气势非凡的阵队。因为无涯的浩大，使苍穹低下了胸脯。这是天与地耳语的西部地域。

我记不清了，列车何时驶入戈壁滩。

一截铜雕般的裸岩之灰黄，使我手表的圆盘，猛打一个激灵。

荒漠沿儿上，如果有一位老者逡巡，也许，腰间叮当乱响，悬着一把巨大的图书馆的钥匙。

如此漫长的旅途，拖得乘客们都疲沓了。这会儿，上下铺十分安静。

白纱帘遮挡的车窗外，却响起了语声儿。

我知道，荒漠，又将摆开一场盛宴。

致镜中人

　　雨已经落下，向更广阔的水域汇流成为宿命，成为自身对存在的解码。
　　一日更甚一日，你未曾似今天，感觉到自身的肤浅。逗号标记停顿，更表示转身之后的开始。年节的鞭炮声络绎不绝，感觉缭绕的暗含芒硝味的白烟，使你的心灵遭遇并不明显的困顿。
　　焰火从窗外升起。镜子里浮现沾沾自喜的五色飘絮，它们填充镜面东游西荡，诠释着轻。你从缝隙里，却看见扩散成阵的焦灼的黑烬，你用手指轻戳，同时将印记理解为符号。
　　在那片原野上，神随手置放了一个日晷。
　　以你的渺小与有限的感知，目前只能得出如此结论。唯一可以确定的是，你正走在刻度上，无论腿脚麻木踉踉跄跄，还是听见厚重清晰的回音，或者足尖轻盈自如地点击节拍，滑翔进舞蹈者的自由梦境。而一阵风裹卷你，向前走，来去无迹又无法抗拒的风。你四下逡巡，交叠的人影进入视界，他们竖起衣领匆匆赶路，标注生命最后的符号前,用步伐测量刻星的精准。每个人兜里都塞了一面可以反射天空的镜子,但现在的难题是,镜子究竟是谁的手塞进去的。于是你向前方瞭望,路的尽头,升腾你一直想解读的归宿迷雾。眺不清雾里的光景,但是雾里看花,你也忍不住向前走,却突然望见悬挂"旅客止步"牌子的界墙横亘。几个大字刺痛了眼睛,而你身影单薄,搓搓发潮的手心,低头瞧一瞧竹篮,相信篮子放上秤盘,并不会显示重量。它握在你手里摇晃诠释着轻,而你脚下的量尺,却已经移过人们通常称为而立之年的节点。

每个黎明,都是一次新的诞生。

值得庆幸的是,令你心叶颤抖不息的日出时刻,天空睁开一双包容慈爱的眼睛,宽宥了你因虚容而产生的迷执,对光阴貌似珍惜实则轻视的虚耗。它纯金般的光泽照耀万物时,抿去了你昨夜懊丧的残梦,新生的力量被赐予你的手心。你又可以感受世界、文明及宇宙的魔方了,在简单的床板上睡眠,窗户才能朝向丰富的海。你又可以幸福或痛苦地走在街道上,体验黑向白过渡中斑驳变幻的色彩,并向你无法企及的透明发出赞美了。阳光墨水充沛的笔尖,在你的簿子上继续书写各种字体,千万缕阳光中的一缕,绕过你脖颈亲切地诉说。站在黎明的阳台上感恩,但你不能希冀总是得到宽恕。关于时间的古老谚语,已经充耳不闻的老生常谈,经过无数次的淘沥,你是陆地上微小却始终向天空生长的草木啊,永远具有谛听的必要。立在生命指针的根基处,闭目聆听阳光闪烁的声音,你的枝头上闪现一朵花。你听见了开放,也听见了凋零。同时你懂得必须量力而行。又是冬与春的撞击,冰与水的变幻,你选择多安排些时间去读书,去思考,去感受。

小径上,去品尝果子的汁液……

一棵树被摆在黄土崖上,并非无缘无故,凭借从零度开始的生长，完成了一个手势。

　　我是牧夜人，羊群已驱逐进远行的春天。有时，苍苔爬上我的膝部，慢慢老去的树，怀抱着年轮休憩，喘息。夜偎着我，皮毛蓬松，像忠实的朋友，雕凿千沟万壑的风，却拖着长长的尾巴呼啸而来。我的年轮瞬间陷落为城壕，遍布周身的鳞纹，视若无睹的裂口，汹涌着往日的潮水，甘苦动荡。

　　一掬盐搁置岸上。我分明在洋流中上升，是什么压得双脚下坠？

　　水分子变幻图案，搁置我对抗的桨……
　　天空正结出饱满的果实。颠簸起伏的大地啊，从我们想象不到的繁复中升起了桅杆。一棵树手臂向上，小心捧着水分子中诞生的浩大的月亮，普照的光芒，滑入最卑微的小草的眼睛。一棵树成为骑手，驶出了城堡的铁门，原野缓缓起伏的胸脯呵，黄土崖奔驰，玉米地奔驰，群山奔驰，一刹那惊喜的泪水，挂满了轰然坍塌的城墙。树叶日子一样稠密。花朵在缝隙里盛开，接近虹，接近天空的颜色，鲜艳，流逝，瞬息万变。而泥土，年复一年地诉说：叶在花的镜像中，在黑与白两个王国的战争中握住了果实。

　　大地没有虚设的布景……

千古中条一池雪

甲

我毫不怀疑，油亮蓬松的泥土里，能听见神祇的声音。

当我一脚高一脚低，纵情奔过黄河岸边三月的原野，白杨树芽与红蕾、野草浓郁扑鼻的气息里，让黄褐色的古老土壤紧紧拥抱我，未尝不是一件幸福的事。我的泪水滑过一株银蒿苗时，正像创世纪的神话所反复宣示的，对一个依偎大地母亲胸膛的漂泊了半世的孩子，浑身充满力量的泥土，用弹性十足的胸肌激发了我。

有时候，我想仰天而躺，或寻一个弧线柔和的坳口，双掌合十，要么随意地支颐而坐吧，听惊蛰之夕，听被幽闭一冬的小虫子金鼓齐鸣的打洞声。蚯蚓世世代代以爬行者的方式，屏蔽无数岔口之诱惑，穿过一条条迂曲幽暗的隧道，修筑它们圣洁的五彩玻璃闪耀的城堡。摸摸索索的麦子根须上，坐着一个和我脸孔相似却嘴唇丰厚的女人，她的目光向土地更深处，牵扯出一个早布置好的迷宫。在早春的旷野，任何不可思议的事件，都潜存发生的无限可能性。我停留这里究竟多久了？如果有来生，我一定也是千沟万壑的黄土高原上的匆匆过客。哦，我想把自己种植在古老更新世大风搬运的疏松黄土上，深厚的养分，嗞嗞渗入我的血液。自然，包含一个沉默的亮点，那是我一日三餐难离的盐。此刻，它正在水火风土的循环中渗露、结晶，与似懂非懂的我亲密交谈。

六月天，麦黄天，当运城池神庙的一角飞檐，回荡着鸥鸟的清啼时，黄土醇厚的气息，像窖藏的美酒一阵阵袭来，我才惊愕地发现，生于斯，长于斯，四十年了，我竟未拜谒过使华夏文明追根溯源的河东盐湖。

从后门步入池神庙，一路行得尘浮气躁的我，忽然被纳入草木掩映的清凉海里。雀儿们在屋脊上一蹦、一跳，仿佛北方寻常人家的青砖宅院里，墙角的小桌上，还摆一盅烫好的浑酒，一只豁口的盛葱炒土鸡蛋的碟，一根水灵灵的青辣椒，自然，要蘸提味的白盐。于是，古庙大殿包涵八荒、仰问苍天的背影后，隐隐透出我熟悉的乡土味。这也不奇怪，呱呱坠地的我，与盐的第一次邂逅，就在灶火通红的矮屋中。这气势恢宏，又一见如故的池神庙，使我的热泪险些跌落。

不知庙外正修缮的是否高大的禁墙。据说炎黄阪泉之战、黄帝擒蚩尤……远古的著名神话都发生于古河东。我深吸了一口气，波光粼粼，穿不透历史的蔼蔼云烟。尧都平阳、舜都蒲坂、禹都安邑，都曾列星一般簇拥盐池。可见大地赐予的礼物——它的神圣性与可资象征的意义。在我的笔尖挖掘泥土时，才略翻出一二——盐巴，对生命的至关重要，可见造化之功，钟灵毓秀，在汾水与黄河肌肤相亲之地，潋滟的河东盐池鼻息绵长，似有所诉，对滋润华夏文明厥功甚伟。我能说什么呢？盐，一粒洁白的晶体，简直就是一个波澜四起的宇宙。

我曾经在一首诗中写道："岁月的纤绳露出一梢洁白，拧下黄铜的汗珠砸地，种下了盐巴……风吹一条沙线，算作犁痕，父性的大河，冲洗我脆弱的味蕾……"我曾经趴在黄土地上，想听见草根里的春天。

而此刻，一粒盐缓缓扩大，我叩开了白色的门。原始海洋的滔天巨浪砸到头上，比天空还蓝的水夹杂着腥味，甚至深不可测的海沟里，令人毛骨悚然的披鳞野兽的嗥叫。但是，看！冰峰奇迹一般从深重的苦难里拔起，上升，被万物的赞美之音托起！环绕绝巅的银光，射入我心尖的一点灵犀。旅人啊，我满怀热忱，去做一个偷窥者，只见盐结构复杂的内部，一条万分陡峭的山道，从遮掩它的厚重冰块与荒草巉岩中隐隐露出，在我的一念之间，仿佛一场灵与肉的搏击。

"妈妈，垦畦浇晒，就是把盐水，像麦子一样种到地里吗？"一个小女孩的话，打破了大殿后的寂静。

"好，就当是吧！把盐水娃娃，种在黄土妈妈的怀里，结出白灿灿的穗子，这下明白了吧？"

扑哧一声，我也笑了。运城盐池的垦畦浇晒工艺，被英国科学家李约瑟博士在著作《中国科学技术史》里，称为中国古代科技史上的活化石。它酝酿于秦汉，形成于盛唐。而盐税，历朝历代，都是经济的一根擎天巨柱。唐代这一对天然铲盐工艺的突破，亦使河东"潞盐"的产量质量皆猛升，白灿灿的，与其他税收一起，支撑盛唐的万里江山。

当然了，人类最初捞采的盐，是老天生成的，恰似鹿舐岩缝里的盐泉，山羊俯饮潺潺湖滩的水。哦，它可是白色的小精灵？巧生世上，土，湖，井，深邃的岩石下，海滨洼地自然结晶的盐，甚至女真人生产过的树叶盐。古代西北少数民族还发现过一种水晶盐。据说，此盐多产于山石上，无色透明，状如水晶，不用煎熬便可食用呢。史载，最早煮海为盐的叫夙沙氏。只要一想起远古，总有一种磁性的声音,猎人的箭一般迅疾击穿我的胸膛,神话与现实蒙太奇一般变幻。滔天海浪下的精卫鸟的影子,夙沙氏部落的熊熊篝火,火光映照下,汗流浃背的原始人,高捧一粒盐发出怪叫般的欢呼。这音调,又箭一般击穿旷野,镞头穿过我生存的高科技文明时代。刮取海滩上经风吹日晒的咸土,稍后用草木灰吸取浅表的海水,就可以淋卤煎盐了。淋卤是最原始的一种方法了,先用水冲淋,巨灶大火煎容器里的卤水前,还要晾晒以提高盐分,既费力、费财,又耗时良久。斗转星移,人们又发明了在海滨洼地,筑浦塘,纳潮头。柳永的《煮海歌》十分形象:"年年春夏潮盈浦,潮退刮泥成岛屿。"写活了盐工劳苦的一生。先民一步一个坎窝儿走来,岂是一句艰辛备尝可以诉尽的。

乙

我从后门入,穿过一条幽静的小巷,快到三大殿时,一座清凉的小院,记不清是否一家书院了,隐隐透露一个静谧丰赡的世界,让我想起"天下运司有五,唯河东有专学"。设置盐务专学,名为"运学",接纳盐商、盐丁的子弟,实开历史之先河。况且,运城此一城名,不也意为盐运之城吗?

美国学者恩斯明格说,食盐在人类历史上占有独特的地位。为了盐曾经发生过战争:有些王朝因得盐而独立,另一些王朝因得不到盐而崩溃。我向左一拐弯,就攀登上三大殿前的月台。池神庙的正殿,三座相携,真是气魄雄伟,在白云远游的万里晴空下,庙宇极为严整的中轴线布局中,愈发显得庄严。到了这里,钩心斗角一词,被生龙活虎画出。一个建筑的奇特处在于,斗拱密若繁星,庙檐柱头与转角铺作制成鸳鸯交首拱,彼此勾住。更让我惊奇的是主殿两边,太阳神殿与风神殿矗立,这在我背包行过的古木参天香火缭绕的庙宇中,第一次见到，竟给我带来时空的拢合感。有一个刹那，我想化作一粒盐，被无所不洞察的太阳，从水里提炼，又被中条山麓洞口的南风，吹入茅茨朱门的千家万户。湖，必借阳光与风的助力才能产盐。昔日的盐丁，精疲力竭在庙下的盐池劳作，仰望檐角的目光诚惶诚恐。中殿高悬一匾"灵庆公神祠"。唐大历十二年，运城盐池发生红盐自生的奇观，当今的盐工都知道，当阴雨连绵之后，老天放晴，由于天雨浸入盐畦卤水，淡水与卤水的结合影响结晶所致。当时盐官立即奏报朝廷，正为盐生产被败得一塌糊涂犯愁的唐代宗，遣人核实后，龙颜大悦，赐运城盐湖为"宝应灵庆"池，钦定建庙盐湖，赐封池神为"灵庆公"。

我漫步三大殿前宽阔的月台，石栏杆上的狮子，周身浸透沧桑，阶下屹元明的两块高碑。历代君主，哪有不喜欢国库里进白花花的银子？祠庙不断扩修，可惜明时一场大地震，现存主建筑为明嘉靖遗构。我手抚狮头，听见龙辇滚滚来，大河滔滔去，香火缭绕中。据说，唐太宗、宋徽宗等三十九任皇帝都来参拜过。巡幸河东，先到盐池祭池神，再到解州祭关公。

花木微醺，光影浮动，向南经过气派的三联戏楼后，入一地，似名"迎熏风"。历代御赐的石碑，皆默默沐浴岁月中，且沿中轴线分布，高低错落，又为池神庙一奇处。庙内原有一著名文物明代石刻《河东盐池之图》，而不远的舜帝陵，存了另一件唐《盐池灵庆公神祠颂》碑。一群小学生穿过"迎熏风"，飞跑到巍峨的海光楼前，向眼睫下突现的波光映天的盐湖，喊喊喳喳欢呼。简直是一群栖在历史电线上的可爱的鲜喙小黄雀。

南风之熏兮，可以解吾民之愠兮；
南风之时兮，可以阜吾民之财兮。

虞舜弹琴处，传说就在池神庙一带，岗名卧云。极目远眺，水天舒卷，银光涟涟，南山如黛，苇草伏摇，果然"千里中条一池雪"！

方才三大殿的一间辟为盐文化展览室，中设一桌，上置河东盐湖的模型，山岭郭村点缀其周。我看了有多久？从故乡逶迤而来的中条山脉，每一株蓊郁的树，我都想亲手摩挲，蚩尤村、禹王城、稷王山、鸣条岗……每一个醇厚悠久的地名，我都想撰写一部书。此刻，小小的池神庙，能否承载被突然抛入的几千年历史时空的重量？一个外国作家在书中说，伊拉克南部平原腹地大部分地区现在布满沼泽，只有在旱季，人们才可以乘船抵达这一声名显赫的古文明中心地带。芦花如雪浪头白，当今摄像机的镜头前，沼泽阿拉伯人正在涂有沥青的小船上，捕鱼和编织芦苇床垫，度过平淡的日子。几千年来，渺小的人，步履维艰向大自然要生活。抚今追昔，令人不胜感慨。记得那本书叫《追寻文明的起源》吧，我之所以想起它，因此刻，我伫立卧云岗上，茫茫盐湖，默默诉说华夏先民筚路蓝缕的艰难。我撩了一下长发，眼眶暗潮，无限缅怀之情油然而生。文明的起源，我相信可以论宗教，谈经济，以至其他，但不能遗忘一点幽微里的灼热，那就是人类熊熊燃烧的抱负！

"妈妈，种盐花，也要锄禾日当午吗？"后院的小女孩，牵着母亲的手，奔到海光楼下，为才出口的一句唐诗，眉梢不觉一分欢喜，"那还上肥吗？除虫吗？"

母亲抚摸了一下她的两只小辫子。

盐家族里，要说开采难度，井盐可谓当仁不让。战国末年，秦蜀郡太守李冰已于成都平原开凿盐井，但易崩低产。北宋中期后，智慧的川南出现卓筒井，这种碗口大小的井，极深，使用"一字型"钻头，采用冲击方式舂碎岩石，将精心加工的大楠竹下至井内做套管，又以细竹为筒，筒底以熟皮做启闭阀门，一筒可汲卤数斗。至清道光年间，自贡盐区已钻出世界上第一口超千米的深井。

而"阳光食品",得论河东池盐,但无丰富的实践,哪来垦畦浇晒法出神入化的匠心!它改进工艺,培育自然天成的硝板,又以淡水调配卤水,巧用天地造化,生成雪白的盐。宋元后传到海盐区,推动了当地的技术革新,这一先进生产方式领先于世界海盐生产技术九百八十余年。

一块块秩序井然的盐田,荡青漾白,列阵以待,仿佛天工巧设的水墨画轴徐徐摊卷,怎能不叫人临风水上,荡气回肠!"锄禾日当午,汗滴禾下土,谁知盘中餐,粒粒皆辛苦。"这首诗写稼穑,用于比种盐,也未尝不可。一粒盐,提炼人类的渴望;一粒盐,沉入岁月的变迁,人世的纷纭;一粒盐,当当凿出后世盐工劳作的繁忙与苦辛。太阳神殿里的展板,便绘有盐丁劳作图。

丙

盐丁苦,得谈到明末清初的一位盐民诗人,也是有名的布衣诗人吴嘉纪。吴嘉纪,字宾贤,号野人。他年轻时烧过盐,清贫断炊,但满腹才华,因目睹清兵南下屠城,遂绝意仕途,隐居泰州的家乡,自题居室为"陋轩"。所幸夫人王睿,亦诗趣高洁,甘居茅屋。吴嘉纪的诗集名《陋轩诗》,夫人殷殷情深,亦将词集题为《陋轩词》。轩实陋,水一至,"井灶尽塌,苦吟不辍",人实苦,虽非灶户,常年辗转于贫民间,深有触痛,一字字力透纸背,写尽江淮一带的民不聊生的蓬蒿命运。我只读了他一绝句,简练、生动,对比强烈,遂过目难忘,其诗云:"白头灶户低草房,六月煎盐烈火旁。走出门前炎日里,偷闲一刻是乘凉。"一个"偷"字令我忆起大观园里结海棠社,黛玉倚西风而吟:偷来梨蕊三分白,借得梅花一缕魂。三分白恰喻海棠之高贵素洁。记得余秋雨写过,满清官宦人家的公子小姐,发配到关外的宁古塔，光脚在冰天雪地的井口打水，连痛彻肺腑的宝黛之恋都显得奢侈，只剩下哭天抢地的份了。思吴家一对布衣诗侣，磨洗岁月，不仅要偷门前炎日一刻凉，还把卷苦吟，偷得梨蕊三分白，撒手人寰之日，真消得一缕梅花的精魂了。

一出煎盐的灶房，连烈日当头，也算偷来的一时凉爽了。常年对火操作，最伤眼睛，失明在盐工中并不少见。柳永《煮海歌》云："煮海之民何所营，妇无蚕织夫无耕。衣食之源太寥落，牢盆煮就汝轮征。"船载肩擎，日日劳碌，已然繁重，为了烧灶，煮盐人豹踪虎迹，不敢躲避，还要采樵深入无穷山。清初《淮南中十场志》中收录的《盐丁苦》一诗，直诉肝肠，"盐丁苦，盐丁苦，终日熬波煎淋卤，胼手胝足度朝昏，食不充饥衣难补……"

盐丁的社会地位极低下，曾编为"灶户"，低于"民户"，世代采盐。我听一位运城大婶说，老日子里，盐湖上也传一民谣，唱的是工头的疙瘩鞭。盐工咸巴巴的生命，比一粒盐花小，就在一辈子的驱使下结束。清代"军户"与"匠户"都取消了，可"灶户"仍保留。灯下读史，每思一人，即便是流放的罪人吧，被官家编为某户，子孙不得解脱，我就感到一阵胸口发堵。白花花的盐利，堆高了国库，也养肥了盐商的大腹。民间传说，清乾隆巡幸江南，两淮总商江春等盐商，不仅花费糜繁，讨皇帝欢心，甚至风光旖旎的扬州瘦西湖上，乾隆随口说了一句，此地甚佳，多像京城北海的琼岛春阴啊，只差一座喇嘛塔。江春便以万金贿赂皇帝左右，得白塔图，连夜白盐砌成，使翌日蒙蒙雾下游湖的乾隆惊讶之余，龙颜大悦。后来，江春补砌了一座真的白塔。无论传说是否属实，可见盐商的腰缠万贯了。今年初有一部颇红的电视剧《大清盐商》，剧中盐商汪朝宗的原型即江春。然而，修个园子，盖个塔，哪能添饱乾隆的胃口？九五之尊，亲近一介商人，该如何"报效"？于是，打一场仗，展开一个工程，甚至庆一次寿，修个皇宫的高档卫生间，盐商们哗哗哗捐天价的白银，那真是哑巴吃黄连——有苦难言。何况名为恤商，实为高利贷的"皇帑"，何况官吏的一层层敲诈勒索。出血既多，自己又混在"排场"上，花天酒地，盐商也就外腴中瘠了。怎么办？拼命压低盐的买价，抬高卖价，把重负转嫁给灶户、消费者，攫取盐业垄断的巨额利润呗。以至茅茨人家，百姓淡食，最后私盐畅销，高价的官盐滞销，国库收不上沉甸甸的银子。清道光年间，只好改昔年官督商办的垄断的"引盐法"为"票盐法"。引，为缴纳巨额银两后，寡头盐商被官家颁的运销盐许可证；票，一句话，认票不认人，只要纳税，人人都能经销食盐，并受到官府保护。而清末，李鸿章为筹措军费，食盐又改为垄断专卖法。

说起食盐专卖，那话就长了。扬州曾有一家"三宗同祭"的盐宗庙，供奉的除夙沙氏、胶鬲外，就是实行食盐国家专卖的始祖——管仲。春秋乱世，烽烟迭起，管仲在齐国的经济改革中创立了食盐专卖，使盐利"百倍归于上"，"设轻重鱼盐之利，以赡贫穷，禄贤能，齐人皆悦"。从春秋开始，除短暂的隋与唐初外，漫长的岁月里，食盐一直实行国家专卖。盐，王莽称为食肴之将，不提也罢。而商人呢？无论贩卖何物的商人，一向低眉垂手在重农抑商的国策下。江南淮商有一个秘密账本，晋商也都有一个宝贝册子，记载打点朝廷各路要人，包括新贵苗子的银子。可谓煞费苦心，可谓富而下贱。不仅受歧视，而且从加重关税、工场规模等多处受限制。商人腰包的雪花白银，除当当坠入皇帝官吏山珍海味的碗内，便闲置了地，做一个乡土财主，并不能用于商业资本的积累。拿清中叶来说，无论四川盐井，河东盐池，均闪现资本主义萌芽，但直到丧权辱国的鸦片战争前，都未发展出西欧的资本主义模式。

我向公路旁的盐池走时，已告别卧云岗上的池神庙。下坡的路一颗颗泥土留人，夹杂青草的野香，仿佛祖先鸿蒙行来的一个个脚窝。

我眼前的大树上，栖集几只鸟雀，我掏出手机，急着给它们留合影，像一个突然闯入信息时代的陌生人。热流滚涌的黄土地啊，未来究竟走向何方？一草一木皆有情，每个居民都必须深思：如何既不唯我独尊，不懂反省、学习与创新，又不妄自菲薄，粗暴推翻一切传统？《追寻文明的起源》的著者是一个西方人，他一再强调，二十一世纪东西方必须平等对话，他强调"平等"，包含不能仅以坚船利炮做评判一切文明价值标准的意思。二十一世纪这个蔚蓝星球的变革前所未有，每个居民都应追问：鸦片战争的硝烟已散去近二百年，二百年间，风云变幻，历尽劫波的华山夏水，能否结合东方文化的精华，闯出一条民主、富强、文明的道路？

丁

为什么上下相映的湖天里，竟有隐隐的雷声？

两三只鸥鸟，勇士一般，冲向浑圆的苍穹，落下时又翩翩打着旋儿，比溜冰的圆舞曲还要轻盈。青白色的湖滨，一下子聚集了群鸟，我又掏出手机，还没摄下小小灵禽的旅行照，它们早扑棱一下，敏捷地飞散了，只剩下一簇红中透棕褐的蒿草。野蒿要与色彩协调、略含沧桑的草窝里，挺出一根根十分坚韧的茎。我真能捕捉到盐湖银光里的三五爪迹吗？

但爪迹，分明被太阳烙在岸上，像铜环套住的烛火，亮晃晃的。

头戴草帽，公路边上一群忙碌修理的人，开始工间短暂的休息，三五一堆，就坐在铁锹把上。湖上风起，妇女裹头巾，遮住有点黑红的脸膛，面向辽阔的湖面搭家常话儿。对这一带，她们一定再熟悉不过了。多少欢喜，多少忧愁，都曾对一簇簇风里动荡的芦苇倾诉。也许，还曾上供销社称过一两盐，回家蘸馍、蘸青椒，吃了好一段时间，一直吃到修房擦窗包饺子的年根。余光中的诗，她们也许没读过，但撒手人寰的一天，也想头枕波涛，让鼾息在故乡永远的盐草气味里长长短短起伏吧。

盐湖对我来说，却既似曾相识，又存在几分奇异。

恰好一个丁字路口，我拐了弯。三百米长的路，俨然一个楔子，以深谙滋味的方式扎入盐水，尖准扎入一粒盐的心脏。

我摸不着头脑了，却被磁石吸引一般沿路前行。这儿不是售票旅游区，掺细沙的土黄路风阔阔的，几声鸥不时啼破宁静。林木葱郁的中条山麓在南方绵延起伏，如从日边来，向天涯远游时卷了一个涡儿，裹入我童年的呼吸。我想起盐，一粒粒也在世上驰骋，小时候皮肤擦伤了，瘀青掺和着肮脏的尘灰，母亲食指蘸一点盐，化入一碗凉开水里给我清洗伤口，竟然有一种被拯救感。我才知道一日三餐的盐，还有消毒杀菌的神奇功效。小学毕业时，老师说她在北方某城见过一次盐雕，雕的是惊天骇浪下，一只精卫鸟口衔枯枝，不辞劳苦，昂首冲上。我又想到远方的事，据说南美洲玻利维亚有一座旅馆由内至外，包括大部分家具全部由盐制成。想想吧，哗——哗——涛声驱动了一扇窗，你躺在一家旅馆的盐床上，如果一不留神入梦，自己会不会翻滚在一片白色的巉岩上。但是，亲爱的，这绝不是一场噩梦。你忆起返乡途中的奥德赛，在水仙卡鲁普索的海岛上曾捂脸捶胸、痛哭失声的奥德赛，又被咸腥味的巨浪抛到悬崖上。但是，还有隐隐的雷声！患难中另一种深刻的喜悦，青色闪电一般击中了他！恰似一整锅煮沸的大海，提炼出一粒盐。返回原点的地图上，他依稀望见银白的帆尖，万里颠簸中更加游刃有余，信念坚定，当"黎明垂下玫瑰红的手指"，融化在翌日的漫天朝霞中。说起盐的趣事逸闻，那多得数不清了。唐代元稹言："自岭以南以金银为货币，自巴以外以盐帛为交易。"古代的摩尔商人曾以盐为币,一克盐等于一克黄金。今天,非洲一部分地区仍沿袭使用"盐币"呢。一个游手好闲者,在欧洲某国称为"不配领盐的人"。九世纪至十世纪的罗斯公国摆宴时,只有贵宾席上摆放盐碟,斯拉夫民族的习俗乃向客人敬献面包与盐。一小撮盐尚珍贵,何况一普特的盐!谚语云:"要想了解一个人,必须与他吃掉一普特的盐。"这相当于华夏的"路遥知马力,日久见人心"了。我想起一座洁白的地下宫殿,那是位于波兰的维利其卡盐矿,矿工粗壮的大手在洞壁上雕刻了名画《最后的晚餐》,可观人物的惊愕、恐惧、愤怒、怀疑、剖白,可观其眼神、手势与一举一动。壁画的上方,灿如繁星的盐质吊灯,被三百多支小蜡烛,点燃每一粒盐的心脏,那一定是生出双翅翱翔海天的盐。

又是鸥啼,打破了我的玄想。

一径幽幽弯弯向低处的盐水,我走到尽头,又小心跨过三块突兀的圆石,与摇漾苇丛的波光更近一点。靠近了,色彩的区别竟那么微妙,莹白、苍白、米白、青白、包裹小黑斑的白……原来能白得层次分明,白得斑驳陆离,沿岸逐渐转黄的土色,翠绿与红褐的植物,高坡上屋舍的黛青,庙宇的庄严,世界可以纷繁飞旋,让人恨不得化身千万吗?又只想一履简行,缘水漫步吗?冰霜风暴,骤然浓缩,又想做一条穿越河流的鱼吗?

普鲁塔克在《席间畅谈》中说,埃及祭司们发愿保持贞洁,完全忌食盐。他们认为盐具有唤醒和刺激潜伏的生殖能力的特性。而埃及人不吃任何用海盐调味的菜肴。据阿利安在《亚历山大远征记》中记述,他们使用的是来自大理石的岩盐。"万岁,尼罗河!你来到这片大地,平安地到来,给埃及以生命。啊隐秘之神,你已将黑夜引导到白昼。"埃及人膜拜尼罗河,难道如普鲁塔克所言,却将大海视为恐惧之物,只有咸的残渣,如沙漠与堤丰的咸水?

那么渺远的事情不提也罢。海天一色，对我来说，不仅是恢宏博大的蓝镜子，不仅海市蜃楼，千变万幻，像一个古老神话的端倪，而且，以不可丈量的深度，包孕着宇宙的无穷奥秘。小时候，偶读到一句："海，风雨的故乡，生命的摇篮！"打铁一般嵌入我心崖的底部，那里被昼夜轰鸣的比史诗还悲壮的洋流裹卷，自然，也隐隐传出深海海兽的咆哮，甲藻与水母的暧昧，还有一些莫可名状的回音。

盐，能激发原始的本能吗。我只知道，盐，与雪不同，和我一起摸爬滚打在凡常的日子里，盐之结晶，雪白，恰是俗世中的修炼。

盐怎么尝都咸巴巴的，浸入每一顿饭，和我一起咀嚼生活的滋味。让我忆起老家的黄昏，石磨碾过祖父苍老的背影，祖母豁口的粗瓷大碗。"腌萝卜干、酱黄瓜喽——针头线脑喽——"一身条绒衣裤的乡下货郎，近于粗鲁的吆喝声回荡时，抹在老槐树下巷口青砖墙上的一线暖阳。

哦，我素来相信，上天绝不会让一件事物无缘无故呈现世上。白色谱系的家族里，盐和雪，可谓同中存异。你瞧，六出飞花飘飘洒洒于空中，它热情地宣示：我，自上向下怒绽的花朵，仅仅将完美的身躯雕镂空中，一旦落地，必须消失。"噢，我们瞧见喽！"还没等我开口，一株芦苇喃喃自语。芦苇荡边也煮盐。盐却有一副结实的骨架子，可牢攥手心。"岂是闻韶解忘味，尔来三月食无盐。"苏东坡隔千年的帘幕吟咏。盐非糖，甚至化出苦水，却是生存的必需品。老家小村冬寒，大地上的雪反复被鞋底践踏，然而雪还在落，还在消失，依稀一个大爱的传说。村东头一家养鸡的，男人早逝，抛下母女俩相依为命，不久母亲又瘫痪了，九岁的妮子一边读书，一边默默挑起家庭的重担。每天夜幕低垂后，她再忙，都忘不了把小手搭上老娘的后背、大腿，硬成了技艺娴熟的按摩师。

有一著名的欧洲童话，即"爱你如盐"。英语的"拯救"一词就源于拉丁文的"盐"。耶稣称门徒为"世上的盐"。《圣经·马太福音》："盐若失去了味，怎能叫它再咸呢？"盐虽咸涩，但震慑舌尖的是，苦涩中却必提炼一点鲜香，杀菌、消毒，引发众食物中的美味。

老家的人，常说一句俗语：好厨子，一把盐。难道不是吗？盐清毒，提味。割麦的汗水是咸的，热乎乎的血液是咸的，连人的眼泪都是咸的。爱你如盐，才嚼出人生的百味杂陈；爱你如盐，更懂渺小生命的至尊无上。

我多想从河东盐湖起，不辞万里追踪浑厚的九曲大河，一直攀缘到河之源，日出时刻一切闪耀的金斑聚集的高原，迎着察尔汗盐湖劈面的风，一甩乌发，引吭在洁白的万丈盐桥上，任青海大大小小一百余座盐湖骤然奔驰，繁星一般簇拥我的周身。大片大片的祥云降落了！我却只是一个不速之客，突然闯入陌生的王国，头顶凛冽却扑朔的风，跌撞于仰问苍穹的盐柱、盘腿端坐的盐蘑菇、盐丛林、盐家族的崇岭叠嶂。故乡，如果我眼角发潮，闪烁，能否点燃高原白色的国度？当我回望故乡的千里沃野，垦畦浇晒，俨然一个把水植入土里的神话！我紧捂胸口，却又失语，能否点燃锁阳关古盐道上的车马辙印？能否点燃盐湖野草的上方，缓缓升起的又一回曦光？它蛋清一般朦胧，包孕着悲欣交集的话语，默默俯视着即将降临的万家灯火。

洗尽万里的碧空，我弯腰揭开一分米多厚的冰盖，捞出浑然天成的结晶盐。原来，用最冰冷的手，才能捧出最濒近熔点的火种，谛听世上盐湖的腹语。难道不是吗？羚羊一般欢跃的湖老迈了，它究竟经过多少春秋，白粥一样平淡，日光施施然踱过，更不乏雷鸣电闪风雨如晦的日子，最懂悲欢碾磨的滋味。一粒盐，以女神般光洁、安详的身躯，隐藏着一个热血沸腾的海，怎能不滔滔不绝向人寰奔涌！

谁谓河广（创作谈）

桦

居于禹门，我常常徘徊在峡口，眺望母亲河。

抬头是大河旭日，飞鸟长啼；低头水上波纹，自成文章；而环顾四周，茫茫沃野环抱着苍山。我在这里思考，我在这里写作。

写作已经成为我生命中不可缺少的构成。

我也像一条穿越河流的鱼，在文字中呼吸，抵达生命的基岩，同灵魂进行亲密交谈。写作对我来说，是生命的另外一种存在方式，至关重要的方式。我在文字中游曳着，不懈追问着，追溯历史，放眼时代，在个体的人与自然、社会关系的深层思考中，试图从自己的角度，理解与表现着生存与生存者。

每当黎明，光芒从一片黑暗中上升，崇山峻岭跳跃，百鸟欢腾，草木簌簌——一切细微事物都在战栗。你也许会想起宇宙的初起，也许,想起刘勰在《文心雕龙》开端所言,文之为德也大矣,与天地并生者,何哉?傍及万品,龙虫云泉,动植皆文,何况于人。

心生而言立,言立而文明,写作是再自然不过的事了。

我忘不了童年的一个梦,一个反复呈现的梦境。那也是一个黎明,天边微微摇荡的朦胧红光,黝黑肥沃的原野,我快速奔跑,偶尔停下来饱满地喘息,像土壤里的农作物一番喘息。田野却是空阔的,近于显示原始状态的力量,只有天涯半透明的淡红色光线陪伴提醒着广袤的田野。然而,显然已经足够,曙光,使它升起的土地包容蕴藏着无限上涨的希望。或者,我置身于一片沼泽,艰难跋涉,每次遥望一个似曾相识的小山坡,却又走不出去。抑或一刹那便伫立山坡之上,皑皑白雪中洒落着黛绿的小松树,松树间隙矗立零星的墓碑,我欲探寻个究竟,却一脚踏空从山坡上滚了下来。如此梦境,几乎使我相信人的前生与来世。

如今,我依旧在莽原上奔跑着,和根须深长的词语一起奔跑着。只是,有时候稍稍停步,侧耳聆听一下,听笔尖划过油亮的泥土时,为我无比亲切的大地母亲留下的啸音。

在厚重的原野上方,炽热燃烧的星座之下,我有一座各类词语,掺和了在刺骨寒风中采撷的迎春花枝筑造的小屋。抱膝而坐时,炉膛的火光一闪,静静聆听着万籁之音。我把这座小屋看作孕育我的第二个子宫。

一个生存者,精神领域的任何一种表达,都可以被理解为语言。而本雅明在论及语言存在绝非只与人类精神表达的所有领域——其中总在这样或那样的意义上蕴涵着语言——并存,而是与万物并存后,又引用过一句哈曼的话:"语言自始至终都是理性和启示之母。"

缘于对生命的无限热爱,对生存本质的追问,每个黎明的眺望,对我来说,都如同一次洗礼,精神意义上一次新的诞生。

表达自己的心灵根源于万物的本性。而语言文字是人类获得的最独特的珍贵赠礼之一。选择写作，以写作为生命存在的另一种方式，抵达生命核心，抵达高山旷野的悲悯。写作，将是我毕生引以为豪的事情。

　　"人是不是天文学家所看到的那种样子，是由不纯粹的碳和水化合成的一块微小的东西，无能地在一个渺小而又不重要的行星上爬行着呢？还是他是哈姆雷特所看到的那种样子呢？也许他同时是两者吗？"罗素在《西方哲学史》的英国版序言里，有一段环环相扣而趣味盎然的追问，以上便是其中两句。

　　有什么能比同自己的心灵交谈，趋近生命的基岩更幸福呢？

　　纵然属于一个人，一个渺小的生命个体，一株被狂风无情吹荡，东倒西伏的芦苇的锐痛袭来。我在写《大地的乐手》时，不时停下笔，回想着汤因比在《历史研究》中的一句话"我们不能不对置身其中的宇宙感到惊异"。是的，无比惊异！钨丝穿透身体一般的战栗……伴随我们的是多么复杂而微妙的感情，崇敬与恐慌，熟知与迷惘，对神圣者的依赖与个体独立的激情，回归终极的宁静与生命的运动不息，我们矛盾重重的居所波澜四溅，人生悲欢的浪头起起伏伏……而星星从座椅上昂起金色的头颅，它们坚定的微笑，为生存者注入了信念，那里悬挂着激动人心的力量。

　　有什么能比完善生命、提升生命，让一个肉骨凡胎，一个寰宇中渺小的生存者更感到激动人心呢？

　　对我而言，写作正是短如朝露的一生中，实现生命价值的一艘至关重要的木舟——它还散发着故乡的毛白杨，或者疙里疙瘩的老榆树淡淡的气息——我昼夜划响沉重的桨板，极目天涯，想象着海天一色的景象。

　　而个体的生命价值，不恰似故乡黄土高原火炉土炕的小屋里，那一盏微小的油灯吗。只有投射在非我的生命上，与黑暗寰宇中千万个小光点一起，飞溅入文明跌宕起伏的滚滚洪流中，才能真正实现吗？而苍茫天地间，不总有一份不容置疑的生命尊严吗？所以，从某种意义上，我可以说自己是一个传统的中国人，像钱穆先生阐述中国的人文精神时，说当一个人伫立墓地，看到祖先、自己与子孙永恒不息的生命之流，感受到神圣庄严的气氛，他不再是孤独的，也不再是渺小的，他短暂一生的光芒将扩展到时间的浩荡春潮中，既而扩展到广袤无垠的宇宙。又说，把平实深厚的做人道理推广到极致的天下观，不妨称之为人文的一元，由心体开始，六辟旁通，内与外、己与群、生与死、古与今沟通成了一体。我曾徘徊在晋南李家大院藏书楼下子用与麦氏的塑像前，西方强调个人的自由，与中国强调社会规范的价值观是难能可贵的互补，滋养着稳定而充满活力的地球村落，而它们相遇时曾引起强烈的碰撞。

卯

于是，我总想揣一张白纸，一支笔，沿着故乡雄浑的大河，登山越水，穿街走巷，极目远眺大河上的日出日落，即在某一个时刻，沉浸于天涯庄重迷人的景象，低头猜一个古老的斯芬克斯谜语：什么动物早晨用四条腿走路，中午用两条腿走路，晚上用三条腿走路？我也想捧起一把黄褐色的肥土，在起伏的麦浪中，在红高粱白棉花绿豆荚朴实的气息中，走入满载酸甜苦辣的巷道。我应该看一下，咿呀学语的婴儿的瞳孔，应去拜望满脸皱纹如山核桃的老人，走到巷子的尽头，掠过父老乡亲的坛坛罐罐锅碗瓢盆，一直走到两岸的万家灯火中。

这时候，词语就像一个个运动健将奔来，或许是一群精灵，在光电鼠标边的指尖上跳跃。

它们不仅是我平凡的生命历程的见证者,更是,呵,引领者,恰似子夜零点燃烧的星座,低低召唤着我,与起立的影子紧紧拥抱,并进行一场真实的对话。

每个写作者,都有自己的侧重,但笔耕的经验,或许会告诉一个人,不应过重看待文体的区分。

回首一瞥,2008年9月,出版了第一本散文集《穿越河流的鱼》,也曾写过诗歌与古典诗词。记得写第一首诗《复苏》时,我封存心底的几乎被遗忘的童年记忆被唤醒,仿佛一束光照亮了幽邃的内心世界,我感到这是一场难忘的对话。我爱上了诗歌,一首首不停地写,在词语中飞翔,并且朝向语词破碎的空隙窥望。诗歌使有限的人生,向无限的时间与空间扩伸。在诗里,对人类的某种困境的感触,可以凭借一双栖息山崖的小小蝴蝶表达。也正是那首诗里,我写到了"守夜人的风灯"。诗歌,就是一盏摇曳而恒明的灯,替我们把守着午夜的门窗。后来受到"我们"北土城散文诗群影响,又写了不少散文诗。写作过程推进了思考的深入,只要静心观照,即使时空长河中的一滴水,也会闪射锐利的光芒。

诗人有足够的理由骄傲,因为他不仅让家门口一条碎石铺砌的小路超越树木、山脉,向高贵的灵魂飞翔,而且借助词语把世界解构,又重新组合,像一个创世者。

任何一个写作者,作品出炉时,都可以抬起自豪的头颅说,我是一个多好的金匠啊,锻造出一个崭新的王国!尤其在一个物质化的时代里,不应该强化写作的神圣性吗!

每个人都是一个潜在的作家,每个人都可能讲故事。没有一个人看待世界的方式,不会自然而然渗透到他的文字中。

一个理想的写作状态,作者本身对世界的看法应自成体系,脉络清晰。当然，它会随人生阅历而变化。但重要的是，无论哪一阶段，沿着被外界设定的边境线漫步，伸缩有度，坚守自己的观点与风格，因为这是神赐予一个写作者的权利。

来自河口的疾风停了，我放下键盘，慢慢推开窗，让眼睛眺望一会远方。

一切，都是为了窗口的烛，为了，生命中的爱。

溯源而上，顺流而下，所谓知今而不知古，谓之盲瞽；知古而不知今，谓之陆沉。我是一个写作者，更是人群中的一员，瞳孔灌注了人类的苦难与福祉。每当我在禹门眺望浑厚的黄河，人类文明仿佛一条长河奔涌而来。如果让我坐一艘船，返回新石器时代，那么，今天看来多么古老的事物，比如他们崇拜的神，他们使用的陶罐，黑色的，彩色的，在当时却是多么崭新的思想，多么时尚的生活！从部族游走到农业定居，生活方式的改变，对社会构成对思想史产生了何其深刻的影响。而农业革命后经过了漫长的时光，工业革命后，却进入日新月异的发展。我的眼前仿佛有一屏幕，总是出现大写的立体字：二十一世纪。这是一个地球村，这是一个充满变化与混乱、危险与希望的时代，这是一个在人的精神上造成痛苦与探索的时代。而时代一定会影响文学的。希望自己以后多观多思，同时在文本上加强探索性。

生命中最本质最深刻的东西，从文字里呈现。

此刻，我着手整理过去的文字，是一次梳理，也是一个契机，从对诗文的思考，心灵的观照，潜入到思索与感受我们寓居其中的宇宙，生命的存在，人的思维方式与深层情感，还有，艺术的救赎。尤其在物质化的今天，水草丰茂的精神地域越来越狭窄，文学，无疑替我们看守着心灵的家园。从诞生之日便受到局限的人，得以目击精神的海拔，得以实现自由的梦想，从另一种意义上说，实现了对死亡的挑战。面对浩渺的时空，即使看见的只是自己的眼睛，已经不会卑微。

感谢文学的梦想，感谢这一切！我难以忘怀的是，有幸得到了山西文学界诸位老师的热情鼓励与不倦指导，对我来说，这是静夜思之，永志难忘的。……悠悠河东，古耿龙门，文友们的帮助，也是我一定要致谢的。

抬眼，路漫漫其修远兮。我多像一个驾舟小溪，东张西望的人，而词语延展的前方，却是一片无边无际的汪洋。

我钟爱文学，钟爱天地所赋予个体生命的创造力。

我感谢师长们的勉励与教诲！

我将铭记四个字：永无止境。在向文坛前辈的学习，与朋友们的真诚交流中，不断进步，不断向前开拓。

我依旧守候在岸上。从高原星宿海驶下的大河，绕过我，迅疾地奔向浩瀚的汪洋，回归那风雨的故乡，生命的摇篮。我，又站在一个起点上，风层次分明地起伏，一切都在渗露。继续，书写吧。